Valencia Roja

Ana
Martínez Muñoz
Valencia Roja

NEGRA
ALFAGUARA

Papel certificado por el Forest Stewardship Council®

Penguin
Random House
Grupo Editorial

Primera edición: mayo de 2023

© 2023, Ana Martínez Muñoz
© 2023, Penguin Random House Grupo Editorial, S.A.U.
Travessera de Gràcia, 47-49. 08021 Barcelona

© Diseño: Penguin Random House Grupo Editorial, inspirado en un diseño original de Enric Satué

Printed in Spain – Impreso en España

ISBN: 978-84-204-6341-4
Depósito legal: B-4216-2023

Compuesto en MT Color & Diseño, S. L.
Impreso en Unigraf, Móstoles (Madrid)

AL63414

A Alberto, por tanto.
A Marcos y Vega, por todo.

*Los monstruos son reales, y los fantasmas también:
viven dentro de nosotros y, a veces, ellos ganan.*

STEPHEN KING

*La cura para todo siempre es el agua salada: el sudor, las
lágrimas y el mar.*

KAREN BLIXEN (ISAK DINESEN)

*La educación es el arma más poderosa que puedes usar
para cambiar el mundo.*

NELSON MANDELA

Primera parte

Las primeras veces el amo me ponía la navaja en el cuello. Ahora me basta con observarla sobre la mesa para comprender.

Al principio me parecía un castigo, un precio que debía pagar por mis actos. Como una parte más de esta condena, una especie de ojo por ojo. Con el tiempo he aprendido que no se trata de eso, sino de una jerarquía en la que a mí me ha tocado estar por debajo. Dominación, sí, de eso se trata.

Ahora ya no lucho. Me dejo hacer en un acto de sumisión. He comprendido mi papel en este juego en el que, para sobrevivir, debo separar el alma de la carne.

Una tenue luz amarillenta, proveniente del exterior, ilumina parcialmente la estancia a través de la ventana situada a mi derecha. No necesito más, conozco cada uno de los rincones de este pequeño habitáculo. Llevo aquí desde hace tanto que el tiempo se diluye y todos los días me parecen iguales. Huele a sudor, a orín y a miedo, mi propio miedo. No sé si podré salir con vida de este lugar, aunque, si lo consigo, sé que nunca volveré a ser la persona que fui. Me siento incapaz de identificarme con ella, me repugna. Ni siquiera sé quién soy en realidad.

La navaja me mira desde una mesa desportillada y sucia, yo también la miro. En realidad, no es una navaja, es una especie de pincho elaborado con el mango de un cepillo de dientes aderezado con cuchillas de afeitar. Los agujeros que las cuchillas tienen en el centro parecen ojos, unos ojos que me escrutan y me despojan de todo valor.

Ya sé qué debo hacer.

Siento el fétido aliento en mi oreja y después ese dolor que desgarra no solo mi cuerpo, como si este se abriera en canal; sino también mi alma, mi dignidad y mi existencia.

Capítulo 1

—En ese *stage* de ahí empezamos con Peter y Alexa con un anal. Después, que salga Sandra con Fredy y Nacho y hagan la típica *performance* del trío: Fredy y Sandra que hagan el perrito, mientras Nacho se pone frente a Sandra y ella le hace una mamada; pero nada de corridas en la cara ni en la boca, que en el pabellón de al lado tenemos las charlitas sobre porno ético y orgasmo femenino y luego nos dirán que si no se respeta a la mujer y gilipolleces por el estilo. Además, ya he visto en la puerta a las frígidas esas antiporno y mañana, que es el día grande, seguro que montan ruido con las pancartas.

Rebeca, más conocida como Queca, sigue a su jefe mientras apunta cada una de sus directrices en una pequeña libreta. Es poca cosa, no puede decirse que sea guapa, ni fea, no destaca físicamente, pero lo compensa con su diligencia y su solicitud.

Mañana es sábado, el día de mayor afluencia en el Valencia Roja, primer festival de cine porno en la capital del Turia, que lleva por lema «El porno es cultura». Durante la semana se han organizado actividades de lo más diversas: exposiciones, talleres, charlas, desfiles...; sin embargo, es durante el fin de semana cuando cientos de personas pasarán por Feria Valencia a disfrutar de los diferentes espectáculos.

Miky Moore —patrocinador, actor y director de cine para adultos— y su productora no podían perderse el evento. Miky es un tipo de aspecto vetusto que ronda los cincuenta, con una prominente barriga que asoma por encima de su pantalón de pinzas y una papada que no permite distinguir el límite entre la cabeza y el tronco. Si alguien se cruzase con él por la calle, lo último que le vendría a la cabeza sería el erotismo.

—Cuando ya esté caldeado el ambiente —continúa Miky—, llamáis a los que se hayan apuntado al casting, los metéis en el *backstage* y que se vayan preparando. Mientras, que salga Mary con el consolador, el morado grande, y que vaya entreteniendo al público.

—¿Qué quieres que hagan esta vez los chavales?

—Pues más o menos como siempre. Primero, en la parte de atrás, que se desnuden mientras van hablando a ver qué tal dan a cámara. Después, que se acerque Rubi. Si consiguen que se les levante en un minuto y aguantan la erección otro minuto, pasan a la final. Luego ya veremos los *wannabe* qué tal andan de miedo escénico cuando se tengan que subir al escenario y follarse a Alexa delante de todo el mundo. Si alguno resiste sin que se le quede fofa, píllale los datos. De todas formas, si alguno vale la pena, bien; si no, al menos daremos espectáculo.

—¿Y el *glory*?

—En el otro escenario, el pequeño. Lo preparáis durante los shows, y justo después del casting, que estarán todos acojonados, pedís voluntarios. Te lo vuelvo a repetir: advertirles que nada de corridas en la cara. Los voluntarios que suban al *glory* que la saquen del agujero cuando se vayan a correr, que luego vienen a tocarme los cojones y no estoy para hostias.

—Entendido, Miky. ¿Terminamos con el trío lésbico?

—Sí, sabes que es lo que más les pone. Que salga primero Mary y haga el show de *pole dance* y después que entren Sandra y Rubi.

—*Okey*, pues creo que ya está todo.

—Estaré por aquí, pero ya sabes que yo vengo a hacer negocios, a ver caras nuevas y a que me hagan fotos; la organización de las *performances* la dejo en tus manos.

—Sí, todo controlado.

El cartel de neón con la palabra CLUB en color rosa fucsia, entre dos grandes palmeras verdes que descansan sobre unas ondas azules, señala el camino. Miky coge la salida y estaciona en el descampado contiguo que hace las veces de aparcamiento.

En la puerta, como siempre, está el Rubio, un hombre corpulento y lampiño. El sobrenombre del Rubio le viene de su apellido, no de su cabellera.

—¡Hombre, Miky! ¡Cuánto tiempo sin verte por aquí! —lo recibe con una amplia sonrisa.

—He quedado con tu jefe, me llamó la semana pasada. Parece ser que hay mercancía nueva. —Miky acompaña sus palabras con un fuerte apretón de mano, a modo de saludo.

—Sí, pasa, te está esperando.

Es viernes por la noche, y al entrar al club se encuentra con un grupo de chavales que parecen estar de despedida de soltero. Algunos están apoyados en la barra con cara de pardillos, sin saber muy bien qué hacer ni adónde mirar. Otros, sin embargo, están más animados: conversan con las chicas y hacen bromas entre sí, todos van un poco pasados de copas. Uno de ellos, que debe de ser el novio, va disfrazado de novia y una banda rosa de miss le cruza el pecho en bandolera; sus pantorrillas peludas asoman bajo el vestido mientras lleva por la cintura a dos mujeres: una mulata espectacular que no debe de tener más de diecinueve años y una chica menuda y rubia, de ojos azules, que rondará la misma edad.

Miky intenta pasar desapercibido. Si alguno de ellos lo reconoce, querrán hacerse selfis con él y empezarán a pedirle autógrafos y no tiene ganas. Por suerte, consigue pasar sin hacerse notar y llega hasta la barra. Allí está Marta, a la que Miky conoce bien. Lleva toda la vida trabajando para Pochele, aún conserva su belleza y su figura, aunque ya pasa de los cincuenta. Desde hace unos años se ha ganado el puesto de mami y camarera, un puesto de confianza que pocas pueden tener. Ahora ya no tiene que vender su cuerpo, solo debe cuidar de las chicas y poner copas a los clientes. Sacude la larga melena morena y rizada y dirige hacia él sus ojos verdes, excesivamente maquillados, al verlo llegar.

—¡Hola, guapo! ¿Cómo te va la vida? Hace mucho que no te veo por aquí.

—Pues ahora estamos con lo del festival porno, mucho lío. Veo que tú estás igual de espectacular que siempre. Me ha llamado tu jefe, dice que tiene chicas nuevas para mí.

—Sí, está en la oficina. Pasa. No te acompaño, que con la despedida de soltero esto es un caos. Los niñatos estos son los peores, quieren hacer de todo y pagar poco.

Pochele lo recibe sin levantarse siquiera a saludar; sentado ante su escritorio con las piernas cruzadas sobre la mesa y un whisky en la mano. Es un hombre flaco, poco agraciado y muy básico. Lleva toda la vida en el negocio y en el club Las Palmeras no se mueve ni un pelo sin que él se entere. Miky recurre a él desde hace años. Para los *bukkakes* necesita que las chicas tengan aguante y las suyas son las mejores, las tiene bien enseñadas.

—¿Qué tienes para mí, Pochele?

—Joder, vas al grano. Siéntate, que te ponga una copa por lo menos, ¿no?

—Es que estoy muy liado con lo del festival. Me hubiese gustado venir antes, pero últimamente voy de culo. Necesito chicas para la semana que viene, tengo organizado un *bukkake* en el piso y ya se han apuntado casi sesenta tíos.

—Pues tengo dos que te van a encantar, *mel de romer*. —Pochele se besa los dedos índice y pulgar haciendo pinza—. Los clientes están muy contentos, así que yo también. Aniñadas, sumisas y con el coño rosita, como a ti te gustan. Y tengo también una negra que es la hostia de guapa, pero esta es un pedazo de tía: alta, casi metro ochenta, con un culazo impresionante y dos tetas enormes.

—Enséñame a las niñitas, que para el *bukkake* me irán bien. La negra mejor para alguna escena, para un anal siempre va bien un buen culo. ¿A cómo me las dejas?

—Son material de primera, no vas a encontrar a otras así. Te las dejo a cien la hora, desde que crucen esa puerta hasta que me las devuelvas.

—Joder, Pochele, cada vez te pones más fino.

El otro se encoge de hombros:

—Yo también tengo que hacer negocios, y el pellejo me lo juego yo trayéndolas. Es lo que hay, o lo tomas o lo dejas.

—Está bien, enséñame a ver qué tienes.

Pochele sale por la puerta y vuelve enseguida con dos chicas muy jóvenes, probablemente menores, de dieciséis o diecisiete años a lo sumo, pero eso a Miky le da igual; seguro que no van a denunciar. Ni una sola prenda de ropa que les cubra el cuerpo: piel fina y blanca, muy delgadas, con pechos pequeños pero firmes.

—Abrir las piernas y enseñarle lo que tenéis a mi amigo —les indica Pochele.

Las chicas obedecen y Miky silba entre dientes.

—Pues tienes razón, valen cada euro que pides. Las necesito para el jueves que viene —acuerda—, pasaré a por ellas a eso de las cuatro de la tarde y a las ocho, como mucho, las tienes aquí de vuelta para que te hagan la noche.

Miky sale de allí satisfecho: a cien la hora que le cobra por cada chica, por cuatro horas son cuatrocientos, por dos son ochocientos. Y cada participante del *bukkake* pagará setenta; el beneficio es evidente. Además, lo grabará todo. Las chicas continuarán haciéndole ganar dinero durante meses, y sin tener que pringarse lo más mínimo: se las lleva, paga, trabajan y las devuelve. A la negra, que estaba ocupada con un cliente, ya la verá el jueves cuando traiga a las otras de vuelta.

A esas horas, el descampado que linda con el club, apenas iluminado por el reflejo del cartel de neón y las pocas farolas que hay en la carretera, está lleno de coches, pero no se ve un alma, todos están dentro disfrutando de las chicas. Miky ha dejado su coche al fondo, como de costumbre: la discreción es la clave para alguien conocido como él, más si cabe en este tipo de lugares. Cada vez que viene se olvida de pedirle a Pochele que le haga una copia de la llave de la puerta de servicio; aunque, con lo desconfiado que es, seguro que le dice que no, que entre por la puerta principal, como todo el mundo. Es un buen tío y tiene el mejor material de toda Valencia, pero para algunos razonamientos es algo primario. Miky no se queja, hace buenos negocios con él y eso le basta.

Cuando siente el pinchazo en el cuello y el golpe en la cabeza, no tiene tiempo de reaccionar. Apenas le quedaban tres metros para alcanzar su coche, ya estaba tanteando el mando en el bolsillo del pantalón, mientras fantaseaba con la cantidad de pasta que iba a ganar con esas chicas. Tan solo alcanza a notar que sus piernas pierden la fuerza, que lo arrastran. Luego, todo se vuelve negro.

Capítulo 2

Una pareja salta a la minúscula e improvisada pista de baile incapaz de resistirse al ritmo del swing. El hueco que queda justo delante del pequeño escenario del pub Blanco y Negro les basta para dejarse llevar por la música. Una treintena de personas los observan desde sus asientos, en torno a las mesas redondas de mármol del acogedor local de la calle Roteros, en pleno barrio del Carmen. En el centro de cada una de ellas, una vela ilumina sutilmente los rostros desde abajo, que, lejos de parecer tétricos, traslucen las buenas vibraciones que la melodía les contagia.

Nela se viene arriba, esta canción nunca falla. Alza la campana del clarinete hacia el techo mientras sus dedos recorren con destreza los agujeros y las llaves del instrumento. Todo el público sigue el ritmo con el pie, con la cabeza o palmeando sobre sus muslos, como si la música atravesase sus cuerpos.

Al acabar la canción, la sala entera aplaude a rabiar mientras silban, chillan y vitorean a la banda invitada de esta noche.

—¡Bu-to-ni! ¡Bu-to-ni! ¡Bu-to-ni!

—¡O-tra! ¡O-tra! ¡O-tra!

Butoni y sus interpretaciones de algunas de las piezas de la primera era del jazz, cuyos orígenes se remontan a las décadas de 1920 y 1930, han triunfado entre la clientela.

—¡La última ha estado genial, Nela! —le grita Eva en la oreja para hacerse oír entre la música y el bullicio.

—Sí, «Jubilee Stomp» es siempre una apuesta segura.

Desde que volvió a Valencia y retomó la banda, Nela siente que ha rejuvenecido diez años. Necesitaba sentirse de nuevo un poco viva. Cuando está sobre un escenario es como si se transformase en otra persona; se olvida de todos los problemas: de su ex, de Madrid, de cuánto echa de menos a su padre y de las miradas de desprecio de algunos de sus compañeros de trabajo.

—Estoy seco, ¿vamos a abrevar a la barra?

—Sebas, tú como siempre tan animal —ríe Nela—. Vale, pero solo una birra y me voy. Me he pegado una sesión de remo en el puerto esta tarde y estoy que no puedo con mi alma.

—¡Si es que ya se te va notando la edad, Neli!

—Como a ti —responde ella jocosa.

Sebas, trompetista del grupo, siempre sale con lo mismo. Y la verdad es que debe reconocer que algo de razón tiene, los años pesan.

—Josevi y yo tampoco nos quedaremos mucho rato, mañana a primera hora tenemos que recoger a Paulita, que esta noche la hemos dejado con sus abuelos. Si quieres, te acercamos a casa después de la cerveza.

Eva, siempre tan cuidadora, tan servicial. Es la encargada de la percusión y de poner voz a algunas de las piezas. Josevi y Eva llevan juntos desde los dieciséis, parejas como ellos quedan pocas. Comparten su vida, su afición por la música —Josevi toca el trombón en la banda— y una hija preciosa de cinco años.

—Sí, yo tampoco tardaré mucho en irme, que tenemos a la nena con un catarro de muerte y María estará deseando que le haga el relevo.

—Pobrecita, Pascual. El primer año de guardería es lo peor, siempre están malitos —contesta Eva.

—Madre mía, estáis fatal. —Ximo niega con la cabeza—. Que si estoy cansada y me voy pronto a casa, que si tengo a la nena mala, que tenemos que madrugar para recoger a Paulita... ¡Que es sábado, *collons*! Quién nos ha visto y quién nos ve.

—Pareces Peter Pan, tío. La vida adulta es eso: madrugar, estar cansado, formar una familia, un hogar... Me encanta tocar en el grupo, pero ya no tengo veinte años; tengo unas responsabilidades que atender.

—Por eso yo no voy a tener hijos nunca, ni voy a atarme a nada ni a nadie. A vosotros ya os tienen pillados. El sistema os ha manipulado para que creáis que necesitáis el pack completo: casa, coche, hijos, vacaciones en la playa en agosto, y... ¿todo para qué? Pues porque necesitan que consumáis toda la mierda que se produce y que tengáis la necesidad de vender vuestro tiempo a otros a cambio de dinero para poder seguir consumiendo el resto de vuestra vida. Yo no pienso pasar por ese aro, valoro más mi libertad. Y no voy a permitir que me cojan por los huevos.

Ximo, el guitarrista, es el rebelde del grupo. Nela siempre ha tenido muy buen *feeling* con él, pero reconoce que es un poco gruñón. Pascual, el saxofonista, y él siempre están esperando a ver qué dice el otro para saltar a la mínima.

—Bueno, bueno... Ya estáis poniéndoos profundos y a la gresca y eso que aún no habéis bebido. Cada uno que viva su vida como mejor le parezca y que deje que los demás hagan lo mismo —sentencia Bruno, el tubista del grupo.

Aunque discutan de vez en cuando, a Nela este grupo le da la vida. Se conocen desde el instituto y son su tabla de salvación. A pesar de que ha estado cinco años desconectada de ellos por su traslado a Madrid, la han recibido como si no hubiese pasado el tiempo, como si nunca se hubiese ido.

Eva le da un codazo mientras ladea la cabeza hacia el fondo del local.

—Aquel moreno de allí no te quita ojo —le grita al oído.

—Uf, qué pereza.

Cada vez está más a gusto sola, sin ataduras, sin tener que rendir cuentas a nadie. Siente que ahora, a sus cuarenta y dos años, está empezando a vivir. Sonríe, acaba de recordar que mañana es su día libre. Quizá le venga bien unirse a Ximo esta noche en un mano a mano por el Carmen. Como en los viejos tiempos.

Capítulo 3

Andrés se despierta antes de que suene el despertador. No recuerda qué estaba soñando, hace tiempo que sus días son tan anodinos que ya no le dan ni para eso. Tampoco sabe cómo ha llegado a esta situación. Sus hijos cada vez le hacen menos caso, por no hablar de su mujer, para la que parece haberse vuelto invisible. Ha sido una transformación tan lenta como imperceptible. Si hubiese sido de un día para otro, al menos podría encontrar un motivo; pero no. Ha sido tan sutil el cambio que no sabría determinar qué le ha hecho llegar a este momento en el que no es capaz de darle un sentido a su existencia. La vida ha ido pasando ante sus ojos sin que él se diera cuenta.

Cambia de postura con la esperanza de volver a quedarse dormido. Es domingo y fuera aún está oscuro. Siente la respiración acompasada y suave de Lola a su lado, se aproxima hacia ella y la abraza de costado.

—Andrés, cariño, ¿puedes darte la vuelta? Me haces cosquillas al respirar —susurra, aún dormida.

Se da la vuelta, resignado, y mira la hora en el móvil que descansa sobre la mesilla. Decide levantarse. Despacio, con gran sigilo, sale de la habitación. Se dirige al cuarto de baño y, al lavarse la cara, unas gotas salpican el espejo. Coge un trozo de papel higiénico y las limpia con premura. En su cabeza puede escuchar a Lola quejándose de lo harta que está, de que no tienen el más mínimo cuidado con las cosas. Al menos, que no sea él el causante del hartazgo de su mujer, bastante tiene ya con sus dos hijos.

Se pone sus gruesas gafas cuadradas de pasta negra y contempla el reflejo que el espejo le devuelve. Cara redonda, ojos apagados, barba despeinada y canosa. La verdad es que ha tenido tiempos mejores. Mira hacia abajo, y solo puede ver la creciente y acusada curva de su panza. Debería cuidarse más, se ha ido dejando con los años.

Ya en la cocina, observa cómo cae el café espumoso de su cafetera exprés, como cada mañana. Se niega a utilizar esas máquinas de cápsulas monodosis que tanto se han popularizado en la última década. El café es sagrado.

—¡Su puta madre! ¡Joder!

Con el brazo de la cafetera todavía en la mano, contempla estupefacto cómo el líquido marrón se derrama por el suelo colándose entre las hendiduras de las baldosas. A su alrededor, los pedacitos de loza que lo contenían. La onda expansiva ha alcanzado a los muebles blancos, que ahora parecen el lomo de un dálmata.

—¿Andrés? ¿Va todo bien? —pregunta Lola desde el dormitorio.

—Sí, tranquila. Duérmete, que no ha sido nada.

Recoge los trozos más grandes con cuidado, para no cortarse. Luego procede con el papel de cocina absorbente. Trapo, papel, escoba y mocho.

Termina sudoroso y de muy mal humor. Aun así, se prepara otro café y sale a la terraza. Todavía no ha amanecido y, por lo menos, podrá disfrutar del silencio.

Paladea el café, bebiéndolo a sorbos pequeños, mientras repasa en su portátil las últimas noticias de las ediciones digitales de los principales periódicos. Un caso más de corrupción, otra subida espectacular del paro, otra mujer muerta a manos de su pareja, un atentado en un colegio de primaria en Siria. De pronto, el móvil empieza a sonar estruendoso en la cocina. «Mierda», rezonga, y piensa en quién coño puede perturbar su único instante de paz, si aún no son ni las seis de la mañana.

—¡Apaga eso, joder! —brama una voz, casi masculina; al chico todavía lo asaltan de improviso los típicos gallos de la adolescencia.

Andrés corre hasta la cocina y descuelga jadeante.

—¿Comisario Robledo? Buenos días.

—Valbuena, menos mal que tú sí contestas: Ferrer no me coge el móvil. Han encontrado un cadáver en el Casino del Americano, ¿sabes dónde es?

—Sí, comisario, en el barrio de Benicalap, al lado del parque.

—Exacto, te quiero ahí en veinte minutos. Intenta, si puedes, localizar a la inspectora.

—De acuerdo, enseguida salgo para allá.

Valbuena cuelga y suspira: derramar el primer café de la mañana nunca es un buen presagio.

Capítulo 4

El teléfono no para de sonar, pero, después de la pasada noche, el cuerpo de Nela no logra desprenderse de los brazos de Morfeo. Hacía mucho tiempo que no se divertía tanto: bailó, cantó a pleno pulmón, anduvo descalza por las calles adoquinadas del barrio del Carmen y bebió unas copas de más. Llegó a casa en taxi, sin saber muy bien cómo. A duras penas consiguió arrastrarse hasta el sofá, se tumbó y se quedó dormida.

Por fin se despierta. Con un ojo abierto y el otro medio cerrado intenta incorporarse, pero se marea. El teléfono retumba de nuevo cuando una arcada ardiente le sube por la garganta. No puede contestar. Corre apresurada hacia el cuarto de baño, pero la arcada es más rápida que sus pasos y acaba vomitando sobre las baldosas, salpicándose los pies desnudos. Cuando termina, ahora sí, en el inodoro, se siente algo mejor, aunque las sienes le palpitan como si mil timbales tocasen al unísono dentro de su cabeza. Necesita una ducha. El teléfono vuelve a sonar insistente.

Busca su bolso, debe de estar en el salón, pero no recuerda dónde lo ha dejado. Cuando lo encuentra, debajo de un cojín del sofá, la melodía se ha extinguido. Frunce el ceño: joder, tiene cinco llamadas perdidas del comisario y dos de Valbuena.

Es la primera vez que el comisario la llama fuera de su horario desde su reciente incorporación al Grupo de Homicidios como inspectora jefa. «Desde luego, no es un buen comienzo en el puesto», piensa mientras su cerebro va despertando poco a poco. Se queda paralizada mirando la pantalla cuando el teléfono suena con insistencia.

—¿Valbuena? Buenos días, me ha llamado el comisario, pero es mi día libre y... tenía el teléfono en el bolso, no lo había... ¿El Casino del Americano? Sí, sí, lo conozco... Sí, en treinta minutos estoy allí.

Capítulo 5

El Casino del Americano, en el barrio de Benicalap, se construyó en la segunda mitad del siglo XIX por orden del militar granadino Joaquín Megía. El edificio es una reproducción de la arquitectura indiana de la época, única en la ciudad. Megía había pasado una temporada destinado en Cuba y a su regreso a España quiso construir esta finca de recreo para su esposa Mercedes González-Larrinaga, natural de La Habana, aunque con ascendencia española. En honor a ella, la finca se llamó «Quinta de Nuestra Señora de las Mercedes», pero pronto se la conocería como el Casino del Americano, por la procedencia de los dueños. En los ochenta, albergó una escuela privada, y más tarde, en los noventa, se reconvirtió en discoteca. En la actualidad resulta complicado imaginarse el esplendor de antaño: sus ventanas y puertas están tapiadas, grafitis de todo tipo decoran sus paredes y la maleza campa a sus anchas en este espacio abandonado a su suerte.

Cuando Nela llega, Valbuena se encuentra allí junto con la jueza, el letrado y el forense. La zona está acordonada e iluminada por cuatro potentes focos. La Científica ya está haciendo su trabajo: han dividido el espacio en cuadrículas y lo peinan de forma lineal, para no dejarse nada. El forense, arrodillado, examina el cadáver.

Andrés Valbuena levanta la vista y la mira mientras niega con la cabeza. Nela nota el desdén en su mirada. Llega tarde y lo sabe, aunque solo se ha dado una ducha rápida, para quitarse el olor a vómito, y se ha puesto ropa limpia. No va a permitir que nadie la vuelva a hacer sentir así: torpe, como una niña a quien hay que guiar y reprender. Ahora ella es la jefa y él debe aceptarlo.

Tras su salida precipitada de Madrid, donde ha estado trabajando los últimos cinco años como inspectora en la UDEV, la Unidad de Delincuencia Especializada y Violenta, ha vuelto a Valencia para estar cerca de los suyos y olvidarse de todo lo que pasó. Pero ya hace tres meses que se ha incorporado al Grupo de Homicidios y le está costando la vida encontrar algo de comprensión entre sus compañeros. Nadie entiende por qué ha regresado, pudiendo trabajar en la Central, especialmente Valbuena, que esperaba promocionar a inspector. Pero ella tiene sus motivos.

—Ya era hora, Nela... —le suelta él a modo de saludo.

—Inspectora Ferrer, si no te importa —lo corrige ella—. ¿Qué tenemos? —pregunta sin perder tiempo.

Los labios de él se fruncen formando una línea recta y fina, pero no replica.

—Varón de unos cincuenta años, se ha topado con él un chico que paseaba al perro por la zona.

—¿Quién pasea a su perro por aquí?

—En realidad, lo paseaba por el descampado que hay detrás. Ha sido el animal el que ha descubierto el cuerpo. Su dueño lo ha seguido hasta aquí y se ha encontrado con el marrón. Inmediatamente después ha llamado al 091.

—¿Dónde está? Quiero hablar con él.

—Ya lo he hecho yo.

—Y ahora voy a hacerlo yo.

—Pues se ha ido... Tras tomarle declaración, he anotado sus datos y he dejado que se marchara. Llegaba tarde al trabajo.

—No vuelvas a hacer eso, aquí las decisiones las tomo yo, Valbuena.

—Entonces a la próxima contesta al teléfono y no llegues media hora tarde, inspectora Ferrer.

Nela percibe el retintín y se revuelve.

—No voy a consentir esa actitud. Soy tu jefa. Aquí se hace lo que yo digo, cuando yo lo digo y como yo lo digo. ¿Estamos?

El subinspector asiente con el rostro apretado. No se lleva bien con las jerarquías. Para él, el respeto es algo que se ha de ganar, no viene de serie con el cargo. Conoce a Nela desde hace años, comenzaron juntos en el cuerpo, llegaron juntos a subinspección desde la escala básica, y no la ve como jefa. Piensa que el puesto le queda grande, por mucho que venga de la Central y por mucho Madrid, no tiene madera de jefa.

—Quiero un informe con esa declaración encima de mi mesa. Y no pierdas esos datos, quizá necesitemos localizarlo. ¿Algún testigo?

—De momento, nadie. A excepción del chico que encontró el cuerpo, que, según ha declarado, no vio a nadie sospechoso en las inmediaciones.

—¿Sabemos quién es el muerto?

—No lleva documentación. Está en cueros.

El forense, Javier Monzó, se dirige hacia ellos al tiempo que se quita los guantes de nitrilo. Nela lo conoce, es veterano. Antes de irse a Madrid coincidió con él en algunos casos y confía en su profesionalidad, sabe lo que se hace.

—Buenos días, inspectora.

—Buenos días, doctor Monzó. ¿Qué tenemos? —Nela estrecha la mano que el forense le ofrece.

—Es un varón de mediana edad, calculo que de unos cincuenta o cincuenta y cinco años. Se encuentra en posición genupectoral, pero, por la lividez, todo parece indicar que el cuerpo ha sido desplazado.

—¿Hora de la muerte?

—No puedo precisarla, puede llevar muerto entre seis y doce horas.

—Vale, eso nos da un margen que va desde las siete u ocho de la tarde del sábado hasta hoy entre la una y las dos. ¿Sabemos la causa de la muerte?

—Todo apunta a la asfixia, posible estrangulamiento, aunque en esta primera inspección no se han observado marcas en el cuello que lo corroboren.

—¿Algo más que nos puedas adelantar?

—A simple vista no muestra signos defensivos —continúa Monzó—, pero sí un traumatismo craneal; probablemente lo golpearon por detrás para aturdirlo. Además, por las laceraciones que tiene en tobillos y muñecas, deduzco que lo inmovilizaron. También se aprecia un orificio de entrada en el cuello, tal vez le inyectaron algo; lo sabremos tras el análisis toxicológico. Y de momento es todo lo que puedo deciros. Cuando realice la autopsia podré daros más datos. Será mejor que lo veáis con vuestros propios ojos.

Nela y Valbuena se enfundan el mono blanco, los guantes, las calzas y el gorro; y siguen al forense por el pasillo de seguridad que han establecido sus compañeros de la Científica. Al llegar se encuentran una escena grotesca. El cuerpo está boca abajo, posado sobre las rodillas y la cabeza, con el pecho cerca de las rodillas. Entre las nalgas emerge lo que parece ser el antebrazo de un maniquí o similar.

—¿Quién ha podido hacer esta barbaridad? —pregunta Nela sin esperar respuesta mientras rodea el cuerpo para examinarlo—. ¿Y la cara? Lo han maquillado.

Bajo los ojos abiertos, turbios por la muerte, unas lágrimas secas y negras recorren las mejillas de la víctima entremezclándose con borrones rojos de carmín a la altura de la boca, congelada en una mueca obscena.

Monzó contempla el cadáver pensativo y toma aire antes de contestar.

—El crimen ha sido especialmente violento, yo diría que salvaje. Sin embargo, la puesta en escena es minuciosa: quienquiera que lo haya hecho se ha esmerado en lavar el cuerpo y lo ha colocado en una posición estudiada; no ha dejado nada al azar.

La jueza, María Pemán, una mujer de mediana edad, altiva y entrada en carnes, tiene fama de ser dura y firme en sus decisiones. Se acerca a Nela por detrás junto con el letrado de la Administración de Justicia que la sigue a tan solo unos pasos. Es un hombre flaco y desgarbado, de baja estatura; tiene las piernas más cortas que ella y le cuesta seguir su ritmo.

—Inspectora Ferrer, nosotros hemos terminado. Les dejo el acta de la inspección ocular para que la firmen.

—Gracias, señoría.

—Tienen una investigación complicada por delante, inspectora. Espero que me mantenga informada de todos y cada uno de los avances —le espeta.

La inspectora asiente con un gesto de cabeza, la jueza se da media vuelta y se va. Nela no tiene ganas de entrarle al trapo. Necesita un naproxeno y un café, la cabeza está a punto de estallarle. «Maldita resaca».

Capítulo 6

Queca vuelve a marcar el número de su jefe. Al otro lado, otra vez la misma locución con voz metálica: «El teléfono marcado no se encuentra disponible en este momento. Por favor, inténtelo de nuevo más tarde».

—¡Joder! —Lanza el móvil sobre la mesa y se recuesta en la silla de la cafetería donde ha ido a tomarse un café, y de paso un respiro, frente a la feria de muestras.

Lleva desde ayer intentando localizar a Miky, pero el muy capullo tiene el móvil apagado. Luego es él quien se lleva los laureles y la pasta, pero aquí siempre pringa la misma. Una de las actrices tiene sífilis y ha tenido que prescindir de ella, y de todos los *performers* con los que ha trabajado en los últimos días. Están en cuadro, y no va a ser ella misma la que se ponga encima del escenario, eso faltaba. No llevan las analíticas al día. Es algo que tarde o temprano les tenía que pasar. Pero... ¿ha de ser justo durante la jornada de clausura del primer festival porno de la ciudad? ¿De dónde puede sacar ahora a más personal?

Queca nota cómo su enfado va en aumento. Le duele la cabeza, tiene migraña. Y Miky sin dar señales de vida desde el viernes. Se habrá pegado tal fiesta que ahora estará medio inconsciente, como si lo viera. Y mientras, ella, echando más horas que un reloj para que todo esté a punto en el día grande del Valencia Roja. Tiene que dejar este curro de mierda. A sus treinta y cinco años no puede seguir con esto. El problema es que gana mucho más que en cualquier otro sitio. Estudió Biología, pero los trabajos que tuvo antes de meterse en esto estaban muy mal pagados. Estuvo encadenando beca tras beca en las que sabía cuándo entraba, pero nunca cuándo salía. No tenía vida, y encima no le daba ni para pipas. Con el porno vive mejor, aunque su conciencia cada vez está más resentida. Le ha tocado ver cosas muy duras; y, aunque siempre ha tenido la piel de hipopótamo, cada vez se la nota más fina, se le va desgastando con los años. En uno de estos cabreos le da un arrebato y se larga. Está harta.

En la mesa de al lado se han sentado dos hombres que hablan demasiado alto. Uno de ellos se ríe como si un burro le rebuznase al oído. Le va a reventar la cabeza. Aprieta los ojos y la mandíbula. Se levanta airada y se marcha, dejándose el café a medias.

Capítulo 7

Está siendo un mes de junio especialmente caluroso, con temperaturas más propias de julio. Apenas son las nueve de la mañana y el sol ya brilla con intensidad reflejándose en las cristaleras del edificio de la Jefatura Superior de Policía de Valencia.

Nela no se ha mirado en el espejo desde que salió de casa, pero para que Mauricio —dueño del bar El Clásico y despistado como él solo— haya reparado en su aspecto, debe de ser este realmente desastroso. En cuanto se termine el café irá a ver a Miguel Robledo, comisario provincial de Valencia, para ponerlo al día del caso. Y después tiene que reunirse con su grupo. El día va a ser muy largo. Lo único que necesita ahora mismo es otra ducha y unas horas de sueño reparador, pero eso tendrá que esperar.

—Decía mi padre —la mira de reojo Mauricio— que el que con vino se acuesta con agua se levanta. El zumo de naranja natural va muy bien para la resaca; si quieres, te preparo uno en un minuto.

—No, gracias, Mauricio, me da ardor de estómago solo de pensarlo. Cafeína en vena es lo que necesito. ¡Ah! Y un botellín de agua, por favor, que razón no le faltaba a tu padre.

El teléfono comienza a vibrar en su bolso. Lo saca, comprueba el nombre que aparece en la pantalla y descuelga.

—Hola, Pepe. Dime.

—Buenos días, Nela.

—Buenos, lo que se dice buenos, no pintan.

—He hablado con Robledo. Me ha contado lo del cadáver en el Casino del Americano.

Es el primer caso importante al que se enfrenta como jefa del Grupo de Homicidios. Pepe Cubells, su antecesor, es toda una institución en la Policía Nacional, todo el mundo lo respeta y admira. Nela ha ocupado su puesto tras su jubilación y teme no estar a la altura. Ella misma se formó con Pepe cuando entró en el cuerpo: no es solo su mentor, también es un amigo, como un segundo padre para ella. Su padre y él eran compañeros de trabajo y, tras su muerte, conservó la amistad con su familia; especialmente con su madre, a la que aún visita de vez en cuando.

—Sí, y el comisario también te habrá contado que no le contestaba al teléfono y que he llegado tarde a la inspección ocular.

—Robledo está nervioso porque la prensa se le va a echar encima. Tú no debes dejar que te contagie ese nerviosismo. Que se lo coma él, que para eso es comisario. ¿Sabéis ya quién es la víctima?

—No, estamos esperando a que nos diga algo la Científica. No llevaba documentación encima. Aranda está repasando los expedientes de desaparecidos, pero de momento nada.

—¿Qué forense os ha tocado?

—Monzó.

—Muy bien. Además de buen profesional tiene buen carácter, no os pondrá pegas.

Nela no dice nada más. Será complicado, pero es su caso y va a meter en la cárcel al que haya hecho tal barbaridad. Para eso se hizo policía, aunque a veces le cueste recordarlo.

—Por cierto, llama a tu madre —añade Pepe—. Estuve el otro día en su casa y la noté un poco floja. Quizá sean cosas mías, aunque no la vi del todo bien. Está preocupada por algo, pero no suelta prenda. A ver si a ti te cuenta.

—A lo mejor es solo cansancio. Se pega unas buenas jornadas con mis sobrinos. Desde que mi hermano se montó el bar, a mi madre la está enterrando en vida.

—Sí, nuestra generación es la gran explotada: primero se aprovecharon de nosotros nuestros padres, y ahora lo hacen nuestros hijos. Yo también ando de canguro, aunque lo mío es a tiempo parcial, no como tu madre.

—Si puedo, me escapo al mediodía y me la llevo a comer. Gracias por llamar, Pepe, pero tengo que dejarte. Me voy pitando a ver al comisario.

Capítulo 8

El Grupo de Homicidios se encuentra en la tercera planta de la Jefatura Superior de Policía de Valencia, construida a principios de los sesenta, en la Gran Vía Ramón y Cajal. Es un edificio de considerable tamaño que ocupa buena parte de la manzana que se halla entre aquella y las calles Cuenca, María Llácer y Gandía.

Al entrar en las oficinas, a Nela se le pone la piel de gallina. No sabe si está destemplada por la falta de sueño o es que el aire acondicionado está demasiado fuerte.

Antes de ir a ver al comisario aprovecha para entrar al baño. Se lava la cara y se mira en el espejo. Mauricio tenía razón: su aspecto es desastroso. Aunque tiene un buen cutis y puede permitirse ir con la cara lavada, hoy necesita un toque de maquillaje que le ayude a disimular la falta de sueño y la ingesta de alcohol de anoche. Sin embargo, desde que pasó de los cuarenta, ha tenido que empezar a teñirse; pese a que cada vez está mejor visto socialmente, aún hay quien piensa que si una mujer peina canas es una dejada, mientras que un hombre es un madurito interesante.

Saca un neceser del bolso e intenta arreglar un poco el desaguisado. Sus labios, no demasiado carnosos, carecen de pigmentación y se desdibujan con el resto de la piel; lo único que resalta en su rostro apagado son dos medialunas violáceas bajo sus ojos. Recoge su melena castaña en un moño antes de proceder con el corrector, el maquillaje, el iluminador y el colorete. Por último, un toque de rímel y carmín, en tono *nude*. Se saca algunos mechones para enmarcar el rostro y vuelve a mirarse en el espejo satisfecha:

maquillada pero natural, como a ella le gusta. Ya está lista para ver al comisario; al menos ahora no tiene peor cara que el muerto.

El despacho de Robledo está en la quinta planta. Nela sube por las escaleras; está en buena forma y, siempre que puede, evita el ascensor.

Al llegar a la puerta se detiene, aguanta la respiración unos segundos y llama despacio con los nudillos. Al no recibir respuesta, entreabre la puerta asomando la cabeza por la rendija. Lo encuentra al teléfono. Su mesa está cubierta por montañas de papeles y el monitor del ordenador cubre parcialmente su brillante calva y su barba de tres días.

Le hace una seña con la mano para que pase y tome asiento. Nela está nerviosa. Se arrepiente de haber subido por las escaleras. Su frente ha empezado a perlarse de pequeñas gotas de sudor. «A la mierda el maquillaje», piensa. Se sienta en el borde de la silla, con miedo, como un suicida a punto de saltar del puente. Nota cómo una gota de sudor le resbala por la axila. Mientras, el comisario continúa con su conversación, parece que está hablando con la prensa. Al cabo de un par de incómodos minutos, Robledo cuelga, toma un gran trago de agua del vaso que tiene sobre el escritorio y la mira con el ceño fruncido.

—¿Cómo ha ido la inspección ocular, bella durmiente?

Nela lo mira con rabia apretando la mandíbula, pero se contiene. Ya se sabe que la gallina de arriba se caga en la de abajo y el despacho de Robledo está dos plantas por encima del suyo, por algo será.

—El cadáver estaba hecho un cristo, comisario. Una puesta en escena grotesca.

—A la prensa le encanta el morbo. No tardará en filtrarse lo del brazo en el culo. ¿Había curiosos en la zona?

—No, la verdad es que no. Aparte del chico que ha encontrado el cadáver, al ser domingo y dada la hora, la cosa ha estado bastante tranquila en ese sentido.

—En cualquier caso hay que ser precavidos, los muy cabrones tienen ojos en todas partes. Y ya sabes, cuanto más turbio y más escabroso sea el asunto, más vende. Ahora mismo estaba hablando con el diario *Levante*. De momento he podido contenerlos: no van a publicar nada hasta que identifiquemos a la víctima.

—Sí, eso es lo primero. En cuanto sepamos quién es, podremos ir tirando del hilo. Se están revisando los expedientes de desaparecidos, pero aún no tenemos nada —contesta Nela intentando sonar firme, aunque por dentro está hecha un manojo de nervios.

—Pregunta por la necrorreseña. La necesitamos ya.

—Ahora mismo llamo, a ver si pueden adelantarme algo.

—Por otro lado, está lo de la jueza Pemán. Desde luego, ha sido mala suerte que estuviera de guardia justo hoy. Yo ya la he tenido varias veces con ella. Es un hueso duro de roer. Siempre está pidiendo explicaciones por todo y no nos facilita el trabajo lo más mínimo. Cualquiera diría que los delincuentes somos nosotros. Ya puedes argumentarle muy muy bien cada una de las actuaciones que nos tenga que autorizar o lo llevas claro con ella.

Nela asiente.

—¿Qué más puedes decirme? —Robledo se ha echado atrás en el asiento y tamborilea con los dedos sobre el escritorio—. ¿Causa de la muerte?

Ella lo pone al día, aunque aún no hay mucho que contar: la posible asfixia, la ausencia de marcas defensivas, el maquillaje...

—Habla con los de la Científica a ver si tienen algo más. Tenemos que averiguar cómo lo llevaron hasta allí: mover a un hombre con semejante envergadura no es tarea fácil.

—Sí, estamos esperando su informe. Cualquier indicio puede ser importante, aunque parece que el asesino ha sido minucioso.

—Va a ser un caso complejo, por lo morboso que es. Voy a tener a la prensa presionando. Dadle máxima prioridad.

—Descuide, comisario. Ya he convocado a mi grupo. Nos ponemos a trabajar de inmediato.

Capítulo 9

Cuando Nela entra en la sala común, su equipo al completo la está esperando. Valbuena es el más veterano y al único al que conoce bien. Aunque, teniendo en cuenta su buena acogida, esto no es una ventaja sino todo lo contrario. No tiene muy claro si su hostilidad se debe a tener por jefa a una mujer, o si es porque sacó la promoción interna, aun siendo más joven que él. No le gusta tener que mostrarse dura, pero sabe que no puede permitirle que le falte al respeto de esa manera o el grupo entero se le irá de las manos.

Saluda con un escueto «Buenos días» y un leve gesto de cabeza y va directa a la cafetera para prepararse un café de cápsula. Siente una especie de malestar en el estómago, como un cosquilleo ridículo que la obliga a respirar hondo varias veces para tranquilizarse.

—Os he reunido de urgencia porque estamos ante un caso delicado. De momento, la prensa está al margen hasta que identifiquemos el cadáver —les dice dándose la vuelta hacia ellos—. Sin embargo, acabo de hablar con los de la Científica, y hemos tenido suerte con la identificación; la víctima estaba fichada. Se trata de Miguel Murillo, de cincuenta y dos años, más conocido como Miky Moore en la industria pornográfica.

—¿En serio? —se sorprende Diego Zafra, el agente más joven del grupo—. Pues anda que no hemos visto pelis suyas mis colegas y yo de adolescentes. Es una leyenda del porno.

—Este fin de semana ha sido el Valencia Roja, no se habla de otra cosa en redes sociales —dice la agente Susana Aranda, apenas un par de años mayor que Zafra—. La ver-

44

dad es que el eslogan «El porno es cultura» no ha estado muy acertado.

El oficial Fran Puentes resopla y sonríe con esa sonrisa de anuncio tan suya.

—Pues natural como la vida misma —dice con su acento malagueño asomando entre las palabras—. El sexo forma parte de nosotros. Desde siempre se ha utilizado el desnudo y el sexo, tanto en pintura como en escultura. Y, si no, que se lo pregunten a Alfonso XIII, primer productor porno de este país.

Valbuena y Zafra le ríen la gracia. Puentes lleva el salero andaluz en la sangre.

—Ya, pero la mayoría del porno que se produce está hecho por y para hombres. No deja en muy buen lugar a la mujer. Así que no entiendo que lo consideren cultura —interviene la subinspectora Julia Sagarra muy seria.

Lleva en el cuerpo más de dos décadas, viene de Bilbao. Durante sus años de servicio ha estado trabajando en el Servicio de Atención a la Familia y, posteriormente en la UFAM, las Unidades de Atención a la Familia y Mujer, hasta que pidió el traslado a Homicidios y se incorporó al grupo. Este año cumplirá los cincuenta y no tiene pelos en la lengua.

—Oye, que también hay porno ético —contesta Zafra.

—Sí, ya. Porno para mujeres. El sexo es sexo, ya sea para hombres o para mujeres. Lo que pasa es que en el porno mayoritario la mujer tiene un papel pasivo, como un simple contenedor de semen y eso no me parece correcto, mucho menos cultura —insiste Julia.

Nela pega un sorbo de café y se cruza de brazos, impaciente. Tiene que centrar al grupo, pero no quiere sonar desagradable.

—Es que el porno es para lo que es, sin más. Tampoco hay que analizarlo ni ponerse tremendistas.

Es la primera vez que interviene Valbuena, que hasta ahora había permanecido en silencio, observando cómo el grupo se le iba de madre a la inspectora y disfrutando el momento.

—El problema viene cuando no se distingue la realidad de la ficción. Muchos chavales se educan pensando que el sexo es lo que ven en las pelis porno, y luego pasa lo que pasa: que si violaciones en manada, abusos a chicas bebidas o drogadas...

—Bueno, ya está bien. —Nela interrumpe el discurso de Julia, que la mira con mala cara, incapaz de disimular su enfado—. No hemos venido a hablar de la ética del cine para adultos. Tenemos un caso que resolver, al margen de nuestras opiniones al respecto.

Al final ha tenido que imponerse y eso no le gusta, pero no soporta que Valbuena la mire de esa manera.

—La jefa tiene razón. Vamos a centrarnos de una vez, que, con eso de que es domingo, estamos todos un poco dispersos.

—Gracias, Aranda. —Nela mira con un ligero asentimiento en dirección a su compañera y continúa—: Como os decía, la víctima tenía antecedentes, que han ayudado a su identificación: fue acusado de trata de personas con fines de explotación sexual y abuso de menores. El caso se sobreseyó sin que pudieran demostrarse las acusaciones.

—Una joya, vamos.

—Fue absuelto. Sea como sea, ese no es nuestro problema, Sagarra. Nosotros debemos encontrar a quien ha hecho esta barbaridad. —Nela abre una de las fotos en el ordenador, manipula el mando y, acto seguido, el cadáver de la víctima aparece proyectado en la pantalla de la sala. El resto del equipo lo observa con el rostro arrugado—. De hecho, sus antecedentes nos resultarán útiles. Es un hilo del que debemos tirar, por si se trata de algún tipo de venganza.

Julia tuerce el gesto, no se hizo policía para investigar homicidios en los que la víctima podría ser el verdugo. Pero reconoce que la inspectora está en lo cierto: por mucho que lo tuviera merecido, la justicia no se puede impartir así, a discreción.

—¿Cuánto hace de esas acusaciones? —pregunta Zafra.

—Ocho años.

—No sé, es un periodo de enfriamiento un poco amplio para una venganza.

—Es lo que tenemos que investigar, Valbuena: revisaremos el expediente del caso y veremos quiénes fueron las víctimas y si hubo algo que pudiera salirse de lo normal.

Nela prefiere trabajar en equipo. Que sus compañeros se sientan a gusto y que la investigación y el grupo funcionen como un engranaje. Quiere que todos participen, que pongan en común cada uno de los hallazgos, las hipótesis, las pesquisas; seis cabezas funcionando como una sola. Solo así, uniendo unas piezas con otras en perfecta sintonía, se consiguen resolver los casos. Espera que, al menos, Valbuena no le dinamite sus planes. Para intentar ganarse su confianza, decide que sea él quien ponga al día al equipo.

Valbuena va relatando los pormenores de la escena del crimen mientras sus compañeros miran las fotos que han hecho los técnicos de la Científica. Aranda y Zafra, los agentes menos curtidos, contraen el rostro y desvían la mirada. Sagarra y Puentes tuercen el gesto al mirar las imágenes, pero las examinan con más detalle mientras el subinspector termina su exposición. Luego, todos permanecen callados, procesando la información. Sagarra es la primera en hablar.

—¿La familia ya ha confirmado la identidad?

—No, Sagarra, aún no los hemos avisado. ¿Puedes encargarte tú de llamarlos y citarlos en el Instituto de Medicina Legal?

Julia confirma con un ligero asentimiento; es una mujer directa, pero con la empatía y las formas necesarias para lidiar con este tipo de noticias.

—Perfecto. Nos avisas en cuanto lo tengas, a ver si hay suerte y podemos hablar con ellos cuando vayamos al Ins-

tituto. En cuanto a la polémica que comentabas, Aranda...
¿Qué ha pasado exactamente?

—En los últimos días se han convocado manifestaciones en las puertas de Feria Valencia en contra de la pornografía. Las redes sociales están que arden con el lema del festival. Esta semana el *hashtag* #ElPornoNoEsCultura ha sido *trending topic*.

—Estad atentos por si encontráis alguna amenaza o alguna actitud que consideréis sospechosa.

—Nosotros nos encargamos, jefa —contesta Susana.

—También necesito que Zafra y tú tramitéis las órdenes judiciales para obtener la última posición y el registro de llamadas del móvil de la víctima, a ver si damos con algo que pueda ayudarnos en la investigación. Y otra para entrar a su domicilio, si Julia no encuentra ningún familiar que nos permita el acceso.

Diego Zafra asiente con la cabeza.

—Sí, sin problema —confirma Susana.

Lo que más le gusta a la inspectora de ella es su vitalidad y su solicitud. Aunque es muy joven y lleva poco tiempo en el cuerpo, no se queda de brazos cruzados a la espera de que le digan cómo tiene que hacer las cosas. Llegará lejos.

—Id pidiendo también el expediente y el sumario del caso de hace ocho años, a ver si podéis sacar algo de ahí. Estudiadlo al detalle, nunca se sabe si el asesino, o asesina, puede estar entre una de aquellas víctimas, o algún familiar.

Susana asiente con la cabeza mientras va anotando las órdenes de la inspectora en su cuaderno. Escribe la palabra «expediente» en mayúsculas y la enmarca en un rectángulo irregular.

—Una asesina lo veo complicado: la víctima es demasiado grande, debe de ser alguien más corpulento, con más fuerza.

—Todo parece indicar eso, Zafra, pero no podemos descartar ninguna hipótesis. Hasta que lleguen los informes de la autopsia y de la Científica, no tenemos nada más. Debemos agotar todas las vías de investigación.

—En la escena no se han encontrado huellas ni pisadas, de momento quien lo haya hecho sabe cómo borrar su rastro. No es sencillo mover ese cuerpo sin dejar ningún vestigio.

—Exacto, Valbuena. Puentes y Sagarra, necesito que vayáis al Casino del Americano. Hablad con los vecinos a ver si alguien pudo ver u oír algo. Averiguad si hay alguna cámara en los alrededores; aunque no creo. Mirad las posibles rutas de acceso y salida del escenario, a lo mejor tenemos suerte y localizamos algún vehículo sospechoso en las cámaras de tráfico.

—De acuerdo —contesta Julia mientras el oficial asiente llevándose los dedos índice y corazón a la frente a modo de saludo militar—. También deberíamos hablar con el Ayuntamiento. El Casino del Americano es de su propiedad y no sabemos si se hacía algún tipo de mantenimiento, es posible que algún trabajador haya podido ver algo raro en los últimos días.

—Buena idea, pero eso tendrá que esperar a mañana. Hoy domingo no creo que vayan a contestar al teléfono en Urbanismo. Podéis preguntar a la Local a ver si saben algo.

A Valbuena aún no le ha encomendado ninguna tarea. Está serio, expectante. Cruzado de brazos y piernas, no para de mover el pie con un cansino vaivén. Nela lo mira, ya más tranquila.

—Tú y yo nos vamos al Instituto de Medicina Legal a ver cómo va la autopsia. Después, nos pasaremos por Feria Valencia a ver si podemos hablar con alguien de la productora de Miguel Murillo.

A Nela no le entusiasma tener a Valbuena como compañero, pero lo conoce y sabe que es un gran profesional, lo necesita a su lado. Deben entenderse si quieren resolver este caso.

Capítulo 10

Verónica despierta abrazada a su marido, él todavía duerme. Hacía tanto que no amanecían así, que quiere disfrutar el momento. Aprieta el cuerpo contra el de él y aspira profundamente, impregnándose de su olor.

Las niñas han dormido en casa de Alejandra, su mejor amiga, que por su cumpleaños ha celebrado una fiesta de pijamas. Las dejaron ayer por la tarde y no tienen que recogerlas hasta hoy al mediodía. Estaban muy ilusionadas, tanto como ellos de poder estar un rato solos. Anoche pudieron disfrutar de la intimidad de volver a ser dos. Cenaron en un restaurante al que sería impensable ir con las niñas, de esos en los que se disfruta de la cena con tranquilidad, hablando entre plato y plato. Después, tomaron unas copas por el barrio de Ruzafa mientras compartían miradas y sonrisas, como dos adolescentes. Ya en casa, hicieron el amor con sosiego, sin las prisas habituales por el miedo a ser descubiertos. Ternura y caricias entremezcladas con miradas lascivas, gemidos y lametones.

Tienen la mañana del domingo para ellos solos. Irán a dar un paseo por la playa de la Patacona y se tomarán unas cervezas y un plato de bravas, con el mar de fondo, como a ellos les gusta. Después, como Cenicienta a las doce de la noche, irán a recoger a las niñas y el hechizo desaparecerá volviendo a ser cuatro de nuevo. Pero eso será después, ahora van a disfrutar de las horas que les quedan por delante.

Él la mira, le da un beso en los labios y acaricia su cuerpo buscando más de lo que tuvieron la noche anterior. Pero el móvil, que yace sobre la mesita de noche, comienza a parpadear y a emitir esa vibración cansina y molesta que

50

hace imposible ignorarlo. Verónica se da la vuelta y comprueba que es un número largo, de centralita. Extrañada, se levanta de la cama y contesta.

Tras una corta conversación, en la que su gesto ha ido cambiando y en la que solo ha respondido con monosílabos, mira a su marido con cara de circunstancias.

—Esta madrugada han encontrado muerto a Miguel, tengo que ir al Instituto de Medicina Legal para reconocer el cadáver.

—Tu hermano, como siempre, dando por el culo. Hasta el día de su muerte.

Capítulo 11

El IML, Instituto de Medicina Legal, se encuentra en la Ciudad de la Justicia, una mole imponente construida en la zona sur de Valencia, frente a la otra Ciudad, la de las Artes y las Ciencias, cuyos edificios se han convertido en iconos de la capital.

Nela lleva mucho tiempo sin asistir a una autopsia. En Madrid, por suerte, era su jefe el que se encargaba de estos menesteres. Hay que tener el estómago muy aplomado para que no se te revuelva y ella ya lo ha traído revuelto de casa.

Las salas de autopsias se ubican en el sótano. Nela y Valbuena recorren un pasillo largo y gris, sin ventanas. Los paneles que lo iluminan artificialmente emiten una luz amarillenta, en teoría más cálida, que lo hace aún más tenebroso si cabe. Todo está en silencio, tan solo se escuchan los pasos de ambos al caminar y el roce de las batas que se han tenido que poner encima de su ropa para poder entrar a presenciar la autopsia. Nela mira de reojo a Valbuena, al que se le han empezado a empañar las gafas por culpa de la mascarilla. Le resulta gracioso ver a su compañero de esa guisa, pero, tal y como están las cosas entre ellos, se muerde la lengua y calla.

—¿Cómo lo llevas, Monzó? ¿Has podido descubrir algo? —dice Nela a modo de saludo al entrar en la sala.

—Apenas hemos avanzado, os estábamos esperando —los reciben el forense y la auxiliar con todo listo—. Por ahora, solo hemos examinado el cuerpo por fuera, pero hemos encontrado algo que nos ha llamado la atención: le han amputado el pene, con gran precisión; es posible que quien lo haya hecho tenga conocimientos quirúrgicos.

—¿Qué te hace llegar a esa conclusión?

—Tras practicarle la penectomía, se cauterizó la herida para evitar la exanguinación.

Nela lo mira con estupor.

—¿Han localizado el pene en la inspección ocular? —pregunta Valbuena.

—No, ni rastro. Les preguntaré a los compañeros de la Científica, pero si lo hubieran hallado esta mañana me habrían avisado.

—Quizá se lo ha llevado el asesino como trofeo —especula Nela.

El forense se encoge de hombros.

—Por lo demás, nada reseñable salvo lo que ya comentamos en la inspección ocular. El cuerpo está limpio, ni un solo resto. Se han empleado a fondo con la limpieza. Respecto al maquillaje, tampoco sabría decir si lo maquillaron como parte del ritual o si ya iba maquillado cuando le hicieron esto. Eso os lo dejo a vosotros.

A Nela se le ponen los pelos de punta al contemplar el cadáver que descansa sobre la mesa de autopsias. Está pálido a causa de la falta de riego sanguíneo, le recuerda a las muñecas chochonas de la feria, con la tez blanca, la boca abierta y esos labios pintados de rojo.

—¿Y el brazo que le salía del culo? —lo dice sin pensar, pero, al ver la mirada que le dirige la auxiliar por encima de la mascarilla, piensa que quizá ha sido demasiado directa.

—Lo hemos extraído para poder tumbarlo. Se trata de un brazo de maniquí corriente, de los que podría comprar cualquiera. Se lo enviaremos a la Científica a ver qué pueden averiguar. Aunque aún debemos examinarlo con más detalle, ya os adelanto que tiene el ano completamente destrozado. Si se lo hicieron mientras seguía vivo, espero que estuviera sedado.

Nela piensa en la posición en la que encontraron el cadáver y en la mente retorcida que ha podido hacer aquello.

Desde luego no ha sido una muerte pasional ni fruto de un momento de ira transitorio. El que lo ha hecho quería ver sufrir a la víctima, quizá sea la tortura la motivación de este crimen. Está a punto de lanzarle la pregunta al forense, pero Valbuena se adelanta.

—Lo torturaron —no pregunta, afirma.

—Aún es pronto para sacar conclusiones, pero yo diría que sí, que el objetivo no era tanto la muerte en sí, como el sufrimiento de la víctima. Que le amputaran el pene *ante mortem* y posteriormente cauterizaran la herida, cerrando los vasos sanguíneos para evitar el sangrado, indica que quien lo hizo no pretendía matarlo de forma rápida. De hecho, por el estado de la herida, creo que se practicó días antes de la muerte.

—En ese caso, podemos deducir que lo mantuvieron un tiempo retenido.

—Sí, casi con total seguridad, inspectora. Por eso y por las laceraciones en tobillos y muñecas. Al menos transcurrieron veinticuatro horas desde que se practicó la penectomía hasta el fallecimiento.

—¿Has podido precisar más la hora de la muerte?

—Se produjo la noche del sábado al domingo, entre las veintidós horas del sábado y las dos o las tres del domingo.

—Vale, pues tenemos que averiguar cuándo lo vieron con vida por última vez. —Nela se dirige a Valbuena, que asiente con un leve gesto—. ¿Algo más que puedas adelantarnos?

—Bueno, en realidad sí, aunque no es demasiado esclarecedor por ahora. Debieron de emplear algún tipo de instrumental para mantenerlo con la boca abierta: hemos visto unas marcas en el interior de los labios. Nos había pasado desapercibido por el carmín rojo. Lo indagaremos más a fondo.

—Gracias, Monzó. Si no hay nada más, vamos al lío. —Nela intenta infundirse ánimos para soportar lo que está a punto de presenciar. Solo espera no tener que salir corriendo para echar hasta el hígado por el retrete.

Monzó pone la grabadora en marcha y comienza con la disección. La auxiliar va pasándole instrumentos, sin que él se los pida, en una suerte de coreografía donde todos los movimientos están medidos. Sería hermoso verlos trabajar así, de forma tan minuciosa, si no fuese por la atmósfera que envuelve la sala.

—Aquí está —anuncia el forense—. Causa de la muerte: asfixia. Sofocación por oclusión directa de las vías respiratorias. —Extrae con las pinzas un objeto de la tráquea de la víctima. Está envuelto en una especie de papel film que recuerda a los paquetes de droga que degluten las mulas para pasarla de contrabando. Deposita el paquete en una bandeja de acero inoxidable y pausa la grabación para dirigirse a los dos policías—: Esto es lo que le provocó la muerte, por eso, *a priori*, no había indicios externos de la causa de la asfixia. En este tipo de asfixias, o bien encontramos el cuerpo extraño, o bien lo deducimos por lo que nos cuentan los testigos. Lo más común es el atragantamiento al comer o, en niños pequeños, al introducirse objetos en la boca. No es habitual en homicidios. Lo más parecido que he visto a lo largo de mi carrera son amordazamientos en los que se utiliza una toalla, un pañuelo o una bufanda; cuya tela se introduce en la boca, rodeando la cara con el resto de la prenda. En estos casos es la propia víctima, en sus esfuerzos por pedir auxilio y respirar, la que se acaba introduciendo en las vías aéreas la parte interior de la mordaza, dando lugar a la sofocación.

El forense coge el objeto que acaba de extraer y lo desenvuelve con cuidado. Tiene forma cilíndrica de apariencia blanda, viscosa. Cuando termina de retirar el plástico, quita otra capa blanca. Es una especie de cartón, como los que se ponen en esos pastelitos de repostería fina para que no se desmoronen. Todos aguardan en silencio, expectantes, viendo cómo el forense, con gran precisión, termina de retirar esa última capa con ayuda de unas pinzas. Al desvelarse el contenido, Nela es incapaz de contener un gesto de repugnancia.

—Vaya, pues hemos encontrado el pene. —Monzó rompe el silencio espeso que se ha formado en la sala—. Va acompañado de dedicatoria y todo —dice jocoso.

—¿Dedicatoria? —pregunta Valbuena; Nela aún está intentando controlar las náuseas.

—«Sin arcada, no hay mamada» —lee el forense.

Capítulo 12

En el coche, durante el corto trayecto que separa la Jefatura Superior de Policía del Casino del Americano, Sagarra y Puentes apenas han hablado más allá de temas intrascendentes o de algunas indicaciones de cómo llegar al lugar. Fran entró en la brigada justo cuando Nela se fue a Madrid y no coincidió con ella. Julia se ha incorporado hace tan solo unos meses y todavía no conoce bien a sus compañeros. Cuando enfilan la avenida de Burjassot, es Puentes quien busca algo de complicidad con su compañera.

—¿Qué te parece la jefa? Me ha dado la impresión de que te mosqueabas cuando te ha interrumpido antes, en la reunión.

—No pasa nada, es normal que haya querido centrarnos. Lo que pasa es que durante mis años en la UFAM he tenido que ver cosas muy duras y hay ciertos temas con los que me ciego.

—Pues a mí no me gusta cómo está llevando este caso, con Cubells era distinto. A Ferrer la veo como insegura, con miedo. Creo que no sabe por dónde tirar y por eso nos manda a dar palos de ciego en la escena del crimen.

—Dale un respiro, es su primer caso gordo como jefa.

—No voy a dárselo, si su inseguridad me hace perder el tiempo.

—No creo que nos esté haciendo perder el tiempo. Quizá encontremos algún testigo.

Fran no lo ve tan claro. No le encuentra mucho sentido a esta visita si aún no saben ni qué tienen entre manos. Mientras ella y Valbuena se van a ver la autopsia y al festival porno, él tiene que entrevistar a gente que probablemente no tenga ni idea de qué narices ha pasado.

—Y... ¿no puede esperar a tener el informe de la Científica? No sé, la veo muy perdida, no me inspira confianza —insiste.

A Julia no le gusta nada el rumbo que está tomando la conversación. No soporta a la gente que se calla cuando algo no le gusta y luego va por detrás malmetiendo. Si tanto le ha molestado a Puentes que la jefa los haya enviado allí, que lo hubiese dicho en la reunión. Pero no, ha agachado la cabeza y ha aceptado sin rechistar. No piensa darle más bola, estas cosas no van con ella.

—No voy a seguir con eso, Fran. Yo sé lo que es tener jefes capullos y te aseguro que Nela no lo es. Es más, estoy segura de que sacaría la cara por cualquiera de nosotros llegado el momento, y eso vale mucho. Necesitamos pistas que seguir y eso es lo que vamos a hacer: buscarlas. Anda, déjate de tonterías y vamos.

Benicalap se encuentra al noroeste de la ciudad. Fue un municipio con autonomía propia hasta finales del siglo XIX, que pasó a ser pedanía. Más tarde, en 1979, Valencia lo absorbió dentro del distrito dieciséis, que lleva el mismo nombre. Se trata de un barrio obrero que, hasta no hace tanto, se hallaba en la periferia. Pero en las últimas décadas se ha construido a su alrededor el palacio de Congresos, la torre Hilton, el rascacielos más alto de la ciudad gestionado desde 2011 por el grupo Meliá, y lo que algún día será el nuevo estadio de Mestalla.

Han aparcado el camuflado en el descampado que hay junto al Casino del Americano, haciendo esquina con la avenida de Burjassot.

Tras bajarse del coche examinan la zona. El descampado linda por la izquierda con el muro de piedra de lo que fue la finca de recreo; al fondo con unas huertas y a la derecha con la calle de L'Alquería dels Moros. Esta calle, que hace las veces de carretera sin margen para arcén ni acera para peatones, se encuentra flanqueada a su derecha por la valla del parque de Benicalap, el más emblemático y visitado de la ciudad, después de los Jardines de Viveros.

—¿Te has fijado en que no hay farolas? Esto por la noche debe de ser como la boca de un lobo. —Julia rompe el incómodo silencio que se ha formado entre ellos.

—Sí, la poca iluminación que tendrá será la de las farolas que hay en la avenida —contesta Puentes muy serio.

Continúa molesto, no esperaba esa reacción de su compañera. Cuando dos subordinados critican al jefe, suele funcionar. Las personas somos así, nadie se interesa por las cosas positivas, pero cuando hay carnaza nos convertimos en buitres y nos tiramos sobre ella a la primera de cambio. Sin embargo, su compañera es del norte y tiene carácter, no le servirá esa estrategia con ella.

Avanzan pegados al muro de piedra. En algunos tramos está medio derruido y es posible colarse al interior del recinto de lo que en su día fue un espléndido jardín con una pérgola, una fuente, de la que solo queda una alberca, y un corredor de palmeras de las que, tras la plaga del picudo rojo de hace unos años, solo algunas resisten al abandono del lugar.

—Se pudo colar por aquí. —Puentes señala una de las partes del muro que están completamente destruidas. Los restos de lo que en su día fue una torre vigía, con unas aspilleras que parecen mirarlos desde arriba, mantienen en pie lo que queda de la tapia.

—Está que da pena, desde luego. Por no hablar de los grafitis. Pero sigamos un poco más, tuvo que entrar por otro lugar más alejado de la avenida.

El descampado huele a pis y está lleno de excrementos de perro, así que tienen que caminar mirando hacia el suelo para no pisar ninguno. Además de los grafitis, la hiedra también se ha adueñado de las piedras del muro; cuelga frondosa hacia el exterior tapándolo casi por completo, como si alguien hubiese extendido una pesada alfombra para que se secase al sol.

—Esto ya me cuadra más. —Julia aparta con la mano las ramas más bajas de un inmenso árbol que cubre parte del último tramo del muro, dejando a la vista un agujero de más de un metro de alto por casi dos de ancho.

—Está lejos de donde se encontró el cadáver. Ten en cuenta que la finca tiene treinta mil metros cuadrados y el cuerpo lo dejaron junto al palacete.

—En eso tienes razón, habrá que averiguar cómo pudo transportarlo hasta allí, a ver qué nos dicen los de la Científica. Pero este agujero podría ser una buena opción para acceder sin ser visto.

Capítulo 13

Verónica Murillo permanece de pie junto a su marido, Álvaro, que la arropa pasándole un brazo por encima de los hombros. Se la ve molesta, pero muy entera. Si la muerte de su hermano la ha afectado, no lo aparenta. Quien la mire verá a una mujer muy guapa de unos cuarenta años, con una larga melena negra que le cae por el lado derecho del cuello. Alta y delgada, todo lo contrario al hombre que yace inerte en la mesa de autopsias.

—Buenos días, señora Murillo, soy la inspectora Nela Ferrer. Él es el subinspector Andrés Valbuena. La sala en la que se encuentra su hermano es la número seis. Cuando se sientan preparados, pueden pasar.

Los dos policías aguardan en el pasillo. A través del cristal ven cómo el forense descubre la sábana y Verónica asiente, con el mismo semblante pétreo que tenía antes de entrar.

—Sí, es él —confirma Verónica al salir de la sala.

—Lo siento mucho.

—No lo sienta, inspectora. Mi hermano murió hace años para mí.

Ella sabe lo duro que es hablar con alguien que ha perdido a un ser querido; sin embargo, no estaba preparada para recibir una respuesta tan rotunda y amarga. Ese hombre no tiene más familia que su hermana, y ni siquiera el luto consigue arrancar el más mínimo sentimiento hacia él. Nela inspira hondo y suelta el aire con fuerza por la nariz antes de hablar.

—Si les parece bien y se encuentran con fuerzas, nos gustaría hacerles unas preguntas.

—¿Por qué? Yo no tengo nada que decirles. Hace años que no sé nada de mi hermano. Solo queremos enterrarlo y olvidarnos de este tema cuanto antes.

—Lo entiendo, pero cualquier información que nos puedan aportar nos sería de gran ayuda para atrapar a quien le haya hecho esto —insiste Nela—. ¿Saben si había tenido problemas con alguien?

—Eso seguro, pero como no manteníamos ningún contacto desde hace años no sabría decirle.

—Sabemos que su hermano fue juzgado por los cargos de trata de personas y abusos a menores hace unos años. ¿Cree que su muerte pueda tener algo que ver con ese caso?

El marido, que no ha dicho una palabra desde que han llegado, da muestras de impaciencia y pone la mano en la espalda de su mujer, a la altura de su talle, como invitándola a marcharse. Ella entiende el gesto y contesta con rapidez.

—Lo siento, pero tenemos que ir a recoger a nuestras hijas.

—De acuerdo, no les molestamos más —interviene Valbuena—. Quizá podrían pasar mañana por la mañana por la brigada para que les tomemos declaración.

Nela lo mira molesta. No entiende por qué su compañero ha decidido de forma unilateral dar por concluido el interrogatorio. A veces resulta complicado, pero, en una investigación como la que tienen por delante, las primeras preguntas son cruciales y vale la pena intentarlo.

—Muchas gracias, subinspector, aunque no entiendo qué podemos aportar. Ya le digo que hace mucho tiempo que no tengo relación con él. Yo podría pasarme a eso de las nueve y media, después de dejar a las niñas en el colegio, pero mi marido estará trabajando.

—Sería conveniente que viniesen los dos —apunta Valbuena.

El hombre los mira y arquea una ceja. Lleva tanta gomina en el pelo que parece que le cueste gesticular. Camisa blanca perfectamente planchada con el caballito bordado en azul a su izquierda, pantalones chinos de color beis y mocasines marrones a juego con el cinturón.

—No veo la necesidad —dice levantando la barbilla, altivo—, jamás he tenido contacto con el indeseable de mi cuñado. Conocí a Verónica cuando él ya no vivía en casa de mis suegros y, por tanto, no sé de él nada más que lo que ella me ha contado. —Hace una pausa, tratando de dar más importancia a sus palabras—. Pero de acuerdo, allí estaré.

—Perfecto, nos vemos mañana a las nueve y media —se apresura a cerrar Nela.

Se despiden con un leve gesto de cabeza y la pareja se marcha por el largo pasillo gris hasta atravesar la puerta que da a los ascensores.

—¿Se puede saber qué haces? ¿Por qué los has citado para mañana en lugar de dejarme que los interrogue ahora? —pregunta la inspectora en cuanto los pierde de vista.

—Acaban de identificar el cadáver y no creo que sea ni el momento ni el lugar.

—Joder, Valbuena, no se puede ser tan mirado. Y menos aún con un caso como el que tenemos entre manos. Además, a la hermana no se la ve muy afectada...

—Sí. La verdad es que ha estado un poco fría.

—Y el marido..., un capullo de libro. ¿Por qué has insistido en que venga con ella mañana?

—No sé, no me ha dado buena espina. Además, si su cuñado no había hecho testamento, su mujer puede ser la única heredera de la fortuna del productor.

—Bien visto, Valbuena —refuerza Nela antes de echar a andar hacia la salida.

Por ahora, no pueden descartar nada. Si hay algo turbio en esos dos, lo averiguarán.

Capítulo 14

Frente al descampado hay unos pisos de protección oficial de época franquista. Bloques gemelos de siete plantas pintados en tonos granates. Entre ellos hay un colegio, cuya fachada es notablemente más baja que la de los edificios colindantes, que se ubica frente a la puerta de entrada del Casino del Americano. El colegio está cerrado y no hay ningún negocio cerca que pueda tener alguna cámara de videovigilancia.

Sagarra y Puentes se acercan a uno de los portales. Treinta viviendas en cada bloque. Puentes resopla resignado.

—Apuesto a que después de llamar a casi cien pisos no sacaremos nada que valga la pena.

Julia lo mira y suelta el aire en una exhalación. A ella tampoco le hace ninguna gracia ir puerta por puerta como si fuesen dos vendedores de enciclopedias, pero cumple órdenes.

Deciden comenzar por el primero de los bloques, el que está justo frente al descampado. Llaman al azar a una de las viviendas, utilizando el portero automático. Seguidamente y sin que haya respuesta por el altavoz, escuchan el sonido de apertura de la puerta. No hay portería, por lo que nadie los recibe al entrar, solo un intenso olor a pino que se les agarra a la garganta con cada inspiración. Un friso de madera color caoba reviste la pared hasta media altura, y unos cuadros con láminas de paisajes campestres y el marco dorado contrastan con el tono salmón de la parte superior.

En las primeras plantas nadie contesta; es domingo y muchos habrán salido a pasar el día con la familia. Continúan recorriendo los pisos sin éxito. En la mayoría de las viviendas nadie abre la puerta, y los pocos que lo hacen dicen no haber visto nada.

Llevan más de hora y media dando palos de ciego. Cuando llegan al portal del tercero de los bloques, ven salir a un hombre de unos setenta años, de mirada amable y pelo blanco en franca retirada, que apenas le cubre la mitad inferior de la cabeza. Viste unos pantalones de tela de color beis y una camisa blanca de manga corta a través de cuya tela se distingue una camiseta interior, del mismo color, de tirantes gruesos. Porta una bolsa de supermercado anudada dentro de un cubo verde con asa metálica. Los policías lo abordan antes de que ponga rumbo hacia el contenedor de basura.

—Buenos días. Soy Julia Sagarra, subinspectora del Grupo de Homicidios de la Brigada Provincial. Él es mi compañero, el oficial Francisco Puentes.

El hombre entrecierra los ojos, frunce el ceño y los mira receloso.

—Buenos días. ¿En qué puedo ayudarlos?

—Estamos investigando un homicidio. Encontramos un cadáver anoche en el Casino del Americano. Solo queríamos saber si usted pudo ver algo que nos ayude en la investigación.

—¿Un cadáver? Si es que al final tenía que pasar algo, ya lo sabía yo.

—¿Vio usted algo extraño estos días?

—No... Ver ver, no he visto nada. Al escuchar el follón en la calle me asomé al balcón y vi las luces de los coches de policía y eso. Pero pensaba que era por algún tema de okupas de esos, o de yonquis o de los niñatos que vienen de vez en cuando a fumar porros y a hacer botellín o botellón o como se diga. —El hombre barre el aire con la mano y hace una pausa antes de añadir—: Aquí hemos visto de todo, ¿sabe? Si no son unos, son otros.

—Entonces ¿dice usted que acostumbra a ver entrar y salir personas del recinto del palacete?

—Okupas, yonquis…, esas cosas. También rumanos de esos que van con el carrito de Mercadona lleno de cosas que cogen de los contenedores…, qué sé yo. No salgo mucho de casa, pero los veo desde el balcón. ¿Quieren subir y echar un vistazo por si les sirve de algo?

Los policías se miran, ambos saben que no van a sacar nada asomándose por el balcón de ese señor. Como tampoco van a conseguir ninguna información relevante para el caso después de patearse todas las viviendas que aún les quedan por recorrer.

—Gracias, pero debemos continuar con la investigación.

—Siento no servirles de más ayuda, inspectores —les dice el hombre resignado—. Quizá tengan más suerte si van a hablar con Paco el Gitano —añade bajando la voz, como si temiese que alguien pudiera oírlo—; seguro que conoce a alguno de los yonquis que van a pincharse allí. No le digan que he sido yo el que ha dado su nombre, pero es sabido por todos que los coches que lleva no son de vender zapatos en el mercadillo.

—¿Y dónde dice que vive ese tal Paco?

Puentes levanta una ceja con curiosidad. Al final va a tener que darles la razón a las dos: a su nueva jefa y a Sagarra. Después de todo, van a sacar algo de información de allí.

Capítulo 15

Susana Aranda estudia el expediente que acaba de llegarles del juzgado: es el caso por el que Miguel Murillo estuvo acusado hace ocho años. Ya ha preparado las órdenes judiciales y las ha dejado encima de la mesa del despacho de la jefa a la espera de que las firme. Ha revisado con minuciosidad las redes sociales de la víctima. Es increíble lo que se puede descubrir de alguien a través de sus redes sociales, pero esta vez no ha habido suerte. Ni rastro de vida personal. Sus perfiles de Facebook, Instagram y Twitter son puramente profesionales. Se dedica al porno, bien, nada que no supieran ya. Está desanimada y frustrada.

Ella no solicitó este destino para verse confinada entre cuatro paredes y montañas de papeles. Se esperaba más acción. A Zafra le da un poco igual, ha terminado en Homicidios un poco por casualidad, pero ella está ahí por pura vocación. Fue la primera de su promoción. Siempre, desde el colegio, ha sacado sobresaliente en todo. Podría haber estudiado Física, Bellas artes o Ingeniería aeronáutica, lo que le hubiera dado la gana. Su tutora en el instituto le dijo: «Podrás dedicarte a lo que quieras, hija. Serás lo que quieras ser». Y ella lo que ha querido ser es policía, siempre lo tuvo claro. Preparó la oposición al terminar bachiller y ahora compagina el trabajo con el doble grado en Criminología y psicología.

—Buenas.

—Hombre, dichosos los ojos, Zafra. ¿Habéis ido a Colombia a por el café?

—Pero si ya tenemos todo lo que nos ha pedido la jefa preparado. Tómate un respiro, anda.

—Ya ha llegado el expediente del juzgado. Además, tú tenías que buscar el *hashtag* #ElPornoNoEsCultura en redes.

—Ya lo he hecho y nada: memes, gente a favor, gente en contra..., pero nada que aporte algo a la investigación.

—Joder, Zafra. Cúrratelo un poco más, tío.

Zafra se encoge de hombros.

—También le he pasado los datos a la Brigada de Investigación Tecnológica para que revisen la página web del productor.

Susana se levanta y deja caer una gruesa carpeta encima del escritorio de su compañero.

—Toma, revisa tú esto. Por lo que he podido ver hasta ahora, hubo varias denuncias, pero la mayoría las retiraron las propias víctimas. Me suena a soborno o amenazas.

—O presión social. Ten en cuenta que la mayoría serían adolescentes y, a esa edad, el sentimiento de pertenencia al grupo es muy importante.

—Vaya, Zafra, parece que el café te ha espabilado.

Él sonríe con chulería mientras hace un gesto como si se estuviese sacudiendo el polvo de los hombros. Luego mira la montaña de papeles que acaba de dejar Susana sobre su mesa y resopla hastiado.

—Vamos a tardar la vida en revisar todo esto.

—Tú naciste cansado, chico.

—Pues la verdad es que, según cuenta mi madre, me tuvieron que sacar con ventosa. Así que supongo que tienes razón.

Los dos se ríen con ganas. A Susana le gusta trabajar con Zafra, por muy cabreada que esté siempre consigue sacarle una sonrisa. Es un tío con el que resulta casi imposible discutir; nunca entra al trapo y siempre hace bromas de todo. Aunque a veces se escaquea, genera buen ambiente de trabajo.

—Venga, Niño Ventosa, a trabajar.

Capítulo 16

A las puertas de Feria Valencia se agrupan unas cincuenta o sesenta personas pertrechadas con pancartas y silbatos. En las pancartas pueden leerse mensajes como «Porno Off - Sexo On», «Apaga la pantalla y vívelo» o «Pornografía = Desigualdad», acompañados con el *hashtag* #ElPornoNoEsCultura.

—Mira, Valbuena, la manifestación de la que nos ha hablado Aranda en la reunión. Tenemos que averiguar quién la convoca. Vamos a preguntar.

—No creo que sea necesario, inspectora. Podemos averiguarlo por otras fuentes.

Nela resopla y pone los ojos en blanco; otra vez la vena pudorosa de su compañero.

—Yo voy a preguntar, tú si quieres espérame aquí. Enseguida vuelvo.

Nela se abre paso y se planta frente a los manifestantes. Valbuena la sigue con cierta dificultad, debido a su corpulencia. Su jefa se ha escabullido como una lagartija entre las piedras.

—Buenas tardes. Policía.

Nela muestra su placa a uno de los manifestantes. Tiene que alzar la vista para mirarle a la cara; es un hombre grande, a lo alto y a lo ancho, como un mastodonte. Sus manos, también grandes, se aferran a la pancarta que le cubre la mitad inferior del cuerpo. Valbuena mira a su compañera, que, a pesar de su metro setenta de estatura y de los botines de tacón ancho que aún le otorgarán otros cinco centímetros extra, parece una niña a su lado. El subinspector masculla algo ininteligible y aprieta el paso para alcanzarla. No puede creerse que su jefa haya tenido que ir a preguntarle precisamente a semejante mole.

—La manifestación está autorizada por Delegación de Gobierno —les dice el tipo con el rostro inexpresivo.

—Sí, sí, tranquilo. Venimos por otros motivos. ¿Quién convoca la manifestación?

—Somos de la asociación FairSex.

—De acuerdo, y... ¿quién está al frente de la asociación?

—Carmina Marzal, la directora.

—¿Podemos hablar con ella?

—No, no ha venido hoy. Pero pueden concertar una cita. —El hombre libera su mano izquierda de la pancarta para hurgar en el bolsillo trasero de su pantalón. Les entrega un folleto de la asociación doblado y desgastado—. El teléfono y el horario los tienen justo aquí. —Señala en la parte inferior del folleto.

—Gracias. Y usted es...

—Antonio, soy voluntario en la asociación.

—Muchas gracias, Antonio.

Una vez dentro de Feria Valencia, acceden a una nave enorme con capacidad para miles de personas, pero que, a esa hora de la tarde, se ve casi vacía. El ruido es atronador; unos altavoces inundan de música electrónica todo el espacio, iluminado por luces estroboscópicas de múltiples colores. Hay mucho humo y les cuesta orientarse. Antes de entrar les han repartido un tríptico con las normas del festival: «Sí a la diversión y al placer, sí a la igualdad, sí a la diversidad de vestuario, sí a las fotos de prensa acreditada; sí a ver, experimentar y tocar bajo tu consentimiento. La máxima regla del festival es el respeto. No a las fotografías en las zonas de juegos y en los escenarios, no a las sustancias ilícitas, no a la carencia de buenas maneras. Como medida de seguridad se pondrá una pegatina en la cámara de los teléfonos móviles». En la portada, el cartel del festival con el eslogan EL PORNO ES CULTURA exhibe unos jugosos labios de mujer pintados de rojo colocados estratégicamente en vertical; justo encima, en negrita y siguiendo la misma gama cromática, el rótulo que le da nombre: VALENCIA ROJA. Nela observa el folleto y niega con la cabeza antes de doblarlo por la mitad y tirarlo en la primera papelera que encuentra a su paso.

Se cruzan con varias personas: hombres y mujeres que exhiben tatuajes, faldas de cuero con cadenas, pelos de colores, botas altas que sobrepasan la rodilla, pírsines, ojos ahumados, calzoncillos de látex y tacones de dominátrix. Queda clara la norma del sí a la diversidad de vestuario. Hay dos escenarios para los llamados shows eróticos, uno más grande con una pasarela al estilo *Operación Triunfo* y otro de menor tamaño, situado a la derecha.

Según les ha indicado la azafata de la puerta, el *stand* de DiLatX Producciones se encuentra en el pabellón contiguo, al que se accede por una puerta que está detrás del escenario pequeño.

—Con este humo y estas luces no se ve nada, joder. —Nela empieza a desesperarse, esa música del demonio va a conseguir que le explote la cabeza.

—Podríamos haber llamado y quedar en otro sitio..., no sé, más normal.

—No, es mejor no avisar; así podremos ver cómo reacciona.

Valbuena se frota los ojos debajo de las gafas. El día está resultando especialmente largo y ella tiene razón: el humo, las luces y la música electrónica no ayudan en absoluto.

Se cruzan con un chico joven, de unos veintipocos, con el cuerpo hercúleo untado en aceite y cara de niño bueno; parece el doble de Leonardo DiCaprio pero de gimnasio. Nela se planta delante de él y le muestra la placa.

—Buenas tardes. Policía. Estamos buscando el *stand* de DiLatX.

—¿DiLatX? *Oh, yes... Miky Moore... I know. Over there.* —Y señala una puerta negra situada al fondo.

Tres minutos después, localizan su objetivo.

—¿Rebeca Suárez? Policía.

Queca levanta la vista de la carpeta que tiene delante y los mira con asombro durante un instante. Luego continúa repasando sus notas mientras les contesta, como si no estuvieran ahí.

—¿Policía? ¿Qué pasa? Tenemos todos los papeles en regla.

—No venimos por eso.

—¡Sí, que lo traigan ya o no llegamos, joder! —grita Queca a alguien que debe de estar al otro lado del intercomunicador negro que lleva en la oreja.

—Disculpe —insiste Nela—. ¿Le importa si hablamos unos minutos?

Queca no para. Va de un lado a otro, de manera que los policías se ven obligados a seguir sus pasos mientras intentan hablar con ella.

—Estoy muy ocupada, los shows están a punto de empezar y voy de culo.

—Venimos a hablar con usted sobre su jefe, Miguel Murillo.

—¿Miky? ¿Ha pasado algo? —Por fin han conseguido captar su atención. Se detiene en seco y los mira expectante.

—¿Cuándo fue la última vez que lo vio o habló con él?

—Pues... el viernes por la noche. Llevo desde ayer intentando localizarle por un problema que hemos tenido con los *performers*, pero no me coge el teléfono; con la que hay aquí liada. —Queca resopla mientras se sube las gafas con el dedo índice.

—¿Es normal que no esté presente en eventos como este?

—De la organización de las *performances* me encargo yo, aunque él siempre suele estar por aquí. Ya saben, para hacerse fotos y supervisar un poco. Aunque supongo que no vendrán a ver qué tal lleva el negocio; así que díganme de una vez lo que hayan venido a decirme, por favor. Como pueden ver, estoy muy ocupada. —Se retira el pelo de la cara y vuelve a resoplar—. ¡No, no, ese no, el diván dorado, hostia! —grita a alguien por el pinganillo.

Nela se está empezando a hartar de la situación, así que lo suelta sin rodeos:

—Esta madrugada han encontrado el cadáver de Miguel Murillo en el Casino del Americano, al lado del parque de Benicalap.

—¿Cómo?

Queca los mira con los ojos y la boca muy abiertos, igual que las muñecas que han visto expuestas en uno de los *stands* de artículos eróticos. Su sorpresa no parece fingida, aunque nunca se sabe.

—Necesitamos que colabore con nosotros. Nos gustaría que nos acompañase a la brigada para que podamos hablar con más tranquilidad.

—¿Cómo ha sido?

Por primera vez la notan, además de estresada, nerviosa. Ha sido una milésima de segundo, un gesto involuntario y casi imperceptible, lo suficiente para que los policías sepan que deben hablar con ella cuanto antes.

—Ha sido asesinado, por eso necesitamos su colaboración.

—Sí, no hay problema, lo que haga falta. Pero ahora es imposible, es la jornada de clausura del festival y no puedo moverme de aquí.

Los policías se miran con cara de hartazgo. Nela no soporta la idea de permanecer ahí un minuto más; está aturdida con tanto ruido y tantas luces de colores. Una señora de mediana edad provista de tapones para los oídos pasa por su lado arrastrando un carrito de la limpieza. La inspectora la mira pensando en lo bien que le vendrían a ella esos tapones.

—No sé si nos hemos expresado con suficiente claridad. Le estamos diciendo que su jefe, el que podría enfadarse si algo de todo esto sale mal —ironiza Nela señalando a su alrededor—, está muerto. Lo han asesinado y necesitamos hablar con usted porque es posible que sea la última persona que lo vio con vida.

—¿Estoy detenida?

—No, de momento no tenemos motivos para detenerla, pero sería bueno para usted que colaborase.

Capítulo 17

Queca aguarda en la sala de interrogatorios mientras Nela y su equipo la observan a través de las cámaras de vigilancia.

—Parece nerviosa —apunta Zafra.

—No creo que sea culpable, pero desde luego algo sabe —dice la inspectora sin apartar la mirada del monitor—. No ha soltado ni una lágrima por su jefe. Por mucho que tengas una relación puramente laboral, algo debe afectarte.

—A lo mejor estaba hasta las narices de su jefe y decidió cargárselo por todo lo alto.

—Tú has visto demasiadas películas, Zafra —comenta Aranda.

—¿Sagarra y Puentes aún no han vuelto?

—No, jefa. No sabemos nada de ellos desde esta mañana.

—¿Y vosotros? ¿Habéis averiguado algo más?

—Nada —responde Aranda resignada—. Sus redes sociales son meramente profesionales, y el expediente del caso anterior nos ha llegado hace un rato, aunque solo hemos podido mirarlo por encima. Estará a punto de llegar el informe de la Científica.

—Estupendo. Si hay novedades, me llamáis de inmediato.

—Los de la BIT ya están con la web del productor —apunta Zafra.

La inspectora asiente pensativa y se dirige a la agente Susana Aranda:

—Entra conmigo.

Valbuena la mira desconcertado.

—¿No sería mejor que entrase yo? Aranda no tiene experiencia en interrogatorios.

—Aranda está perfectamente capacitada. Necesito que trates de contactar con Sagarra y Puentes para que te pongan al día. Y que averigües todo lo que puedas sobre la hermana de la víctima y el marido para el interrogatorio de mañana. Luego hacemos una puesta en común.

La inspectora se da media vuelta y se dirige a la sala de interrogatorios sin esperar la conformidad del subinspector. La agente va tras ella, sin acabar de creerse lo que acaba de escuchar. Lleva mucho tiempo esperando una oportunidad como esta, no puede fallar ahora.

—Disculpe la espera, Rebeca, pero tenía algunos asuntos urgentes que atender —dice Nela al entrar en la sala a modo de venganza por el rato que les ha hecho ir tras ella en el festival.

—¿Debería llamar a mi abogado?

—Está en su derecho, pero, si no tiene nada que ocultar, no tiene de qué preocuparse —responde Aranda para ganar puntos delante de la inspectora.

A Nela le gustan las formas de la agente. La mira orgullosa, ya la felicitará después.

—¿Cuándo fue la última vez que habló con Miguel Murillo? —La inspectora toma las riendas del interrogatorio.

—Ya se lo he dicho, el viernes por la noche. Estuvimos en la feria ultimando los detalles de los shows.

—¿Hasta qué hora?

—Hasta las once o las once y media.

—¿Y después?

—Después nada. Él se fue para su casa, supongo, y yo para la mía.

—¿No sabe dónde fue? ¿No le extrañó no saber nada de él teniendo un evento como el festival?

—Sí que intenté contactar con él varias veces, pero pensé que se habría ido de fiesta y estaría de resaca. Soy su empleada, no su niñera.

—¿Qué relación tenía con Miguel Murillo? ¿Lleva mucho tiempo trabajando para él?

—Nuestra relación era solo profesional. Empecé a trabajar con él hace unos cinco años.

—¿A qué se dedica usted exactamente dentro de la productora?

—Soy como una especie de asistente personal. Gestiono las citas, los eventos, me encargo del papeleo, de la logística... Un poco de todo.

—¿A su jefe le gustaba travestirse o maquillarse?

Queca se sorprende con la pregunta, pero al segundo suelta una carcajada que retumba en las paredes de la sala de interrogatorios. Luego recuerda dónde está y que Miky ha muerto y se obliga a recobrar la compostura.

—Perdonen. Son los nervios —se justifica, a pesar de que no muestra turbación alguna—. No, no que yo sepa. Si lo hacía, no lo aireaba en absoluto.

Aranda mira a su jefa desconcertada, aunque al instante cae en la cuenta de las fotos que les ha enseñado de la víctima con el carmín emborronado y los dos regueros negros bajando por sus mejillas. Le gusta verla trabajar, tiene mucho que aprender de ella.

—¿Sabe si tenía pareja?

—Creo que ahora no estaba con nadie. Miky ha tenido muchas mujeres a su alrededor y las ha ido usando y cambiando. La que más le duró fue Naty: estuvieron juntos varios años. Dos, quizá tres... Ella trabajaba como actriz en la productora, pero acabaron muy mal y rompieron también la relación profesional.

—¿Cómo dice que se llama su exnovia?

—Su nombre artístico es Naty Blum, pero no recuerdo su nombre real; todos la llamábamos Naty. Tendría que consultarlo en los ficheros.

—Consúltelo y nos hace llegar sus datos. También necesitaríamos un listado de los trabajadores de la productora.

—Son *performers*, autónomos. No los tenemos en plantilla. Nos firman un contrato de cesión de derechos de imagen, pero no están contratados como trabajadores al uso.

—Pero supongo que tendrán sus datos.

—Sí, claro. Los archivos están en el piso de Miky. Es un dúplex. En la parte de abajo tenemos los sets de rodaje y las oficinas.

—¿Tiene usted llave de ese piso?

—No. Miky era muy reservado con su vida personal.

Nela apunta ese dato y cruza la mirada con Aranda, que asiente de manera sutil: una de las órdenes que ha firmado al llegar a su despacho era para entrar a la casa de la víctima. Ahora es la joven quien toma la palabra, lleva demasiado tiempo sin decir nada y así no va a ganarse la confianza de su jefa.

—Volviendo a su exnovia, ¿qué pasó para que acabasen tan mal?

—Pues la verdad es que no lo sé. Ella decía que Miky le debía dinero... Vino varias veces a la productora chillando y despotricando, pero un día se cansó y ya no la volvimos a ver.

—¿Cuánto hace de eso?

—Un año o así... No lo recuerdo con exactitud.

Nela se abstrae mientras Aranda averigua más sobre la relación de Miky con esa chica. Piensa en la vida de esta persona a la que nadie echa de menos, por la que nadie ha dejado caer ni una lágrima, y de la que, hasta el momento, no ha escuchado una sola alabanza. A ella no le gustaría morir así, sola y sin que la extrañen.

—¿Sabe quién podría querer verlo muerto? —La inspectora suelta el órdago.

Queca permanece callada unos instantes, pensativa.

—¿Le repito la pregunta? —insiste Nela.

—No, no es necesario. Podría ser cualquiera. Miky era una persona de éxito, pero tenía también muchos detractores. ¿Acaso no han visto la que había montada a las puertas de la feria? Antiporno, feministas radicales... Y luego están los ultracatólicos, que de esos ya mejor ni hablamos. De puertas para fuera son muy modositos, pero no veas cuando se sueltan la melena... Tanta represión no es buena, se lo digo yo.

—Y, de todas las personas que pudieran tener algo contra su jefe, ¿quién cree que sería capaz de matarlo?

—Ni idea... No voy a acusar a nadie así, sin pruebas.

La inspectora le clava la mirada. Sabe que hay algo que les está ocultando, la nota tensa. Advierte su frente perlada de sudor y cómo aprieta las manos contra la mesa.

—Rebeca... No sé si sabe que, si nos oculta información sobre un asesinato, podríamos acusarla de encubrimiento.

—¡Pero es que no sé nada más, les estoy diciendo la verdad! ¿Ahora resulta que soy sospechosa? ¿No estoy colaborando con ustedes? Si soy sospechosa o estoy detenida, díganmelo ya y llamaré a mi abogado. En caso contrario, será mejor que me marche.

La inspectora es consciente de que, con lo que tienen, no puede apretarla más. Ya la hará volver cuando encuentren algo que le haga decir todo lo que ahora calla.

—Puede marcharse si así lo desea —le asegura con gesto conciliador—. Tenga, mi tarjeta, por si recuerda alguna información que pueda ayudarnos en la investigación. Pero le advierto que, si nos oculta algo y lo averiguamos, deseará con todas sus fuerzas no haberse callado.

Capítulo 18

Sagarra y Puentes entran por la puerta de la brigada. Allí sigue el resto del equipo, dando vueltas a los pocos avances de la investigación de que disponen. Al verlos entrar, se hace el silencio y todos los miran expectantes.

—Tenemos nuevos datos, aunque no creo que nos aporten mucho ahora mismo —les dice Sagarra con resignación.

—¿Qué habéis averiguado? —pregunta Nela.

—Hemos encontrado el lugar por el que el asesino pudo colarse en el recinto del palacete sin ser visto.

—Explícate, por favor, Sagarra.

—Si recordáis, el recinto del Casino del Americano linda con un descampado. Y este, a su vez, con unas huertas.

Tanto Valbuena como la inspectora asienten ante las palabras de su compañera.

—Pues bien —prosigue Julia—, en la parte final del muro, casi al final del descampado, hemos visto un agujero de más de un metro de alto por casi dos de ancho. Está muy alejado de la avenida y medio oculto tras las ramas de un árbol.

—Pero eso está lejos de donde se encontró el cadáver.

—También lo hemos pensado, Valbuena —contesta Puentes—. ¿Tenemos ya el informe de la Científica?

—No, aún no. Mañana a primera hora los llamaré para apretarlos. ¿Vosotros tenéis algo más? —Nela los mira con curiosidad.

—Sí y no. Después de recorrernos casi cien viviendas —Puentes recalca el «cien»—, lo único que hemos sacado en claro es que el Casino del Americano suelen utilizarlo sintechos y toxicómanos para guarecerse o para ir allí a meterse la dosis. Un vecino nos habló de un tal Paco el Gitano que, según él, es el camello de los que frecuentan la zona.

—¿Habéis hablado con ese hombre?

—Fuimos hasta su domicilio. Nos abrió su mujer, nos dijo de muy malas formas que su marido no estaba en casa y acto seguido nos echó de allí cerrándonos la puerta en las narices. Es evidente que algo esconden, pero solo tenemos la palabra de un septuagenario y, sin una orden, no podemos hacer más.

—Pero... hay algo que no encaja.

—¿Qué es lo que no encaja, Aranda?

—Si ese hombre está en lo cierto, resulta muy extraño que no hubiese nadie en el recinto del palacete cuando el asesino dejó el cadáver. Alguien ha tenido que ver algo.

—Sí, alguien poco amigo de la policía. Debemos encontrar a esos testigos —les dice la inspectora.

—Hoy no hemos visto a nadie allí dentro, supongo que el cordón policial los disuadirá de acercarse. Podemos dejar pasar unos días hasta que se calmen los ánimos y volver a ver si conseguimos hablar con alguien.

—Bien pensado, Sagarra. Dejaremos pasar un par de días a ver si se animan a ir de nuevo por allí. Mientras tanto, seguiremos con el resto de los hilos de la investigación. —La inspectora hace una pausa para tomar aire antes de continuar. El cansancio de la jornada ya va haciendo mella—. Cuando habéis llegado estábamos repasando el informe preliminar de la autopsia. El asesino nos ha dejado un mensaje que está claramente relacionado con la faceta profesional del productor.

—¿Un mensaje? —Es Puentes el que pregunta, pero los dos miran a la inspectora con curiosidad.

Nela les pasa el informe para que lo lean. La cara de estupor de ambos lo dice todo.

—«Sin arcada, no hay mamada». Vaya, muy críptico —ironiza Sagarra.

—Ya se están repasando los vídeos de la plataforma del productor y sus películas por si alguna llevase ese título o se utilizase esa frase a modo de gancho —comenta Zafra.

—¿Se os ocurre algo más a vosotros? ¿Por qué creéis que el asesino ha dejado ese mensaje? —les pregunta la inspectora.

Todos se quedan en silencio unos segundos barajando opciones.

—¿Estará relacionado con el caso anterior de abusos? —lanza al fin la subinspectora Sagarra.

—El expediente ha llegado esta tarde y ya están con él Aranda y Zafra. ¿Se os ocurre algo más? Venga, disparad. Sin miedo.

—¿Algún fanático antiporno? —desliza Puentes.

—Tenemos los datos de FairSex, la asociación que estaba manifestándose a las puertas de Feria Valencia. Hablaremos con ellos a ver qué nos cuentan.

—No, pero no me refiero a una asociación. Estoy pensando en alguien perturbado. Para matar con ese nivel de ensañamiento hace falta que se te vaya mucho la pelota.

—En la asociación tienen a profesionales voluntarios que tratan a personas con problemas relacionados con la pornografía. Les preguntaremos por algún paciente especialmente violento o con comportamientos psicóticos.

—¿Estaría metido en algún lío? Quiero decir, algún negocio turbio o alguien al que debiese dinero...

—Es posible, Zafra, lo investigaremos. Aunque la puesta en escena y el mensaje parecen apuntar hacia otra dirección.

—¿Y la familia? A lo mejor saben algo más íntimo de él. Si había recibido amenazas, o algo por el estilo.

Nela se gira hacia la agente Aranda, sentada a su izquierda.

—Mañana a primera hora hemos emplazado a la hermana de la víctima y a su marido para una toma de declaración. Pero ya os adelanto que, según nos han dicho cuando hemos hablado con ellos en el IML, no tenían contacto con él desde hace años.

—Es decir, que no tenemos una mierda.

Puentes mira a la inspectora con suficiencia. Es su forma de hacerle saber que no le gusta tenerla como jefa, pero ella no está dispuesta a entrar en su juego. Respira hondo y contesta con entereza:

—De momento, no mucho. Estamos esperando la última posición del móvil y la orden para entrar a la casa de la víctima, a ver si por ahí conseguimos algún avance. ¿Se os ocurre alguna cosa más? —Deja pasar unos segundos antes de añadir—: Volveremos a presionar a la ayudante del productor cuando tengamos con qué, ¿y has podido averiguar algo de la hermana y el marido, Valbuena?

—La víctima no había hecho testamento. Su hermana es la única heredera.

—Así que tu intuición no iba mal encaminada. Posible móvil económico —apunta Nela—. No parece que tuviera en demasiada estima a su hermano, pero para matar a alguien introduciéndole su propio pene en la garganta hasta asfixiarlo hay que tenerlo todo muy preparado. Por desgracia, no creo que el asesino vaya a estar entre nuestro primer grupo de sospechosos. Tenemos una investigación dura por delante.

Capítulo 19

—¿Pochele? —La voz apremiante de Queca suena al otro lado de la línea.

—¿Se puede saber qué coño quieres?

—He estado hablando con la policía.

—¿Con la policía? Joder, joder, joder. ¿Por qué hostias has ido a hablar con la policía?

—Calla y escucha. Han matado a Miky. Lo saben, van a venir a por nosotros.

—Pero ¿qué cojones estás diciendo?

—Estoy segura, Pochele. Han tenido que ser ellos.

—¿Y qué le has dicho a la policía? No les habrás hablado de...

—No, no, tranquilo. ¿Miky fue a verte el viernes? Me dijo que pasaría por el club.

—Sí, estuvo aquí viendo la mercancía nueva, pero se fue enseguida.

—¿Volviste a hablar con él más tarde?

—No. Pero... ¿qué cojones? ¿Me estás interrogando?

—No, coño, ¡tengo miedo, Pochele!

—No te pongas histérica, es imposible que lo sepan.

—Esa gente es muy peligrosa.

—Y yo también. Así que, o te calmas antes de hacer ninguna gilipollez, o iré yo mismo a cortarte la lengua para que estés calladita. Y no vuelvas a llamarme. Como venga la pasma a hacerme una visita por tu culpa, sí que vas a saber lo que es el miedo.

Pochele cuelga el teléfono y lo lanza a la mesa con furia. Se recuesta en su silla y vuelve a cruzar las piernas sobre el escritorio de su despacho. Después, coloca las manos en-

trelazadas encima de su vientre y suelta un bufido. Es imposible que los hayan descubierto, esa zorra no tiene ni
idea de cómo lleva él sus negocios. Pero, a pesar de la seguridad que tratan de transmitirle sus pensamientos, nota el
nudo en el estómago y una gota de sudor que cae por su
frente.

Capítulo 20

Al entrar en casa, Nela se descalza y nota el frescor de las baldosas bajo sus pies. Lleva todo el día fantaseando con este momento. Mientras se dirige al cuarto de baño, pone música en el móvil. La misma lista de reproducción de siempre, el repertorio de Butoni, su banda. Por el altavoz *bluetooth* suena un blues de Sam Myers: «I Got the Blues». Escucha y tararea la melodía mientras va desvistiéndose despacio. Se mira en el espejo y comprueba los estragos del cansancio en su rostro, que ni el maquillaje ha sido capaz de camuflar. Amontona la ropa en un rincón y se mete en la ducha.

Mientras nota caer el agua sobre su cuerpo, se reconoce a sí misma en la letra de la canción. Siempre es mejor huir que estar muerta en vida, piensa. Cierra los ojos con fuerza en un intento de relegar los recuerdos que inundan su cabeza. Unas lágrimas de rabia que se diluyen con el agua empiezan a caer por sus mejillas. Palpa instintivamente el relieve de la cicatriz que tiene sobre el muslo, a la altura de la cadera. Notarla la reconforta; siente que recupera el control. La canción termina y comienzan a sonar los primeros compases de «Black Bottom Stomp» de Jelly Roll Morton. La chispeante melodía del clarinete le recorre el cuerpo y consigue expulsar esos pensamientos intrusivos que el cansancio ha traído de vuelta y de los que no consigue deshacerse del todo.

Envuelta en una toalla va a la cocina, se sirve un vaso de gazpacho de tetrabrik y se sienta con él en el sofá. En otras circunstancias descorcharía una botella de vino blanco, que siempre guarda en la nevera, y se serviría una copa;

pero su cuerpo ya ha tenido suficiente alcohol para una buena temporada. Está agotada y sabe que dormir es lo que más necesita, pero antes debe repasar las llamadas y los mensajes pendientes. Ximo la ha frito a wasaps para asegurarse de que llegó bien a casa anoche; y tiene diez llamadas perdidas de su madre y dos de su hermano. Contesta con un breve «Sí, estoy bien. Mañana te cuento» a Ximo y marca el número de su madre. A los pocos tonos oye al otro lado una voz aguda y acuciante.

—¡Hija! ¿Estás bien? Me tenías preocupada. Nos has dejado plantados para comer.

Nela se queda callada unos segundos intentando averiguar qué evento familiar se ha perdido, pero no logra recordarlo.

—Lo siento mucho, de verdad. Me han llamado esta madrugada del trabajo, apenas he dormido. Es un caso importante.

—¿Y ha tenido que ser justo el día de la graduación de tu sobrino?

Así que de eso se trataba: la dichosa graduación. La primera de muchas, porque de aquí a que el niño llegue a su verdadera graduación, la universitaria, habrá hecho de tres a cuatro simulacros. Ahora esta, la del paso al cole de los mayores; después, la del cambio al instituto; otra cuando termine la educación secundaria, y, con un poco de suerte, todavía le quedará una más al terminar bachillerato.

—Los asesinos no entienden de fechas, mamá.

—A tu hermano le hacía mucha ilusión que vinieras. Desde que tiene el bar son pocos los domingos que puede disfrutar de la familia.

Ella siempre ha sido la fuerte, como su padre. Su madre se siente más unida a su hermano por ese sentimiento de utilidad al que no quieren renunciar los padres. A Nela le gustaría decirle lo mucho que la necesita, que a ella también le hacen falta sus cuidados. Quiere contarle que se ha sentido perdida, que ha pasado miedo a pesar de su fortaleza; que el dolor consiguió convertirla en una carcasa vacía, llevándose sus ilusiones y sus ganas de vivir. Le gustaría contárselo, pero no lo hace.

—Lo sé, mamá, pero ya sabes cómo va esto. Los malos no preguntan cuándo te viene bien ir tras ellos.

—Sí, hija, igual que tu padre. Él se perdió muchos momentos. Al menos tú no tienes hijos que se queden esperándote.

El tema de los hijos vuelve a escena. Su hermano, claro, ha cumplido con lo que la sociedad esperaba de él: novia de toda la vida, matrimonio y dos hijos: niño y niña, la parejita. Pero Nela está tan cansada que no tiene energía ni para replicar.

—Es cierto, pero este trabajo es lo que tiene. A ver si a la próxima hay más suerte y me dejan pasar un buen rato con la familia.

—A ver si es verdad, hija.

Al colgar, Nela nota aún más el desánimo. Ahora mismo no se siente capaz de hacerle frente a nada. Tiene miedo a fallarle a su equipo, a no ser lo bastante buena en una de las pocas cosas que le dan sentido a su vida: su trabajo. Empieza a darle vueltas al caso. No sabe ni por dónde empezar. Recuerda lo que Cubells siempre le repetía: «En la motivación está la clave». Alguien debe tener un buen motivo para deshacerse del productor de esa manera. Alguien que quería verlo sufrir. Tienen una puesta en escena estudiada y un mensaje muy claro. Quienquiera que sea el que ha perpetrado este crimen desea hacerles saber que las prácticas del productor no eran de su agrado. Pero ¿qué es lo que no le gustaba? ¿El porno? ¿Su pasado turbio? ¿Algo que hasta ahora desconocen?

Una notificación en el móvil la saca de sus cavilaciones. Debe de ser Ximo, que le habrá contestado alguna barbaridad de las suyas. A Nela se le dibuja una media sonrisa al evocarlo. Alcanza el teléfono para responder a su amigo, pero el mensaje no proviene del número que ella esperaba. Lee la vista previa del texto en la pantalla:

Te echo de menos...

Le cambia el semblante al momento. Con la mandíbula apretada, borra el chat pulsando la pantalla con saña sin llegar a abrir el mensaje.

Capítulo 21

Marta toca con los nudillos en la puerta del despacho de su jefe. Al entrar lo encuentra sosteniendo un tubo de metal en la mano, le hace un gesto para que pase mientras esnifa con ímpetu la raya que tiene preparada encima de la mesa. Detrás de él, unas estanterías de nogal, llenas de cajas archivadoras, cubren gran parte de la pared, a excepción de la ocupada por un sofá biplaza de cuero negro echado a perder por los años y la falta de mantenimiento.

—¿Por qué me has llamado, Pochele?

—Miky está muerto —dice limpiándose la nariz con el dedo índice sin inmutarse, como si hablase del tiempo o de la película que ponen esta noche en la tele.

Marta opta por permanecer en silencio, esperando una explicación. Con su jefe es mejor no hablar de más, es de esas personas a las que les gusta generar interés con sus pausas.

—Lo han matado. Me ha llamado Queca, la policía la ha llevado a comisaría a declarar.

Marta aguarda unos segundos antes de responder, calibrando las opciones. Suelta un profundo bufido y niega con gesto serio.

—No creerás que han sido...

Ni siquiera puede terminar la frase antes de que Pochele la interrumpa:

—Otra con el tema... Sois unas histéricas. Miky tenía muchos enemigos, y esta gente no tiene ni puta idea de nada.

Eso es lo que él cree, pero Marta se muestra vacilante. Pochele se siente intocable, sobre todo cuando está con el subidón de la coca, pero no es más que un pringado al que le cuelgan el marrón, un simple intermediario, un eslabón más de su interminable cadena. No dudarían ni un segundo en deshacerse de él y buscarse a otro si se enterasen de que, con los negocios que hace con las chicas, está poniendo en peligro su red.

—No me extrañaría nada que la policía acabara haciéndonos una visita —continúa él—. Habla con las chicas: el viernes nadie vio a Miky. Poner la excusa que queráis. Pero nadie, escúchame bien, nadie debe decir que estuvo esa noche en el club. En cuanto a mí, no me moví en toda la noche de aquí. ¿Ha quedado claro?

—Tranquilo, que las chicas no dirán nada.

—Adviérteles lo que pasará si hablan. Que para comer pollas no hace falta tener cuerdas bucales.

«Vocales», piensa Marta, pero se cuida mucho de corregir a su jefe.

—Sí, lo tengo claro.

—En cuanto a las chicas especiales... —dice haciendo el símbolo de las comillas con los dedos—. Te las llevas a tu casa y que no salgan de allí hasta que todo esto pase.

—¿A mi casa? Pero ¿dónde te crees que vivo, en el palacio de la Zarzuela?

—Pues te apañas como sea. Igual que hay quince chinos viviendo en un piso de sesenta metros, tú puedes meter a esas putas en tu casa.

—¿Y si las ve alguien?

—Ese es tu trabajo: esconderlas. No te las lleves todas a la vez, haz varios viajes y las vistes bien. ¡Joder, que no es tan difícil! Si todo esto nos estalla en la cara, que alguien las vea va a ser el menor de nuestros problemas.

Capítulo 22

Son las siete de la tarde cuando Fran Puentes entra en casa. Ha sido un día largo y poco provechoso, lo que le hace sentirse todavía más frustrado. Este fin de semana le tocaba pasarlo con su hijo, y solo ha podido disfrutar de él la mitad del tiempo. Hoy no ha tenido más remedio que dejarlo a cargo de sus padres. Tendrán que pasar dos largas semanas hasta que pueda volver a estar con él.

—¡Hola! —saluda al entrar.

—¡Papi! —proclama Pau mientras corre con los brazos levantados hacia su padre.

—¡Hola, campeón! ¿Qué tal tu día con los yayos? —Fran lo coge en brazos risueño.

—¡Hemos estado en el parque de Cabecera viendo los patos! ¡Y luego han venido los primos a comer y hemos jugado al escondite! —Pau está tan emocionado que se atropella al hablar, tiene demasiada prisa por contarle a su padre todo lo que ha hecho en su ausencia—. ¿Sabes que a la prima ya se le ha caído un diente y esta noche va a venir el Ratoncito Pérez a su casa? ¡A mí ya se me mueve uno, mira! —El niño se lleva la mano a la boca para zarandearse con efusividad uno de los incisivos inferiores.

—¡Qué suerte, chaval!

Fran se adentra en el salón con su hijo en brazos. Allí los espera su madre, sentada en el sofá.

—Hola, mamá. Gracias por quedaros con el bicho.

—Para eso estamos, hijo. Ya sabes que nosotros, encantados.

Fran abraza a su hijo inspirando con fuerza, como queriendo atrapar ese instante. Lo que más le duele de su ruptura con Ruth es lo poco que ve a su hijo. Crece demasiado rápido; siente que su infancia se le escapa, como el agua entre los dedos. Por eso odia que le toque trabajar uno de los dos fines de semana al mes que puede tenerlo con él.

—Vamos a prepararte el baño, chaval, que a las ocho tenemos que ir a casa de mamá.

—¡Jo! ¡No quiero bañarme! —protesta Pau pegando un fuerte pisotón en el suelo—. Yo quiero jugar un rato contigo.

—¡Tengo una idea! Te bañas rápido y así podemos jugar un ratito antes de irnos.

—¡Vale!

Mientras el crío sale disparado hacia el baño, Fran se dice que ojalá fuesen tan fáciles de resolver todos los problemas.

Capítulo 23

Al conocerse la identidad de la víctima, la jueza ha decretado el secreto de sumario. Pero esta mañana, repasando las ediciones digitales de los principales periódicos, sus temores se han confirmado: los medios ya se han hecho eco de quién era Miguel Murillo. La rapidez con la que este tipo de informaciones llega a sus oídos es pasmosa. Por fortuna, no se ha filtrado nada acerca de la puesta en escena del cadáver. Hasta ahora se han limitado a tirar de hemeroteca para rescatar los trapos sucios del productor y elaborar un reportaje sobre el caso de trata y abusos de hace ocho años. Robledo confía en poder contenerlos, aunque sabe que el sistema siempre tiene grietas y la información no deja de ser poder. Ha visto cómo muchos altos cargos han echado a perder sus carreras por confiarse demasiado.

Dos toques secos en la puerta de su despacho lo apartan de sus divagaciones.

—¡Adelante!

—Buenos días, comisario.

—Buenos días, inspectora. Pasa, toma asiento. —Robledo señala una de las sillas de confidente mostrando la palma de su mano—. Ya habrás visto que la prensa está al tanto, no puedo retenerlos más.

—¿Les ha informado de algo?

—No, aún no he hablado con ellos. Pero lo haré pronto, no puedo evitarlos por más tiempo. En cualquier momento los tenemos en la puerta de la Jefatura.

Nela sabe lo que eso significa: más presión. Robledo está más interesado en la opinión pública que en la resolución de los casos, y eso no es bueno ni para ella, ni para su equipo.

—Te he llamado para que me cuentes cómo va la investigación.

—Todavía no tenemos nada. El informe de la Científica aún no ha llegado, estamos con las primeras declaraciones. Mi equipo hace todo lo que puede, comisario. Aunque nos sería de gran ayuda si presionase a la jueza para que firme cuanto antes la orden de registro del domicilio de la víctima.

—Descuida, lo intentaré. Tú aprieta a la Científica para que te pasen ese informe hoy mismo. Este caso es como una bola de nieve, Ferrer. Cuanto más crezca, más posibilidades tenemos de ser arrollados.

Nela va dándole vueltas a esa última frase cuando entra unos minutos después en la sala de reuniones.

—Buenos días, disculpad el retraso. Vengo de hablar con Robledo —saluda y va directa a la cafetera. Mientras deja caer el café se gira hacia su equipo, que ya la está esperando—. Si habéis tenido ocasión de ver la prensa, sabréis que ya se han hecho eco de la identidad de la víctima —les dice—. A partir de aquí la presión irá en aumento por cada día que pase sin que tengamos a un culpable que echar de comer a esos buitres.

Coge la taza de café y toma asiento junto a Puentes, el único hueco que queda libre.

—Bien, vamos a organizar los datos que tenemos y a programar los siguientes pasos. ¿Habéis avanzado algo esta mañana?

Valbuena carraspea y se lanza a hablar el primero.

—He localizado a un exempleado de la empresa de Álvaro, el cuñado de la víctima. Según él, la empresa está pasando una mala racha. Han despedido a varios trabajadores en los últimos meses porque habían cerrado los dos últimos trimestres con pérdidas, o al menos eso les explicaron.

—Cualquiera lo diría con los aires que se daba ayer. Nos servirá para presionarlos con eso en el interrogatorio. Buena intuición, Andrés. —Nela confía en su compañero, aunque a veces la mire como si le debiera dinero.

—El informe de la Científica acaba de llegar —apunta Zafra.

—Perfecto, así me ahorro tener que azuzarlos.

Diego le pasa una carpeta marrón a su jefa, que la abre y empieza a leer por encima buscando alguna pista que les sirva en la investigación. Da un sorbo al café y va negando con la cabeza a medida que avanza en la lectura. Al terminar, se dirige a sus compañeros, que la miran ansiosos por conocer el contenido del informe.

—Ninguna prueba concluyente.

—No puede ser, tiene que haber algo. —Puentes la mira incrédulo.

—Sí lo hay, pero no nos sirve. Según el informe, el recinto del palacete estaba lleno de vestigios de todo tipo: pisadas, rodadas de carros, heces, jeringuillas, colillas de cigarrillos, de porros y cualquier residuo que puedas imaginar. Pero nada que pueda constituir una prueba para el caso.

—Genial. El principio de transferencia de Locard a tomar viento —ironiza Aranda.

—No me convence.

—¿Qué es lo que no te convence, Puentes?

—Pues que físicamente es inviable. La víctima era demasiado grande. Resulta muy complicado, por no decir imposible, mover ese cuerpo sin dejar huellas. Conclusión del informe: el asesino tiene un dron capaz de mover más de cien kilos o ha utilizado alguna técnica de telequinesia —le rebate él, sarcástico.

—¿Insinúas que la Científica no ha hecho bien su trabajo?

—No, pero es que no me cabe en la cabeza.

—Es un informe preliminar. Son tantas las huellas halladas en la escena del crimen que tardarán varios días en procesarlas e introducirlas en el SAID en busca de coincidencias. En cuanto a las muestras que puedan encontrar de ADN, ocurre lo mismo. En el cuerpo no se ha hallado ninguna, y en los restos que había alrededor del cadáver no creo que vayan a dar con nada, al menos, que podamos usar.

—¿Y el brazo de maniquí? —insiste Puentes sin terminar de convencerse del todo.

—Por ahí tampoco hemos tenido suerte. Se trata de una pieza fabricada en China. Demasiado corriente, podría comprarla cualquiera. En cuanto a huellas o muestras, ni rastro.

El grupo se queda en silencio sopesando la información. Las conclusiones vertidas en ese informe les han caído como una losa. No tienen nada de lo que tirar, van a ciegas en este caso. Nela percibe su abatimiento y se dirige a ellos intentando infundirles algo de ánimo.

—El hecho de que no haya datos también nos da información. La ausencia de indicios, la preparación tan minuciosa de la puesta en escena y lo escrupuloso que ha sido quien ha perpetrado el crimen constituyen en sí mismos una pista del tipo de asesino que estamos buscando.

Puentes arquea una ceja; ha de admitir que eso tiene sentido.

—Estamos buscando a una o varias personas, que, con toda probabilidad, tienen conocimientos médicos, con capacidad para ocultar sus huellas y con la fuerza necesaria para mover un cuerpo de ciento veinte kilos.

Nela cruza una mirada con su equipo y todos asienten. Sabe que no es mucho. Todas las vías de investigación están abiertas.

Capítulo 24

—Aquí tienes tu orden.

Robledo entra en la sala de reuniones sin llamar, enarbolando un papel con la rúbrica y el sello del juzgado al final de la página.

—¿Cuál? ¿La del domicilio o la del móvil? —pregunta Nela.

—La del domicilio, la del móvil ya se la he pasado a los de Informática para que vayan adelantando.

—Perfecto. —Coge la orden que le brinda el comisario mientras este barre con la mirada la sala.

—¿Qué hacéis que no estáis trabajando?

—Estamos trabajando, comisario —contesta Nela muy seria.

—Pues no os veo muy estresados. No se os paga para que os hagáis el café mientras charláis.

La preocupación se refleja en el rostro de Robledo. Nela entiende su nerviosismo, pero no va a permitir que trate a su equipo de esa forma. Toma aire haciendo acopio de valor.

—Le aseguro que por aquí nadie está vagueando. Nos acaba de llegar el informe de la Científica y lo estábamos examinando. Cuando nos ha interrumpido, me disponía a repartir las tareas.

El comisario deja pasar unos segundos en los que observa a los policías: les ha gustado que su jefa saque pecho y no se amilane ante él.

—Quiero resultados, no excusas.

Robledo se marcha cerrando la puerta tras de sí, sin dar lugar a réplica. En la sala se respira un ambiente tenso:

los policías miran en todas direcciones, pero nadie dice nada.

—Bueno, después de esta interrupción, continuemos. Puentes y yo iremos al piso de la víctima. Valbuena, encárgate tú de la declaración de la hermana y su marido —ordena Nela—. Entra con él, Sagarra.

La inspectora hace una pausa. Su equipo continúa mirándola en silencio.

—Zafra, llama a los de Informática para que se den prisa con el tema del móvil y pregúntales a ver si han sacado algo de la web del productor.

Zafra garabatea en su cuaderno unas líneas que solo él debe comprender.

—Aranda, llama a la asociación FairSex a ver si puedes concertar una cita con su directora. Y continuad revisando el expediente del caso de hace ocho años. Ante cualquier novedad, me llamáis de inmediato.

Susana asiente resignada. A pesar de que le gustaría estar en primera línea, comprende y acepta que todas las tareas son valiosas para llegar a resolver un caso.

Nela se levanta dando por zanjada la reunión. Puentes la sigue. No es que le entusiasme ser el adjunto de la inspectora, pero reconoce que hoy ha estado a la altura del cargo. Cuando están a punto de salir por la puerta, Julia Sagarra los detiene con un gesto.

—Jefa, he hablado con el Ayuntamiento. El recinto del palacete no tenía asignado un mantenimiento periódico. De vez en cuando, normalmente cuando recibían alguna queja de los vecinos, se dejaban caer por allí a desbrozar y adecentar aquello.

—O sea, que nadie ha visto nada.

—Me temo que no. Ha pasado casi un año desde el último mantenimiento. Pero lo que has dicho sobre que la ausencia de pruebas constituye una pista me ha hecho pensar que el cuerpo no ha aparecido allí por casualidad. El asesino debe de tener un motivo para tomarse tantas molestias.

—Cuando acabéis con la toma de declaración de los familiares, os ponéis Valbuena y tú con eso, a ver dónde nos lleva. Si hay cualquier avance, avisadme.

Capítulo 25

—Gracias.

Fran y Nela van de camino al domicilio del productor. Se han mantenido callados desde que salieron de la brigada.

—¿Gracias? —Arquea ella las cejas, escéptica.

—Por defendernos delante del comisario.

—No tienes por qué dármelas, es mi trabajo. Veo injusto que nos trate de vagos.

—Pero no todo el mundo tiene las agallas de decirlo.

El silencio los envuelve de nuevo. Ese cambio de actitud del oficial ha pillado a la inspectora desprevenida. Él se mantiene concentrado al volante, mientras ella mira a su alrededor buscando las palabras oportunas.

—Ayer era domingo y el equipo acudió al completo. Seguro que más de uno vimos truncados nuestros planes.

—Yo dejé plantado a mi hijo. Y no lo volveré a ver hasta dentro de dos semanas.

Nela no conocía la faceta de padre del oficial. Con esos aires chulescos de guaperas, nunca se lo hubiera imaginado.

—Vaya, lo siento...

—La conciliación no casa bien con este trabajo —afirma él sin quitar ojo a la carretera con cara de hastío—. Esa fue una de las razones por las que me dejó Ruth.

No resulta sencillo aparcar en la zona del parque de Orriols, cerca de la calle Alfahuir, donde está el dúplex de Miguel Murillo; a esa hora de la mañana. Terminan dejándolo en el parking del centro comercial. A Puentes le horroriza dejar el coche mal aparcado por el mero hecho de ser policía; de no ser una emergencia, le parece un abuso. Nela podría decirle que el dinero para pagar ese tíquet va a salir del bolsillo público, y que no pasa nada por dejar el coche tapando medio paso de cebra unos minutos, pero entiende que para él es una cuestión de ética y calla.

El edificio forma parte de un complejo residencial, compuesto por cuatro torres, con piscina, pista de pádel, de tenis y club social. Al llegar se encuentran con la garita del vigilante ante el que se identifican mostrándole las placas.

Los de la Científica ya han llegado y están examinando la vivienda. Es un ático dúplex grande y luminoso, un espacio diáfano dividido por los sets de rodaje. En uno de los decorados hay un croma y una especie de sillón que a Nela le recuerda a los que se usan en ginecología. Otro parece un vestidor, con cortinajes color burdeos rematados con un ribete dorado, un espejo ovalado de pan de oro dispuesto en vertical y un sillón tantra de polipiel negra en el centro. Pero el set que más llama la atención de la inspectora es uno que emula una habitación infantil. Cortinas rosa pastel estampadas con diminutas flores cubren unas falsas ventanas de molduras blancas; una cama individual, vestida por una colcha rosa chicle y cojines blancos, ocupa el centro de la estancia; sobre la mesilla de noche, también blanca, descansa un marco de fotos del mismo color; completan el conjunto un par de alfombras circulares combinadas en tonos rosados.

—Está todo muy limpio y ordenado. Esto es como pasear por la versión porno de la exposición de Ikea.

—Sí, con habitación infantil incluida —responde Nela mordaz.

—Huele a producto de limpieza. Quizá lo mataron aquí y han limpiado después.

—Quizá... —La inspectora hace una pausa, pensativa—. O quizá no llegó a su casa, lo cogieron antes.

En una de las habitaciones hay una oficina provista de tres ordenadores, dos de sobremesa y un portátil, y unos

102

archivadores. Se lo llevarán todo para analizarlo. En un armario descubren una gran cantidad de cintas Mini DV ordenadas cronológicamente.

—Madre mía, creía que esas cintas ya no existían. Ahora va todo con tarjetas de memoria.

Nela ignora el comentario del oficial e inspecciona la estancia mientras va abriendo armarios y cajones.

Suben a la segunda planta a través de una escalera volada de peldaños de madera de roble. Al final hay una puerta blindada, como si fuera la de acceso a la vivienda.

—Pues sí que era reservado con su vida personal.

—Desde luego tenía bien diferenciados los espacios.

La puerta está entreabierta. Puentes alarga el brazo para abrirla, pero Nela lo detiene con un gesto.

—Espera.

A continuación y sin mediar palabra, vuelve sobre sus pasos y se dirige hacia el letrado que se halla junto a uno de los miembros de la Científica, aún en la planta inferior. Es el mismo que acompañó a la jueza Pemán el día de la inspección ocular. Un hombrecillo circunspecto, flaco y de baja estatura. Tiene un bigote que sobresale con timidez debajo de una prominente nariz sobre la que descansan unas gruesas gafas de pasta marrón. Nela no recuerda haber oído su nombre.

—Disculpe, letrado, ¿esa puerta estaba abierta cuando han accedido a la vivienda? —Señala al piso superior.

—No, inspectora. Hemos pedido al cerrajero que la abriese para que puedan proceder con el registro. Así lo he hecho constar en el acta.

Una vez precisado esto, regresan escaleras arriba y se adentran en el piso superior.

Allí, la decoración nada tiene que ver con lo que han visto abajo. Un intenso olor a sudor, entremezclado con un tufo a pies y a humedad los embiste al entrar. Las persianas semicerradas dejan pasar la luz tímidamente por sus agujeros.

—Huele a choto que no veas...

Ambos se ven obligados a taparse nariz y boca. La inspectora se dirige a una de las ventanas, sube las persianas y abre para airear la estancia, compuesta por un salón con cocina americana integrada, tan cubierta de polvo que se diría que está por estrenar. Un cenicero repleto de colillas, acompañado de una botella de whisky vacía, yace sobre una mesa de café situada frente a un sofá de terciopelo negro, por el que se desperdigan varias prendas de vestir. Desde el salón se accede a una terraza de unos cincuenta metros cuadrados con vistas al parque y al estadio Ciudad de Valencia. Un poco más allá hay una puerta que da a un amplio dormitorio invadido por el desorden: cama deshecha, ropa tirada por el suelo y restos de cocaína manchan un pequeño espejo que reposa encima de la mesita de noche.

—No soporto este tufo —dice Nela incapaz de contener su repulsión.

Los policías examinan el piso superior abriendo puertas y ventanas a su paso. Es tal el desorden que no se apreciará la diferencia después del registro.

—¡Ven! ¡Mira esto!

La inspectora camina por el pasillo al encuentro del oficial y allí descubre un cuarto de baño con bañera de hidromasaje, plato de ducha doble de pizarra y un trono digno de reyes. Puentes está de pie mirando el interior de un mueble de aseo con espejo en el que Nela se ve reflejada al entrar.

—Una caja fuerte empotrada en el baño. Sin duda es uno de los lugares más raros en los que buscar.

Dentro del marco de lo que debía ser el armario, hay un nicho en cuyo interior se aloja una caja de seguridad de cierre electrónico.

—Voy a avisar a los de la Científica para que se la lleven. Ellos nos dirán qué guardaba el productor con tanto celo.

Capítulo 26

—¿Cuánto hace que no veía a su hermano?

Verónica mira a Valbuena antes de contestar. Por primera vez, desde que le comunicaron la muerte de su hermano, el subinspector percibe la tristeza en sus ojos.

—Desde el entierro de mi padre. No sé ni cómo se dignó a venir el muy desgraciado.

Mientras ella va respondiendo a las preguntas, Álvaro, su marido, permanece a su lado sin articular palabra. Deja que sea ella la que conteste y él se limita a coger su mano como muestra de apoyo y a lanzarles miradas amenazadoras a los policías.

—¿Cuánto hace de eso?

—Dos años. Murió mi madre y a los pocos meses cayó mi padre detrás. Estaban muy unidos.

—¿Cómo era su hermano?

—Nos llevábamos diez años, así que no tengo muchos recuerdos de él, se fue de casa a los diecinueve. Desde que tengo uso de razón, solo lo he visto discutir con mis padres. —Habla con rencor, como si escupiera cada una de las palabras que pronuncia—. Siempre ha sido un egoísta. Estaba obsesionado con ser alguien, con ser famoso. Supongo que lo consiguió, aunque siempre hemos detestado lo que hacía.

—¿Se refiere al porno? —pregunta Sagarra.

Verónica mira de reojo a su marido y él le devuelve la mirada.

—Sí, mis padres no veían con buenos ojos su profesión —reconoce al fin—. Nos hemos criado en la moral católica. Tanto él como yo hemos estudiado en colegios

105

religiosos. Así que ya se puede imaginar que a mis padres no les hacía ninguna gracia que se dedicase a estas cosas.

—¿Fue esa la razón por la que se marchó tan joven?

Verónica se toma unos instantes antes de contestar. La subinspectora examina su rostro, se la nota incómoda al hablar del tema o quizá esté buscando la respuesta adecuada.

—Como le he dicho, yo era muy pequeña y no lo recuerdo bien. Solo sé que discutían mucho. A mi padre no le gustaba hablar del tema, despreciaba profundamente su profesión.

—Y... ¿qué me dice de la herencia de sus padres? —Valbuena intenta encauzar la conversación hacia sus sospechas.

—A mi padre le hubiera gustado desheredarle, pero, tal y como está la ley, no había por donde cogerlo. Así que se llevó la mitad del tercio de la legítima que le correspondía el muy cabrón. Como si le hiciese falta.

—¿Y a ustedes? ¿Les hacía falta? Tengo entendido que, en los últimos meses, han despedido a algunos trabajadores de su empresa. —Valbuena lanza la afirmación dirigiendo su mirada hacia el marido.

—¿Qué quiere decir con eso? ¿No hemos venido a hablar de mi cuñado? ¿A qué viene esa pregunta? —salta Álvaro muy tenso.

—Teniendo en cuenta que su mujer es la única heredera de la fortuna de su cuñado, puede que sea relevante para el caso. —Sagarra mira de soslayo a su compañero, que asiente con sutileza.

—No necesitamos el dinero de mi cuñado para nada.

—Sin embargo, adujeron pérdidas en la causa del despido —insiste Valbuena.

—Eso no es asunto suyo. Lo de mi empresa ha sido un cúmulo de mala suerte y malas decisiones, nada más.

Verónica lo mira inquisitiva. Se diría que no estaba al tanto de los problemas económicos de los negocios de su marido. Ese gesto no pasa desapercibido para los policías.

—Ya, pero ese dinero les vendrá muy bien justo ahora —replica Sagarra.

—No voy a contestar a eso.

Álvaro se echa hacia atrás en la silla y se cruza de brazos.

—Bien, pues díganme: ¿qué han hecho desde la noche del viernes a la madrugada del domingo?

—No me gusta lo que están insinuando. Será mejor que llame a nuestro abogado.

Álvaro apoya las manos sobre la mesa y se levanta de la silla, desafiante. Verónica pone la mano en su brazo, trata de apaciguarlo.

—No tenemos nada que ocultar, cariño. Colaboremos y olvidémonos de esto de una vez. —No le está gustando nada el tono en el que se desenvuelve la conversación, ni que su marido le esté ocultando información sobre el estado de su negocio, pero no es el momento, ya hablarán después. Ahora deben cerrar filas y alejarse de toda sospecha.

Álvaro se recompone y vuelve a sentarse. Mira a los policías, se desabrocha el botón de la chaqueta, se cruza de brazos y piernas y se yergue en el asiento.

—Está bien, pero no pienso permitir que nos traten como a dos delincuentes —dice mirando a su mujer.

Verónica le sonríe afectuosa y se dirige a los subinspectores:

—El viernes por la noche no hicimos nada en especial, nos quedamos en casa y pedimos pizza. A las niñas les encantan los viernes de pizza. El sábado fuimos a Dénia a comer con mis suegros. Volvimos pronto porque teníamos que llevar a nuestras hijas a la fiesta de pijamas de su amiga Alejandra. Después, aprovechando que estábamos solos, nos fuimos a cenar a un japonés y a tomar una copa por Ruzafa. —Verónica hace una pausa y niega con la cabeza antes de retomar la palabra—: No siento la muerte de mi hermano, pero tampoco tenía motivos para querer verlo muerto.

—¿Y sabe de alguien que sí quisiera?

Verónica no tiene tiempo de responder porque la puerta de la sala se abre y Aranda se asoma por la rendija.

—¿Podéis salir un minuto, por favor? Es importante.

Capítulo 27

Nela observa cómo Puentes se zampa un bocadillo de tortilla de patata con alioli. La camiseta negra pegada a su torso deja entrever un cuerpo envidiable que no casa con el almuerzo que devora con avidez. Se pregunta dónde lo mete, o si invertirá horas en el gimnasio para mantener esos bíceps y ese abdomen sin un gramo de grasa. Ella ha optado por una tostada con aceite y un café con leche, su tentempié de siempre. Practica remo en el puerto dos días a la semana y sale a correr de vez en cuando, también intenta cuidar su alimentación y no se puede quejar, sigue manteniendo su figura; pero, desde que pasó de los treinta y cinco, kilo que coge, kilo que se queda.

—Dime, ¿qué crees que encontraremos en la caja fuerte? —pregunta la inspectora.

El oficial termina de masticar mientras forcejea con el servilletero para sacar una de esas servilletas hirsutas con publicidad serigrafiada. Cuando lo consigue, se limpia la boca y contesta:

—Supongo que dinero. La gente como él no se hace rica de declarar hasta el último duro como nosotros.

—Sí, eso es verdad. Pero uno no se toma la molestia de instalar una caja fuerte en un baño para guardar solo dinero.

—Quizá documentos, o droga...

Nela suelta un bufido y mira hacia donde está el oficial, pero es como si fuera transparente, como si pudiera ver a través de él.

—Espero que dentro de esa caja encontremos algún hilo del que poder tirar —añade, más para sí misma que para su compañero.

Puentes continúa dando cuenta del almuerzo. Nela se concentra en su tostada mientras repasa el ambiente de la cafetería: en la mesa de al lado, dos mujeres conversan en torno a un par de tazas de chocolate humeante y media docena de churros; en otra mesa, un hombre trajeado hojea el periódico con mirada insustancial; un poco más allá, dos parroquianos se acodan en la barra y hablan con el camarero al mismo tiempo que miran el televisor. Al terminar el bocadillo, Puentes empuja con cuidado el plato al centro de la mesa y se recuesta hacia atrás satisfecho.

—Lo que no me termina de cuadrar es que tuviera su casa así. Con su nivel de vida, seguro que tenía a alguien que le limpiara y le lavara la ropa. La planta de arriba estaba asquerosa, parecía un piso de estudiantes.

—Quizá no quería que nadie entrase en sus dominios. Su ayudante nos dijo que era bastante reservado con su vida personal —contesta Nela.

—Ya, pero aun así... Es que se le comía la mierda, joder.

Nela se ríe, pero enseguida se reprime y endurece el gesto, como si la hubieran pillado en falta.

—¿Te has fijado en que aún no hemos encontrado a nadie que muestre ningún afecto por él? —apunta la inspectora—. Tenía más dinero del que vamos a ganar tú y yo en tres vidas, pero ninguna relación de confianza: ni familia, ni pareja, ni amigos, que sepamos.

—Es de suponer que por su profesión siempre estaría rodeado de gente, pero sí, da la impresión de que estaba muy solo en la vida.

Ambos permanecen callados unos minutos, pensando cada uno en su propia soledad. Esa a la que nadie está dispuesto a reconocer como propia, pero que se queda prendida al pecho y se manifiesta cuando menos lo esperas.

El camarero se acerca a la mesa y retira los platos haciéndoles volver de sus cavilaciones. Puentes le pide un cortado y continúa con la conversación.

—Hay muchos elementos extraños en este caso: la causa de la muerte, el maquillaje, el mensaje... Apostaría por una mujer si no fuese porque veo imposible que pudiese manejar el cuerpo.

—A veces es más importante el ingenio que la fuerza. —Nela enarca una ceja con socarronería.

—Así es, inspectora. Pero veo poco probable...

No termina la frase, el teléfono de Nela vibra sobre la mesa y ella le hace una seña antes de contestar.

—Ferrer... Sí, dime, Valbuena... ¿En el Bovalar? Vale. Pásame las coordenadas al móvil. Adelantaos vosotros, enseguida salimos para allá. —Cuelga antes de dirigirse a Puentes—: Nos vamos. Tenemos la última posición del móvil de la víctima.

Capítulo 28

Las coordenadas que les ha enviado Valbuena los llevan hasta el polígono del Bovalar, en la localidad de Alaquàs. Han tenido que cruzarse la ciudad y les ha costado cuarenta y cinco minutos recorrer los diecisiete kilómetros que los separaban del lugar.

La carretera que los lleva hasta allí es estrecha, con un carril para cada sentido y sin apenas arcén. Entran en un solar medio vacío flanqueado por un club de alterne a la derecha y una fábrica abandonada a su izquierda. Al bajarse del coche ven a Sagarra y a Valbuena junto a los miembros de la Policía Científica, que ya han cercado el perímetro y se han puesto manos a la obra. Sagarra les hace una seña con la mano mientras camina hacia ellos.

—¿Habéis localizado el móvil? —pregunta Nela al llegar.

—Podría decirse que sí. —Sagarra inclina la comisura de los labios hacia abajo.

—¿Qué quieres decir con «podría decirse»?

—Lo han machacado a golpes, no sé si los de Informática Forense podrán sacar algo.

Puentes, que se había quedado rezagado detrás de la inspectora, mira hacia donde están sus compañeros de la Científica con expresión interrogativa.

—¿Y ese coche?

Es un Ford Fiesta blanco, el oficial calcula que se trata del modelo de 2015, aunque desde su posición solo puede ver la parte trasera del vehículo.

—Pertenece a la víctima.

Puentes gira la cabeza hacia la subinspectora y arruga la frente.

—En el garaje de su casa hemos encontrado un Chevrolet Camaro amarillo. No me encaja un coche tan... normal.

—Este lo compró hace unos meses de segunda mano.

Valbuena se dirige hacia ellos mientras se va despojando del gorro y los guantes que se ha colocado para no contaminar la escena.

—Se van a llevar el coche a analizar, pero no creo que saquemos de ahí mucha cosa —les dice—. Las llaves del coche y el móvil han aparecido debajo del vehículo. El teléfono está hecho trizas.

Los policías se miran los unos a los otros con preocupación. No hacen más que dar vueltas sin llegar a ningún sitio. Demasiadas incógnitas y pocos datos de los que tirar.

—¿Algún indicio que nos permita saber si se lo llevaron aquí? —pregunta la inspectora.

—Hay marcas de arrastre y varias huellas de neumático que contrastarán los compañeros, pero desde el viernes por la noche, que es el último posicionamiento que aparece del teléfono, por aquí han pasado muchos vehículos. Hay rodadas de camiones, de autobuses..., es una locura.

—¿Y huellas de pisadas?

—Estamos en las mismas, inspectora —contesta Valbuena negando con la cabeza.

Nela mira a su alrededor en busca de respuestas. «¿Qué hacía un productor de éxito como Miguel Murillo en un polígono industrial de mala muerte un viernes por la noche?», se dice. Al otro lado de la CV-413 hay una fábrica de carpintería metálica. La inspectora la observa poniéndose la mano a modo de visera.

—Puentes y Sagarra, acercaos a hablar con los de esa fábrica. Tienen instaladas cámaras de vigilancia. Valbuena y yo iremos a hablar con los de ese club, a ver si damos con algún testigo.

El club Las Palmeras está ubicado en un pequeño chalet custodiado por un muro de piedra de dos metros y un portón corredero de acero galvanizado negro. Los policías se ponen de puntillas para tratar de mirar por el hueco que queda por encima del portalón. Un reducido patio empedrado hace de antesala entre el muro y una puerta blindada con un pomo dorado de latón envejecido en el centro. A cada lado de la puerta se yerguen dos ficus benjamina, cuyos troncos trenzados emergen de unos maceteros de piedra blancos. Si no fuese por su ubicación y el cartel de neón fijado en la fachada, ahora apagado, no se distinguiría de cualquier vivienda unifamiliar.

—Parece que está cerrado, inspectora.

—Llama, a ver si hay alguien dentro.

Valbuena toca al timbre del videoportero instalado en el muro.

Pero al otro lado nadie responde y la puerta no se mueve. Nela está a punto de hundir el dedo en el timbre con furia, cuando se escucha un chasquido y la puerta empieza a deslizarse por los rodamientos.

Al otro lado, un hombrecillo enjuto de facciones desproporcionadas les sale al paso. Lleva una camisa con estampado Paisley de color granate, por fuera de unos pantalones vaqueros desgastados. Nariz aguileña, barba de chivo y unos ojos demasiado juntos completan un rostro poco agraciado que los mira con hosquedad.

—¿Qué quieren? —les dice a modo de saludo.

—Buenos días, soy la inspectora Ferrer. Él es el subinspector Valbuena.

—Díganme —insiste cortante.

—Somos del Grupo de Homicidios —aclara Nela mostrando su placa.

—Nos gustaría hablar con el dueño —dice Valbuena muy serio.

—Soy yo.

—Y su nombre es...

—José Fayos.

—Bien, señor Fayos, ¿le importa que pasemos para hablar con más tranquilidad?

El hombre vacila unos instantes, no parece muy dispuesto a colaborar con los policías.

—Hace un rato que ha venido el proveedor y estábamos organizando la mercancía, pero adelante —les dice por fin franqueándoles el paso.

Al entrar les cuesta acostumbrarse al cambio de luz. Aunque hay unas luces blancas encendidas, el interior del local es lóbrego en comparación con el soleado día. Huele a lejía y a friegasuelos floral. Se adentran por un pequeño vestíbulo dejando a su izquierda el guardarropa y a su derecha un sofá de polipiel con respaldo de costuras marcadas y botones a semejanza de brillantes. Atraviesan unas cortinas de alpaca granates por las que acceden a una sala amplia con una barra en forma de L a la derecha, taburetes tapizados con la misma tela que las cortinas y un gran espejo que cubre la pared sobre el que reposan varias estanterías de cristal con los destilados. Repisas y repisas repletas de botellas de todas las marcas y colores del mercado.

—Pues ustedes dirán —les dice mientras hace un gesto para que tomen asiento en los taburetes.

—Estamos investigando un homicidio y necesitamos su colaboración. —Nela mantiene un tono cordial a pesar de la evidente antipatía que les muestra ese hombre.

—¿Y se puede saber para qué necesitan mi colaboración?

—Hemos encontrado un Ford Fiesta blanco en el descampado que sus clientes utilizan como aparcamiento. ¿Sabe desde cuándo está ahí?

—Ni idea. La verdad es que no me he fijado.

—¿Conoce a este hombre? —Valbuena le muestra en su móvil una foto del perfil de Instagram de Miguel Murillo.

—Pues claro que lo conozco. Es el productor porno ese que no para de salir por la tele.

—No me ha entendido, me refiero a si lo conoce personalmente.

—¿Yo? ¿Por qué tendría que conocerlo?

—Pues porque ese coche está a su nombre y un viernes por la noche no creo que haya nada que hacer por aquí, excepto entrar en su club.

—Si estuvo aquí el viernes, yo desde luego no lo vi. Tuvimos una despedida de soltero y había mucho jaleo.

—¿Podríamos hablar con alguno de sus trabajadores, por si alguien lo vio?

—¡Marta, sal!

Por una puerta del fondo sale una mujer de mediana edad con el pelo negro recogido en un moño. Va vestida con unos *leggins* grises y una camisola amplia de manga corta blanca.

—Dime, Pochele.

—Acércate un momento. Estos policías quieren saber si viste el viernes a este hombre en el club.

La mujer obedece y se acerca hasta ellos. Observa la foto que vuelve a mostrar Valbuena en su móvil y niega con la cabeza.

—No. No lo recuerdo, el viernes hubo mucho trabajo.

—¿Algún trabajador más con el que podamos hablar?

—Marta, avisa a las chicas para que bajen.

La mujer se retira y los policías se miran, recelosos por la naturalidad con la que aquel hombre airea una actividad que no es ilegal al realizarse de forma libre y voluntaria, pero sí en caso de que exista un tercero que saque beneficio de ella.

—No me miren así, que las chicas están aquí por voluntad propia. Yo solo les alquilo las habitaciones para que no tengan que estar en la puñetera calle. Todas tienen sus papeles en regla.

—Ya —contesta Nela visiblemente molesta.

—Oigan, que todo tiene sus ventajas y sus inconvenientes —se justifica el hombre—. Está claro que hay gente que viene por el reclamo de las chicas, pero, precisamente por eso, hay otras personas que no se acercan por aquí.

—¿Conoce el nombre de sus clientes habituales? ¿Alguno que estuviese aquí el viernes? ¿Tal vez esos chicos de la despedida de soltero hicieron algún pago con tarjeta?

El hombre sonríe con chulería ante la petición del subinspector.

—Muchos clientes no dan su verdadero nombre, ni es nuestro trabajo preguntárselo. Y no aceptamos tarjeta: la discreción es el secreto de este negocio.

—¿Y usted? ¿Qué hizo el viernes por la noche?

—No me moví de aquí. Ya les he dicho que hubo mucho trabajo.

—¿Hasta qué hora?

—Hasta el cierre. De domingo a jueves cerramos a las doce y media, pero los viernes y los sábados a las cuatro. Me iría de aquí... entre las cuatro y media y las cinco.

Capítulo 29

—Vaya tela, se van de putas hasta con el coche familiar —dice Sagarra incapaz de contenerse.

En la pantalla se ve un Renault Scénic, con parasoles en la luna y las ventanillas traseras, accediendo al descampado del club.

Puentes mira de reojo a la subinspectora a todas luces incómodo. La sensibilidad de su compañera por estos temas después de tantos años destinada en la UFAM puede traerles problemas. El dueño de la fábrica está justo detrás de ellos y no les interesa ofenderlo, quién sabe si él mismo es cliente.

Han tenido suerte, la empresa de carpintería metálica tiene una cámara de seguridad desde la que se ve un tramo de la carretera de acceso al descampado que hay junto al club. No es que sea demasiado, pero al menos pueden ver quién y cuándo entra y sale de allí. Le han pedido al dueño, un tal Carmelo Lozano, que les muestre las imágenes del viernes, desde las once de la noche, que es la hora en la que Rebeca Suárez ha declarado haber visto a la víctima por última vez. También le han preguntado por el coche de Miguel Murillo, pero asegura que el viernes no estaba cuando se fue. Él mismo suele aparcar allí muchas veces y les ha confirmado que no lo vio al ir a por su coche.

—A mí siempre me han dado repelús este tipo de sitios. A saber quién la ha metido ahí antes. Yo no iría ni loco —comenta el empresario.

Sagarra tiene que morderse la lengua para no decirle que no es solo cuestión de higiene, sino de que una persona no puede considerarse un bien de consumo. Que son muchas las mujeres que no ejercen la prostitución por propia voluntad, que la mayoría están extorsionadas o esclavizadas. Que la libre elección deja de ser libre para las que no pueden elegir nada. Pero opta por guardar silencio y concentrarse en las imágenes del monitor. Ese hombrecillo bajito y regordete de mirada franca, calvo en tres cuartas partes, está colaborando con ellos desde que han puesto un pie en esa fábrica y no será ella la que se ponga palos en las ruedas solo por quedarse a gusto. Aunque tiene que reconocer que le está costando lo suyo.

No paran de entrar y salir coches del descampado, incluso han visto acceder a uno de esos autobuses que se alquilan para fiestas o despedidas de soltero. Por fin, a las 0.16 ven cómo entra el Ford Fiesta del productor. Siguen atentos mirando la pantalla y ven de nuevo salir el Renault Scénic a las 0.50.

—Jo, pues sí que se lo ha montado bien el *family man*. Ha estado casi hora y media ahí dentro.

Puentes la mira y menea la cabeza en un gesto de desaprobación. Después vuelve a concentrarse en las imágenes.

Están anotando cada una de las matrículas de los vehículos que entran y salen, además de la marca, el modelo y, si consiguen distinguirlo, color del vehículo. De momento, lo único que están sacando en claro de esas imágenes son dos cosas: que el coche del productor entró pasadas las doce y no volvió a salir, y que la figura del putero no entiende de clases sociales. Han visto acceder coches de todo tipo: utilitarios, deportivos, tipo berlina, monovolumen... Al oficial le sorprende que haya tanta afluencia y variedad, pensaba que eso era algo del pasado que ya se había desgastado, que en realidad no eran tantos los hombres que se iban de putas. Él no lo había hecho nunca y creía que la típica frase de «venga, si todos lo hemos hecho alguna vez» era solo una machada más. La confirmación en imágenes de su ingenuidad le está produciendo un profundo rechazo, auténtica vergüenza ajena.

De pronto, el monitor muestra un Mercedes clase C gris o negro —no se aprecia bien con la escasa luz de las farolas— saliendo del descampado; la matrícula no coincide con ninguna de las que tienen anotadas. Ese coche ha debido de entrar antes del punto en el que han comenzado a ver la grabación. Ambos policías se inclinan hacia delante y achinan los ojos para intentar ver quién va al volante, pero tiene las lunas tintadas y no se distingue bien al conductor.

—Ese es el coche del dueño del club —apunta el empresario.

—¿Cómo dice? —Puentes se gira hacia él.

—Sí. Es inconfundible. Menudo Mercedes nuevecito lleva el tío. Como para no fijarse.

Capítulo 30

Llevan hora y media interrogando a cada una de las chicas por separado. Todas son mayores de edad, tienen los papeles en regla y aseguran estar allí por voluntad propia. No hay contradicciones en sus declaraciones: ninguna ha visto a Miguel Murillo en el club y José, el dueño, no se movió de allí en toda la noche.

—Parece que está limpio, ¿no?

—Como los chorros del oro —dice Nela sin demasiada convicción—. Alguien que se dedica a este negocio no puede estar del todo limpio.

Valbuena le hace una seña para que se calle. Marta, la camarera, entra desde el almacén.

—¿Han terminado de entrevistar a las chicas?

—Sí —contesta Nela—. ¿Todas viven aquí?

—No, hay cuatro o cinco que vienen solo a trabajar.

—¿Podría facilitarnos sus nombres para que hablemos con ellas?

—Eso decírselo a Pochele, que yo no quiero líos.

—¿A quién?

—A mi jefe, José. Es que nadie lo llama por su nombre de pila, aquí todos lo conocemos por Pochele.

—Vale, muchas gracias, Marta. ¿Podrías decirle que hemos terminado y que queremos hablar con él antes de irnos?

La mujer se aleja y va en busca de su jefe.

—Pues yo no me creo nada. ¿Me quieres decir qué hacía Miguel Murillo en ese descampado el viernes si no estuvo aquí? —susurra Nela mientras esperan.

—Quizá quedó con alguien..., con el asesino.

—Quizá, pero sigo sin creerme ni una palabra de lo que nos han contado.

El teléfono de Nela comienza a vibrar en su bolsillo, se aleja unos pasos y contesta. Tras la conversación, que apenas ha durado unos segundos, Pochele entra por la puerta.

—¿Han terminado? ¿Necesitan alguna cosa más de mí o de mi gente?

Se muestra más relajado.

—Necesitamos que nos facilite los datos del portero y del resto de los trabajadores del club.

El dueño está a punto de decir algo, pero Nela se adelanta y no le deja hablar.

—Nos los dará en la brigada, Valbuena —anuncia mirando a su compañero. Después, clava la mirada en Pochele y le dice con voz firme—: Lamento decirle que tendrá que acompañarnos, parece que no estuvo toda la noche sin moverse de aquí como nos ha dicho. Mis compañeros han visto en una cámara de seguridad cómo salía con su coche cuarenta y siete minutos después de que entrara el de Miguel Murillo en el descampado.

Capítulo 31

—Mmm, el esgarraet está de muerte.

Nela devora el plato que tiene delante, con mojada de pan incluida. No ha comido en condiciones desde la cena del sábado y está famélica. Cubells, su mentor, la observa ufano. La recuerda con treinta años menos, en esos domingos por la mañana en los que acompañaba a su padre. Ella se zampaba un plato de bravas con un refresco de naranja, mientras ellos desgranaban los casos que tenían en marcha en torno a varias cervezas bien frías. Han quedado para comer en Las Carabelas, en el paseo de Neptuno, muy cerca de la calle de la Reina; donde vive el expolicía, en pleno barrio del Cabañal.

—Tranquila, a ver si te va a pegar mal. Deja hueco para las clóchinas y el arroz a banda.

Solo de pensarlo, a Nela se le hace la boca agua. Le encanta ese sitio, en especial la terraza, desde la que se disfruta de la brisa del mar que tanto echaba de menos en Madrid.

—Después de la comida, no sé si voy a ser capaz de pensar con claridad. Tendré toda la sangre en el estómago tratando de hacer la digestión.

—¿Vas a volver a interrogar al dueño del club esta tarde?

—Se ha emitido una diligencia de detención. Lo dejaré en el calabozo hasta mañana a ver si se ablanda un poco. Además, dudo que haya sido él.

—¿Qué te hace llegar a esa conclusión?

—Aunque tiene aspecto nervudo, está demasiado flaco. No creo que pudiera con el peso de Miguel Murillo. Además, según la autopsia, la amputación del pene ha debido de hacerla alguien con conocimientos quirúrgicos.

—Quizá no lo hizo solo. Puede que sean varios. Dices que la víctima tenía una marca de pinchazo en el cuello, ¿no?

—Sí, pero aún no han llegado los resultados de los análisis toxicológicos.

—Supongamos que lo sedaron. Alguien le ayuda a meterlo en el coche y después sale con él en el maletero. Luego lo lleva hasta algún lugar donde otra persona lo está esperando para torturarlo.

—Sí, es posible, aunque algo me dice lo contrario. Tu teoría es buena, pero no termino de verlo. Es un hombre demasiado básico. No parece el tipo de persona que estamos buscando. Además, ¿por qué se implicaría en algo así?

—¿No crees que pueda tener alguna razón para hacerlo? Ya sabes que en la motivación está la clave.

—Con los datos que tenemos hasta el momento, no. Pero, si la tiene, voy a averiguarlo.

El Grupo de Homicidios se vuelve a reunir esa misma tarde tras la detención de Pochele. La primera en tomar la palabra es Aranda. Tiene nuevos datos y el prurito de hacérselo saber a su jefa, como la alumna aventajada que es.

—Ha llegado el listado de llamadas del móvil de la víctima, inspectora.

Nela permanece callada invitándola a continuar.

—Lo he estado repasando con Valbuena y parece ser que José Fayos, o Pochele como todo el mundo le llama, os ha mentido. Conocía a la víctima: habían intercambiado llamadas en varias ocasiones, una de ellas el viernes por la tarde.

—Joder, qué capullo —farfulla Nela—. ¿De verdad pensaba que no lo íbamos a averiguar? Esta noche la va a pasar en el calabozo. Y mañana le apretaremos para que confiese. Aunque dudo que haya sido él: ni tiene la fortaleza física ni me encaja con el perfil del asesino, capaz de montar semejante escenario.

—Pero lo conocía y estaba en el lugar donde Miguel Murillo fue visto por última vez. Además, nos ha mentido en todo —protesta Valbuena.

—Que oculta algo, lo tenemos claro. Pero, si está implicado en el crimen, veo improbable que lo haya hecho solo. Nos ha faltado hablar con el portero, un tal Omar Rubio.

—Tenemos su dirección.

—Acercaos Puentes y tú a hacerle una visita a ver qué se cuenta. A la mínima que os vacile o se contradiga, os lo traéis para acá y que le haga compañía a su jefe.

—¿Alguna novedad más?

—Sí. En el interrogatorio de esta mañana, Álvaro, el cuñado de la víctima, se ha puesto muy nervioso en cuanto le hemos nombrado el tema económico y ella lo miraba como si no supiera nada de los problemas de la empresa. Sin embargo, tienen coartada para el viernes por la noche y para el sábado. No es demasiado sólida, pero tampoco los hemos visto en las imágenes de las cámaras de seguridad de la fábrica.

—Gracias, Sagarra, no los perdamos de vista por si acaso. Y repasad cada una de las matrículas que aparecen en ese vídeo por si nos dan alguna pista más. Aranda, ¿cómo lleváis el expediente del caso de trata y abusos?

—De momento no tenemos gran cosa, jefa. Casi todas las chicas retiraron la denuncia. Solo una llegó hasta el juicio. Ella era menor y el padre insistió en llegar hasta el final. Pero, como finalmente su hija no quiso declarar, Miguel Murillo fue absuelto.

—Bien, seguid tirando de ese hilo. Hay que averiguar qué ha sido de ese padre y de esa chica.

Ambos asienten con la cabeza y toman notas en sus cuadernos.

—Otra cosa más. He tramitado la orden para acceder a los ficheros que hemos incautado en el domicilio de Miguel Murillo. En cuanto llegue la autorización de la jueza, localizáis los listados de personal a ver si podéis dar con la exnovia del productor. ¿Qué sabemos del contenido de la caja fuerte?

—Aún no ha llegado el informe de la Científica.

—¿Ni siquiera el preliminar?

Zafra niega con la cabeza. La inspectora tuerce el gesto y mira el reloj que hay en la pared de enfrente. Son más de las seis de la tarde, ya no quedará nadie en el departamento. Anota mentalmente llamar a primera hora para meterles prisa. Va a dar por finalizada la reunión, pero recuerda un dato del que todavía no han hablado y que puede que los ayude a desentrañar el crimen.

—Sagarra, ¿qué has averiguado del Casino del Americano?

—Aún no me he podido poner con ello, pensaba hacerlo esta misma tarde.

—Perfecto, avísame si sacas algo en limpio de ahí. ¿Algo más?

—Sí, jefa. He hablado con los de la asociación FairSex. Carmina Marzal, la directora, está los miércoles y viernes por la mañana, de nueve a una y media.

—Gracias, Aranda. Pasaremos a hacerles una visita.

Nela deja pasar unos segundos mientras recorre con los ojos la sala mirando uno por uno a los policías.

—Bien, pues si no hay nada más, me voy a poner a Robledo al día de los últimos acontecimientos. Venga, al lío.

Capítulo 32

Son las siete y media de la tarde. Andrés Valbuena entra en casa y deja las llaves en el cuenco del mueble de la entrada. Viene de interrogar a Omar Rubio, el portero de Las Palmeras. Después de casi una hora hablando con ese hombre con más músculo que cerebro, Puentes y él han decidido tomarle los datos y terminar su jornada por hoy. Ha declarado exactamente lo mismo que el resto del personal, tenía bien aprendida la lección. Pero, en cuanto se ha dado cuenta de que los policías sabían que Pochele había salido del local esa noche, ha cantado como un bendito: les ha confirmado que su jefe se largó después de que Miguel Murillo se marchara del club, aunque no ha sabido precisar cuándo había sido eso. Mañana presionarán al dueño para que les explique qué había ido a hacer allí el productor.

—¡Hola! —anuncia su llegada.

Se adentra en el salón y ve a su hijo sentado en el suelo asido al mando de la videoconsola con los cascos puestos. De una bolsa de patatas fritas vacía salen las últimas migajas junto a él, y un vaso, que debió de contener algún refresco, reposa sobre la madera del mueble sin posavasos que la salvaguarde.

Sin mediar palabra, se acerca hasta él y, en un rápido movimiento, le quita la diadema de los cascos por detrás, dejándolos caer sobre el mueble.

El chico pega un salto y se gira hacia su padre.

—¡Joder, papá, qué susto!

—¿Y tu madre?

—Aún no ha llegado.

—¿Y tu hermana?

—En su cuarto.

Dicho esto, coge los cascos, se los vuelve a colocar y prosigue con el videojuego.

—¡Salva!

El chico se aparta de la oreja derecha uno de los auriculares, sin llegar a quitárselos del todo.

—¿Qué quieres, papá?

—Que dejes esa mierda y que recojas.

—Es que estoy en una misión. Tengo que llegar a un punto de guardado.

—He dicho que dejes eso y punto. ¿Has hecho los deberes?

—Qué pesado. Sííí —dice arrastrando el monosílabo y poniendo los ojos en blanco—, he hecho los deberes.

—Bueno, pues déjalo ya y vete a la ducha, que voy a ir preparando la cena para cuando llegue tu madre.

—No, espera a que acabe la misión. ¡Que si no pierdo todo el progreso!

Andrés resopla, no puede más, está cansado y hastiado a partes iguales. Así que cede por no discutir con su hijo.

—Vale, pero acabas esa misión y te vas a la ducha.

Se dirige ahora al cuarto de su hija, que está con la puerta cerrada. Entra sin llamar y ella se gira contrariada mientras se pone el dedo índice en los labios indicando a su padre que guarde silencio.

—Estoy en videollamada —le susurra al tiempo que hace un gesto para que salga y cierre la puerta.

Andrés obedece y cierra la puerta con cuidado, después, emite un profundo suspiro de resignación.

Celia tiene quince y Salva trece. Es consciente de que están en una edad difícil, pero cada vez se le hace más cuesta arriba la situación. Comunicarse con sus hijos parece misión imposible, hablan lenguajes distintos. Ellos son nativos digitales; él, con la edad de su hijo, estaba en la calle jugando a las chapas. Las pantallas los tienen completamente abducidos y ya no sabe qué hacer para captar su atención. Echa de menos los días en familia, cuando se iban a hacer rutas por el monte o a dar un paseo por los jardines del Turia. La frontera entre la niñez y la adolescencia la establece el comienzo del instituto. Antes se entraba con catorce; ahora, que entran con doce, ya son adolescentes.

Esta noche cenarán mientras su hija chatea con las amigas por WhatsApp y su hijo ve algunos de esos vídeos absurdos de YouTube con los cascos puestos. Sin hablar, sin contarse qué tal les ha ido el día. Cada uno concentrado en su plato o en el móvil o en el televisor. Demasiado cansados para discutir. Después, se irán a sus respectivas habitaciones. Nada de ver la televisión todos juntos en familia, como en otros tiempos en los que no había más entretenimiento antes de irse a dormir. Lola cogerá el libro que tiene en la mesilla de noche desde hace un mes y con el que no avanza porque llega demasiado cansada al final del día y apenas logra leer dos páginas. Andrés pondrá el televisor del dormitorio con el volumen bajo para no molestar y verá algún documental. Luego se levantará para quitarle el libro a su mujer del regazo y la arropará dándole un beso de buenas noches en la frente que ella no recordará porque ya estará dormida. Se volverá a meter en la cama y cerrará los ojos hasta el día siguiente para empezar de nuevo con su rutina.

Capítulo 33

No hay nada comparable a contemplar el amanecer desde el mar; notar la brisa acariciándote el rostro, el salitre colándose por las fosas nasales. Nela ha madrugado para coger su kayak y salir a remar antes de entrar a trabajar. Necesitaba alejarse de todo, sentir esa quietud, ese silencio roto solo por las paladas del remo. El mar la ayuda a recuperar el control, le devuelve el equilibrio.

Su padre fue quien la introdujo en el piragüismo y no ha dejado de practicarlo nunca, porque siente que, de alguna forma, los mantiene unidos. Ni siquiera cuando estuvo en Madrid dejó de hacerlo: continuó remando en el lago de la Casa de Campo; aunque no era lo mismo, echaba de menos el olor a mar y el horizonte infinito de sus aguas.

Cuando algunos compañeros del club salen a entrenar, solo se preocupan de avanzar a buen ritmo, de hacer una buena marca. Ella hace años que dejó de competir; lo practica por el puro placer de disfrutar del paisaje y para desconectar de los horrores a los que su trabajo la obliga a enfrentarse cada día. Supone que su padre lo haría por la misma razón, aunque nunca podrá preguntárselo.

El kayak va dibujando una estela triangular a su paso, que se va abriendo a medida que las ondas se pierden en la distancia. Nela da paladas alternativas a uno y otro lado. Ante ella, el sol ya ha emergido de su escondite, abandonando el tono anaranjado del crepúsculo. A su alrededor, solo agua. Se detiene y deja que las olas mezan la embarcación con su suave vaivén. Cierra los ojos y escucha el silencio, la paz que el mar le devuelve. Consigue despojarse de todos sus pensamientos por unos instantes, respira hondo. Luego vuelven a colarse en su mente los acontecimientos de las últimas horas, los mensajes de su ex... Trata de apartarlos, de disfrutar de la tranquilidad del entorno, pero su cerebro se rebela.

Mira el reloj y decide regresar hacia la costa. Se dará una ducha reconfortante y pondrá rumbo a la brigada; tienen un interrogatorio pendiente.

—¿Qué hizo la madrugada del viernes al sábado, en torno a la una de la mañana?

Valbuena lanza la pregunta en la sala de interrogatorios mirando a Pochele a los ojos con frialdad.

—Me fui a mi casa.

—¿Y por qué nos mintió ayer? —insiste Nela.

—Porque no quería que sospecharan de mí. Si les digo que me fui a mi casa, no tengo coartada para lo que sea que estén buscando.

—Ya.

Pese a haber pasado la noche en el calabozo se le ve tranquilo, incluso con cierto aire altanero, como si la cosa no fuera con él.

—¿Para qué fue Miguel Murillo a su club?

—Ya sabe, pues para lo que va todo el mundo. Ya les dije que la discreción es la clave de mi negocio. No hacemos preguntas.

—¿Un productor porno haciendo uso de los servicios que ofrecen allí?

—No sé, cada uno tiene sus fetiches. ¿Usted no se ha ido nunca de putas?

El subinspector Valbuena hace caso omiso a la provocación y no contesta.

—Sabemos que se conocían. Lo llamó por teléfono la tarde del viernes.

—Eso no demuestra nada. Me llamó para preguntarme por una de las chicas: se había encaprichado de ella y quería asegurarse de que estaría esa noche.

131

—¿Qué chica? —inquiere Nela.

—¿Y eso qué importa?

—Aquí las preguntas las hacemos nosotros. Conteste.

—Romina.

—Esa chica no estaba ayer cuando hablamos con las demás.

—No. Se fue el domingo a su país, de vacaciones.

—Denos sus datos para que podamos comprobarlo.

—Están en el club, inspectora. Pueden pedírselos a Marta o puedo ir yo a buscarlos.

—No, usted no se mueve de aquí hasta que nosotros lo digamos.

—Pues déjenme hacer la llamada que me deben y yo mismo le digo que los traiga.

—Eso ya lo veremos. ¿De qué conoce a Miguel Murillo?

—Ya se lo he dicho, era un cliente habitual.

Valbuena está empezando a desesperarse con la actitud del detenido, se quita las gafas y se rasca el puente de la nariz con intensidad. Después pone el puño encima de la mesa dando un ligero golpe, se inclina hacia él y le clava la mirada.

—¿Pretende hacernos creer que un productor porno famoso era cliente de su club de mala muerte?

—Un respeto, subinspector. Y pueden creer lo que quieran.

—¿Habló con él?

—Entró a mi despacho a saludarme y luego se fue con Romina.

—¿De qué hablaron?

—De nada, solo entró a saludarme. Le ofrecí una copa, pero tenía prisa y fue directo al grano.

Nela sabe que por ahí no van a sacar mucho más de él. Están dando vueltas en círculo sin llegar a nada.

—Vamos a pedir una orden para registrar su coche y su negocio. Y como encontremos una sola prueba...

—Bien, hagan lo que tengan que hacer. —Pochele interrumpe a la inspectora con suficiencia—. No encontrarán nada, están perdiendo el tiempo conmigo.

—Escúcheme bien, señor Fayos. Si no nos dice lo que sabe, se va a pasar unos días durmiendo en ese calabozo y después lo pondremos a disposición judicial. Hay indicios contra usted por el asesinato de Miguel Murillo.

—En ese caso, no pienso decir nada más hasta que no esté presente mi abogado.

Nela y Valbuena salen crispados de la sala de interrogatorios. Ese hombre flaco e irritante les está sacando de sus casillas.

—Dan ganas de cogerlo de la pechera y darle de hostias hasta que hable.

—Sí, la verdad es que un poco sí, pero no podemos hacer eso —contesta Nela—. Les pediré a Sagarra y a Puentes que vayan al club y comprueben lo de esa tal Romina. Y tenemos que solicitar una orden para registrar el club y el coche, a ver si es cierto eso de que no tiene nada que ocultar.

Atraviesan el pasillo de las salas de interrogatorios en dirección a la brigada cuando el teléfono de Nela suena en su bolsillo.

—Lo que faltaba. Es Robledo —dice ella al sacar el móvil.

Valbuena observa la pantalla parpadeante y enarca las cejas. Ella duda unos instantes antes de contestar la llamada, pero finalmente lo hace.

—Dígame, comisario.

Al otro lado de la línea Robledo habla sin dejar espacio a la inspectora para responder. Habla tan alto que el subinspector alcanza a escuchar retazos de su discurso. Ella se pone nerviosa y trata de intervenir en varias ocasiones sin mucho éxito.

—¿Por qué? —consigue decir al fin.

Valbuena escucha vociferar al comisario algo ininteligible.

—Nos ha mentido en repetidas ocasiones y el rastro de la víctima se pierde en su club —rebate ella a continuación.

Nela se desespera. Respira hondo e intenta contestar con todo el sosiego que es capaz de reunir dada la situación.

—¿Pruebas circunstanciales? Déjenos al menos que agotemos las setenta y dos horas. Si lo soltamos ahora, podría destruir pruebas.

Tras unos instantes de conversación más en los que Robledo no le ha dejado meter baza, la inspectora cuelga el teléfono al tiempo que emite un chasquido de fastidio con la lengua.

—¡Joder! Hay que soltarlo, Valbuena. No ha podido ser él.

Él la mira con expresión interrogativa y aguarda en silencio, a la espera de más información.

—Tenemos otra víctima. Un varón, de mediana edad. Y el cadáver también está maquillado.

Segunda parte

Me retuerzo sobre el camastro desvencijado. Cuando el amo termina conmigo, el dolor es mi única compañía. Un dolor intermitente pero agudo que me obliga a curvar mi cuerpo hasta quedar en posición fetal. No sé cuánto tiempo durará esta vez, pero el suficiente para obligarme a permanecer así hasta que, por fin, cese.

Si algo bueno tiene el encierro es que otorga tiempo para reflexionar. Al principio no era capaz de entender el motivo de mi cautiverio. Ahora lo sé: soy un monstruo.

Cuando el dolor me da una tregua, me pregunto en qué momento dejé de ser quien era para convertirme en esto. Hasta que vuelve una nueva ráfaga y va subiendo de intensidad, alcanza el pico, y baja una vez más convirtiéndose en una molestia sorda que me recuerda que aún no ha terminado mi tormento.

Noto un líquido caliente recorrer mis muslos. Alzo el tronco con dificultad, justo a tiempo de ver un fino reguero de sangre que baja por mis piernas hasta desembocar en la tela raída. La sábana que cubre el colchón desgastado bajo mi cuerpo ha empezado a teñirse de rojo. Dejo caer mi peso de golpe por el esfuerzo. Sé que me lo merezco, pero dudo que pueda soportarlo por mucho tiempo. El dolor vuelve de nuevo, como una descarga eléctrica que me llega a las entrañas, apoderándose de mi mente.

«Eres mi puta», me ha susurrado el dueño de la navaja al oído resollando un aliento caliente y hediondo. Pero nunca había sospechado que así es como se siente una puta. Como si su cuerpo ya no le perteneciera, como un trozo de carne tendido, inerte, incapaz de moverse. Un cuerpo que sangra, sufre y es como si ya no fuera el mío. Cierro los ojos y me asaltan unos súbitos deseos de morir. Imagino que me clava las cuchillas en la garganta hasta rebanarla con su navaja rudimentaria, la sangre borboteando en el cuello mientras mi cuerpo intenta en vano enviar aire a los pulmones. Y, al evocarlo, no siento miedo sino paz, una paz cálida y reconfortante.

Capítulo 34

Han aparcado el camuflado encima de la acera, en la esquina de la avenida del Oeste con la plaza de San Agustín. Los compañeros de seguridad ciudadana ya tienen acordonada la zona y dos agentes uniformados están apostados en el portal de la víctima, controlando el acceso al mismo. La Policía Local ha cortado el carril más cercano a la entrada del edificio para facilitar el paso de los vehículos de la Científica, la comitiva judicial y los sanitarios. El tráfico, ya de por sí denso a esa hora de la mañana, se intensifica al contar con un carril menos para circular y por los curiosos que aminoran la velocidad al pasar frente al despliegue policial.

Al llegar al portal, Nela y Valbuena se identifican ante los agentes y acceden a un zaguán de techos altos con molduras señoriales y revestimientos de mármol. Una especie de pórtico interior de madera, pintado de gris, da acceso a un vestíbulo en el que se encuentran los buzones y un ascensor que, al estar instalado en el hueco de la escalera, resulta demasiado estrecho. Por él suben hasta la séptima planta, donde los espera la siguiente víctima.

Según les ha informado el comisario con nerviosismo antes de que salieran hacia la escena del crimen, se trata de Víctor Hervàs, un importante asesor financiero y fiscal perteneciente a las altas esferas valencianas. La consultoría para la que trabajaba se dedica a llevar las cuentas de importantes fortunas, incluidas algunas de las empresas mejor valoradas de Valencia. Su nombre es conocido en la Milla de Oro de la ciudad, por lo que no le faltaban clientes a las puertas de su despacho en busca de las triquiñuelas necesarias para bordear los límites de las leyes fiscales.

En el interior de la vivienda, los compañeros de la Científica van de un lado a otro tomando fotografías y recogiendo todas las pruebas que consideran de interés. Junto a ellos está el forense, que al verlos sale a su encuentro.

—Buenos días, doctor Monzó. ¿Qué tenemos esta vez?

—Buenos días, inspectora. La verdad es que no mucho. Como a la anterior víctima, le dieron un solo golpe en la cabeza con un objeto contundente para aturdirlo, pero no fue eso lo que lo mató.

—¿Se ha localizado el objeto?

—Me temo que no. —Niega con la cabeza—. Aparte de eso, no hay más signos de violencia. Como causa de la muerte, todo apunta a una parada cardiorrespiratoria.

—¿Un infarto? —pregunta Valbuena.

—Eso creo.

Monzó se encoge de hombros, mientras la inspectora toma aire y lo suelta en un bufido.

—¿Alguna cosa más?

—Hay restos de fluidos en el rostro. A falta de análisis más exhaustivos, pienso que se trata de esperma.

Nela es incapaz de reprimir un mohín de repugnancia, pero es Valbuena quien hace la pregunta:

—¿Dirías que pueda tratarse de un crimen de índole sexual?

—No hay indicios que apunten hacia esa hipótesis. Más bien parece formar parte de la puesta en escena, igual que el maquillaje. El asesino ha sido tan minucioso como en el caso anterior: ha limpiado el cuerpo en profundidad y también lo ha desnudado. Aunque, eso sí, este está entero, no le han amputado nada.

Los policías siguen al forense por un pasillo estrecho hasta llegar a un luminoso salón con mirador circular de amplios ventanales. Las contraventanas de madera lacadas en blanco y los techos altos con molduras victorianas otorgan a la estancia un aire distinguido que contrasta con la decoración minimalista y austera de los muebles, de líneas rectas y tonos neutros.

El cadáver está de rodillas con la espalda pegada a una columna cilíndrica, a la que está atado con varias vueltas de cinta americana que rodean el cuerpo a la altura de la cintura y los hombros. Las piernas están abiertas, una a cada lado de la columna. La cabeza descansa sobre el mentón vencida por su propio peso, dejando a la vista una pequeña mancha de sangre negruzca en la coronilla, que se entremezcla con el pelo. El forense la levanta por la frente mostrando el rostro exánime: carmín rojo, lágrimas negras, boca y ojos completamente abiertos, igual que Miguel Murillo. El maquillaje se emborrona por una sustancia viscosa. Está reseca en algunas zonas y recuerda a la estela que dejan los caracoles a su paso.

Nela se estremece al verlo. Es un hombre de mediana edad, que aún conserva una buena mata de pelo salpicada de canas y un cuerpo atlético fruto de horas de ejercicio. Afeitado pulcro, mentón cuadrado, nariz ancha y unos ojos verdes que la miran sin ver, como dos canicas.

—No lleva mucho tiempo muerto. Menos de doce horas, diría que entre seis y diez. El *rigor mortis* aún no está instaurado por completo —apunta el forense.

Colocada frente al cuerpo, hay una silla de diseño con estructura cromada y asiento blanco tapizado en piel con costuras decorativas en cuadrícula. Junto a ella, una marca de evidencia que ha debido de colocar alguno de los técnicos de la Científica. Nela se fija en un hueco vacío en la mesa rectangular de cristal con patas cromadas que ve al fondo de la habitación. La rodean otras cinco sillas idénticas.

—¿Y esa silla?

—Estaba así cuando llegamos.

—¿Se ha encontrado algún resto? —pregunta el subinspector.

—Eso tendrá que preguntárselo a los compañeros.

—Monzó señala a los técnicos enfundados en sus monos

blancos—. Yo lo único que puedo aventurarme a decir es que el asesino se sentó a contemplar cómo moría.

Nela deja reposar la información mientras examina la escena.

—¿Cómo puede alguien hacer algo así?

Lanza la pregunta al aire, sin esperar respuesta. Sin embargo, el forense le contesta aclarando su teoría.

—Aunque la autopsia nos dará más pistas, creo que si la causa de la muerte ha sido un infarto, como en principio parece, debió de suministrarle algún tipo de sustancia que se lo provocara. Este también tiene un orificio de entrada en el cuello.

—¿Aún no han llegado los resultados de los análisis toxicológicos de Miguel Murillo?

—No, inspectora. Estas cosas llevan su tiempo. En cuanto los tenga terminaré el informe definitivo y te lo haré llegar.

—Mételes prisa a los del laboratorio, por favor. Ya no estamos ante un caso aislado y esos análisis pueden ser vitales para la investigación.

El forense tuerce el gesto.

—Como te he dicho, estas cosas llevan su tiempo. No es cuestión de dejadez por parte de los técnicos. En cuanto lleguen los análisis, tendrás el informe.

Nela asiente y barre la estancia con la mirada en busca del inspector que está al frente de los miembros de la Científica. Lo localiza junto al letrado, que toma notas al lado de un maletín con todo el material necesario para preservar la cadena de custodia de los indicios que están recogiendo. Nela sigue sin recordar su nombre.

—Buenos días, señor letrado. Nos vemos de nuevo.

—Así es, inspectora Ferrer.

Se sorprende al comprobar que él sí recuerda el suyo, al menos el apellido. Pasa junto a él, sin extenderse en más cortesías y va directa hacia Román Salcedo, un hombre rechoncho de brazos cortos encargado de supervisar a los técnicos. Lleva el mono blanco doblado por los puños y en la parte baja de las perneras, para no pisárselo. Dado su perímetro abdominal, debe de utilizar una talla que no casa con su estatura.

—¿Qué puede decirme por el momento? —pregunta Nela sin más preámbulos.

—No mucho. No han forzado la entrada y todo parece estar en orden.

—¿Se ha encontrado el teléfono móvil de la víctima?

—Sí, estaba junto al cuerpo, pero está completamente machacado. Veremos si se puede extraer algo de información.

Nela inspira y suelta el aire de golpe por la nariz, frustrada.

—¿Restos lofoscópicos?

—Muchos, pero tendremos que descartar los de la propia víctima, los de los miembros de la unidad familiar y los de la asistenta.

—¿La asistenta?

—Fue ella la que se topó con el cadáver. Está en la cocina junto con el personal sanitario, han tenido que atenderla por un ataque de ansiedad.

Capítulo 35

Se adentran por un angosto pasillo repleto de cuadros a ambos lados. No queda un solo centímetro de pared libre. Marcos metalizados, blancos y negros; con paisajes abstractos, fotografías artísticas..., unos con paspartú, otros a ras del marco; generan una sensación asfixiante, casi claustrofóbica.

Valbuena va delante, seguido por la inspectora. En la segunda puerta a la derecha ven al personal sanitario. Acceden a una cocina amplia y luminosa, con muebles de estilo moderno de color blanco y acabado brillante. Tiene una isla en el centro con taburetes altos en uno de los laterales y un frigorífico de estilo americano con doble puerta. Sentada en una silla, una mujer con acento colombiano intenta explicar, entre sollozos y de forma atropellada, el trance por el que acaba de pasar.

—¡Fue terrible! ¡No pude hacer nada! —dice mientras se sujeta la cabeza con ambas manos.

Posee una voz aguda, que se acentúa por la congoja. Al oír entrar a los policías alza la mirada hacia ellos y se calla de golpe.

—Buenos días, soy la inspectora Nela Ferrer y él es mi compañero, el subinspector Andrés Valbuena, de la Policía Judicial.

Ella los mira arrugando la frente, como si le costase comprender. Es una mujer menuda, de mediana edad. Tiene la cara desencajada y el pelo, negro y corto a la altura de la nuca, está revuelto por la parte superior. Lleva unos pantalones holgados de tela ligera, una camiseta básica ajustada al cuerpo y unas sandalias que dejan a la vista unas uñas pintadas de blanco. Emite un profundo suspiro y se enjuga las lágrimas con el dorso de la mano antes de dirigirse a los policías.

—Rosalba Rodríguez, trabajo para los señores.

—Rosalba, sentimos mucho lo ocurrido, pero, si es tan amable, nos gustaría que nos respondiese a unas preguntas.

—Pobre señor. ¡Dios mío! No puedo creerlo —les dice aún conmocionada.

—¿Podría contarnos cómo lo ha encontrado?

—Vine a las diez, como siempre.

—¿Tiene usted llaves?

—Sí, llevo muchos años trabajando acá.

—¿Viene todos los días? —pregunta el subinspector.

—De martes a sábado. Los señores me dan libre los domingos y los lunes.

Valbuena apunta ese dato en su libreta y la insta a continuar.

—Prosiga, por favor.

—Verán... Cuando entré a la casa noté un olor extraño, como a podrido. Primero vine hacia la cocina pensando que dejaron algo en la pila sin recoger, pero todo estaba en orden. Así que seguí el rastro del olor y me encontré...
—Aprieta los labios, tratando de contener las lágrimas—. Les juro que no he podido hacer nada, ya estaba... ¡Qué horror! ¡Dios mío!

Se tapa el rostro con las manos y rompe a llorar. Nela, instintivamente, apoya una mano en su hombro.

—Lo está haciendo muy bien, Rosalba. Necesitamos que haga un esfuerzo y nos cuente qué pasó a continuación.

—Primero telefoneé a la señora, pero, como no contestó, telefoneé a la policía.

—¿Ha echado algo en falta o notado algo fuera de lugar?

—La verdad es que con el susto al verlo no me di cuenta. En cuanto vi al señor así —dice con un hilo de voz—, salí corriendo del salón y no vi nada más, lo siento.

—¿Qué me dice de la silla que hay frente al cuerpo?

—¿Qué silla?

Nela mira a su compañero, los dos son conscientes de que no van a poder extraer más información de esa pobre mujer.

—¿No había nadie más en la casa?

—No, la señora está de viaje con su hijo Daniel. Han ido a visitar a los padres de ella.

—Necesitamos ponernos en contacto con ellos.

—Ya lo hice. Al rato la señora me devolvió la llamada, vienen de camino hacia acá.

Capítulo 36

Nela y Valbuena estudian el menú del día del restaurante Casa Valentín, cercano a los juzgados. Está escrito a tiza en una pizarra de caballete, de esas con el marco rojo y publicidad de Amstel en la parte superior: cuatro primeros y cuatro segundos a elegir.

—Creo que pediré ensalada mixta y churrasco —dice el subinspector rascándose la barba.

—Yo también me apunto a la ensalada, pero de segundo prefiero lenguado.

Toman asiento en la terraza, bajo una sombrilla. Además de hacer un día espléndido que invita a disfrutar del aire libre, Andrés siempre ha preferido sentarse fuera para poder fumarse un cigarrito mientras se bebe la cerveza y espera a que llegue la comida. Nela lo dejó hace tiempo, su ex odiaba el tabaco y le dio un ultimátum. Cree que es lo único bueno que ha sacado de esa relación, aunque últimamente se está planteando volver al vicio porque este caso la está sacando de sus casillas; o quizá sea solo por simple rebeldía.

Después de hablar con Rosalba, la empleada de Víctor Hervàs, se han recorrido el edificio para interrogar a algunos de los vecinos y al portero, en el que no habían reparado con las prisas por llegar a la escena del crimen. Ningún testigo: nadie ha visto u oído nada fuera de lo normal en los últimos días. Tras los interrogatorios, ya se había procedido con el levantamiento del cadáver y no quedaba rastro del operativo; de modo que se han desplazado hasta el IML a la espera de que Monzó los llame para asistir a la autopsia y de la llegada de los familiares para el reconocimiento. No están seguros de que haya sido buena idea sentarse a comer antes de presenciar la disección, pero no saben cuándo tendrán la oportunidad de tomarse un respiro con la que les ha caído encima.

El subinspector pega una profunda calada al cigarro, mantiene el humo durante unos segundos y lo expulsa en una larga bocanada, disfrutándolo. Nela lo mira con envidia, hacía tiempo que no le llamaba tanto el tabaco.

—Esa calada te ha llegado hasta el dedo gordo del pie, ¿eh? —le dice burlona.

—¿Quieres uno, inspectora Ferrer?

Le tiende el paquete entreabierto, pero Nela lo rechaza con un gesto. Sabe que, si coge uno, ya no habrá vuelta atrás, volverá a engancharse sin remedio.

No le ha pasado desapercibido el énfasis que ha hecho Valbuena al pronunciar el cargo. Si quiere hacer equipo, deben limar asperezas entre ellos. Necesitan estar unidos.

—Andrés, el domingo en el Casino del Americano estuve un poco borde... Puedes llamarme por mi nombre, si quieres. Hace años que nos conocemos y es una tontería que andemos con cargos, ¿no crees?

Valbuena asiente con recelo y permanece callado. Sí, la verdad es que los dos estuvieron algo bordes, aunque él no está dispuesto a reconocerlo. Si quiere que la llame por su nombre, la llamará por su nombre, pero no piensa disculparse si es lo que pretende. Deja que se estire el silencio. Al cabo de unos minutos, decide desviar la conversación.

—Todo parece apuntar hacia el mismo asesino.

—Si nos basamos en la puesta en escena, desde luego. Pero no se aprecia ninguna conexión entre las víctimas.

—Aparte de que los dos estaban forrados y de que eran famosillos, bueno, el primero más que el segundo, no les veo mucho en común.

—Si Robledo ya tenía a los medios encima con lo del productor, imagínate ahora. Estará recibiendo presiones por todos lados. Entre la prensa y los jefazos, estamos jodidos.

El móvil del subinspector empieza a sonar, hace una seña y se levanta de la mesa antes de contestar.

Un par de minutos después, regresa resoplando como un caballo.

—Era mi hija, tiene quince años y está insoportable.

—Es una edad difícil..., todos hemos pasado por ahí.

—¿Pues no me dice que no se va a comer las lentejas porque llevan chorizo y jamón?

—Querrá guardar la línea.

—Eso mismo pienso yo. Le he dicho que se los aparte, pero es que ahora le ha dado por hacerse vegana y dice que, como se han cocinado juntos, no piensa comérselas. Menudas tonterías...

Nela sonríe.

—Paciencia, Andrés, paciencia.

Capítulo 37

—Pues resulta que, como era su cumpleaños, mi prima nos dijo que subiéramos al pueblo, pero la verdad es que no me apetecía nada de nada. Así que le dijimos que...

Isabel no para de hablar, pero Verónica ya no la escucha. Su atención se centra en el televisor que cuelga de la pared de la cafetería donde toman café a diario antes de recoger a las niñas del colegio. Vuelve a leer la noticia que aparece sobreimpresa en la parte inferior, sobre las imágenes de una calle y un portal que Verónica conoce bien. Las luces policiales salpican las paredes del edificio que tan a menudo visitó en el pasado.

Ni siquiera pestañea. Siente la presión en el pecho y el nudo que se le está formando en el estómago. Todo a su alrededor se ha desvanecido: su amiga que no para de parlotear, el camarero que les lleva a la mesa los cortados, el hombre que habla a gritos con el dueño del local o la pareja que discute dos mesas más allá. Nada existe. Solo ese televisor que emite en bucle las mismas imágenes mientras unos tertulianos las comentan de fondo. Verónica no escucha lo que dicen, pero ni falta que le hace, le basta con leer los rótulos en mayúsculas de la parte baja de la pantalla.

Desde la muerte de su hermano y la visita a la comisaría, tiene una conversación pendiente con su marido que ya no puede seguir aplazando. Estaba esperando el momento oportuno, cuando las niñas no estuvieran delante, pero esta noticia lo cambia todo.

Los pensamientos inundan su cabeza. Recuerdos, sospechas, miedos. «No puede ser», se dice.

—Vero, ¿me estás escuchando? —Isabel pasa la mano frente al rostro de Verónica.

Pero ella hace rato que ya no la escucha. En su cabeza, no paran de repetirse una y otra vez las mismas palabras, como un mantra: Víctor Hervàs ha sido asesinado.

Sin pensarlo, coge el móvil y abre el chat de WhatsApp de su marido:

Tenemos que hablar.
Te espero esta tarde a las 6.10 frente a la escuela de música de las niñas.
No te retrases.

Capítulo 38

Sagarra y Puentes se han desplazado a la plaza de Roncesvalles para visitar la comisaría de Tránsitos. Los compañeros fueron los primeros en acudir a la escena del crimen de Miguel Murillo cuando se recibió la llamada al 091. Si alguien sabe dónde pernoctan los mendigos, o dónde encontrar a los toxicómanos que frecuentaban la zona del Casino del Americano, son ellos.

El barrio de Benicalap es un barrio de contrastes. El compañero que les ha atendido en la comisaría, un tal Sánchez, les ha dicho que desde que empezaron las expropiaciones en el barrio de Malilla por la construcción del nuevo hospital La Fe y después, con los derribos del barrio del Cabanyal, se ha puesto mucho peor. De un lado la zona que va desde Acacias hasta Peset Aleixandre, la más desfavorecida, la de toda la vida; con vecinos de clase trabajadora, muchos de ellos inmigrantes, que ha ido degenerando a lo largo de los años por la inacción y la desidia de los gobiernos de uno y otro bando. Fincas viejas con aluminosis, chatarrerías, bares y locutorios. Del otro lado, en la parte rica, los áticos y complejos residenciales de la avenida Juan XXIII o los rascacielos de la avenida de Les Corts Valencianes ubicados junto a un gimnasio con centro *wellness* cuya cuota no está al alcance de todos los bolsillos.

Puentes y Sagarra se pasean por la primera en busca de algún testigo que se hallara en el recinto del Casino del Americano la noche en que el asesino llevó allí a Miguel Murillo. Van hasta la plaza del Pintor Llanos, como les ha indicado Sánchez, y se encuentran un callejón con varios coches abandonados. Entre ellos, un Mercedes sin ruedas que descansa apoyado sobre cuatro ladrillos. La vía da a la zona trasera de varios edificios en aparente mal estado, aunque sus viviendas parecen habitadas a la vista de la ropa tendida en los balcones. Las ventanas de los bajos están tapiadas o enrejadas y, en los pisos superiores, una de ellas está quemada a consecuencia de un incendio producido por los enganches ilegales a la luz. Un grupo de jóvenes, conocedores de las ventajas que su minoría de edad les otorga, se han negado a hablar a pesar de las amenazas de los policías.

Llevan cerca de dos horas dando vueltas por el barrio. Nadie está dispuesto a decir nada, menos aún si hay un asesinato de por medio.

—Buscamos a los que se ponían en el Casino del Americano.

—No sé, hermano.

Varios dominicanos están sentados en los guardacantones de las vías de la calle Mondúver —otra de las zonas calientes que les ha indicado el compañero—, peatonalizada hace unos años y cerrada solo al tránsito del tranvía. Puentes les enseña la placa.

—Si me decís dónde podemos encontrarlos, nos vamos y no os tocamos los cojones.

—Yo al único al que conozco de esa zona es al Abogado —dice uno de ellos.

—¿El Abogado? Muy gracioso. Mira, no me vaciles, si no quieres que avise a la patrulla para que os identifique y monte un control rutinario a ver qué encontramos.

El cabecilla manda callar a los demás y se dirige al policía:

—No, en serio, hermano. Lo llaman así porque era abogado de verdad, hermano. Se pasó con la manteca y se quedó sin dientes, sin familia y sin casa. Venía a *capiar* por acá y luego se iba *pal* Casino. El palomo decía que era su palacio.

—¿Sabes dónde podemos localizarlo?

153

—Ay, no sé, hermano. En Picayo hay un pisito donde van algunos a darse. Pero no sé si dejarán pasar al Abogado con la vaina esa de la rata.

—¿Qué rata?

—Sí, dice que es su mascota. Siempre la lleva subida en la chepa.

En la calle Picayo no han encontrado nada. Continúan buscando. Giran por la calle Loriguilla para después adentrarse en la calle Ceramista Bayarri. Hay coches aparcados a ambos lados. Entre ellos ven que asoma una cabeza. Por la descripción que les han dado los dominicanos, debe de tratarse de la persona que andan buscando: extremadamente delgado, andrajoso y con una rata al hombro. No hay lugar a dudas.

—¡Abogado!

Al escuchar su apodo, el tipo intenta huir, pero está tan colocado que sus movimientos son torpes y le resulta casi imposible. Los policías le dan alcance sin esfuerzo.

Tienen ante sí a un hombre escuálido y desaliñado, de rostro huesudo, pómulos prominentes y ojos oscuros; con la mirada perdida no se sabe muy bien dónde. Lleva la barba larga y el pelo desgreñado y graso. En su hombro, una rata de ojos negros y brillantes los olfatea moviendo los bigotes. Hocico rosado, pelo gris deslucido y una cola interminable que se enrosca en el cuello de su dueño. El conjunto desprende un olor desagradable. Los policías se acercan, aunque retroceden dos pasos de forma involuntaria al percibirlo.

—Yo no he hecho nada —les dice arrastrando las palabras.

—Solo queremos hacerle unas preguntas. ¿Estuvo el sábado por la noche en el Casino del Americano? —pregunta Sagarra.

—Sí, el Casino... —Sonríe al decirlo y deja a la vista una dentadura a la que le faltan varias piezas—. Se llenó de maderos.

—Sí, eso. ¿Vio qué ocurrió?

—Un hombre grande, un gigante..., y un brazo... en el culo...

Los policías se miran. Ese hombre estuvo aquella noche en la escena del crimen, el dato del brazo no se ha publicado en los medios. Pero está tan colocado que dudan de si podrán sacar de él alguna información que les sirva para esclarecer los hechos.

—Bueno..., de eso no estoy muy seguro... —añade el testigo frunciendo la frente.

—¿Pudo verlo?

El Abogado tiene la mirada perdida y la boca abierta, parece que esté intentando recordar algo. El oficial le repite la pregunta.

—¿Vio al hombre grande?

—¿Qué hombre?

Sagarra resopla. Por lo visto no estaba tratando de recordar, se había quedado ausente.

—El gigante. ¿Lo vio?

—No sé... Estaba oscuro... y... me dormí..., me despertaron las sirenas. Cuando viene la pasma hay que largarse, ¿sabe?

Capítulo 39

—Se observa secreción bronquial mucoide con oclusión de luces bronquiales y enfisema pulmonar agudo.

El forense continúa extrayendo los pulmones, primero el izquierdo y luego el derecho.

La inspectora se abstrae de la narración del forense. Piensa en la mente perturbada que ha podido hacer aquello y el nivel de sadismo al que se ha de llegar para sentarse a disfrutar de la agonía de otro ser humano. Repasa mentalmente los pocos datos de los que disponen, pero no consigue dar con el nexo de unión entre las víctimas. El desánimo está dejando paso a la cólera. Deben parar esta atrocidad antes de que otro cuerpo sin vida descanse sobre esa misma mesa. Pero no puede dejarse llevar por esa rabia que la consume por dentro, ha de mantener la calma. Cierra los ojos e inspira hondo; suelta el aire despacio por la nariz y vuelve a concentrarse en la voz pausada de Monzó.

—También se aprecian cambios congestivos multiviscerales, sobre todo cerebrales. Procedemos a continuación con la apertura del estómago.

Los policías no pueden evitar desviar la mirada. Definitivamente no ha sido buena idea comer antes de entrar a presenciar la autopsia.

El doctor extrae un objeto del estómago de la víctima. Es como una especie de cápsula ovalada de color blanco, como las que vienen en el interior de los huevos sorpresa infantiles, pero de menor tamaño. La deja sobre la bandeja de acero inoxidable con ayuda de unas pinzas, detiene la grabación y se dirige a ellos.

—El estómago contiene una gran cantidad de fluidos. A falta de análisis más detallados, creo que se trata de la misma sustancia con la que le embadurnó la cara a la víctima.

—¿Semen?

—Exacto. Además, por la irritación de las mucosas, yo diría que le introdujo algún instrumento para obligarle a tragarlo.

Los policías no pueden evitar mirar al forense con una mueca de estupor y aversión.

—Joder —suelta Valbuena.

—Desde luego hay que estar muy enfermo para hacer algo así —completa Nela.

—¿De dónde ha podido sacar tal cantidad de semen? No creo que sea del propio asesino, nos estaría sirviendo su ADN en bandeja de plata —apunta el subinspector.

—Yo tampoco lo creo. No obstante, lo mandaré a analizar —contesta Monzó—. En cuanto al origen..., se me ocurre un banco de esperma, por ejemplo.

El forense abre la cápsula que acaba de extraer y saca una cartulina de color blanco, como la que se encontró en la tráquea de Miguel Murillo. La desenrolla y lee el mensaje en voz alta:

—«Trágatelo todo».

Nela no aguanta un minuto más en esa sala. El asesino está jugando con ellos. Pero... ¿a qué? Necesita pensar, salir y respirar fuera de ese ambiente en el que la muerte lo invade todo, incluso a los vivos.

—¡Dios! Creo que ya hemos visto suficiente. ¿Hay algo más que nos puedas adelantar antes de tener el informe?

—Poco más puedo añadir observando solo los cambios morfológicos macroscópicos. Cuando analicemos los órganos al microscopio, espero estar en disposición de ayudaros más.

—Gracias, Monzó. En ese caso, iremos a ver a la familia mientras termináis. Avísanos cuando podamos hacerlos pasar para la identificación.

Carmen Peiró y su hijo Daniel aguardan sentados en sendas sillas de plástico del Instituto de Medicina Legal. Ella es una mujer de mediana edad que emana elegancia. Viste unos pantalones blancos de pernera ancha y una blusa sin mangas de lunares. Lleva el pelo rubio platino, cardado en exceso en la parte superior. Oculta sus ojos tras unas grandes gafas de sol, parece la más afectada de los dos. Su hijo, que debe de rondar los treinta, la rodea por los hombros con el rostro rígido. Tiene la mandíbula cuadrada y los ojos verdes, como su padre.

Al ver llegar a los policías, ambos se ponen de pie a la espera de noticias.

—Buenas tardes, los acompaño en el sentimiento —les dice Nela.

Ambos aceptan el pésame de la inspectora con gesto compungido.

—Mientras el forense prepara la sala para que puedan proceder con el reconocimiento, nos gustaría hacerles algunas preguntas.

—Adelante —contesta Daniel.

—¿Cuándo fue la última vez que hablaron con Víctor Hervàs? —pregunta Nela.

Carmen se quita las gafas de sol dejando a la vista una mirada cansada. Clava en la inspectora sus ojos azules aún congestionados por el llanto y le dice con voz trémula:

—¿Cómo ha sido? ¿Saben si sufrió mucho?

Nela es consciente de que no puede revelar ciertos datos; la jueza ha decretado el secreto de sumario porque revelarlos pondrían en peligro la investigación. Pero también debe ir con cuidado para no sonar desagradable y que los familiares se nieguen a colaborar con ellos.

—Lo siento, pero no dispondremos de esa información hasta que no se complete la autopsia. Ahora necesitamos que ustedes nos ayuden para poder encontrar al asesino de su marido.

Carmen cierra los ojos mientras asiente reiteradas veces; se hace cargo de la situación. Acto seguido, emite un profundo suspiro y se dirige a los policías:

—Lo llamé ayer, pero no respondió al teléfono. No me extrañó, porque es habitual en él cuando está enfrascado en el trabajo. Creo que el domingo, cuando llegamos a casa de mis padres, fue la última vez que hablamos. Le envié un wasap para que supiera que habíamos llegado bien.

—¿Respondió al mensaje?

—Sí, me mandó un *okey*.

Carmen saca el móvil del bolso, busca el chat con los dedos dubitativos y se lo enseña a los policías.

—Miren, aquí está su respuesta.

En la parte superior puede observarse la hora de última conexión de Hervàs: el lunes a las 18.07. Valbuena apunta el dato en su libreta mientras la inspectora prosigue con las preguntas.

—¿Ya no volvieron a hablar después de ese mensaje?

—No, ya no volví a saber de él.

—¿Saben quién ha podido hacerle esto?

Carmen se queda pensativa, como si la pregunta le hubiera evocado algún sospechoso

—No lo sabemos —contesta Daniel cortante.

—En los ambientes en los que se movía mi marido, no es raro crearse enemigos. Negocios que no salen del todo bien o por simple envidia de que las cosas te vayan mejor que a otros... Ya pueden imaginar.

—¿A qué se dedicaba exactamente su marido? —pregunta Valbuena.

—Asesoría fiscal y financiera. Tenía clientes muy importantes —responde orgullosa.

—¿Qué clientes?

—No lo sé, yo no me metía en sus negocios. Solo lo acompañaba a algunas fiestas.

—¿Les contó si había recibido amenazas? De algún cliente descontento o de alguien con quien tuviera algún problema...

—Hasta donde yo sé, no... Es verdad que había tenido algún desencuentro con algún cliente, pero no como para llegar a eso.

—Nos ha dicho su empleada que se fueron el domingo de viaje. ¿A qué hora salieron?

Ahora es el hijo el que interviene:

—Nos fuimos a eso de las cinco de la tarde. Cuando salí de la guardia del hospital.

—¿Es usted médico?

—Casi. Estoy en el último año de residencia.

—¿Por qué no se fue con ustedes de viaje?

—Nos dijo que tenía mucho trabajo. En cualquier caso, no solía venir cuando íbamos a Chulilla a ver a mis padres. Yo ya ni le preguntaba —contesta Carmen con resignación—. Menos mal que mi hijo siempre me acompaña. —Al decirlo lo mira con unos ojos de amor infinito y aprieta la mano que él tiene sobre su hombro.

—Aparte de la empleada del hogar, ¿quién más podía tener llaves de su casa?

—Mis padres tienen una copia, pero nadie más. Mi suegro ya no vive, y mi suegra está en una residencia, la pobre.

—Verá, creemos que quien mató a su marido podría tener llaves o ser alguien a quien conocía. La entrada de la vivienda no estaba forzada. ¿Sabe si esperaba alguna visita?

Carmen aprieta los labios y mira a su hijo, pero este dirige la vista hacia otro lado.

—No sabría decirle, la verdad —contesta encogiéndose de hombros—. Se quedó para preparar una reunión importante que tenía esta semana. Pero no sé más.

En ese momento, el forense se asoma desde la sala y les hace una seña.

—Gracias, no les molestamos más. Cuando se sientan con fuerzas, pueden pasar a la sala tres para la identificación.

Capítulo 40

Nela vuelve andando a casa por el Jardín del Turia, un espacio verde construido sobre el antiguo lecho del río, cuyo cauce fue desviado al sur de Valencia tras la riada de octubre de 1957 que asoló la ciudad. Sus casi diez kilómetros de longitud cruzan la urbe de oeste a este convirtiéndolo en un espacio ideal para atravesarla a pie, sin el bullicio del tráfico.

Sopla brisa de levante, con olor a mar. El verano todavía no ha entrado de lleno y apetece pasear a esa hora de la tarde sin el bochorno cargado de humedad que en pocas semanas convertirá las calles en una sauna. Nela se cruza con *runners*, ciclistas, parejas de novios y turistas alemanes, rojos como la grana, pedaleando sobre un cuadriciclo alquilado. Ha sido un día largo, pero pasear la ayuda a aclarar las ideas.

Va pensando en los últimos sucesos. Por más que le da vueltas, no consigue ver la relación entre las víctimas. Y luego están los mensajes que el asesino está dejando en sus cuerpos y la puesta en escena, que también constituye un mensaje en sí misma. Sin embargo, las víctimas tienen perfiles muy distintos y el *modus operandi* cambia de una a otra. Al primero lo asfixió con su propio pene, previamente amputado, mientras que al segundo lo mató provocándole un infarto. Tanto los mensajes como la puesta en escena hacen referencia a la práctica de felaciones, eso está claro. Y tienen que estar conectadas de alguna forma con las muertes y con el móvil del asesino. En el caso de Miguel Murillo, podría encajar, pero, hasta donde saben, no hay nada que relacione a Víctor Hervàs.

Unos niños en mesnada la sacan de sus disquisiciones. Solo tienen ojos para la pelota tras la que salen corriendo entre empujones y Nela se ve obligada a detenerse para evitar ser arrollada. Los bordea como puede y continúa su camino. A pesar del cansancio acumulado y de no poder dejar de darle vueltas al caso, está disfrutando del paseo.

Repasa mentalmente las tareas pendientes: preguntar a los de la Científica por el contenido de la caja fuerte; hablar con la exnovia de Miguel Murillo; visitar la asociación FairSex, quizá Puentes tenga razón y se trate de algún fanático; volver a interrogar a Rebeca Suárez; investigar el entorno de Víctor Hervàs...

La vibración del móvil la distrae de sus pensamientos. Lo saca del bolsillo trasero del pantalón y ve que es él otra vez. Se queda mirando la pantalla, conteniendo la respiración. «No, no pienso contestar», piensa. Se acabó. Está harta de sus disculpas y de sus chantajes emocionales. Sin embargo, un resquicio de duda se abre paso. ¿Y si, como dice, no fue su intención? Lleva toda la semana llamándola y enviándole mensajes. Parece afectado. Quizá su arrepentimiento es real. Quizá está siendo demasiado dura. Entre tanto, la vibración del móvil se extingue y salta una notificación de llamada perdida en la pantalla. Al instante, vuelve a notar el temblor en su mano y aparece la previsualización de los mensajes:

Ni siquiera te dignas a cogerme el teléfono.
Con todo lo que yo he hecho por ti...

Eso le basta para recordar. Tensa la mandíbula sujetando el teléfono con fuerza. Le dan ganas de estampar el móvil contra el suelo. Aprieta la pantalla con furia y borra los mensajes. Debería bloquear el contacto, pero, no sabe por qué, no lo hace. Prefiere no plantearse esa pregunta, quizá no le guste la respuesta. A veces es mejor fingir que todo está bien sin hacerse demasiadas preguntas a uno mismo, aunque por debajo, sepultadas entre la cobardía y el miedo, rezumen las verdades.

Capítulo 41

Verónica está sentada en la butaca del salón con un libro descansando sobre su regazo. Ha intentado distraerse con la lectura, pero, por más que se esfuerza, no logra concentrarse. Después de verse obligada a releer un párrafo cinco veces, desiste. Alarga el brazo para dejar el libro sobre la mesa de café y alcanza el mando de la televisión. La enciende y va pasando los canales de forma mecánica: un reality en el que unos famosos intentan sobrevivir en una isla; otro programa en el que entrevistan a españoles que viven, increíblemente bien, en el extranjero; otro documental sobre la Segunda Guerra Mundial; una película ya empezada. La apaga y se dirige hasta la cocina para prepararse una infusión de melisa y pasiflora, a ver si consigue relajarse.

Hace ya rato que acostó a las niñas, pero Álvaro aún no ha hecho acto de presencia. Nota cómo su enfado va en aumento a medida que pasan los minutos. Ha perdido la cuenta de las veces que lo ha llamado al móvil, en vano. Tampoco le ha contestado a los mensajes, ni se ha reunido con ella frente a la escuela de música. Está claro que quiere evitar a toda costa la conversación que llevan días aplazando.

Nunca han tenido problemas de comunicación en la pareja, aunque desde que nacieron sus hijas no ha sido tan fluida como antes. Cada vez son menos los momentos que pueden estar a solas. Se han ido dejando llevar por la corriente de la rutina y el trabajo. Pero después de la muerte de su hermano, de descubrir que su marido le ha estado ocultando los problemas económicos de su negocio y del asesinato de Víctor, siente que hay una parte de Álvaro que no conoce. Ha empezado a hilar pequeños detalles, a los que en principio no había dado importancia, pero que ahora han hecho saltar las alarmas. Tiene miedo de haber vivido engañada todo este tiempo, de descubrir lo ciega que ha estado durante estos años.

Se escucha el chasquido de la llave al abrir la cerradura. Verónica ha vuelto a sentarse en el sofá con la taza de la infusión entre las manos y las piernas cruzadas. Nota que su cuerpo se tensa al escuchar los pasos de su marido dirigiéndose hacia el salón.

—¿Qué haces todavía levantada?

Se acerca hasta ella y se queda de pie, con la mesa de café como frontera.

—Necesito hablar contigo, Álvaro. Ni siquiera has sido capaz de contestarme a los mensajes.

—¿Crees que el negocio se lleva solo? He tenido un día de locos.

—Ya. Pero al menos podrías haber respondido, que no cuesta tanto. Avisarme de que no podías venir esta tarde ¿qué te lleva?, ¿treinta segundos?

Álvaro aprieta la mandíbula con fuerza y respira hondo. No soporta esas recriminaciones absurdas de su mujer.

—Para que tú puedas estar en casa con nuestras hijas, alguien tiene que ocuparse de traer dinero. La hipoteca y las facturas no se pagan solas.

Verónica se queda muda al escuchar esa frase. Al nacer sus hijas, acordaron que ella se haría cargo de cuidarlas. Era lo mejor para todos. Así estarían con la persona que más las quiere en este mundo y no tendrían que pagar a nadie que lo hiciera por ella. Además, acababa de quedarse en paro: con la excusa de la crisis económica, al enterarse de su embarazo no le renovaron el contrato en el despacho de arquitectos para el que trabajaba. Como la empresa de Álvaro iba muy bien en esos momentos, pensó que sería buena idea dedicarse a sus hijas una temporada y luego, cuando fueran más mayores, reincorporarse al mundo laboral. Ahora se da cuenta de lo equivocada que estaba. Cada vez que discuten por cualquier otra cosa, la frasecita sale a relucir. Como si ella fuera una vaga que anda todo el día solazándose en casa. A pesar de que le ha molestado el reproche, no se ha quedado esperándolo despierta para hablar de sus obligaciones maternofiliales. Como si no lo hubiese escuchado le espeta:

—¿Te has enterado de lo de Víctor?

—Sí, claro, está en todas las noticias —le dice con arrogancia—. ¿Es eso de lo que querías hablar? ¿Para eso tanta historia?

A Verónica no le gusta la forma que tiene su marido de dirigirse a ella; sin embargo, no quiere enzarzarse en una discusión sin sentido. Deja la taza sobre la mesa mientras se muerde el labio superior con fuerza. Después, respira y le contesta con voz pausada:

—No exactamente. El otro día en comisaría dejaron caer que la empresa no está muy boyante.

—Bueno, han sido unos meses difíciles. Nos han cancelado algunos contratos, pero ya estoy en vías de solucionarlo.

—¿Y no pensabas decirme nada?

—No quería preocuparte.

Ella no aguanta más. Está intentando contener el enfado, pero la frialdad con la que le contesta su marido va agotando su paciencia.

—Claro, no querías preocuparme. Pero te vino muy bien que te salvara el culo con los policías diciendo que el viernes tuvimos noche de pizza con las niñas. Porque, claro, la noche de pizza la tuve yo solita, te recuerdo que tú no apareciste. Llegaste cuando ya estábamos las tres dormidas.

—No veo dónde quieres ir a parar —eleva el tono—. Además, tú tampoco le dijiste nada a la policía de lo de tu hermano. ¿Por qué no les contaste la verdadera razón por la que tus padres lo echaron de casa, eh? Porque no se fue, lo echaron.

—Eso no tiene nada que ver. Forma parte del pasado y no entiendo qué relación puede tener con su muerte. Los trapos sucios es mejor lavarlos en casa. Y tú, ¿dónde estabas el viernes por la noche, Álvaro?

—Pues trabajando, como siempre. Llevar una empresa de organización de eventos implica trabajar a deshoras.

—Ya. ¿Y qué pasó con Víctor? Nunca me lo contaste. Pasasteis de ser uña y carne a cortar la relación profesional y de amistad. De un día para otro se terminaron las cenas en su casa y las barbacoas en el chalet de la playa. Así, sin más.

—Joder, no me lo puedo creer, Vero.

Álvaro resopla, se pasa la mano por el pelo y pasea por el salón, nervioso. Respira hondo y se gira hacia su mujer reuniendo toda la calma que puede.

—Tuvimos algunos problemas con los negocios, no se portó bien. Nos enfadamos y decidí prescindir de sus servicios. Después de eso, no estaban las cosas para cenitas y barbacoas.

—¿Qué pasó, Álvaro? —insiste.

—Pues que era un hijo de la gran puta, eso pasó. ¿Contenta? —grita él—. Cuando llego a casa intento dejar los problemas colgados en la puerta. Lo que me apetece es olvidarme de toda esa mierda y disfrutar de estar contigo y con las niñas. ¿Tan difícil es de entender?

Verónica se da cuenta de que quizá lo ha presionado de más. No quiere despertar a las niñas, la discusión está yendo demasiado lejos.

—Lo sé, cariño, tranquilo. Pero siempre hemos tenido la confianza suficiente para contarnos las cosas. Álvaro, soy yo, tu mujer. A mí puedes contarme lo que quieras.

Él se acerca hasta ella y toma asiento a su lado. La coge de la mano y le acaricia el rostro deteniéndose en su barbilla.

—No te preocupes, todo está bien y todo irá bien, Vero. No quiero meteros a las niñas y a ti en mis historias.

—Pero es que tus historias son mis historias, Álvaro. ¿Hay algo que debas contarme?

—No, estate tranquila, confía en mí.

El problema es que Verónica ya no es capaz de hacerlo. Las mentiras generan dudas, y las dudas, desconfianza.

Capítulo 42

Como cada martes, la banda de jazz Butoni está ensayando en su local del barrio de Ruzafa. Nela ha estado a punto de perdérselo, pero en el último momento ha pensado que le vendría bien para destensar. Si se hubiera metido en casa, no habría conseguido relajarse; se habría dedicado a darle vueltas al caso y a los molestos mensajes de su ex.

Llega el turno de ensayar «I Got the Blues» de Sam Myers y la voz de Eva, más dulce que la de su compositor, suena por los altavoces:

—*I've got to leave, yeah. I've got to find someplace to go. Because the way things are happening here now. I don't feel welcome you no more.*

Y, al escucharla, Nela nota cómo el sentimiento de rabia vuelve de nuevo, le nace desde el estómago hasta llegar a su garganta. Aprieta la mandíbula y cierra los ojos mientras su pie derecho marca el compás dando pequeños golpes en el suelo. Las lágrimas se acumulan bajo sus párpados y traga saliva para contenerlas. Trata de aplacar las emociones que le evocan los versos de la canción, acallar esa voz interior que la mortifica. Pero no puede.

—Podríamos quitar esta del repertorio y meter otra. —Nela se levanta de golpe y se planta frente a sus compañeros, interrumpiendo el ensayo.

—A la gente le gusta mucho, Nela. Y a ti también solía gustarte —apunta Pascual encogiéndose de hombros.

—Pero hay que renovarse un poco, ¿no? Además, con tanto acorde menor es como muy triste. Y un poco tostón también.

—El blues es lo que tiene... ¿Cuál sugieres? —pregunta Sebas.

—Me apetecería tocar algo más alegre. Como «In the Mood», de Miller.

Ximo, que está apoyado sobre su guitarra, suelta una risotada.

—Joder, Neli... Esa está más oída que la sintonía del *Telediario*.

—Por eso... Todo el mundo la conoce, es como «La Macarena» del jazz —responde ella jocosa al tiempo que sonríe y arquea una ceja.

Ahora es Eva la que interviene guiñándole un ojo a Nela con complicidad.

—Pues a mí me parece buena idea.

—Venga, pues vamos a probar qué tal suena —resuelve Sebas.

—No creo que nos dé tiempo a tenerla lista para el concierto del sábado.

—¡*Recollons*, Pascual! Tú, como siempre, tan cenizo. Vamos a probarla y decidimos —sentencia Ximo.

Después de ensayar, Eva y Nela se han sentado a tomar una cerveza en la terraza de La Taberna, una tasca en la esquina de la calle Cádiz, muy cerca del local de ensayo. A pesar de ser martes, está llena a rebosar. Hay una temperatura agradable que anima a hacer vida fuera.

En el barrio de Ruzafa conviven vecinos de toda la vida con artistas, creativos y turistas; y los bares de siempre, con librerías-café, restaurantes con estrella Michelin, galerías de arte y estudios de diseño. Ruzafa es sinónimo de efervescencia cultural y de vida nocturna valenciana. Sin embargo, no ha perdido su identidad, todavía destila ese aroma a barrio.

El camarero les sirve dos cervezas bien frías y una ración de croquetas de jamón. Son de las mejores de la zona, por eso siempre está lleno.

—No te veo bien, Nela.

Eva no ha esperado ni a que terminen de comerse la ración. Lleva tiempo preocupada por su amiga. Aunque intenta aparentar normalidad, ella la conoce desde hace años y sabe que algo no anda del todo como debería.

—Estoy cansada, nada más. No duermo bien desde que empezamos con el caso —responde Nela con el bocado aún a medio masticar.

—No, no me refiero a eso. Desde que has vuelto, te noto como apagada. Sé que un divorcio siempre es complicado, si quieres puedes desahogarte conmigo. Ya sabes que estoy aquí para lo que necesites.

—Gracias, Eva, lo sé.

Nela da un sorbo a la cerveza y se lanza a por otra croqueta. No se acordaba de lo buenísimas que las hacen en ese sitio. Eva la mira inquisitiva, esperando a que su amiga continúe y le explique de una vez qué le pasa. Pero, al ver que no está por la labor, la espolea para que hable.

—Bueno, ¿qué? ¿Me lo vas a contar? ¿Qué pasó con Pedro?

—No hay demasiado que contar. Lo de siempre. Al principio todo iba muy bien. Nos queríamos... Era un hombre encantador, inteligente, me hacía sentir el centro del universo. Luego me quedé embarazada, pero perdí al bebé. Ese fue el punto de inflexión.

—Joder, Nela, no tenía ni idea...

—No, si fue mejor así. Ahora sería todo más complicado con un hijo de por medio.

Eva asiente y la mira en silencio, esperando a que continúe.

—Después de eso, yo estaba siempre triste y él no soportaba verme así —prosigue Nela—. Discutíamos mucho. Hasta que al final pensé que era mejor que cada uno fuera por su lado y lo dejé.

—Vaya..., lo siento.

—Fue duro al principio, porque tenía que verlo a diario en la comisaría y no lo llevaba nada bien. Pedí el traslado a Valencia para poner tierra de por medio. El problema es que desde hace unas semanas no para de llamarme y de enviarme mensajes, pero yo paso de contestarle.

—Pero tú... ¿aún le quieres?

La inspectora se muerde el labio. No quiere responder a eso, pero entiende que Eva, como buena cuidadora que es, tan solo se preocupa por ella. Respira y se esfuerza por no sonar desagradable.

—No, no pienso volver con él. Estoy mejor así.

—Si lo tienes tan claro, cógele el teléfono y se lo dices abiertamente. Ponle las cosas claras: «Mira, tío, no quiero saber nada de ti», y punto.

Nela no quiere continuar con la conversación. No ha contado toda la verdad, porque la verdad aún duele demasiado. Si continúa hablando, corre el riesgo de desmoronarse y no está preparada para admitir lo que vivió. Lleva meses negándose a sí misma lo ocurrido, tratando de olvidar. Porque recordarlo le produce vergüenza y rechazo. No quiere verbalizarlo, siente que, si lo hace, tomará forma, se hará real. Lo que no se dice no se sabe, lo que no se ve no existe.

—¿Te importa si cambiamos de tema? No tengo el cuerpo para hablar hoy.

—Vale, tranquila, pero ya sabes que, si lo necesitas, aquí estoy.

Nela asiente con la cabeza. Ambas se quedan calladas mirando a su alrededor con cierta incomodidad. Por fin, Eva se decide y rompe el silencio.

—El sábado lo vamos a bordar.

Y la charla sobre los temas que van a tocar y las historias de otros conciertos consigue llevarse poco a poco entre risas la nube que sobrevolaba el ánimo de Nela.

Capítulo 43

Son las dos de la mañana. Queca no para de dar vueltas en la cama, sudorosa. Desde la muerte de Miky lleva el miedo pegado al cuerpo, como una camiseta de algodón en pleno mes de agosto. Hace días que es incapaz de conciliar el sueño. Las pocas veces que ha salido a la calle, para hacer alguna compra, no ha podido evitar mirar a ambos lados antes de cruzar el portal y girarse cada tanto para comprobar que nadie la sigue. Se siente observada. Tiene la sensación de que se está volviendo loca. Y el asesinato de Víctor Hervàs no ha hecho sino acrecentar su angustia, aunque no logra entender cómo han podido averiguar su implicación en el asunto.

Enciende la luz de la mesilla de noche y se sienta en la cama con la espalda apoyada en el cabecero. Necesita hablar con alguien, pero no hay nadie con quien pueda compartir sus desvelos. Tendría que haber dejado ese trabajo hace tiempo, aunque ahora ya es tarde, está metida hasta el cuello.

Lleva varios días repasando cada movimiento, cada paso que han dado. Se pregunta qué ha podido salir mal y por qué están cayendo como moscas. Pochele parecía tranquilo, aunque ya le dejó bien claro que no podía volver a hablar con él. La incertidumbre la está matando.

Ojalá no se hubiera encontrado nunca con Miky aquella noche, ojalá no hubiera aceptado su propuesta. Él era un embaucador que se dejaba ver por las fiestas universitarias en busca de carne fresca. La labia siempre ha sido su punto fuerte, sabía muy bien cómo convencer. A ella se lo pintó tan bonito que no supo decir que no. Sería su ayudante, nada más. No tendría ni que participar en las escenas, ni que exponer su cuerpo, ni que implicarse en las grabaciones. Y en un principio así fue: llevaba la agenda, se encargaba del papeleo, de los contactos con proveedores...; hasta que se ganó su confianza y le propuso colaborar con él para ampliar el negocio y ganar aún más dinero. Lo que Queca no sabía era el precio que tendría que pagar por ello ni las cosas que se vería obligada a hacer y a ver. No supo parar a tiempo y ahora su conciencia la martillea una y otra vez. Debería haber seguido con sus becas en la universidad, o haberse puesto a trabajar de camarera o en un Burger King como han hecho otros compañeros de facultad. Llegaría cansada a casa, sí, y tendría poco tiempo para ella y menos ceros en su cuenta, también, pero viviría en paz.

Resignada a pasarse otra noche sin pegar ojo, se levanta de la cama, va a la cocina y se prepara un café con leche descafeinado. Aunque no le gusta nada el sabor de ese «seudocafé», su sistema nervioso ya está bastante alterado. Se sienta en la mesa de la cocina y enciende un cigarrillo. Piensa en los próximos pasos que puede dar: buscar otro trabajo, cambiar de ciudad, de teléfono o hasta incluso de identidad... Todo esto le parece una locura. Quizá podría acudir a la policía y confesarlo todo. Tal vez puedan meterla en un programa de protección de testigos. «Eso solo pasa en las pelis», se dice. No, no puede ir a la policía. Ya le dijo la inspectora la que le podría caer por encubrimiento, y eso que aún no sabe lo que se esconde tras la muerte de su jefe. Sin embargo, que la policía lo descubra todo es ahora la menor de sus preocupaciones. El miedo y el insomnio tienen otro motivo: la sospecha de que ella puede ser la próxima en caer.

Capítulo 44

Es miércoles, ya han pasado tres días desde la aparición del primer cadáver y ayer apareció el segundo. Por la puesta en escena, todo apunta a que es obra del mismo asesino. Están ante un doble crimen y han de doblar esfuerzos. Sin embargo, la sensación que reina esa mañana en la sala de reuniones es de abatimiento: no tienen ningún sospechoso claro, ni siquiera una teoría en la que centrarse.

—Aunque ese hombre dijese la verdad y hubiera estado allí la noche en que el asesino llevó el cadáver, dudo que pudiéramos emplazarlo para una toma de declaración ni una ronda de reconocimiento. Iba colocado y su descripción es muy vaga, solo nos dijo que era un tipo grande, nada más. Aparte de que tampoco estamos seguros de si se refería al asesino o a la víctima.

Sagarra y Puentes han hecho un resumen de su encuentro con el Abogado.

—Cierto, su testimonio no nos serviría como prueba. En cualquier caso, buen trabajo —les dice la inspectora—. Sagarra, me has dicho que tenías nuevos datos.

—Sí, creo que he encontrado el motivo por el que el asesino eligió el Casino del Americano para dejar el cuerpo.

La subinspectora sorprende a todos con su hallazgo.

—He contactado con el antiguo dueño del Casino del Americano. Miguel Murillo estuvo trabajando allí como DJ en los noventa, cuando fue discoteca.

—Vale, tenemos una vinculación con el lugar. Pero no termino de ver la razón por la que el asesino dejaría el cuerpo allí arriesgándose a ser descubierto —comenta Puentes.

—Para que termine donde empezó —apunta Aranda.

Sagarra interviene para aclararlo, le queda información por desvelar.

—Por lo visto tenía mucho éxito con las mujeres. Según el dueño de la discoteca, fue ahí donde comenzó con su imperio del porno. Con la excusa de hacerles un casting, se iba con las chicas a su casa, se acostaba con ellas y las grababa. Al principio, sus compañeros de la discoteca no lo tomaban demasiado en serio, creían que lo hacía simplemente para embaucarlas y llevárselas a la cama. Pero, en el año... —Julia consulta sus notas— 98, creó su propia página web y sus primeros cortos. Y en 2003 se inició en el mundo del porno para internet.

—Así que tu teoría es que quien dejó ahí el cadáver conoce los orígenes del negocio de Miguel Murillo —conjetura Nela.

—Sí, eso creo.

—La puerta de entrada de Víctor Hervàs no estaba forzada. Es posible que el asesino conociera a ambos —aventura Valbuena.

Nela coincide con el subinspector.

—Tenemos que hablar cuanto antes con el entorno de la segunda víctima. ¿Algo más?

—Sí, jefa, tenemos una noticia mala y una buena.

—Empieza por la mala, Aranda.

—La jueza Pemán nos ha denegado el acceso a la información financiera de Verónica y Álvaro. Dice que no lo ve fundamentado, le parece una medida excesiva.

—Estupendo... —comenta con ironía la inspectora—. Ahora la buena, por favor.

—Hemos localizado a la exnovia de Miguel Murillo. Nos pasamos toda la tarde de ayer revisando los listados de personal que se incautaron en el registro.

—Tenemos su dirección actual —añade Zafra.

—Perfecto, iremos a hacerle una visita. ¿Qué más habéis podido averiguar en esos listados?

—Que son demasiados. Tardaríamos una eternidad en hablar con todos ellos.

—Haremos venir a Rebeca, la ayudante del productor, y que nos ayude con la criba. Que nos diga si su jefe ha tenido problemas con alguno de ellos. ¿Qué hay de la web? ¿Han encontrado algún vídeo que se corresponda con la puesta en escena de los cadáveres?

—Por el momento no tenemos nada. La BIT está revisando también los ordenadores, los discos duros y las cintas que incautaron tras el registro, estamos a la espera del informe.

—Avisadme en cuanto llegue algo. Bien, vamos a repartir tareas. —La inspectora hace una pausa mientras piensa a quién encomendar cada cosa—. Sagarra y Puentes, iréis a la asesoría financiera en la que trabajaba Víctor Hervàs. Intentad que os pasen los listados de los clientes con los que trabajaba. Si se niegan, preparad una orden a ver si la jueza tiene a bien autorizarnos.

La inspectora consulta su reloj: tienen que ponerse en marcha ya, con dos víctimas a sus espaldas y los medios presionando, el tiempo es oro.

—Valbuena, nosotros nos vamos a la asociación, tenemos una entrevista pendiente con la directora.

Nela duda unos instantes, finalmente se decide.

—Aranda y Zafra, iréis a hacerle una visita a la exnovia de Miguel Murillo a ver qué tiene que contarnos. Y quiero que localicéis a Rebeca Suárez para que hable conmigo esta misma tarde. Además de pedirle ayuda con los listados, tiene más cosas que aclararnos sobre su jefe.

Capítulo 45

La asociación FairSex tiene su sede en la calle Actor Enrique Rambal, perpendicular a la avenida Blasco Ibáñez, una de las grandes avenidas de la ciudad, que tomó el nombre del ilustre literato valenciano en el año 1977. En el pasado, se llamó paseo de Valencia al Mar por su recorrido, al comunicar los Jardines del Real, más conocidos como Viveros, con el Cabanyal, antiguo poblado marinero anexionado a Valencia a finales del siglo xix.

Les franquea la puerta una treintañera de estatura media. Tiene una abundante melena castaña y rizada que le llega hasta media espalda. Los recibe con una sonrisa amplia de dientes blancos y cuidados que le ilumina el rostro.

—Buenos días, ¿en qué puedo ayudarles?

—Inspectora Nela Ferrer, de la Policía Judicial —dice mostrándole la placa—. Él es el subinspector Andrés Valbuena. Venimos a hablar con la directora.

—Sí, claro, pasen.

La siguen hasta una salita abierta. Unos sillones tapizados en blanco están colocados contra la pared, decorada por un mural colorido con el nombre de la asociación en el centro. Alrededor del logo, orbitan varios dibujos: parejas abrazándose en diversas posturas; una figura femenina tumbada con las piernas juntas y flexionadas; una figura masculina de espaldas con un corazón a modo de glúteos y una boca sugerente que se muerde el labio inferior.

—Esperen aquí un momentito, voy a avisar a Carmina de que han llegado.

La chica desaparece por un pasillo situado a su izquierda y ellos toman asiento. Frente a los sillones hay una especie de aula panelada hasta media altura y con cristalera en la parte superior en la que un hombre y una mujer están encuadernando con canutillo unos documentos. La inspectora los observa. Le llama especialmente la atención la precisión y ligereza de los movimientos de él. Tiene unas manos grandes y fuertes más propias de un luchador que de la tarea que está realizando. El alambre se pierde entre sus gruesos dedos; sin embargo, lo introduce con sumo cuidado por cada uno de los agujeritos haciendo rotar la espiral con delicadeza. Ella, por el contrario, a pesar de tener una complexión más pequeña y unas manos más finas, se encarga de troquelar las hojas bajando con brío la palanca de la encuadernadora manual. Forman una pareja desigual: una, joven y menuda; el otro, grande y de mediana edad.

—¿Ese no es el tío al que le preguntaste el otro día en la feria de muestras?

Nela se gira hacia su compañero achinando los ojos y arrugando la frente.

—Pues ahora que lo dices..., sí, creo que es él.

Sin pensárselo, la inspectora va hasta allí y toca con los nudillos en la puerta. Tanto el hombre como la mujer levantan la cabeza al escucharlo, pero es él, al verla a través del cristal, quien le hace una seña para que pase.

—Buenos días, señor... —Nela no recuerda si les dijo su apellido. Es buena observando, pero muy mala para los nombres.

—Ventura, Antonio Ventura —completa él—. Ella es mi compañera, Lorena. ¿Han venido a ver a Carmina?

—Sí, estamos esperándola. ¿Trabajan ustedes aquí?

—Sí, bueno, somos voluntarios —contesta él mientras Lorena continúa con su tarea—. Ayudamos en lo que podemos... Ahora mismo estamos preparando los dosieres para las charlas en los institutos —dice al tiempo que alza uno ya terminado.

—Investigamos el caso del homicidio de Miky Moore, el productor de cine para adultos. Supongo que habrán visto la noticia.

—La verdad es que no veo mucho la tele, pero algo he leído en redes —les dice ella sin levantar apenas los ojos de lo que está haciendo.

—Sí, yo lo he visto en las noticias. Como para no verlo..., está en todos los canales. No paran de hablar del caso ese de abusos por el que se fue de rositas. Por eso aquí hacemos lo que hacemos.

—¿A qué se refiere?

—Promovemos una educación afectivo-sexual sana y natural, que falta hace.

—Pero... ¿la manifestación no iba en contra de la pornografía?

—Sí, iba en contra de la pornografía *mainstream* por sus contenidos violentos y sus estereotipos de género que tanto daño están haciendo a los jóvenes.

—¿Cree que algún miembro de la asociación haya podido ir más allá para reivindicar su mensaje?

—No... —dice visiblemente molesto—. Claro, la culpa, como siempre, para los activistas. Pues le digo una cosa: si no fuera por quienes nos comprometemos por cambiar las cosas, nada cambiaría en este mundo de mierda, ¿sabe? Al menos, con la muerte del productor, ciertos temas se están poniendo encima de la mesa, que ya tocaba.

—¿Qué temas?

—Pues temas como la violencia sexual y la parte de responsabilidad que tiene la pornografía en eso. El otro día, sin ir más lejos, varios medios entrevistaron a Carmina sobre esto.

—Parece que esa muerte les ha venido bien para dar voz a su reivindicación.

—Mire, no me gusta lo que está insinuando. Desde la asociación no estamos de acuerdo con ningún tipo de violencia. Pero, sí, por desgracia, a veces hace falta que ocurra algo para que la gente despierte y vea ciertas realidades.

Capítulo 46

Carmina Marzal transmite serenidad con sus movimientos pausados y armoniosos. Tiene el pelo rubio con mechas *babylights* que aportan luz a su rostro, de facciones menudas y expresión amable. Lleva el maquillaje justo para aparentar buena cara con los labios pintados en un tono rosado natural. Debe de sobrepasar con creces los cuarenta, aunque no aparenta más de cuarenta y cinco.

Tras las presentaciones, los invita a seguirla por un pasillo con puertas blancas a ambos lados, decorado con cuadros de parejas besándose, de un grupo de jóvenes saltando y otro de unos labios que parecen estar pixelados, pero que, si uno se fija bien, están formados mediante la técnica del mosaico con múltiples fotos superpuestas.

—Aquí tenemos los gabinetes psicológicos, la biblioteca y dos salas de reuniones —les dice según señala cada una de las puertas por las que van pasando.

—¿Podría explicarnos a qué se dedican exactamente? —Valbuena se ha quedado intrigado después de la conversación que ha tenido la inspectora con el voluntario. Nunca se había planteado que hubiese ningún problema por ver pornografía. Ese tipo de pensamientos siempre le habían parecido de un corte más bien puritano.

—Tenemos diferentes líneas de actuación. Por un lado, la informativa, preventiva y formativa; y, por otro, la de ayuda y apoyo a todas aquellas personas que quieran dejar el consumo perjudicial de pornografía.

Llegan hasta una salita amueblada con una mesa redonda de estilo nórdico y cuatro sillas que la rodean. En el centro de esta, descansa la típica planta de plástico de Ikea sobre un macetero de mimbre. En un rincón, un dispensador de agua con vasos de plástico completa la estancia.

—Siéntense, por favor.

—Gracias, no queremos robarle mucho tiempo —dice Nela—. Supongo que habrá visto en los medios lo ocurrido con el productor de cine para adultos, Miguel Murillo.

—Miky Moore... Sí, estoy al tanto. Incluso algunos de ellos me han entrevistado, pero... no entiendo qué puedo aportar a su investigación.

—Verá, sabemos el revuelo que se ha montado en torno al festival Valencia Roja y que su asociación se manifestó a las puertas del evento, que, por otro lado, patrocinaba la productora de la víctima.

—Sí, claro. Nuestra asociación defiende una sexualidad sana, asertiva, informada y libre. Consideramos que la pornografía, en su gran mayoría, no cumple dichos preceptos; por lo que nos vimos en la obligación de postularnos en contra del evento en cuestión. La gota que colmó el vaso fue el eslogan «El porno es cultura». Nos pareció de un mal gusto terrible, nada más lejos de la realidad.

—¿Qué tipo de personas acuden a la asociación?

—Como ya les he comentado, tenemos varias líneas de actuación. Ofrecemos formación para docentes, padres y profesionales de la salud. Impartimos talleres en centros educativos para tratar de informar tanto a las familias como a los alumnos de las consecuencias que conlleva un consumo perjudicial de pornografía.

Carmina lo suelta de carrerilla, como una lección aprendida.

—¿A qué se refiere con un consumo perjudicial? —se interesa Valbuena.

—La pornografía puede generar un tipo de adicción de las que llamamos sin sustancia o conductual, con una importante prevalencia en nuestra sociedad de la que no se habla; sigue siendo tabú. A pesar de que parece que nos hemos liberado sexualmente y que hemos avanzado mucho en las últimas décadas, la educación afectivo-sexual sigue siendo escasa en las familias. Los padres seguimos sin hablar de sexualidad con nuestros hijos, por vergüenza o por falta de información. De manera que muchos adolescentes, llevados por su curiosidad, acuden a internet, donde se encuentran con estereotipos de agresividad, de degradación de la mujer y de conductas violentas en el ámbito sexual, y eso distorsiona sus expectativas en las relaciones sexuales. Esto tiene además una especial importancia a estas edades. Al estar formándose como personas, son más proclives a reproducir estos patrones y a engancharse a la pornografía.

Valbuena la mira con asombro enarcando las cejas.

—¿Quiere decir que por ver porno se van a convertir en adictos o en violadores?

—No, no es eso. Lo que ocurre es que hay muchos jóvenes (niños incluso, diría yo, puesto que la media de edad a la que se empieza consumir pornografía está en torno a los once o doce años), que al utilizarla como única fuente de información sobre sexualidad confunden conceptos. Ven el placer como un fin y no como una consecuencia, tienen expectativas irreales en cuanto al sexo, lo que en muchas ocasiones les produce frustración; y esa frustración, sumada a los estereotipos de género y a las conductas violentas que suelen darse en la pornografía que mayoritariamente se consume en internet, es un caldo de cultivo importante que puede actuar como coadyuvante, como una especie de trampolín.

Nela se está impacientando. Quiere centrar la conversación en la investigación que tienen entre manos. Deben ir al grano.

—Lo que necesitamos que nos diga es a qué tipo de personas tratan psicológicamente. ¿Cabe la posibilidad de que alguno de sus pacientes haya podido intentar ir más allá..., o haya querido tomarse la justicia por su mano? Y no estamos pensando en un adolescente —aclara—, sino en una persona adulta. ¿También tratan a adultos con problemas relacionados con estos temas?

—Sí, aquí acude gente de todas las edades. Pero no creo que alguien que ha reconocido su problema y esté en vías de solucionarlo sea el asesino que andan buscando. Una actitud así sería más propia de quien lo sufre en silencio, de quien no lo ha superado. O quizá un perfil de corte más conservador o puritano.

Valbuena se rasca la barba. Él mismo ha sido consumidor de porno en su juventud y sigue sin ver qué tiene de malo. Recuerda cuando compartían las revistas que alguno de sus amigos había conseguido de extranjis y no le parece que por eso haya tenido ningún problema para relacionarse cuando ha llegado el momento. Lo que sí le viene a la cabeza son los bulos que les decían acerca de la masturbación: «Que te vas a quedar ciego» o «Te van a salir pelos en las manos».

—Pero su asociación está en contra de la pornografía, ¿no es también una postura conservadora o puritana?

—No se equivoque, nosotros no estamos en contra de la pornografía en general por el mero hecho de «ficcionar» una relación sexual. Existe pornografía más respetuosa, cuyos contenidos son menos violentos, pero lamentablemente es minoritaria. Al contrario que los grupos ultraconservadores, que piensan en el sexo como algo sucio o inmoral, nosotros creemos que el sexo es algo muy bueno. Pero, de igual forma que se educa en otras áreas de la vida, la sexualidad constituye un ámbito importante del que no se habla con la naturalidad que debería.

—A nuestra generación no nos hablaron de sexo y no por eso hemos tenido ningún problema para relacionarnos —insiste Valbuena.

—Es cierto, pero su generación, al igual que la mía, no la tenía tan accesible como la tienen ahora. La sexualidad la íbamos descubriendo poco a poco por nosotros mismos. Con la llegada de internet todo está al alcance de un clic.

La mayoría de los jóvenes empiezan a ver porno antes de haber tenido una relación sexual.

—¿A qué grupos conservadores se estaba refiriendo? —pregunta Nela tratando de centrar la conversación.

—¿No ha visto las manifestaciones a las puertas de los centros educativos? No sabe la de problemas que tenemos con algunos padres que se niegan a que se les hable a sus hijos de sexo, como si no fueran a descubrirlo por sí mismos, o entre ellos, con consecuencias mucho más preocupantes. Han estado recogiendo firmas y todo. Les parece inmoral que se hable de ese tema en las aulas, y no digamos ya de diversidad afectivo-sexual, eso directamente les parece una aberración.

—Entonces... —la interrumpe Valbuena—. ¿Cree que un grupo de padres que están en contra de que sus hijos reciban una educación sexual en el colegio han podido matar al productor?

—Bueno, yo no he dicho eso. Pero sí es cierto que me encaja más el perfil de un ultraconservador que el de una persona que tiene un problema con la pornografía, es consciente de ello y está en tratamiento. De todos modos, si quieren pueden hablar con Tomás, nuestro psicólogo. Él es el que se encarga de los tratamientos con adultos.

—Perfecto. ¿Podría llamarle?

—Lo lamento, pero hoy está fuera impartiendo un taller. El viernes tiene consulta por la mañana. Le diré que quieren hablar con él, seguro que puede hacerles un hueco entre consulta y consulta. ¿Puedo ayudarlos en algo más? —La directora se levanta de la silla con la intención de dar por concluida la reunión. Muestra una sonrisa amable pero forzada, que deja a la vista unas encías desproporcionadamente grandes para la dentadura blanca y alineada que puebla su boca.

—De momento, no, gracias. Volveremos el viernes para hablar con el psicólogo.

Capítulo 47

—Era el mejor en lo suyo. Eficiente y visionario para los negocios, movía el dinero como nadie. Ha sido una gran pérdida.

Lorenzo Álamo, director de Álamo Consultores, mira por la ventana de su despacho de la calle Don Juan de Austria desde la que se divisa la silueta del emblemático edificio del Banco de Valencia. La asesoría financiera se encuentra casi en la esquina con Pintor Sorolla, donde se sitúan las centrales de las principales sucursales bancarias de la capital, así como las notarías más prestigiosas. Sin duda, un emplazamiento estratégicamente escogido para la actividad que desempeñan.

—Sentimos mucho lo ocurrido, señor Álamo. Parece que lo conocía bien —le dice Sagarra en un intento de que continúe desvelando más detalles sobre la víctima.

—Sí, además de ser mi empleado, era un buen amigo. Íbamos de vez en cuando a jugar al pádel y a hacernos unos hoyos al Saler.

Lorenzo contesta sin mirar a los policías. Continúa de pie junto a la ventana con las manos metidas en los bolsillos de su traje gris con raya diplomática.

—¿Sabe si había tenido algún problema con alguien? —Puentes se revuelve en el sofá del saloncito en el que los ha invitado el director a sentarse. Es excesivamente bajo y la mesa auxiliar está demasiado pegada. No sabe muy bien cómo colocar las piernas.

—No, todo lo contrario. Era una persona muy querida. —El señor Álamo se da la vuelta y camina hacia ellos de forma parsimoniosa. Desabrocha el botón de su traje y pellizca la tela del pantalón para levantarla levemente antes de tomar asiento frente a ellos—. Los clientes más importantes de la asesoría siempre los conseguía él. La verdad es que no sé cómo lo hacía. Tenía un buen instinto y mucho carisma. Ya le digo que he perdido a uno de mis activos más valiosos.

—¿Podría pasarnos un listado de la cartera de clientes del señor Hervàs?

—Aquí trabajamos con personalidades importantes. Como supongo que comprenderán, les debemos privacidad y discreción.

—Entendemos su celo, pero, como usted seguro que entenderá —responde Puentes incisivo—, nos enfrentamos a un caso de asesinato. Estamos convencidos de que colaborará en todo lo posible para ayudarnos a esclarecerlo.

—Por supuesto. Los ayudaré en todo lo que esté en mi mano. Pero no sé qué interés pueden tener nuestros clientes en un caso de asesinato, son personas honorables, y Víctor era muy bueno en su trabajo y jamás tuvo problemas con nadie. Así que no puedo ayudarlos con eso simplemente porque no hay nada que decir. —Está molesto y se nota, aunque mantiene un tono de voz pausado y su semblante no se ha inmutado lo más mínimo.

—No dudamos de la honorabilidad de sus clientes. Nosotros solo queremos hacer nuestro trabajo y atrapar al culpable.

—Lo siento, pero sin una orden no voy a poner en riesgo mi negocio. De cara a mis clientes, no es lo mismo que el señor juez me obligue a dárselos a que yo se los facilite sin más.

—¿Podría decirnos, al menos, si Miguel Murillo era cliente del señor Hervàs?

—No conozco a ningún Miguel Murillo.

—Era conocido como Miky Moore. Seguro que lo ha visto por televisión estos días.

El señor Álamo se queda pensativo. De pronto, abre mucho los ojos bajo sus gafas de montura al aire y contesta:

—No, por Dios. Aquí no trabajamos con ese tipo de gente. No pensarán que está relacionado con la muerte de ese... señor, por decir algo.

Los policías agradecen notar la calidez del sol al salir de las oficinas de Álamo Consultores. La brigada se encuentra a tan solo quince minutos caminando, así que no han cogido el coche; tardarían más en encontrar aparcamiento que lo que les lleva ir a pie hasta allí. Bajan por la calle de las Barcas para atravesar la plaza del Ayuntamiento y adentrarse a continuación por la calle de la Sangre.

—¿Qué te ha parecido el señor director? —pregunta Sagarra.

—Pues lo que ya esperaba de un hombre que lo único que ha hecho en esta vida es ser el espermatozoide elegido para fecundar el óvulo correcto. Ese ha nacido de pie. Lo único que le importa son las apariencias y conservar la gallina de los huevos de oro que heredó de su padre.

A Puentes siempre le han molestado los abusos, sobre todo los relativos a la igualdad de oportunidades. A él, como a muchos de su generación, lo han criado en la cultura del esfuerzo, por eso se preparó las oposiciones a la Policía Nacional. Después, con el tiempo, y tras ver muchas injusticias a lo largo de su carrera, se ha dado cuenta de que el lugar de nacimiento determina en gran medida el futuro de las personas.

—Lo que más me jode es que no hemos sacado nada de esta visita —se queja ella—. Espero que al menos la jueza Pemán nos autorice la orden para obtener esos listados. Es lógico escuchar alabanzas sobre alguien que ha muerto, pero tanta perfección me chirría. Dedicándose a lo que se dedican, es imposible llevarse bien con todo el mundo. ¿Crees que nos ha mentido?

—Aquí todos mienten, Sagarra. Ni uno se salva.

Capítulo 48

Verónica ha probado ya todas las contraseñas posibles sin éxito. Ni el nombre de las niñas, ni su aniversario de boda, ni el día en que se conocieron... Hasta lo ha intentado con varias combinaciones de esas tres cosas, junto con las fechas y los años de nacimiento de sus hijas. Nada. Imposible acceder al portátil de su marido.

Se levanta y guarda el ordenador en su bolsa para después volver a dejarlo en el segundo hueco del armario del despacho, donde lo había encontrado. Comprueba que lo ha colocado en la misma posición en la que estaba cuando lo cogió y cierra la puerta con sigilo, como si fuera una niña que ha hecho alguna trastada y teme ser descubierta. Se apoya en la pared y se deja resbalar hasta quedar sentada en el suelo.

Nunca antes había sentido la necesidad de fisgonear en la vida de Álvaro, su relación siempre se ha basado en la confianza, aunque ahora ya no sabe qué pensar. No lo ve capaz de matar ni a una mosca, o al menos eso cree. Sin embargo, intuye que le está ocultando algo y está dispuesta a llegar hasta el final para averiguarlo. No piensa vivir engañada, sin saber quién es la persona que duerme cada noche a su lado.

Permanece en esa posición, con la mirada perdida, barajando las opciones. Se le ocurre que puede volver a intentarlo esa misma noche con el móvil, aunque no va a ser fácil porque su marido no se separa del maldito teléfono ni para ir al baño. También piensa en hablar con algún empleado de la empresa de Álvaro, pero descarta la idea de inmediato. Se arriesga a que él lo descubra y advierta que lo está investigando.

Está confusa, no tiene claro si sus sospechas son infundadas o reales. Apoya los codos sobre las rodillas flexionadas y se sujeta la cabeza con ambas manos dejando caer su larga melena por los lados. Tiene miedo a equivocarse y echarlo todo a perder. ¿Y si son solo elucubraciones suyas? Pero ¿qué pasó con Víctor? ¿Por qué su marido reaccionó así la otra noche cuando le preguntó por él?

De pronto, la euforia se apodera de ella.

Lo tiene. Ya sabe con quién debe hablar.

Capítulo 49

En cuanto abre la puerta de su domicilio, se encuentra con dos agentes uniformados.

—Buenos días. ¿Es usted Natalia Bermejo?

—Sí, soy yo.

—Soy la agente Susana Aranda y él es mi compañero, el agente Diego Zafra. Nos gustaría hacerle unas preguntas acerca de Miguel Murillo.

A Natalia se le ensombrece el rostro al escuchar ese nombre.

—Yo ya no tengo nada que ver con él. ¿Qué quieren saber?

Aranda no tiene experiencia en interrogatorios, pero ha hecho los deberes. Lleva anotadas una batería de preguntas en su cuaderno para intentar conseguir la mayor información posible de esta visita. Sabe que las oportunidades hay que aprovecharlas y no piensa dejar escapar la que le han brindado para demostrar su valía.

—¿Podríamos pasar para hablar con más tranquilidad?

—Claro. Entren, por favor.

Pasan a un salón recogido, de mobiliario sencillo y poco ornamentado. La única nota de color proviene de los cojines dispuestos sobre un sofá de tres plazas de estilo escandinavo.

—Siéntense. ¿Les apetece un café?

—No, gracias, hemos tomado uno antes de venir —responde Aranda con amabilidad.

Zafra no ha dicho una palabra desde que han entrado. Está cohibido por la presencia de esa mujer. Tanto él como sus amigos son, y han sido, consumidores de pornografía y la ha visto actuar en varias películas. Tenerla ahora delante y no pensar en ella desnuda y poniendo cara de placer le resulta complicado. Siente cómo se ruboriza por momentos, se lo nota en el rostro, a oleadas. Antes de tomar asiento, se ha visto reflejado en el espejo con cuarterones que hay encima del sofá: está rojo como un tomate. Respira hondo en un intento de mantener la calma. Natalia es aún más guapa al natural. Lleva el pelo castaño recogido en un moño que deja a la vista una nuca despejada que al agente le resulta increíblemente sensual. Va vestida con una camiseta amplia y un pantalón holgado, aunque se intuyen unos pechos firmes y voluptuosos. Su mirada azul y las pecas que salpican su nariz la hacen parecer más joven de los treinta y seis que constan en su documentación. Diego nota que ha roto a sudar, y eso nunca es buena señal. Dejará que sea su compañera la que tome las riendas del interrogatorio.

—Según nos consta, usted ha sido pareja sentimental de Miguel Murillo y ha trabajado en su productora.

—Sí, trabajé en DiLatX y fui su pareja. No guardo buenos recuerdos de esa relación.

—¿Qué puede contarnos de él?

—Miky es un egoísta, bueno, era —se corrige a sí misma Natalia—. Siempre utilizaba a las personas que tenía alrededor en su propio beneficio, a mí incluida.

—¿En qué sentido? Tenemos entendido que tuvieron algún problema por temas económicos.

—Sí, me debía dinero. Con eso de que éramos pareja, no me pagó algunas escenas que grabé, pero eso es lo de menos. Lo peor era el desprecio con el que me trataba y los pocos escrúpulos que tenía. Cuando vi la noticia por televisión no puede decirse que me alegrara, porque no soy yo de alegrarme por la muerte de nadie, pero, sinceramente, sí pensé que lo merecía.

—¿Qué hizo usted la noche del viernes al sábado?

—No pensarán que yo...

—Nosotros no pensamos nada, es solo una comprobación rutinaria.

—Pues la verdad es que no hice mucho. Ahora trabajo como responsable de cajas en el Carrefour del centro comercial Arena y esa noche me tocó cierre, así que salí tarde. Estaba cansadísima y me vine directa para casa. Cené una ensalada de esas envasadas y vi la televisión un rato hasta que me quedé dormida.

—¿Recuerda qué vio?

—Sí. *Equipo de investigación*, me encanta verlo los viernes.

—¿A qué hora llegó a casa?

—Sobre las once menos cuarto... o menos diez. Lo sé porque el programa ya estaba empezado; comienza a las diez y media y no llegué a tiempo de verlo entero.

Aranda apunta cada detalle en su libreta, después se encargará de cotejar los datos para comprobar que no les esté mintiendo. Aunque parece sincera, nunca se sabe. Zafra continúa callado, como alelado. La agente lo mira de reojo, está sudando a mares. No entiende la actitud infantil de su compañero, que la está poniendo de los nervios. Se comporta como si no hubiese visto una mujer atractiva en su vida.

—¿Podría decirnos a qué se refiere con la falta de escrúpulos de Miguel Murillo?

—Bueno, supongo que estarán informados del caso de abusos...

—Sí, estamos al tanto.

—Pues... eso, que, como decía mi madre, la cabra siempre tira al monte. Digamos que sus métodos para hacer negocios no eran muy éticos.

—¿Quiere decirnos que seguía ejerciendo abusos a menores y tenía a mujeres tratadas?

—No, eso no, al menos que yo sepa. Engañar así, directamente, no engañaba, pero omitía información. Algunas chicas no sabían lo que iban a hacer hasta que se veían metidas en el ajo. También las animaba a drogarse para estar más desinhibidas en las escenas..., cosas así. Con lo que ya no pude fue cuando empezó con el tema de los *bukkakes*. Ahí dije: se acabó.

—Disculpe mi ignorancia sobre el tema, ¿podría explicarnos en qué consisten esos... *bukkakes*?

—Es horrible. Se trata de una práctica en la que varios hombres, que dependiendo del caso pueden ser cincuenta o cien tíos perfectamente, se turnan para correrse en la boca de las chicas. Ellas van depositando las eyaculaciones en un recipiente y, después, la actriz protagonista del *bukkake*, que suele situarse en el centro de la escena, se bebe el contenido.

Aranda la mira con una mueca de repugnancia.

—Ciertamente, es asqueroso.

—Un horror. Y lo peor de todo es que no se consensuaban las cosas porque los participantes en ese tipo de eventos no eran actores, sino personas de la calle que se inscribían a través de la página web de la productora. Incluso había veces que las chicas no sabían bien qué iban a hacer hasta que no se veían allí frente a todos aquellos hombres en bolas. Algunas, como ya os he dicho, iban drogadas.

—Pero ¿esas mujeres lo hacían en contra de su voluntad?

—No..., bueno, supongo que no. Ese tipo de eventos los llevaban entre Miky y Queca.

—¿Quién? —se extraña la policía.

—Queca. Rebeca, su ayudante de producción.

Aranda asiente con un gesto y Naty continúa:

—Yo, cuando lo descubrí, me enfadé muchísimo porque las cosas no se hacen así. En el porno, como en el cine convencional, las escenas se graban sabiendo qué va a pasar, se consensúan las prácticas que se van a hacer; hay un guion, vamos. La comunicación entre los actores es imprescindible. De hecho, las escenas no se suelen rodar del tirón, hay varios cortes de cámara.

—¿Fue esa la razón de su ruptura con él y de su cambio de profesión?

—Esa fue la gota que colmó el vaso, pero ya llevaba un tiempo dándome cuenta del tipo de persona que tenía delante. Al principio no lo vi venir; si no, no hubiese empezado una relación con él, claro. Era un farsante, sabía cómo encandilar a las chicas. Pero luego, cuando ya te tenía donde quería, se mostraba como era en realidad.

—¿Y su cambio de profesión?

—Eso... ha sido una decisión que ya llevaba tiempo rumiando. Me inicié en el mundo del porno muy joven y por dinero, pero no es dinero fácil como mucha gente cree. La verdad es que no me disgustaba, al principio lo pasaba bien. Evidentemente había días en los que no me apetecía, pero como en cualquier otro trabajo. Ahora, en Carrefour, no voy por gusto ni mucho menos, lo hago por dinero. Lo que ocurrió es que algunas cosas empezaron a molestarme y decidí dejarlo.

Aranda continúa apuntando en su cuaderno. Zafra, por su parte, está más tranquilo. Ver cómo Natalia contesta a las preguntas con total naturalidad le ha hecho pensar que su comportamiento está siendo del todo inapropiado. Es policía y debe actuar como tal. No puede seguir manteniéndose al margen.

—¿Qué cosas le molestaban? —Le sale un pequeño gallo que intenta disimular. Aranda le clava la vista en un claro gesto recriminatorio: «Ya era hora, chaval», piensa para sí.

—Principalmente, el estigma que genera. Parece que lo llevemos tatuado en la frente. Nos condiciona a todos los niveles: social, laboral, sentimental, familiar... Y todo por culpa de cómo la sociedad sigue tratando el sexo. —Natalia cambia de postura en el asiento—. Tampoco soportaba la falta de marco normativo que hay en el sector. En esta industria, los trabajadores estamos totalmente desprotegidos. Los derechos de imagen los cedes a perpetuidad y para cualquier territorio. Tú trabajas un día, y cobras por grabar ese día, pero tu imagen puede venderse a terceros y pueden utilizarla sin tu permiso; y sin que tú cobres nada por ello, claro. Hasta pueden poner tu cara para publicitar algo o para dar un mensaje con el que no estés de acuerdo, por ejemplo. Por lo que pierdes totalmente el control sobre tu propia imagen —remata.

—Así que la causa para dejar su profesión no fue su ruptura con Miguel Murillo.

—Algo influyó, por supuesto. Pero fue una decisión personal. En esta profesión se corren riesgos físicos también. Porque, aunque se hacen analíticas y demás, el riesgo siempre está ahí. Y a nivel emocional es un trabajo que quema mucho, había días en los que lo único que me apetecía al llegar a casa era pegarme una buena ducha y quedarme acurrucada en mi cama sin ver a nadie.

—¿Sabe quién puede haberle hecho esto a su expareja?

—Uf, es una pregunta difícil. Como les he dicho, era un tío que solo se preocupaba de sí mismo y eso siempre genera problemas con otras personas. No sabría decirles, lo siento.

—Tal vez algún actor o alguna actriz con los que tuviese algún problema... —insiste Aranda.

—Ahora que lo dicen... El otro día me contó una excompañera de la productora que había tenido una movida con un chico..., ¿cómo se llamaba? Ay, no me viene ahora el nombre. —Natalia arquea el dedo índice y lo apoya bajo su nariz mientras se sujeta la barbilla con el pulgar. Su mirada se pierde rebuscando entre sus recuerdos—. ¡Richi! Sí, eso, creo que se llamaba Ricardo..., pero no recuerdo el apellido, lo siento.

—¿Qué pasó con ese chico?

—Según me dijo, se ve que tuvieron una discusión fuerte. Los tuvieron que separar y todo. El chico se puso hecho una furia.

—¿Y qué ocurrió después?

—No sé mucho más... Que el chico lo amenazó, pero la cosa se quedó ahí. Por lo visto no ha vuelto a aparecer por la productora.

—Muchas gracias, Natalia. —Aranda se pone en pie—. Ha sido muy amable respondiendo a nuestras preguntas. Si recuerda el apellido de ese chico o alguna otra cuestión relacionada con su ex, no dude en contactarnos.

A su lado, Zafra se limita a asentir con la cabeza.

Capítulo 50

Cuando Queca ha recibido la llamada de la policía esta mañana, sus pensamientos han volado con rapidez hacia sus sospechas y sus miedos. No sabe qué han descubierto hasta el momento ni por qué la han emplazado para otra toma de declaración esa misma tarde. Ahora, aguarda de nuevo sentada en esa silla incómoda de la sala de interrogatorios a la espera de noticias. Antes de ir se ha prometido contestar solo a lo que le pregunten, no hablará de más. Pero, a medida que pasan los minutos, va perdiendo esa seguridad. No aguanta la presión que la martiriza, siente que va a explotar en cualquier instante. Sus manos, entrelazadas bajo la mesa, descansan sobre su regazo en un intento por aparentar calma. Lo ha visto en muchas películas. Dejan al sospechoso solo en la sala para observar sus movimientos, para que delate su nerviosismo a través de sus gestos. Ella no piensa darles la satisfacción de mostrar sus sentimientos de antemano para que jueguen con ventaja. Permanece impasible con la mirada al frente y los hombros relajados a pesar de que por dentro su angustia bulle. ¿Qué querrán de ella?, ¿habrán averiguado quién ha matado a Miky?, ¿será sospechosa?, ¿la van a detener?, ¿sabrán qué relación tenía su jefe con Pochele? Todas las preguntas le devuelven respuestas poco favorables para ella.

Después de quince largos minutos, dos policías entran en la sala. La inspectora es la misma de la otra vez, pero hoy la acompaña un policía guapo y cachas que se presenta como «el oficial Francisco Puentes», no la niñata esa resabiada que la ponía de los nervios. Se dice que mejor así, al menos se recreará la vista.

—¿Para qué me han llamado? —pregunta directamente.

—Hay algunas cuestiones que nos gustaría aclarar con usted. A medida que avanzamos en la investigación se producen nuevas incógnitas y necesitamos comprobar algunos datos.

—Pues ustedes dirán. —Queca lo dice cortante, con una seguridad impostada.

—Estuvimos en el dúplex de su jefe y hubo algo que nos llamó especialmente la atención. En el primer piso, como usted nos dijo, estaban las oficinas y los sets de rodaje. Todo estaba limpio y ordenado; sin embargo, no podemos decir lo mismo sobre la segunda planta. ¿Sabría decirnos el motivo?

—No lo sé. Yo nunca he subido a la segunda planta. En la parte de abajo, en la que está la productora, una empresa venía a limpiar casi a diario, pero tenían prohibido subir arriba. Nadie podía subir a casa de Miky si él no estaba presente.

—Y usted dice que nunca subió.

—No, nunca.

—Entonces no sabrá nada acerca de la caja fuerte que tenía su jefe en el segundo piso.

Queca niega con la cabeza.

—También encontramos los listados de personal de los que nos habló. Tenemos entendido que su jefe tuvo una pelea con uno de los actores, un tal Richi o Ricardo. ¿Lo recuerda?

—Sí, creo que sé a quién se refieren. Su nombre artístico es Richi Ros, pero no recuerdo su verdadero nombre.

—¿Sabe por qué discutieron?

—Algo sobre una actriz con la que Richi había rodado una escena. Casi se lían a hostias. Pero al final no pasó nada, por suerte.

—¿Cuánto hace de eso?

—No sé... Dos meses, quizá tres.

—¿Recuerda si tuvo algún problema similar con alguien más?

—Miky tenía mucho carácter y discutía a menudo con los actores, con las actrices, con los proveedores y con quien se le pusiera por delante. No recuerdo a nadie en concreto, si es a lo que se refieren.

—¿Alguien que pudiera resultar especialmente perjudicado? —Fran Puentes interviene por primera vez.

—No, nadie. Los actores y las actrices se renuevan con frecuencia, hace falta savia nueva en las escenas para no aburrir al público. Así que no daba tiempo a que los roces llegasen a tanto.

—¿Cómo conseguían contratar tan rápido?

—Con los actores es sencillo, son muchos los que sueñan con dedicarse a este mundillo. Ellas están más cotizadas porque hay menos. Muchas veces eran los propios actores los que nos traían a las chicas, así lo tenían más sencillo para que los cogiésemos para alguna escena. Y, si funcionaban bien, después se los volvía a llamar.

—Quizá algún actor que se sintiese rechazado...

—No, no lo creo, era algo bastante habitual. Incluso se nos presentaban menores que luego se echaban atrás en cuanto les pedíamos la documentación.

—¿Y qué puede decirnos sobre los *bukkakes*? —le suelta el oficial sin rodeos.

Antes de entrar al interrogatorio han tenido una reunión para ponerse al día. Sagarra y Puentes han hablado sobre sus impresiones de su visita a la asesoría fiscal que, de momento, no ha aportado ningún dato nuevo; la inspectora y Valbuena han comentado su entrevista con la directora de la asociación. Sin embargo, la visita de Aranda y Zafra a casa de la exnovia del productor ha estado más interesante, les ha dado otro hilo del que tirar por la similitud de esos eventos con la puesta en escena de los cadáveres, aunque eso Queca no lo sabe.

—Supongo que han hablado con Naty. —Tantea el terreno. No sabe hasta dónde conocen de los *bukkakes* que organizaban.

Los policías asienten al unísono.

—No sé qué les ha contado, pero seguro que ha exagerado. Cuando se enteró, se puso como una loca. Pero no era algo que se hiciese habitualmente, ni mucho menos. Lo hacíamos de vez en cuando para implicar más a los seguidores de la web y generar expectación.

—¿Qué actrices participaban en esos eventos especiales?

—No sabría decirles... Iban cambiando.

—Haga un esfuerzo, seguro que recuerda a alguna de ellas. Según nos ha dicho, no era una práctica habitual —habla con sarcasmo la inspectora—, por lo que no serán tantas.

—Lo siento, no lo recuerdo.

Nela endurece el tono.

—Mire, estoy empezando a cansarme. Lleva ocultándonos algo desde el primer día que puso un pie en estas dependencias. Ya se lo dije la otra vez: el encubrimiento está penado y cuando lleguemos al fondo de todo esto, que llegaremos, usted estará tan metida como a quien está encubriendo. Así que vaya diciéndonos lo que sabe.

Queca muestra una media sonrisa a los policías. La han llamado porque no tienen ni la más remota idea de nada. Ni de los negocios de su jefe con Pochele, ni de la procedencia de las chicas.

—No puedo decirles nada, porque no sé nada. Y, por lo que veo, ustedes tampoco. Están igual de perdidos que la primera vez que me interrogaron.

—¿Y dónde están esos vídeos? En la web no hemos encontrado nada al buscar la palabra *bukkake*, solo anuncios de antiguas convocatorias.

—Son contenido *premium*. No están alojados en ningún servidor. Los que querían verlos, primero pagaban, y después se les enviaba a ellos en exclusiva.

—Pero esos vídeos tendrán que estar en algún sitio.

—Ustedes sabrán, que son los que se han llevado todas las cintas y los discos duros de la productora.

Capítulo 51

Nela sube las escaleras de dos en dos hasta el departamento de Informática Forense. Han pasado tres días desde que se encontró el primer cadáver y dos desde que requisaron los discos duros y los ordenadores en casa del productor; y aún no tiene el informe de sus compañeros. Entiende que las cosas llevan su tiempo y que debe tener paciencia, pero cree que ya ha tenido suficiente. En la sala de interrogatorios han quedado como un par de idiotas con el tema de los vídeos porque les falta información. Así no puede hacer su trabajo como debería y eso la irrita sobremanera.

Cuando llega a la sexta planta, su indignación toca techo: el departamento está completamente desierto. Mira la hora en su reloj, pasan de las siete de la tarde; hace rato que terminaron su turno. Sabe que no puede exigirles los horarios maratonianos que ella hace, ni que los casos se conviertan en su obsesión, pero si hay algo con lo que la inspectora no puede es con la ineficacia. Porque, cuando se investiga un asesinato o una desaparición, deben ser efectivos, ágiles, no pueden ir por detrás, a expensas de que las pistas vayan apareciendo por sí solas.

Coge el teléfono y marca el número de móvil del jefe de la BIT, nadie contesta al otro lado. Resopla con fuerza, esperará a tranquilizarse antes de hablar con el comisario.

Sale tan indignada de la Jefatura Superior de Policía, que no tiene la cabeza para meterse en casa. Pone rumbo a El Clásico, el bar donde desayuna a diario y en el que se tomaban la cerveza después de la jornada cuando ella entró en el cuerpo. Cubells sí sabía cómo hacer equipo.

Cuando tenían un caso difícil entre manos, los invitaba a todos a una ronda de cañas para destensar. A veces, hasta salían buenas teorías de esas reuniones extraoficiales.

—Vaya, Puentes, te hacía ya en casa, como los demás.

El oficial está sentado en una de las mesas de la terraza frente a una cerveza servida en una jarra congelada a la vista de la condensación que rezuma por sus paredes.

—Pues ya ves, necesitaba una cervecita fresca, jefa —le dice alzando la jarra—. ¿Te apetece una?

—Me has leído el pensamiento.

Él asiente y sonríe.

—¿Qué tal te ha ido por Informática?

—No quedaba ni Dios. He llamado a Nàcher para echarle la bronca y nada, no me ha cogido el teléfono.

—Pues ya, con la hora que es, tendrá que ser mañana... —Puentes se encoge de hombros y niega con la cabeza—. Siéntate y tómate una rubia, que eso lo arregla todo.

La inspectora toma asiento frente al oficial y le hace una seña al camarero para que le traiga otra jarra igual.

—No podemos entrar vendidos a los interrogatorios —apunta ella—. Me ha puesto de los nervios la chulería con la que nos ha contestado, y lo peor es que tiene razón: vamos demasiado perdidos, nos faltan datos.

—Al menos hemos averiguado por qué estaba tan limpio el primer piso del dúplex. El informe del forense tampoco ha llegado, ¿no?

Nela resopla y niega con la cabeza.

Entre trago y trago repasan los últimos avances en la investigación. Hablan de la exnovia, de los *bukkakes*, de la visita a la asociación, del asesor fiscal, al que su jefe describe como una especie de semidiós...

—Lo de Víctor no me encaja —comenta Nela.

—¿Qué es lo que no encaja?

—Cuando hablamos con su mujer, nos dijo que había tenido problemas con algunos clientes, pero su jefe dice todo lo contrario.

—Pensé lo mismo. Yo me fiaría más del testimonio de la esposa. El único interés de Lorenzo Álamo es preservar su reputación y la de su negocio, así que no me extrañaría nada que estuviese maquillando la realidad.

Piden otra ronda y continúan conversando. Ahora han pasado al terreno personal. Puentes le habla de sus comienzos en el cuerpo. Le cuenta que pidió el traslado a Valencia por su exmujer y se quedó por su hijo, pero que algún día le gustaría volver a Málaga, a pesar de que su familia también ha acabado por trasladarse a Valencia. Primero llegó él y su hermana vino detrás. En una de sus visitas conoció al que hoy es su marido. Después llegaron sus padres: al jubilarse decidieron que querían estar cerca de ellos y ver crecer a sus nietos. Nela, en cambio, no cuenta mucho de su vida personal. Le habla sobre todo de Cubells y de sus inicios en Homicidios.

—Cubells era un buen jefe —confirma Puentes.

El teléfono de la inspectora suena. Se plantea ignorarlo, pero ve en la pantalla que se trata de su hermano.

—Dime, Iván.

Durante unos segundos Nela no habla, tan solo escucha con el rostro demudado.

—Enseguida voy para allá.

Cuando cuelga, está blanca, no reacciona. Puentes la observa preocupado y le posa una mano sobre el hombro.

—Nela, ¿estás bien?

—Es mi madre, ha tenido una caída y está en el hospital.

Capítulo 52

Al escuchar el timbre, Carmen se levanta con movimientos lentos. Mira su reloj de pulsera y se pregunta quién podrá ser, dada la hora. Rosalba aún no ha llegado y su hijo no suele ir a visitarla tan temprano por la mañana. Se pone la bata de raso y se atusa el pelo antes de dirigirse hacia la puerta. Cuando se asoma por la mirilla ve a la última persona a la que esperaría encontrarse: Verónica Murillo. Duda unos segundos, pero finalmente le abre.

—¿Qué haces tú aquí?

—Me he enterado de lo de Víctor y quería darte el pésame. ¿Cómo te encuentras?

Carmen está ojerosa y demacrada. Su aspecto desmejorado dista mucho de la elegancia que la caracteriza. La relación con su marido hace años que se enfrió, pero, aun así, le seguía queriendo y no termina de hacerse a la idea de pasar sola el resto de sus días. Desde que recibió la noticia, ha derramado más lágrimas que en toda su vida. Nunca creyó que acusaría tanto su pérdida.

—¿Cómo voy a estar? Han asesinado a mi marido aquí, en mi propia casa.

—Lo siento mucho, de verdad. Quiero que sepas que estoy para lo que necesitéis.

Verónica se acerca para darle un abrazo. Carmen lo acepta, rígida como una tabla.

—¿Te importa que pase para que hablemos un rato?

Carmen hace un ademán con la mano y se retira del umbral, franqueándole el paso.

Se adentran hasta la cocina y toman asiento en los taburetes altos que hay junto a la isla, una frente a la otra. La viuda aún no se encuentra con fuerzas para entrar en el salón, incluso está pensando en vender la casa. Hace apenas dos días que Víctor murió y no logra acostumbrarse. Son demasiados los recuerdos que le sobrevienen a cada instante, en cada rincón. Le asaltan imágenes de los momentos más felices de su relación: los besos furtivos en el baño, en la cocina o cuando se cruzaban en mitad del pasillo; la palmada jocosa en el trasero, las miradas cómplices. Ya no recuerda los desprecios, ni los silencios incómodos, ni los reproches. Es curioso cómo, cuando perdemos algo o a alguien, solemos recordar con facilidad lo bueno que tenía; sin embargo, nos cuesta mucho verlo cuando lo tenemos delante, cuando todavía podemos hacer algo. A ella le hubiese gustado recuperar su relación, pero ya nunca podrá hacerlo. Lo que más le pesa es la forma en que se fueron alejando. Primero dejaron de celebrar las fechas señaladas porque estaban demasiado ajetreados y se les olvidaban; después, dejaron de hacer cosas juntos porque estaban demasiado cansados... Excusas y pretextos para no ver que en realidad se olvidaron de ocuparse el uno del otro por pura rutina, por el interés que pierde lo cotidiano frente a lo novedoso. Y así fue pasando la vida. Carmen es consciente de que su marido se veía con otras mujeres y de que en los últimos tiempos su relación era pura conveniencia: ella por el dinero y él por las apariencias. Aun así, escuece la certeza de que ya nunca tendrá la posibilidad de recuperar aquellos instantes en los que fue feliz y que algún día, sin saber cómo, perdió.

—¿Te apetece un té o un café?

—Te lo agradezco, pero, si tomo más café de la cuenta, por la noche no hay manera de coger el sueño.

Durante unos segundos las dos se miran en silencio. Verónica pone una mano sobre la de Carmen y la aprieta con suavidad intentando transmitirle apoyo y ánimo.

—Lo siento muchísimo, de verdad. Desde que vi la noticia no he parado de pensar en ti y en Dani. ¿Cómo está?

—Él lo lleva algo mejor que yo, o tal vez se esté haciendo el fuerte por mí, no sabría qué decirte.

Conversan sobre cómo sucedió. Carmen le cuenta que estaban en el pueblo, en casa de sus padres, que fue la asistenta la que se lo encontró... También recuerdan lo bien que lo pasaban en el chalet de la playa y las cenas que organizaban.

—Me siento fatal por lo que pasó, aunque no sé muy bien por qué dejamos de vernos. Álvaro dice que discutieron por un tema de negocios. ¿Tú sabes a qué negocios se refiere?

Carmen endurece el gesto y aprieta los puños al tiempo que rechaza la mano que Verónica tiene posada sobre la suya.

—¿Cómo te atreves a venir a mi casa para preguntarme sobre los negocios de mi marido recién fallecido?

—Lo siento, no era mi intención... No me malinterpretes, es solo que al ver la noticia de la muerte de Víctor recordé las cenas y las veladas que pasábamos juntos y no entiendo qué nos llevó a distanciarnos así. ¿Víctor no te contó nada?

Carmen toma aire. Ella también recuerda lo bien que lo pasaban en aquellas cenas y también ha echado de menos esos momentos. Pero su marido fue tajante cuando le dijo que nunca volverían a tener ningún tipo de relación con aquella chusma. Ella no lo entendió, como muchas de las cosas que hacía Víctor cuando se enfadaba, pero acató su decisión sin cuestionarla.

—Lo único que me dijo es que el que se enfadó fue tu marido. Él únicamente le propuso un negocio nuevo, una buena oportunidad para aumentar su patrimonio, pero Álvaro se ofendió y rescindió el contrato con la asesoría. Víctor lo pasó mal al tener que dar la cara ante su jefe, se sintió traicionado. Por eso cortó la relación y no quiso saber nada más de él.

Capítulo 53

—Esta reunión es confidencial, Nela —avisa el comisario.

La inspectora apenas ha dormido, se ha pasado casi toda la noche en el hospital con su madre. Por suerte, la caída ha quedado en un susto y, tras las pruebas pertinentes, le han dado el alta para que continúe recuperándose de las magulladuras en su domicilio.

Esta mañana, cuando ha ido a su casa a ducharse y estaba a punto de salir para ir a la brigada a reunirse con su grupo, Robledo la ha llamado para que fuera a encontrarse con él en el Cappuccino Grand Café, en la plaza de la Reina. Es un local de lo más chic diseñado por Michael Smith, conocido en su país como el diseñador de las estrellas por decorar, entre otras, las mansiones de Steven Spielberg, Cindy Crawford y Michelle Pfeiffer; o rediseñar la imagen del Despacho Oval durante el mandato de Obama. Sus mesas redondas y las sillas de madera de nogal, con el asiento y el respaldo de rejilla de ratán, recuerdan a los cafés de tertulia del siglo xix.

Es la primera vez que el comisario la cita fuera de la Jefatura, cosa poco habitual y que se sale del protocolo establecido. Algo tiene que contarle en relación con el caso que además, como ya le ha anunciado, es de carácter reservado.

—Usted dirá, comisario.

Robledo juguetea con el tenedor en el bol de fruta que le han servido mientras sostiene la taza de café con leche con la otra mano.

—Ya conocemos el contenido de la caja fuerte que se encontró en el domicilio de Miguel Murillo.

Hace una pausa y da un sorbo al café. La inspectora aguarda en silencio a que su jefe continúe.

—Entre otras cosas, guardaba unos discos duros y unas cintas que contienen grabaciones un tanto comprometedoras.

—¿A qué se refiere?

—Parece ser que el productor hacía como una especie de sesiones VIP en las que participaban personas ajenas al mundo de la pornografía. Grababan escenas con actrices en las que se cubrían la cara con una máscara para evitar el ser identificados.

—Como las cajas regalo de experiencias del tipo conduce un Ferrari, pero con el porno: «Actor porno por un día».

—Sí, algo así. Esas grabaciones —continúa el comisario— no son de las escenas en sí, sino de momentos anteriores o posteriores a la grabación, digamos, «oficial».

Nela asiente, empieza a intuir por dónde irá el asunto.

—Y, por tanto, sin máscara...

—Eso es —asiente Robledo—. En algunas de esas escenas aparecen personalidades públicas, futbolistas y empresarios de renombre de la ciudad.

Nela procesa la información que acaba de transmitirle el comisario. Si eso es así, es obvio por qué guardaba Miguel Murillo esas imágenes.

—Las conservaba como una especie de seguro de vida.

—Exacto. Debió de aprender del pasado. Sabía que, si se veía envuelto en algún problema, podría tirar de esas grabaciones para chantajear a gente con mucho poder.

A Nela se le escapa un silbido.

—Es de vital importancia que esas imágenes no trasciendan. —Se ha inclinado hacia ella y la mira a los ojos para subrayar sus palabras—. Arruinarían la reputación y la carrera a más de uno. Serás la única de la brigada que conozca la existencia de esas grabaciones.

—Disculpe, comisario, pero pondría la mano en el fuego por cada uno de los miembros de mi equipo. Y esas grabaciones constituyen una prueba para el caso. Es probable que estén relacionadas con la muerte del productor. Alguien que sabía que las tenía y decidió quitárselo de en medio.

—Por eso me estoy reuniendo contigo, para mantenerte informada. Se lo he asignado a Nàcher. Analizará los vídeos de la forma más discreta y confidencial posible. Tiene orden de informarme a mí directamente. Él se encargará del visionado y tú de la investigación. Pero nadie más debe saberlo. Y cuando digo nadie es nadie. Cuanta menos gente lo sepa, mejor. Así, si se filtra cualquier dato, sabremos de dónde proviene.

A Nela le disgusta tener que ocultar información a su grupo, pero sabe que Robledo no es de los que cambian de opinión, sobre todo si se trata de sus propias decisiones; con él no hay más opción que acatar órdenes.

—Víctor Hervàs tenía relaciones con gente bastante importante. ¿Es posible que él también participara en esas escenas?

—Aún no se han visionado todas. Hay material de muchos años, incluso en tarjetas de memoria y cintas Mini DV.

—Necesitaré un listado con los nombres de los que aparecen en esos vídeos para investigar su posible implicación en el caso.

—Lo tendrás, con dos condiciones: que seas cauta a la hora de la investigación y que me consultes antes de dar ningún paso al respecto. —Robledo se inclina de nuevo hacia delante con actitud amenazadora—. Esto no puede trascender, Nela. Solo saldrán a la luz las imágenes si se encuentra algo que pueda servir para la investigación. Y solo en el caso de que realmente sirva. Bajo ningún concepto debe conocerse el contenido de esas grabaciones si no hay nada que investigar.

—De acuerdo, comisario. Pero mi equipo preguntará sobre el contenido de la caja fuerte, todos saben que se incautó en el registro.

—Eso ya está controlado. Lo único que reflejará la Científica en su informe es que han encontrado discos, cintas y tarjetas de memoria. Pero es Informática la que debe procesarlas.

Nela asiente, aunque por dentro está que echa chispas.

—Bueno, ¿cómo lleváis la investigación?

—Mal. Justo de eso quería hablarle. No tenemos nada de la BIT todavía y ya estamos a jueves. Ayer llamé a Nàcher, pero no me cogió el teléfono.

—Nàcher ha estado hasta arriba con el hallazgo de esos vídeos. Si no os han pasado nada, será que no han encontrado nada útil aún.

—Pues necesitamos respuestas, y las necesitamos ya. Creo que la puesta en escena de los cadáveres está vinculada con unos eventos especiales que organizaba el productor.

—¿Qué eventos? ¿Además de los que te acabo de contar?

—Sí. Al parecer los publicitaba en su web, no eran privados. Los asistentes se inscribían a través de un formulario y luego acudían el día en cuestión. *Bukkakes* se llamaban. El problema es que no sabemos dónde están esas grabaciones porque, a las alturas que estamos, no tenemos el informe —insiste.

—Habla con Nàcher. Tal vez estén en las cintas y los discos de la caja fuerte.

Nela asiente y pierde la mirada en su taza de café mientras piensa que, con cada nuevo hallazgo, esta investigación va tornándose cada vez más escabrosa.

Capítulo 54

—Ha llegado el informe de la Científica. Había restos de ADN de Miguel Murillo en un carrito de Mercadona encontrado en el palacete, a escasos metros de la escena del crimen —anuncia Aranda.

Todos los miembros del grupo dirigen la mirada hacia la agente.

—Así fue como lo llevaron hasta allí: en un puñetero carro de la compra —comenta Puentes enarcando las cejas.

Aranda consulta sus notas y ojea el informe.

—Eso parece. Según pone aquí, había restos epiteliales en el interior del carro y en el borde superior delantero de la cesta.

—Es posible que lo desplazaran en su interior y luego volcasen el carro para depositarlo en el suelo —aventura Valbuena.

—Sí —coincide la inspectora—, es la hipótesis más probable. Aparte de los restos de la víctima, ¿algún indicio más que pueda llevarnos hasta el asesino?

—Los únicos restos biológicos que se han podido casar pertenecen a la víctima. Los demás, que son muchos, han sido procesados, pero no han devuelto ningún resultado de interés. Al no tener un sospechoso con el que comparar, todo se complica. Lo que sí hay son unas huellas de pisadas que pueden sernos útiles.

—Dispara, Aranda —se impacienta la inspectora.

—Después de procesar la infinidad de huellas halladas alrededor de la víctima, se han descubierto unas pisadas profundas que coinciden con la trayectoria del rastro dejado por el carro. Pero la persona que buscamos debía de llevar puesto algún tipo de cubrezapatos, por lo que las huellas de las suelas no han quedado moldeadas en el terreno. En cuanto al tamaño, al estar difuminadas por las calzas o lo que sea que cubriera los zapatos, los compañeros no pueden determinar la talla con exactitud. El informe indica que puede estar entre un cuarenta y cinco y un cuarenta y ocho.

—¿Peso?

Aranda busca el dato en el informe.

—Sí, aquí está. Según la profundidad de las huellas, calculan que entre cien y ciento veinte kilos.

—Gracias, Aranda. Bien, recapitulemos lo que tenemos hasta el momento. En primer lugar, un hombre pesado, con una talla de calzado grande, por lo que presumiblemente será alto. Además, se trata de una persona minuciosa que conoce cómo ocultar sus huellas. No olvidemos que, por la amputación del pene, es muy posible que tenga conocimientos quirúrgicos. —Nela hace una pausa para que los datos permeen en el grupo—. Yo apostaría por alguien que se dedica o se ha dedicado a la medicina: trabajan en entornos asépticos en los que no se debe contaminar el entorno, que sería extrapolable a la escena del crimen; y sabría cómo realizar la amputación del pene y la posterior cauterización de la herida para evitar la hemorragia. Sin olvidarnos de que también conocería cómo provocar un infarto, causa de la muerte de la segunda víctima.

Todos permanecen unos segundos en silencio, tratando de ordenar las ideas y de procesar los últimos datos. Sagarra es la primera en intervenir.

—¿Sabemos por dónde entró al recinto del palacete?

—Los compañeros creen que, según la trayectoria del carro, accedió por el agujero que descubristeis al final del muro —responde Aranda tras consultar el informe de nuevo.

Sagarra asiente satisfecha.

—¿Qué hay de la escena de la segunda víctima? —pregunta la inspectora.

—Nada, jefa. Ningún vestigio, ningún resto... Y eso es lo extraño, que no hayan encontrado absolutamente nada. Es como si la víctima se hubiese provocado a sí misma la muerte, cosa que es del todo imposible.

—¿Dice algo más el informe?

—No mucho más. También han analizado el Ford Fiesta del productor, pero no han sacado nada que nos sirva, no parece que el vehículo haya estado involucrado en su muerte. —Aranda pasa varias páginas del informe—. Lo único reseñable es el inventario que han hecho del contenido de la caja fuerte que se incautó en el piso de Miguel Murillo: diez cintas Mini DV, veinte tarjetas de memoria, cinco discos duros, quince mil euros en efectivo, medio kilo de cocaína y varios relojes: dos Rolex y un Patek Philippe. Las cintas, las tarjetas de memoria y los discos duros se los han pasado a la BIT para que los analicen.

Nela recuerda la reunión que ha tenido con el comisario y se muerde el labio inferior con fuerza. Detesta tener que ocultarle información a su grupo. Se pregunta si el asesor fiscal aparecerá en esas grabaciones, en tal caso ya tendrían el nexo entre ambos asesinatos.

—Gracias, Aranda. Por mi parte, he hablado con el inspector Nàcher y no tengo buenas noticias —les dice con gesto sombrío—. Los móviles de las víctimas estaban tan destrozados que les ha sido imposible sacar información de ellos. Pero han conseguido una orden de la jueza para pedir las copias de seguridad de la nube y están a la espera. En cuanto a las cintas y los vídeos, de momento no tenemos nada. Hay muchísimas horas de grabación y están en ello. Los vídeos de los *bukkakes* no se han encontrado entre lo que llevan visionado hasta ahora. En cuanto tengan algo nos avisarán. ¿Algo más?

Zafra carraspea antes de lanzarse a hablar.

—Yo tengo novedades sobre el padre y la hija del expediente de hace ocho años.

—Perfecto. Cuéntanos.

—César y Núria Cuesta, de cincuenta y uno y veinticuatro años, respectivamente. Después de lo sucedido se trasladaron a vivir a Madrid. Pero lo más suculento del asunto es la profesión de ambos. Él es médico, cardiólogo del hospital Ramón y Cajal. Y su hija ha estudiado Enfermería y está haciendo las prácticas en el Gregorio Marañón.

—Joder, Zafra. Tenemos que hablar con ellos cuanto antes.

—Tengo su dirección actual —le dice él con orgullo mientras le tiende el informe a la inspectora.

Ella pasa la vista sobre las líneas del informe sin leer su contenido. Su cabeza está en otra parte: en Madrid. Es su deber ir en busca de ese padre y su hija, pero al mismo tiempo siente miedo, no quiere volver a esa ciudad. Se prometió que nunca lo haría. Duda por unos segundos y piensa en encomendárselo a Valbuena. Con la excusa de que debe cuidar de su madre, quizá pueda enviarlos a él y a Puentes. Pero no, como jefa no puede permitírselo. Si quiere hacerse respetar, debe dar ejemplo a su equipo; aun a sabiendas de que, al volver, los fantasmas del pasado reaparecerán.

—Valbuena, tú te quedarás al mando de la investigación en mi ausencia —ordena la inspectora—. Puentes y yo nos vamos a Madrid, tenemos que hablar con César y Núria Cuesta lo antes posible. Vosotros encargaos de localizar a Richi Ros, el actor que tuvo el encontronazo con Murillo hace unos meses, a ver qué puede decirnos del productor y a ver si sabe algo de los *bukkakes*. Y buscad en las matrículas que obtuvimos del vídeo del descampado del club, a ver si hay alguien que se dedique a la sanidad. Si hay novedades, me avisáis de inmediato.

Capítulo 55

Nela ha pasado por casa de su madre para ver cómo estaba y después ha ido a la suya a por su bolsa de aseo y una muda limpia antes de emprender el viaje a Madrid. Se pregunta si en realidad lo que está haciendo no es otra cosa que retrasar el momento. Ella siempre ha tenido un sentido del deber muy acusado y sabe que está haciendo lo correcto, pero su cuerpo se resiste; el miedo le retuerce el estómago.

Consulta la hora en su móvil, Puentes ya debe de estar esperándola en el portal. Pero antes ha de hacer una llamada. Marca el número de Cubells y a los pocos tonos escucha su voz al otro lado de la línea.

—Dime, Nela.

—Pepe, necesito pedirte un favor.

—Claro, lo que sea. ¿Quedamos a comer y me cuentas cómo lo lleváis?

—No, no es eso. Es que debo irme a Madrid por el caso.

—¿Qué habéis encontrado?

—A un padre y una hija que podrían estar implicados. Denunciaron al productor en el pasado y luego se trasladaron a vivir a Madrid.

—¿Y qué os hace pensar en ellos como sospechosos?

—Ambos se dedican a la medicina y tienen motivos para querer ver muerto a Miguel Murillo. Pero no es por eso por lo que te llamo. Es por mi madre.

—¿Qué le ha ocurrido? ¿Está bien?

—Sí, sí, gracias a Dios solo se ha quedado en un susto. Ayer por la tarde estaba cuidando de mis sobrinos, se los llevó un rato al parque. Guille, que es un trasto, salió corriendo detrás de la pelota que iba directa a la carretera. Mi madre intentó correr tras él para detenerlo y tuvo la mala suerte de acabar en el suelo.

—¿Cómo está?

—En el hospital le hicieron radiografías y un TAC porque se dio un fuerte golpe en la cabeza. La tuvieron varias horas en observación, pero al parecer no se ha roto nada y el golpe en la cabeza es solo superficial. Aun así, está dolorida y magullada por la caída. ¿Podrías pasarte por su casa a echarle un vistazo mientras estoy en Madrid? Por si necesita algo..., o por si se encuentra peor.

—Claro, eso está hecho, faltaría más.

—Gracias, Pepe. Si tú la cuidas, me voy más tranquila. Mi hermano, como se pasa el día en el bar, no puede hacerse cargo.

—Cuenta conmigo.

—Siempre.

Al colgar se siente algo mejor, aunque sigue sin querer emprender ese viaje. Se juró que nunca volvería a Madrid, que enterraría esa época de su vida en lo más profundo de su memoria. Sin embargo, debe hacerlo; su trabajo es lo único que la empuja a levantarse cada mañana y no puede dejar que el miedo la paralice, aunque aún no se sienta preparada para mirarlo de frente.

Capítulo 56

Queca se está volviendo loca entre esas cuatro paredes. No puede soportar la incertidumbre y el miedo que la atenazan. Por suerte, la policía aún no sospecha nada de los negocios que se traían entre manos su jefe y Pochele. Pero ella necesita saber. En su cabeza se agolpan pensamientos negativos y preguntas sin respuesta de esa voz interior que no la deja descansar ni un minuto. Ha intentado acallarla distrayéndose con la televisión, leyendo o escuchando música zen, sin éxito; la voz vuelve una y otra vez a resonar en su cerebro, sin tregua.

Es tal la angustia que le produce salir a la calle, que en los últimos días aguarda apostada tras la puerta vigilando a través de la mirilla hasta que su vecina sale para sacar a Linda, su perrita. Entonces aprovecha y sale ella; se hace la encontradiza para no verse obligada a salir sola a comprar el pan. Para colmo, anoche se le terminó la leche y no ha podido siquiera tomarse el café esta mañana. Pero su vecina se resiste a salir hoy. Suspira mientras piensa que no puede continuar así, dependiendo de los horarios de otros.

Saca el móvil del bolsillo dispuesta a hablar con Pochele. Aunque le advirtió que no lo volviera a llamar, no es capaz de aguantar más este sinvivir. Busca su número en el listado de llamadas recientes y vacila unos segundos antes de pulsar encima. Finalmente lo hace. Pero al otro lado no se escucha el tono de llamada sino una locución que le indica que el móvil no está disponible. Eso aún acrecienta más sus sospechas, sus temores. Desesperada, busca un número de teléfono en la agenda. Está casi segura de que se lo guardó una de las veces que tuvo que ir ella a Las Palmeras a recoger a las chicas. Cuando por fin lo encuentra, pulsa la tecla de llamada. Al cuarto tono, una voz de mujer contesta.

—¿Sí?

—¿Marta?

—Sí, soy yo.

—Soy Queca, la ayudante de Miky.

—Sí, lo sé. Tengo tu teléfono guardado. Dime.

—Quería hablar con Pochele, pero tiene el móvil apagado.

—No sé nada de él. Ayer por la tarde estuvo en el club, dijo que tenía algo por la noche... Es posible que aún esté durmiendo.

Queca guarda silencio. Duda sobre la conveniencia de contarle sus sospechas a Marta. Aunque piensa que está al tanto de los negocios de sus respectivos jefes, no sabe hasta dónde conoce.

—Marta, tengo miedo, creo que van a por nosotros —dice al fin.

Durante unos segundos solo se escucha la respiración acompasada de la mujer al otro lado de la línea. Ella también recela de revelar más información de la que debiera.

—Yo también tengo miedo, Queca.

Capítulo 57

Fran Puentes va concentrado en la carretera mientras Nela mira por la ventanilla cómo van dejando atrás la infinitud de las llanuras manchegas. Al salir de Valencia, el oficial ha tratado de ofrecerle conversación y algo de entretenimiento, pero las respuestas telegráficas y monosilábicas de su jefa le han dejado claro que su cháchara no estaba siendo bien recibida y que tocaba conducir en silencio.

Ella se revuelve en el asiento del copiloto sin terminar de encontrar la postura. Tiene el cuerpo tan tenso que hasta ha empezado a sentir calambres en las piernas. Intenta convencerse de que solo es un viaje de trabajo, que está cumpliendo con la responsabilidad que el puesto requiere. Sin embargo, su cuerpo se rebela. Y, aunque intenta mantener el tipo, su rictus acibarado la delata.

Acaban de sobrepasar un cartel que desde el margen de la autovía anuncia que les quedan 187 kilómetros para llegar a la capital. Puentes comienza a estar cansado del silencio que se ha instaurado entre ellos y se ve incapaz de soportar otra hora y media de ese mutismo incómodo. Se amasa la barba y mira de reojo a su jefa, que sigue con la vista fija en la ventanilla. Busca las palabras que aligeren el ambiente tenso que los envuelve.

—No quiero meterme donde no me llaman, pero... ¿Qué tal está tu madre?

Ella exhala un suspiro y aprieta los dientes antes de contestar.

—Bien, gracias por interesarte.

—Es que vaya sustos nos dan los abuelos. Ahora nos toca a nosotros cuidarlos, que ellos ya han hecho bastante.

Me alegro de que haya ido bien —continúa él en un ataque verborreico tras el largo periodo de enmudecimiento, incapaz de callarse—. Pero, claro, es normal que estés preocupada, porque al hacerse mayores se vuelven como niños y hay que estar más pendientes...

—La vida es un asco, Puentes—lo interrumpe Nela con un hilo de voz.

—Pero tu madre está bien, ¿no? No entiendo...

—Volví a Valencia huyendo de mi marido.

Puentes la mira sin comprender. Le ha pillado fuera de juego la confesión de su jefa, cuya vida personal apenas conoce. Nela respira profundamente y, por primera vez, se atreve a decir en voz alta lo que tantas veces ha tratado de bloquear en su mente.

—Por malos tratos —aclara.

Él tarda unos segundos en reaccionar.

—Vaya... Siento mucho que hayas pasado por algo así, pero... no me encaja, la verdad es que no me lo hubiera imaginado nunca. No pareces una..., bueno —titubea tratando de enmendar su error—, quiero decir que no es lo que me viene a la mente si pienso en...

—¿En qué? ¿En una mujer maltratada?

Puentes clava la vista en la carretera y rehúye la mirada que Nela le clava.

—Porque soy policía, ¿no?

Él se arrepiente al instante de lo que ha dicho. Incapaz de encontrar las palabras adecuadas, permanece en silencio aferrado al volante.

—Mira, estas cosas no empiezan con un bofetón —continúa ella—. Si fuera así, ninguna mujer estaría con un maltratador. Al revés, al principio todo es muy bonito. Te enamoras de un hombre encantador e inteligente que te hace sentir única y maravillosa. Y, cuando te pide que cambies tu foto de perfil por una en la que estás con él en una puesta de sol espléndida, te parece romántico. Y, cuando se empeña en acompañarte a todas partes, piensas que es detallista y que no puede vivir sin ti. Y, luego, un día te dice que ese vestido es demasiado corto o que no te pongas ese escote, y al siguiente te levanta la voz.

—No tienes por qué contarme... —la interrumpe Puentes enrojecido hasta las orejas.

—Sí, sí tengo —responde Nela. Lleva tanto tiempo conteniéndose a sí misma, que es como si se hubiesen abierto las compuertas de una presa para aliviar el agua acumulada—. ¿Conoces la fábula de la rana hervida?

Puentes la mira y niega con un leve movimiento de cabeza.

—Cuenta la historia de una rana a la que introducen en un caldero de agua fría. Como la temperatura va aumentando de forma muy progresiva, la rana va adaptándose al medio y no se da cuenta de que la están cociendo. Pues así es como pasa. Cuando te quieres dar cuenta, te estás cociendo, como la rana. Y ahí es cuando llega el primer empujón, cuando estás tan débil que ya no puedes saltar fuera del caldero. Y luego llega el primer tortazo, y después viene el momento en el que te empuja tan fuerte que acabas dándote contra la esquina de un mueble y tienes que ir a urgencias a que te den puntos... Al final, un día cogí mis cosas y volví a Valencia.

—Joder, Nela. ¿No lo denunciaste?

—No. Él también es policía: un tío carismático y con una hoja de servicio impecable. Yo solo quería perderlo de vista. Supongo que me avergoncé de mí misma por haber sido tan tonta como para caer en algo así. —Nela aparta la vista y toma aire—. No estaba pasando por mi mejor momento. Había perdido al bebé que esperaba: un aborto espontáneo, me dijeron. Y no pude reunir la fortaleza suficiente. Creo que ni siquiera ahora la tengo.

—No digas eso..., porque no es verdad. Eres una mujer inteligente y fuerte. No dejes que nadie te haga sentir así.

—Ojalá fuera tan fácil. Vamos camino de Madrid y solo de pensarlo siento miedo, un miedo totalmente irracional, de ese que te deja inmóvil y que te hace desear ser invisible. No tiene sentido, lo sé. Pero no puedo evitarlo. —Nela nota un estremecimiento y se repliega en el asiento—. Es como cuando eres niño, que sabes que debajo de la cama no hay nada porque tus padres han venido hasta tu habitación, te lo han mostrado y te han explicado de mil formas que estás seguro en casa, que no tienes nada que temer; pero, aun así, eres incapaz de dormirte porque piensas que un peligroso monstruo de garras enormes te está acechando desde la oscuridad y puede abalanzarse sobre ti en cualquier momento. Pues así es como me siento.

—Pero no tienes por qué encontrarte con él si no quieres. Vamos, hablamos con César y Núria Cuesta y, después, otra vez de vuelta para Valencia.

—Ese es el problema, que sí que quiero.

Puentes la mira con expresión interrogativa.

—Debo vencer al monstruo —continúa ella—, aunque no sé de dónde voy a sacar las fuerzas para hacerlo.

Capítulo 58

El piso en el que vive Richi Ros no tiene nada que envidiarle al del productor. Está en una de las calles que hay tras la avenida de Francia, las que desembocan en los jardines del Turia; una zona de Valencia de nueva construcción en la que hace unas décadas solo había huertas. Es un complejo residencial, y tres imponentes edificios de ladrillo cara vista blanco rodean su zona comunitaria con piscina.

—¿Ricardo Rodríguez? Somos los subinspectores Andrés Valbuena y Julia Sagarra, de la Policía Judicial.

—¿Qué quieren? —les contesta cortante.

—¿Le importa si pasamos y hablamos dentro? —pregunta Valbuena.

—Prefiero hacerlo aquí.

—Solo queremos hacerle unas preguntas sobre Miky Moore, el productor —aclara Sagarra.

Ricardo parece poco dispuesto a colaborar. Se apoya en el marco de la puerta entreabierta con los brazos cruzados, impidiéndoles el paso. Lleva una camiseta de manga corta que se le ajusta al cuerpo y deja a la vista unos músculos inflados poco naturales, acentuados aún más por la postura.

—Yo no tengo nada que ver con ese impresentable.

Valbuena se yergue y endurece el tono.

—Si no colabora, entenderemos que oculta algo y nos veremos obligados a pedir una orden de registro. O puede que le citemos a declarar en comisaría como sospechoso, ¿qué prefiere?

Ricardo se lo piensa mejor y permite la entrada a los policías. El piso es menos lujoso de lo que ellos esperaban: un *loft* de unos cincuenta metros cuadrados, con salón y cocina integrados. El televisor de sesenta y cinco pulgadas ocupa casi por completo una de las paredes en la que hay dos puertas cerradas que deben corresponder, con toda probabilidad, al dormitorio y al cuarto de baño.

—¿Qué quieren saber? —les suelta sin rodeos.

—Tenemos entendido que trabajó en DiLatX Producciones —contesta Valbuena.

—Sí, hice algunas películas con Miky.

—Y que tuvo problemas con él.

—No, yo no tuve ningún problema con él. Lo que pasó es que es un mierda que no se preocupa lo más mínimo por los actores. Y con la salud no se juega, ¿saben?

—Pero, según nos han contado discutió con él, incluso llegó a amenazarlo.

—¿Qué harían ustedes si se enteran de que por su culpa podrían contraer una enfermedad que puede joderles la vida?

—¿Podría contarnos lo que ocurrió? —pregunta Sagarra.

—Grabé una escena y, unas semanas después, me enteré de que la chica con la que me tocó ese día había dado positivo en Hepatitis B. Se supone que la productora debe exigir los análisis a los actores y que los revisan los empleados, pero en la de Miky eran muy dejados para estas cosas.

—Y discutieron por eso —comenta Sagarra animándole a que continúe.

—¡Pues claro que discutimos! La salud es lo más importante para mí. En el porno la mayoría de las escenas se ruedan sin condón y corres el riesgo de contraer enfermedades. Si pillo algo, me juego el tipo y la carrera. En las productoras no te dan de alta en la Seguridad Social, así que nada de bajas ni de enfermedades laborales. Si pillas un bicho, te jodes y no trabajas. Y, si no trabajas, no pagas las facturas. No sé si me entienden.

—Perfectamente. Entonces…, usted fue a la productora y discutió con él porque no llevaban las analíticas al día —dice Valbuena tratando de centrarlo.

—Sí, por eso y porque, encima de que me jugué el tipo y mi carrera con su dejadez, el cabronazo me pagó bastante menos de lo acordado. Cuando vi el ingreso en la cuenta faltaba casi la mitad del dinero que me prometió. Así que fui allí y me cagué en la madre que lo parió. Y no le di de hostias porque no me dejaron. Si lo llego a pillar por banda, habría estado comiendo sopa una temporadita el gordo de los cojones.

—¿Recuerda cuándo sucedió?

—Pues claro que lo recuerdo, llevo en cuarentena desde entonces y haciéndome analíticas todas las semanas. De momento, estoy limpio, pero la Hepatitis puede tardar hasta nueve semanas en detectarse en la sangre. Así que, menuda putada me hizo el colega. Dentro de tres días, se cumplen dos meses. Y yo, mientras tanto, sin currar y sin ver un duro.

—¿Ha vuelto a tener contacto con él después?

—No, ni ganas.

—¿Sabe usted algo de los *bukkakes* que organizaba Miky?

—Sé lo que sabe todo el mundo. Que se apuntaban tíos en la web y que Miky sacaba bastante pasta con eso. Porque los grababa y luego vendía esos vídeos. Era un negocio redondo, desde luego.

—¿Conoce a las actrices que participaban?

—Ni puñetera idea. A mí no me iban esas historias y nunca estuve presente ni participé en ninguno.

—¿Le suena este hombre? —Valbuena le muestra una foto de Víctor Hervàs.

—¿Ese no es el que ha salido en las noticias? Sí, sí, al que han matado —les dice arrugando la frente—. Pero no sé qué puede tener que ver conmigo ni con Miky un pijales engominado como ese.

—¿Lo conocía?

—No, no lo había visto en mi vida antes de que saliera por la tele.

225

Los policías observan el rostro de Ricardo, que no trasluce reacción alguna. Parece que les está diciendo la verdad.

—¿Sabe de alguien que quisiera hacer daño a Miguel Murillo? —pregunta Valbuena.

—Vaya pregunta..., yo qué sé. Era un hijo de puta, ya se lo he dicho. Casi seguro que alguien más, igual que me pasó a mí, querría tocarle la cara. Pero de ahí a matarlo... hay un trecho.

—¿Podría decirnos qué hizo la noche del pasado viernes? —pregunta Sagarra.

—No sé. ¿Por qué me lo preguntan?

—Simple rutina. Conteste, por favor.

Ricardo se pone nervioso. Mira al techo, cambia el peso del cuerpo de una pierna a la otra y se rasca la perilla.

—Pues estuve de cena con unos colegas y luego fuimos a la zona del puerto a tomar unas copas.

—¿Dónde cenaron?

—¿Me consideran sospechoso? Esto es absurdo...

—Limítese a contestar a nuestras preguntas. ¿Dónde cenaron? —repite Valbuena implacable.

—En una tasca, creo que se llama María de la O. Está en el Paseo Marítimo.

—¿Y en qué local estuvieron tomando copas?

—Joder, qué fuerte me parece. —Ricardo suelta un bufido y se pasa la mano por el pelo—. Fuimos al edificio Veles e Vents, al Varadero.

El sonido del timbre del teléfono de Valbuena interrumpe la conversación. Él observa la pantalla antes de contestar. Se le descompone el semblante, hace un gesto con la mano a modo de disculpa, se retira unos pasos y responde la llamada con ansiedad. Al colgar, la preocupación le surca el rostro.

—Está bien. Gracias por atendernos. Si recuerda algo más sobre Miguel Murillo, puede contactarnos en este número —dice Valbuena tendiéndole una tarjeta al actor y dando por concluido el interrogatorio.

Ya en el zaguán, Sagarra mira inquisitiva a su compañero.

—¿Se puede saber qué ha pasado?

—Era del instituto de mis hijos. Los tienen a los dos en el despacho de dirección. Lo siento, pero me tengo que ir. Adolescentes...

—¿Qué edad tienen?

—Ella quince y él trece. Una etapa muy divertida —remata irónico Valbuena.

—Sí, la verdad es que es una época difícil. Yo ya la he pasado, por suerte. La mía tiene dieciocho y ya va siendo más persona. Vete tranquilo, que me cojo un taxi.

Capítulo 59

Nela y Puentes recorren los pasillos del imponente hospital Ramón y Cajal en busca de César Cuesta, cardiólogo y padre de Núria Cuesta, supuesta víctima de abusos del productor.

Después de preguntar en recepción, una mujer pecosa y rolliza los ha enviado a la planta cuarta, ala izquierda, donde se encuentra la unidad de hospitalización de cardiología y en la que el doctor Cuesta pasa consulta. Tras perderse un par de veces por los laberínticos pasillos del inmenso hospital, por fin han dado con el puesto de control de enfermería.

—Disculpe, soy la inspectora Ferrer. —Nela muestra la placa—. Mi compañero, el oficial Puentes, y yo estamos buscando al doctor Cuesta.

La enfermera los mira por encima de unas gafas rectangulares de vista cansada sujetas al cuello por un cordel dorado. Deja caer los papeles que lleva en la mano sobre el mostrador, con desgana, y se coloca el bolígrafo en el bolsillo de la bata mientras se retira las gafas en un gesto automático.

—Debe de estar terminando la ronda —les dice sin más preámbulos ni cortesías con una voz aflautada—. Si no les importa, esperen en esa sala, enseguida le aviso de que están aquí.

Los policías se dirigen a una salita que hay al final del pasillo con máquinas expendedoras y asientos de plástico sujetos los unos a los otros. Hay dos mujeres sentadas al fondo, con sendos vasos desechables. Una de ellas tiene unas ojeras marcadas y el sufrimiento tatuado en el rostro;

la otra intenta infundirle ánimos pasándole una mano por la espalda. Nela y Puentes toman asiento en las primeras sillas con cierto pudor por vulnerar la intimidad que ellas han ido buscando a aquella sala.

Nela odia los hospitales, le recuerdan a su padre. La última vez que lo vio estaba postrado y agonizante en una de esas camas blancas y asépticas de la que nunca volvió a levantarse.

Al cabo de veinte largos minutos, un hombre de pelo entrecano y mejillas sonrosadas entra en la sala y se presenta como César Cuesta. Les ofrece una mano firme y grande, primero a uno y luego al otro. Los policías se fijan de inmediato en su corpulencia e intercambian una mirada cómplice. De forma casi simultánea, los dos bajan la vista hasta los mocasines marrones del doctor y asienten con un leve movimiento de cabeza, apenas perceptible.

—Inspectora Ferrer, de la Policía Judicial de Valencia. Él es el oficial Puentes. ¿Podríamos hablar con usted un momento, doctor?

—Deduzco por lo que están aquí. Estaba a punto de salir a comer. Si quieren, pueden acompañarme y les cuento lo que necesiten saber.

Acomodados en la terraza de un restaurante cercano, el camarero les toma nota y vuelve al cabo de unos minutos con un tinto de verano y dos cañas. El doctor se bebe la mitad del vino de un trago y enciende un cigarrillo. Nela se sorprende al verlo, pensaba que, dada su profesión, estaría más concienciado de los perjuicios del tabaco sobre la salud.

—Intuyo que están aquí por el asesinato de Miky Moore. He visto las noticias. Si se han tomado la molestia de venir desde Valencia para hablar conmigo, supongo que sabrán que soy una de las personas que más se alegran de que esté muerto. —César lo suelta sin rodeos.

—Hemos revisado el expediente del caso en el que denunciaron al productor por los abusos a su hija, Núria Cuesta. ¿Podría contarnos qué los llevó a retirar la denuncia?

—La salud mental de mi hija: ayudarla a superarlo pasaba por alejarnos de aquello. Al principio me obcequé, quería llegar hasta el final y hacerle pagar a ese desgraciado por lo que le había hecho a mi niña. —Al recordar, una mueca de dolor le atraviesa el rostro, de ese dolor auténtico, que no se finge—. Pero Núria cada vez estaba peor. Cuando nos enviaron la citación del juzgado para ir a declarar, intentó suicidarse. Ahí fue cuando me di cuenta de que no valía la pena seguir adelante, de que el bienestar de mi hija es más importante que la venganza. Pero, al parecer, el destino, el universo o como lo quieran llamar, ha hecho justicia.

Los policías se quedan mudos ante la frase lapidaria del doctor.

—Núria tuvo una adolescencia complicada —prosigue César—. Era rebelde y le costaba acatar las normas. Ella se creía mayor, pero no tenía la madurez suficiente y eso la hizo vulnerable a las tretas de este desgraciado. Yo hasta ese momento no tenía ni idea de lo que era el *sexting* ni el *grooming*. Lo aprendí, como muchas de las cosas de esta vida, a golpes. —Hace una pausa y pega otro largo trago del tinto de verano de forma que los cubitos se precipitan hasta tocar su nariz—. A mi hija la engañaron. La sedujeron con la idea de trabajar en una agencia de modelos, le regalaron los oídos ensalzando su belleza y le dijeron que iba a ganar mucho dinero y que se haría famosa. Pero el trabajo en realidad era de actriz porno. Cuando mi hija se dio cuenta y se negó, Miky la chantajeó para que accediese a grabar con él; incluso la drogó sin su consentimiento e hizo con ella lo que le dio la gana.

—Entiendo que su hija era menor por entonces —comenta Puentes.

—Sí, tenía dieciséis, estaba a punto de cumplir diecisiete. Tras muchas sesiones de terapia, parece que lo ha superado. Ha terminado la carrera este año y, por fin, se la ve feliz.

—¿Y usted? ¿Ha conseguido superarlo?

—Ya sé por dónde van. No, yo no he matado al productor. Aunque, no les voy a mentir, más de una vez lo he deseado. No saben lo que es ver sufrir así a una hija. Y la impotencia que genera no poder hacer nada, tan solo estar ahí para ella. Si tienen hijos, sabrán de lo que hablo.

El oficial asiente. A Nela, en cambio, la última frase de César se le atraganta.

—¿Dónde estuvo el pasado fin de semana?

—Van a tenerlo fácil para comprobar mi coartada, inspectora, porque este fin de semana he tenido guardia en el hospital.

Nela cruza una rápida mirada con Puentes: vía muerta. Comprobarán su coartada, pero, si es tan sólida como parece, deben intentarlo por otro camino.

—¿Y qué puede decirnos de su hija? ¿Sabe qué ha hecho este fin de semana?

—Ah, no, no. Eso sí que no. —Con el ceño fruncido, Cuesta levanta el índice hacia ellos—. A mi hija la dejan tranquila. Cuando por fin está empezando a vivir, ¿van a venir ustedes a tocarle las narices? Ni hablar. Ese tema está superado y enterrado. Conmigo hablen todo lo que quieran, pero a mi hija la dejan en paz. No quiero que recuerde aquello y vuelva a caer otra vez. No lo pienso permitir.

—Su hija es mayor de edad y no necesita de su consentimiento para hablar con nadie. —Nela lo dice sin pensar, movida más por sus propias experiencias que por la situación. Pero se arrepiente en cuanto nota la hostilidad dibujada en el rostro de César.

—Usted no tiene hijos, ¿verdad? Si los tuviera, sabría que los hijos no dejan de serlo mágicamente al cumplir dieciocho años. Que velas por ellos desde que nacen hasta el día en el que, si la naturaleza lo hace bien, mueres. Cuando te conviertes en padre, no dejas de serlo nunca. Es un cargo vitalicio. Y no me lo perdonaría en la vida si dejase que mi hija se volviera a perder en el abismo del que, por suerte, ha conseguido regresar.

Nela se queda callada. No, no tiene hijos, el suyo se le murió dentro. Ni siquiera llegó a verle la cara. Aunque puede alcanzar a comprender las palabras de César, jamás conocerá ese sentimiento. Se pregunta si ella sería capaz de dejarlo volar llegado el momento, o si le pasaría como a él o a su propia madre, y no podría o no querría dejar de cuidarlo de manera obsesiva hasta su último aliento. Como si le hubiera leído la mente, Puentes interviene.

—Comprendo su preocupación, doctor Cuesta. Soy padre y haría lo que hiciera falta con tal de no ver sufrir a mi hijo. Pero a veces no nos damos cuenta de la fortaleza que tienen porque somos nosotros mismos, con nuestros propios temores, los que impedimos que la demuestren.

El doctor asiente y aprieta los labios con impotencia.

—Hablé con ella el martes. Vive en un piso compartido en Moratalaz. El fin de semana estuvo fuera, se fue a una casa rural con sus amigas.

Y, según lo dice, incluso él es consciente de que, lo quiera o no, Núria va a tener que defender esa coartada. Aunque eso implique tener que rememorar aquel infierno de los dieciséis años, de la mano de esos dos policías.

Capítulo 60

Cuando Valbuena ha llegado azorado al instituto de sus hijos, ambos estaban en el despacho de dirección, cabizbajos. Salva tenía los ojos enrojecidos por el llanto. La directora —una *fashion victim* con el pelo anaranjado y voz de pito— lo estaba esperando con semblante severo. Le ha explicado que su hijo había agredido a un compañero y que su hermana mayor, lejos de poner orden, ha acudido a ayudarle cuando los amigos del agredido se han metido en la reyerta. Por lo visto se ha montado una buena y culpan a Salva como iniciador de la pelea.

En el coche, su hijo no ha articulado palabra. Ha sido su hija la que, en su nombre, ha relatado su versión de los hechos. Al parecer, el problema venía de largo. Joel, el otro contendiente, y su grupo de amigos llevan todo el curso haciéndole la vida imposible a su hijo. Pero el tal Joel sabe esconder muy bien sus cartas y lo hacía siempre que no había ninguna figura de autoridad delante. Eso, sumado a que académicamente tiene unos resultados excelentes, hace que a ojos de los profesores sea un alumno ejemplar. Por eso, cuando a su hijo se le han hinchado las narices de aguantar golpes, humillaciones y desprecios, ha decidido tomarse la justicia por su mano, o mejor dicho por su puño, porque el otro se ha llevado un buen puñetazo y alguna que otra patada.

Debe reconocer que, aunque en casa siempre están a la gresca, se enorgullece de que sus hijos estén tan unidos cuando salen al mundo. Sin embargo, no puede aprobar el comportamiento de hoy. La violencia nunca es la solución a los problemas. Entiende la reacción de su hijo, aunque no es así como quiere educarlo.

Lo que más le fastidia es que están casi a final de curso y él no tenía ni la más remota idea de lo que le estaba pasando a Salva. Reconoce que no habla con ellos lo que debería, que no los conoce y que su ausencia como padre es la causa de ese distanciamiento. Cuando decidió hacerse policía no podía llegar ni a imaginar que sería tan complicado compaginar su trabajo con la crianza y la educación de sus hijos. Se pregunta cuándo empezaron a alejarse de él, cuándo dejó de ser su padre para convertirse en un compañero de piso, con tripa y canas, que paga las facturas.

Al llegar a casa se han encerrado cada uno en su habitación. Él ha salido a la terraza a fumarse un cigarro para templar los ánimos y pensar en cómo abordar la situación. El silencio invade cada rincón, un silencio espeso y pegajoso que molesta. Puede verlos con tres y cinco años, el salón infestado de juguetes; él intentando leer un informe que se ha traído del trabajo y ellos cantando a pleno pulmón las canciones de los Cantajuegos. Lo que hubiera dado en esos momentos por un minuto del silencio que ahora le inquieta.

Respira hondo y hace acopio de valor antes de tocar con los nudillos en la puerta del dormitorio de su hijo. Al no recibir respuesta, abre y se asoma por la rendija. Lo encuentra tumbado en la cama de espaldas a él, mirando hacia la pared.

—Salva, hijo. Creo que deberías contarme qué ha pasado hoy en el instituto.

—Nada. Ya te lo ha contado Celia. Déjame en paz.

—Estoy de tu parte. Solo quiero conocer tu versión. —Hace una pausa esperando una reacción por parte de su hijo que no llega. El chico ni se ha movido, continúa dándole la espalda sin siquiera mirarlo—. Entiendo que, si esos chavales han estado molestándote, estés enfadado con ellos. Pero quizá solucionarlo a golpes no ha sido la mejor opción. Deberías habérnoslo contado a mamá o a mí.

—Que te largues. No tengo ganas de hablar ahora.

Valbuena vuelve sobre sus pasos y cierra la puerta tras de sí con cuidado. Pone rumbo a la habitación de su hija y repite la operación.

—¿Qué quieres, papá?

Ella está sentada en la cama al estilo indio. Al oír entrar a su padre ha bloqueado el móvil con un gesto rápido que no le ha pasado desapercibido a Andrés, que se pregunta qué estaría viendo para tener tanta prisa por ocultarlo.

—Saber qué le pasa a tu hermano. Se niega a hablar conmigo y me preocupa su actitud.

—No te preocupes, ya se le pasará —responde encogiéndose de hombros—. Esos chicos son unos capullos, se merecían una buena hostia.

—No digas eso, hija. Precisamente de eso quería hablar contigo y con Salva. La violencia no es la solución a los problemas.

—Hay veces que es la única opción —lo dice con una indiferencia que a su padre se le hiela la sangre.

—Tu madre y yo no os hemos educado para que penséis así.

—¿Y qué haces si les dices por activa y por pasiva que te dejen en paz y no dejan de hacerlo?

—Pues hablar con quien tenga autoridad para poner orden: profesores o padres. Si la gente fuese por ahí tomándose la justicia por su mano, esto sería la jungla. Y lo sé de buena tinta dedicándome a lo que me dedico.

—Sí, ya, claro. Dicho así queda muy bonito, pero la realidad es otra distinta. No hay nada como un buen puñetazo para que dejen de tocarte los cojones.

Valbuena se ha quedado mudo ante la contundencia de las palabras de su hija. Habla como una macarra. Nunca la había escuchado expresarse con esa bravuconería. Siempre ha sido una niña educada y amable...

La melodía chirriante del móvil del subinspector suena con insistencia desde el salón. Valbuena se apresura para cogerlo, pero, cuando llega, ya han colgado. Era Sagarra. Marca su número y a los pocos segundos responde su compañera.

—Valbuena, tenemos nuevos datos —anuncia sin más preámbulos—. Necesitamos que vengas cuanto antes.

Capítulo 61

El piso que Núria Cuesta comparte con otras tres compañeras del hospital está en la calle del Arroyo Belincoso, enfrente de la parada de metro de Vinateros y de la biblioteca pública municipal Miguel Delibes.

Antes de ir, César ha llamado a su hija y, a pesar de las excusas de los policías, ha insistido en acompañarlos. Durante el trayecto en coche, César les ha explicado, como si fuese un agente inmobiliario, las bondades del barrio y las razones que la llevaron a instalarse allí. Les ha contado con orgullo que Núria ha tenido suerte, que eligió Moratalaz porque es un barrio tranquilo lleno de zonas verdes donde salir a correr y que se encuentra a solo dieciocho minutos en metro del hospital Gregorio Marañón, en el que está haciendo las prácticas de enfermería. Se ha quejado de lo caros que están los alquileres en Madrid y de que la gente joven cada vez lo tiene más difícil; que son muchos a los que no les queda más remedio que buscar casa en ciudades dormitorio o incluso en provincias adyacentes, comunicadas mediante tren de cercanías con la capital, que les hacen invertir demasiado tiempo de sus vidas en desplazamientos.

Cuando por fin llegan, los policías se miran con hastío. La monserga del doctor ha hecho que el recorrido hasta allí se les haya hecho eterno. Nela lo ha estado observando, quizá esa charlatanería incontrolable trate de ocultar la inquietud que le produce la presencia de la policía. Sin embargo, antes de salir, han comprobado su coartada y es materialmente imposible que estuviera en el lugar de los hechos; aunque, con las ganas que le tenía, bien podría haber encargado el asesinato. Descarta esa hipótesis al instante, lo ve

237

poco probable, tanto por la puesta en escena de los cadáveres como por la falta de vínculo con Víctor Hervàs. Tal vez sepa algo más de su hija que no les ha contado o quizá solo está nervioso por la reacción que pueda tener Núria al verlos. En cualquier caso, lo que sí tiene claro es que deben quitárselo de en medio antes de subir a hablar con la chica o es muy probable que no les deje hacer su trabajo.

—Gracias por acompañarnos, pero si no le importa nos gustaría hablar a solas con su hija. —Nela ha empleado un tono serio pero lo bastante amable para no ofender al doctor.

—Claro, lo entiendo. No sean demasiado duros con ella, por favor —les ruega.

Al subir al duodécimo piso, Núria los está esperando con la puerta abierta y los labios apretados en una sonrisa forzada, de esas en las que solo se elevan las comisuras sin dejar a la vista los dientes. Se presentan y la joven les franquea la entrada en un piso con la planta típica de las construcciones de finales de los ochenta y principios de los noventa: un largo distribuidor del que van emergiendo habitaciones a ambos lados. Se adentran hasta un salón con doble puerta color caoba y cristalera ambarina.

—No tengo demasiado tiempo, empiezo mi turno dentro de una hora y no quisiera llegar tarde.

—No se preocupe, seremos breves. ¿Dónde estuvo el pasado fin de semana?

—En Alcalá del Júcar, en Albacete. Como soy nueva en el hospital, siempre me dan los turnos que nadie quiere. Hacía meses que no conseguía librar un fin de semana, así que aproveché para organizar un fin de semana de chicas.

Está nerviosa pero lo dice con seguridad, sin ningún rastro de vacilación en su voz.

—¿Dónde se alojaron? —pregunta rápidamente Nela para no darle tiempo a pensar la respuesta. Es uno de los trucos que usan en los interrogatorios, aunque en este caso ha tenido margen suficiente para idear una coartada gracias a la llamada de su padre. La inspectora repara en su error: se han dejado convencer con el relato de padre coraje y no han sabido ver las consecuencias de esa llamada.

—En las Casas Rurales Los Olivos.

—¿Cuándo llegaron y cuándo volvieron?

—Llegamos el viernes por la tarde, a eso de las cinco, y volvimos el domingo por la noche. Regresamos a Madrid sobre las nueve, más o menos.

—¿A nombre de quién estaba la reserva? —interviene Puentes.

—Al mío, ya les digo que lo organicé yo. El pueblo es precioso y montan actividades multiaventura, ya saben: rafting, escalada, descenso de barranco, paddle surf... Está genial para ir con amigos, se lo recomiendo.

—Gracias, no la molestamos más. Lo comprobaremos. Si está todo en orden, no tiene de qué preocuparse —concluye la inspectora. El padre ya les ha dado la información que precisaban sobre su vinculación con la primera víctima y no ve necesario continuar hurgando en la herida.

—Los acompaño —dice la joven antes de poner rumbo hacia la salida.

Cuando llegan a la entrada, Núria abre la puerta. Su padre está en el descansillo, retorciéndose las manos con nerviosismo.

—¿Cómo estás, hija?

—¿Qué haces aquí?

—Solo quería asegurarme de que estabas bien después de hablar con ellos.

Los policías se despiden y se marchan con discreción. Aunque Nela no pueda llegar a experimentar el sentimiento que produce la preocupación por un hijo, sí sabe lo que implica tener que enfrentarse al pasado.

Capítulo 62

Valbuena llega a la brigada sudando y respirando entre jadeos. Aunque sus hijos ya no son pequeños y podría haberlos dejado solos en casa, no se ha marchado tranquilo hasta que no ha conseguido localizar a Lola, su mujer, para que se quedara con ellos.

Al entrar en la sala común se encuentra a Sagarra revisando unos informes y a Zafra enfrascado en la pantalla del ordenador.

—He llegado tan rápido como he podido —se disculpa a modo de saludo—. ¿Qué tenemos?

—Han llegado los resultados del laboratorio y el informe definitivo de la autopsia de ambas víctimas. Son muy reveladores.

—¿Quieres soltarlo de una vez, Sagarra? Me tienes en ascuas —se impacienta el subinspector, aún jadeante.

—Justo después de enviar los resultados y el informe, Monzó ha llamado a la brigada para explicarse. Les ha costado bastante determinar qué empleó exactamente el asesino para inmovilizar a las víctimas, no es de uso común en humanos. En ambos organismos se han hallado restos de la misma sustancia: acepromacina.

—¿Y qué narices es eso?

Sagarra consulta sus notas.

—Es un sedante de uso veterinario. Se utiliza sobre todo en la manipulación de animales difíciles o ante situaciones estresantes para el animal. También se usa como preanestésico.

—¿Es exclusivo de uso veterinario?

—Según nos ha dicho Monzó, en los cincuenta se utilizó en humanos como antipsicótico; pero en la actualidad, sí, solo se usa en veterinaria.

—O sea, que estamos buscando a alguien que trabaje con animales o que pueda tener acceso a este tipo de sedantes —dice Valbuena.

—Eso parece. Pero aún hay más: con esa sustancia no los seda del todo; es más bien un tranquilizante, es decir, mantienen la consciencia. Quiere que sufran.

—Joder. —Valbuena hace pinza en el puente de la nariz con los dedos y se rasca los ojos bajo las gafas mientras expulsa el aire en un bufido—. ¿Lo sabe ya Nela?

—No, estaba esperando a que vinieras para que fueras tú quien la informaras.

Valbuena asiente agradeciendo el gesto de su compañera. No lo ha dejado con el culo al aire y eso no es algo que haga todo el mundo. La verdad es que ha sido una maldita coincidencia que pasara lo de sus hijos justo hoy que la jefa lo ha dejado al mando del caso.

—Enseguida la llamo para ponerla al tanto. ¿Y qué hay de los informes de las autopsias?

—En el caso de Murillo, aparte de la acepromacina, no hay nada nuevo. En la autopsia de Víctor Hervàs sí tenemos novedades: ya sabemos cómo le provocó la muerte.

—Tenía entendido que murió por un infarto.

—Exacto. Pero lo que no sabíamos era qué se lo provocó. Víctor era alérgico a la penicilina y su asesino lo sabía.

—No me lo puedo creer. Esto se complica cada vez más —comenta exasperado Valbuena.

—A Monzó le llamó la atención ese dato en el historial médico de la víctima. Así que empezó a tirar del hilo. Primero vio una serie de indicios coincidentes al examinar los órganos al microscopio y encargó unos análisis al laboratorio que corroboraron lo que él ya sospechaba: la muerte se la causó una intoxicación por amoxicilina.

—¿Cómo se la administró?

—Sí, esta es la mejor parte: se la hizo tragar junto con el semen, que, por cierto, tampoco es humano.

—¿De animal? —Arquea las cejas.

Sagarra asiente.

—De origen equino —aclara.

Valbuena resopla de nuevo mientras niega con la cabeza.

—Está bien —dice con un suspiro. Luego hace una pausa tratando de ordenar todos los datos en su cabeza—. Lo primero que haré será llamar a la jefa para informarla de todo. Estos últimos hallazgos dan un vuelco considerable a la investigación y debo comunicárselo de inmediato. —Se quita las gafas y las deja sobre la mesa—. Los compuestos utilizados por el asesino están relacionados con animales, probablemente con caballos. O trabaja con ellos y son elementos a los que tiene fácil acceso, o bien los ha escogido como parte de la simbología de los crímenes.

—La segunda hipótesis es buena, pero no cuadra demasiado con los mensajes que ha dejado en los cuerpos —apunta Sagarra.

—Buscad todos los criaderos, granjas, hípicas o cortijos de los alrededores. Poned especial atención en aquellas que se dediquen a la cría y reproducción de estos animales.

—Ya estamos en ello, Valbuena. Es lo que está buscando Zafra en estos momentos.

—¿Y Aranda?

Como si hubiese acudido a su llamada, la agente aparece por la puerta con una bandeja de cartón con tres refrescos y una bolsa de plástico.

—Ostras, Valbuena, no he traído bocata para ti —se disculpa ella—. Por la cara que tienes, Sagarra ya te ha contado, ¿no?

Él asiente con pesadez, como si le costase mover la cabeza.

—Hay otro hilo del que tirar y eso está bien, pero aún no tenemos nada. Y lo peor es que no sabemos si volverá a hacerlo —les dice el subinspector con tono derrotado, más para sí que para sus compañeros.

Capítulo 63

Han hecho el trayecto hasta Valencia en silencio. Nela va sumida en una desazón interior que la ha estado aguijoneando desde el instante en el que ha recibido la llamada de Valbuena con las novedades, y Puentes parece haberse contagiado de su mutismo tras varios intentos vanos por iniciar una conversación. Al final ha optado por encender la radio y concentrarse en la carretera.

La visita baldía a Madrid ha dejado a la inspectora con una sensación de derrota pegada a la piel. No se ve con ánimos de resolver este caso cada vez más truculento. Quizá Valbuena tenga razón y esta investigación, incluso el puesto, le va grande. Pero si ni siquiera ha tenido el valor para poner punto y final al episodio pendiente de su vida. Se ha limitado a quedarse plantada delante del portal de su ex incapaz de sacar fuerzas para pulsar el timbre, hasta que ha recibido la llamada del subinspector. Luego, se ha metido en el coche y han puesto rumbo a Valencia. Ha vuelto a salir corriendo, huyendo del dolor. Aún no entiende cómo ha sido capaz de ponerlo en palabras y contárselo a su compañero. Porque al verbalizarlo toma forma y duele, la hace sentir vulnerable, cobarde, incluso culpable por haberse dejado engañar de esa manera, por haber estado tan ciega, por no haber sabido pararlo a tiempo. Al principio pensó que ignorándolo se acabaría, que sería libre; pero no se puede escapar del propio dolor: te persigue, se sienta sobre tu pecho por las noches y te ahoga.

Al llegar a Valencia, han pasado por la Jefatura a recoger los informes de las autopsias y de la Científica. La inspectora se pasará la noche revisándolos, intentando ordenar los datos, calibrar las opciones. Sabe que le costará dormir, al menos tratará de que su insomnio no sea en vano.

—Gracias por acercarme a casa, Puentes.

—No te preocupes. Me pilla de camino.

—Lo que más rabia me da es que no haya servido de nada ir hasta Madrid. Para el caso, podríamos haberlo hablado por teléfono y ahorrarnos el viaje.

—Eso nunca es igual —replica Puentes—. Hace falta mirar al interrogado cara a cara.

Nela sabe que tiene razón: siempre se descubre más por los gestos, las sensaciones, las miradas, que por las propias palabras. Aun así, insiste:

—La acción estaba aquí, en la brigada.

—Bueno, había que intentarlo. Mañana lo retomamos desde otra perspectiva.

—Yo me he traído deberes. —Alza las carpetas marrones con los informes.

—Ánimo, que no sea nada —le dice él sonriendo.

—De todas formas, no creo que pudiera dormir demasiado.

—Sé que no me harás caso, pero sería mejor que descansaras un poco. Seguro que mañana lo verás desde otro prisma.

Ella asiente sin demasiado convencimiento.

—Lo intentaré.

Nela se mete en la ducha, cierra los ojos y deja que el agua recorra su rostro, su cuello, su espalda. Palpa la cicatriz que tiene en el muslo derecho. Puede notar el relieve que forman las tres piernas en espiral del trisquel: presente, pasado y futuro; cuerpo, mente y espíritu; aprendizaje, evolución y crecimiento. Hoy no suena la música, solo se oye el repiqueteo del agua golpeando con fuerza contra los azulejos, que parece querer llevarse por el desagüe cualquier resto de sufrimiento. Cierra el grifo y aguarda unos instantes en el interior de la ducha a que las gotas escurran por su piel; después sale y se envuelve en una toalla.

Va hasta el salón y se tumba en el sofá. Está agotada y sabe que le sentaría bien dormir un poco, pero tiene la certeza de que no podría conciliar el sueño. Aunque su cuerpo esté demandando descanso, su mente no lo encontrará durmiendo.

Alarga el brazo y coge el móvil para llamar a su madre. Debería haber pasado por su casa a ver qué tal estaba, pero no se ha sentido con fuerzas y confía en que Cubells haya estado pendiente de ella. Como cada día, tiene varias llamadas y varios mensajes de su ex. Esta vez no los lee, se limita a borrarlos. Un audio de WhatsApp le recuerda que hoy tenía ensayo con la banda, les envía un mensaje de disculpa y un emoji con cara de sueño y muchas zetas. Después, marca el teléfono de su madre. Mientras espera a que conteste, se dirige a la cocina y se sirve una copa de vino blanco.

—Hola, hija. ¿Ya has vuelto?

—Sí, mamá, acabo de llegar. ¿Cómo te encuentras?

—Dolorida, pero bien. Pepe ha estado por aquí y me ha hecho compañía. También ha venido Rosario y me ha preparado comida para tres días. Esta amiga mía es una exagerada.

—Rosario es un amor, ojalá hubiera más personas como ella. Siento no haber pasado hoy por tu casa, estoy muerta. Mañana iré a verte sin falta, mamá.

—Sí, tranquila, que ya ves que no me falta de nada.

—Si necesitas cualquier cosa, lo que sea, llámame.

—Estoy bien, hija. No padezcas, de verdad. ¿Y tú? ¿Cómo estás? ¿Qué tal ha ido por Madrid?

—Fatal. Hemos hecho el viaje para nada.

—Al menos habrás pasado a saludar a tus antiguos compañeros, ¿no?

Nela se queda en silencio unos segundos, va a contestar cuando el timbre de la puerta la sobresalta. No espera a nadie. La inquieta quién puede estar al otro lado, pero a la vez siente alivio, por no tener que responder a la pregunta incómoda de su madre.

—Un segundo, mamá, que están llamando.

Nela se asoma a la mirilla con sigilo. Es Puentes.

—Oye, tengo que dejarte, es del trabajo. Mañana te llamo. Un beso.

Cuelga y entreabre la puerta unos centímetros, lo justo para poder sacar la cabeza por la rendija.

—¿Qué haces tú aquí? ¿He olvidado algo en el coche?

—¿Te gusta el sushi? —pregunta él sonriente mientras alza la bolsa de papel del restaurante japonés.

—¿En serio, Puentes?

—He pensado que podríamos comer algo rápido mientras te ayudo a repasar esos informes.

Nela le clava una mirada de incredulidad. Se pregunta si no será que, después de la conversación que han tenido esa misma mañana de camino a Madrid, siente pena por ella. Pues está muy equivocado. No es de esa clase de personas a las que les gusta que los demás se compadezcan de ella.

—¿Es por lo que te he contado esta mañana?

—No, joder, Nela. He ido a pillarme algo de cena, he recordado las carpetas que te has traído a casa y me he sentido mal. Creo que te vendría bien algo de ayuda. Cuatro ojos ven más que dos, ¿no?

Ella expulsa el aire en un suspiro de resignación.

—Está bien, pero espera a que me vista, que acabo de salir de la ducha —claudica antes de cerrarle la puerta en las narices.

Al cabo de unos minutos regresa enfundada en unas mallas negras tipo corsario. El pelo mojado le cae sobre los hombros humedeciendo la camiseta holgada de algodón que ha cogido a toda prisa del armario. Resopla y abre la puerta.

—Pasa —lo dice tan cortante que suena como una orden.

—He traído un poco de todo: *makis, sashimi...* ¿Te gusta la ensalada de col?

Nela asiente al tiempo que lo invita a pasar al salón con un gesto.

—Estaba tomando una copa de vino blanco... ¿Te sirvo una?

Puentes acepta, deja la bolsa encima de la mesa y se queda plantado como un pasmarote en medio del salón. Una oleada de pudor le sobreviene. Mira alrededor, no hay apenas muebles, es como si la dueña de la casa no hubiera terminado de instalarse del todo. No hay fotos, ni cuadros. Se fija en dos cajas de cartón apiladas en un rincón, una está rotulada como «Libros» y en la otra puede leerse «Apuntes»; piensa que tal vez sean de la oposición a la escala ejecutiva. Se siente inseguro, como pez fuera del agua. Duda de si ha sido buena idea llevarle la cena a su jefa.

Nela regresa de la cocina con el vino, las copas y dos manteles individuales.

—¿Cenamos? La verdad es que tengo hambre.

Mientras dan cuenta del vino y del sushi, hablan del caso, de sus compañeros, del doctor Cuesta y su hija Núria... Nela agradece que el oficial no le haya sacado el tema de su ex. Se siente a gusto y relajada, incluso se ha permitido soltar alguna carcajada. Ella le habla de Butoni, su banda de jazz. Puentes le cuenta anécdotas de su hijo; a la inspectora le gusta cómo se le ilumina el rostro y cómo le brillan los ojos cuando habla de él.

—Ahora está como loco por que se le caiga el primer diente para que venga el Ratoncito Pérez —comenta Puentes entusiasmado.

Después de la botella y media de vino que se han bebido entre los dos, él también está más relajado.

—¿Cuándo vuelves a verlo?

—Este fin de semana no, al siguiente. El próximo le toca con su madre.

Tras recoger los restos de la cena han continuado charlando en el sofá. Las carpetas de los informes aguardan cerradas sobre la mesa de café junto a las dos copas de vino con las que han rematado lo que quedaba de la segunda botella. Nela coge una de ellas, la abre y ojea el informe. Cuando levanta la vista de la lectura, él la está mirando, pero es una mirada diferente. Ella también lo observa. Los ojos marrones, casi negros, de Fran tienen un nuevo brillo. Nela vuelve a fijar la vista sobre el papel, ruborizada. Sus pupilas recorren cada línea del texto; sin embargo, su cerebro no es capaz de procesar la información que hay vertida en ellas. Sin poder evitarlo, vuelve a alzar la mirada y sus ojos se encuentran de nuevo. Se queda paralizada, incapaz de mover un solo músculo. Fran se inclina hacia delante con sutileza. Ella trata de resistirse a su deseo, pero algo la empuja a ignorar a esa voz que intenta acallarlo y posa sus labios sobre los de él. El primero es un beso pausado, húmedo, delicado. Fran retrocede para mirarla, desliza la mano por su nuca y vuelve a besarla. Esta vez es más pasional y la piel de uno busca ávida la piel del otro.

Cuando Nela se levanta del sofá y le coge la mano para guiarlo hasta el dormitorio, Puentes se detiene.

—Espera... ¿Estás segura?

—No, pero es lo que quiero ahora.

Ella lo besa de nuevo, ya no habrá más palabras.

Nela apoya la cabeza sobre el pecho de él y se acurruca a su lado, aún jadeante. Nota el sudor en la piel, como un eco líquido de las caricias. Puentes se incorpora para volver a besarla, lo hace mientras las yemas de los dedos trazan círculos sobre su pecho, bajan hacia su vientre y descienden poco a poco. Los dos siguen ese camino con la mirada. Es entonces cuando Fran se fija en el símbolo que ella lleva en el muslo: tres brazos en espiral que se unen en un punto central; está encerrado en un círculo, como si fuera una medalla. A simple vista parece un tatuaje, pero advierte que no tiene tinta ni color, está en relieve, como una cicatriz. Tan pronto como la roza, Nela arruga la frente y se apresura a taparse con la sábana.

Él nota el rechazo, cómo ella se repliega fuera de su alcance.

—Lo siento, no quería...

—Creo que es mejor que te vayas, mañana tenemos un día complicado —le espeta.

Puentes se levanta de la cama y cumple la orden de su jefa. Ella se envuelve en la sábana y espera de pie a que él se vista.

—Esto ha sido un error.

Nela está enfadada consigo misma, ha vuelto a tropezar con la misma piedra: otra vez un policía, otra vez un compañero de trabajo. Desde que dejó a su marido, no había vuelto a estar con nadie, Puentes es el primero.

Lo acompaña hasta la puerta. Él sale con la mirada fija en el suelo y se despiden con un simple «Hasta mañana» dicho en un susurro, apenas audible.

Cuando cierra la puerta, Nela se siente abatida. Se deja caer en el sofá y, aún envuelta en la sábana, retoma la lectura de los informes para evitar pensar en que lo que acaba de suceder jamás debería haber sucedido.

Capítulo 64

Nela está sentada en el despacho del comisario. Se ha levantado malhumorada y frustrada. Después de pasarse gran parte de la noche repasando los informes, tiene serias dudas de que puedan llegar a resolver el caso. Una escena del crimen está plagada de restos que no llevan a nada y en la otra no se ha hallado ninguno; la primera víctima es una estrella del porno con antecedentes penales, y la segunda, un asesor fiscal de renombre; y el asesino, metódico y organizado, les deja mensajes en los cadáveres y utiliza sustancias relacionadas con la ganadería equina. No hay ni una sola prueba sólida que pueda conducirlos hasta el culpable, lo único que tienen son suposiciones, indicios débiles y corazonadas. Como la que los ha llevado a emprender un viaje a Madrid con el que lo único que han hecho es perder el tiempo. Cada día que pasa sin obtener resultados, los ánimos flaquean y la presión aumenta.

—No te fustigues por ello, habéis hecho lo correcto. Con los datos de que disponíamos, creo que ir a Madrid era una buena idea.

—Una idea que no nos conduce a ninguna parte, comisario.

A Nela le sorprende el tono paternalista de Robledo, siempre severo y firme. Será que la ha visto tan abatida que intenta animarla. Es una de las cualidades que debe tener un buen jefe. Además de exigir resultados, es fundamental motivar y alentar a tus subordinados cuando el desánimo hace mella en la investigación.

—¿Has visto la prensa?

—No, he estado demasiado ocupada haciendo turismo —ironiza la inspectora; luego añade—: Ayer me centré en los últimos informes de la Científica y del forense —«Y en liarme con Puentes», piensa—, y esta mañana no me ha dado tiempo a ver los titulares. ¿Qué ha pasado?

—No sé cómo, pero se ha filtrado lo del brazo de maniquí en el culo de la primera víctima y lo de maquillaje de ambos; al menos no saben nada del semen equino del segundo, de momento.

—Pero eso es imposible, estamos bajo secreto de sumario.

—En todas las organizaciones hay fisuras, y la policía no es una excepción —sentencia Robledo—. Han descrito al asesino como un sádico y un perturbado. Algunos hacen alusión al caso de abusos de Murillo y hablan de justicia poética y de venganza. Otros comentan la ineficiencia de la policía. Nos ponen a caer de un burro.

—Son capaces de cualquier cosa para conseguir más clics que la competencia.

La inspectora está aguardando la acusación: alguien filtra datos a la prensa y espera que Robledo señale a algún miembro de su equipo. No lo hace. Aun así, la duda queda flotando en el aire.

Capítulo 65

El subinspector Valbuena y la inspectora Ferrer van camino de la asociación para la entrevista que tienen pendiente con el psicólogo. Esta vez es Nela quien conduce. Después de hablar con Robledo, ha tenido una reunión con su equipo en la que se ha sentido especialmente orgullosa de ellos. Tras los últimos datos, todos se han puesto en marcha, se han quedado echando horas de más y están haciendo justo lo que ella habría ordenado que hicieran. Habría sido perfecto de no ser por el muro que se ha levantado de la noche a la mañana entre Puentes y ella. Verlo la ha puesto bastante nerviosa, a pesar de que ambos han evitado mirarse a la cara.

—Te noto tensa, Nela —le suelta Valbuena cuando ella detiene el vehículo en el semáforo.

—No es nada, es solo cansancio y la presión del caso. Robledo ha estado apretándome las tuercas. Me ha contado lo de la prensa. ¿Tú lo habías visto?

Él asiente, mientras ella vuelve a ponerse en marcha.

—Esta mañana, mientras me tomaba el café. ¿De dónde crees que sale la filtración?

—Yo no desconfío de nadie del equipo, Valbuena. Al menos hasta que se demuestre lo contrario. Ya sabes, presunción de inocencia, ¿no?

—En redes sociales es todavía peor. La gente tiene mucho tiempo y demasiada inventiva, Twitter está que arde.

Nela niega con la cabeza y aprieta más fuerte el volante.

—Vaya tela... No sé adónde vamos a llegar. En este país nos reímos de todo, hasta de los muertos.

Tomás Navarro lleva una barba tan perfectamente perfilada y delineada que se diría que la tiene pintada en el rostro. A Nela le sorprende la juventud del psicólogo, no debe de tener más de treinta y cinco. Un look despeinado, con el pelo más largo por la parte superior de la cabeza y más corto por la nuca y los laterales, refleja una actitud despreocupada y relajada que le hace parecer aún más joven. Al ver entrar a los policías, se pone en pie y les tiende una mano firme por encima de la mesa mientras se presentan; luego los invita a tomar asiento.

—Supongo que Carmina le habrá informado del motivo de nuestra visita —toma Nela la iniciativa—. Verá, estamos investigando el homicidio del productor Miky Moore y, tal y como estuvimos comentando con ella, creemos que cabe la posibilidad de que alguien relacionado con la asociación o alguno de sus pacientes pueda haber distorsionado el mensaje que transmiten y haya decidido tomarse la justicia por su mano. ¿Qué tipo de pacientes pasan por su consulta?

—El perfil más común es un varón entre veinticinco y treinta y cinco años. Aunque en los últimos años hemos experimentado un aumento de pacientes mujeres, los hombres las ganan en número. —El doctor habla en un tono pausado y suave pero firme, que transmite seguridad y confianza—. Con los adolescentes solemos hacer una labor más divulgativa, porque a menudo no son conscientes del problema hasta que crecen, hasta que pasa un poco la revolución hormonal y empiezan a darse cuenta de las consecuencias negativas que el consumo de pornografía tiene en su vida, en sus relaciones personales y sexuales. Algunos pacientes jóvenes vienen acompañados por sus padres, que perciben las señales de alarma, pero son los menos. Luego tenemos un perfil de gente más mayor, normalmente varones también, aunque no es lo habitual.

—Y, de esos pacientes, ¿han tenido algún caso que les llamara especialmente la atención? ¿Alguien con alguna patología psicológica?

Tomás sonríe con una amabilidad forzada. Aunque intenta disimular, el gesto trasluce cierta pedantería.

—El consumo perjudicial de pornografía no tiene por qué estar ligado a una patología previa. Hay personas que simplemente lo desarrollan como un hábito, como una conducta aprendida. Se inician de adolescentes y lo van interiorizando y normalizando, y, cuando crecen, advierten que no pueden vivir sin ver pornografía. Es un poco como el tabaco o las drogas, que se empieza en la juventud como un juego, sin darle importancia, y luego, con el paso del tiempo, es cuando descubres que estás enganchado. Cualquiera es susceptible de volverse adicto a la pornografía si la consume de forma reiterada.

Valbuena se revuelve incómodo, sigue sin entender qué tiene de malo la pornografía ni cómo es posible que haya gente que sea adicta.

—Y entonces ¿qué puede llevar a alguien a tener un problema con la pornografía?

Nela dirige una mirada de reproche hacia su compañero ante la pregunta que acaba de hacer.

—Uf, es una buena pregunta que nos daría para un buen rato de conversación. Pero intentaré contestarle lo más brevemente posible. Por ver un vídeo pornográfico no tienes por qué volverte adicto ni desarrollar patrones agresivos o de cosificación de la mujer. Ahí entra en juego la frecuencia con la que se consume. El porno es como una película de efectos especiales, todo está distorsionado y exagerado: cuerpos irreales, apariencia de los genitales, respuesta sexual... Es un superestímulo para el cerebro que genera unas expectativas que no tienen por qué ajustarse a la realidad.

Nela está empezando a impacientarse con la *masterclass*. Se rebulle en la silla y clava la mirada en su compañero, pero está tan absorto en el discurso del psicólogo que parece no percibir su malestar.

—Por ponerle un ejemplo —continúa el psicólogo—, es como la ludopatía. No todas las personas que juegan desarrollan una adicción al juego. Sin embargo, sí que hay personas no adictas que tienen un consumo problemático de los juegos de azar. Con el porno pasa algo parecido. Si lo ves de forma continuada, estás exponiendo tu cerebro a unos estímulos exagerados y a unos mensajes de agresividad, machistas, de dominación del hombre..., que a la larga pueden acabar por cambiar tu forma de relacionarte. Se llama plasticidad cerebral.

—Pero, aunque cualquier persona pueda ser susceptible de caer en la adicción, supongo que tendrá pacientes que sí tengan una patología previa —interviene la inspectora con rapidez para evitar que Valbuena siga ahondando en el tema.

—Sí, claro. Como cualquier otra adicción, hay veces que la pornografía puede ser un indicativo de que algo no funciona bien por debajo. Dentro del ámbito más clínico, nos encontramos con personas que sufren otros trastornos y que utilizan la pornografía para regular sus emociones: TDH, trastorno obsesivo compulsivo, ansiedad, otras adicciones, trastorno bipolar o incluso casos más graves en los que la persona ha podido sufrir abusos o algún trauma en la infancia y eso ha distorsionado su faceta sexual y afectiva y, de alguna manera, intentan llenar ese vacío emocional o conectar con sus emociones a través de la pornografía.

—Entiendo que el secreto profesional le impide revelarnos datos personales de sus pacientes. Sin embargo, nos gustaría saber si alguno de ellos trabaja en algo relacionado con caballos.

—No, que yo sepa. —Niega con la cabeza extrañado—. En cualquier caso, estoy de acuerdo con Carmina y no creo que vayan a hallar aquí a la persona que andan buscando.

Nela y Valbuena salen de la asociación y caminan hacia el coche. Les ha sido imposible encontrar aparcamiento y no han tenido más remedio que dejarlo en doble fila frente a la puerta. Valbuena saca un cigarrillo y lo enciende aun a sabiendas de que no podrá darle más de dos caladas.

—Esto del porno... —murmura.

A su lado, Nela ladea la cabeza con gesto interrogante, y él se ve forzado a explicarse:

—Tengo dos hijos adolescentes. Y la verdad es que nunca hemos hablado del tema. Hasta que no hemos venido aquí, ni me lo había planteado. No creía que fuera tan necesario.

—Mis padres tampoco hablaron conmigo. No sé, es algo que surge y ya está, ¿no?

—Después de la visita del otro día estuve indagando un poco en la web de la asociación. ¿Sabes que casi el ochenta por ciento de los adolescentes nunca ha hablado de porno con sus padres?

—Normal, es que no debe ser fácil.

—Pues yo me estoy planteando hablar con los míos. Por lo menos que sepan que eso no es real. —Valbuena aplasta el cigarro con el pie y se meten en el coche.

—En la asociación hacen talleres para padres. A lo mejor sería buena idea que os apuntarais Lola y tú a uno para saber cómo enfocar el tema —dice Nela mientras arranca el motor.

Están a punto de salir para la brigada cuando ven aparecer por la esquina a Daniel Hervàs, que dirige sus pasos hacia la asociación y se pierde en su interior.

—¿Qué cojones hace el hijo de la segunda víctima en la asociación?

La inspectora apaga el motor y los dos salen del coche. En ese instante le suena el teléfono a Nela.

—Es Robledo. Tengo que cogérselo.

—Seguro que es para meternos caña.

—Ferrer. —La inspectora ha descolgado el teléfono—. Sí, estamos en la asociación... Hemos visto a Daniel Hervàs... Enseguida, comisario... Descuide, salimos para allá.

Cuando cuelga, Valbuena la mira inquisitivo.

—¿Cómo que salimos para allá?

—Han encontrado otro hombre muerto. Está maquillado y tiene signos de tortura.

Tercera parte

Camino tambaleándome por el paseo de la Alameda. A mi lado está Iván, nos siguen Germán y Rodrigo, algunos pasos por detrás. Sergio va algo más rezagado, avanza cogido de Alba, a la que hace apenas dos horas que conoce. Van haciendo eses, no se sabe bien quién sujeta a quién. Es la Nit del Foc, la noche más emblemática de las fiestas falleras después de la Nit de la Cremà. Las calles de Valencia bullen de gente a pesar de que ya son casi las cinco de la mañana. Sergio ha propuesto que vayamos a su piso a tomar la última. Hoy es él el que triunfa, el que consigue llevarse a la chica. Dani, el más atractivo de la pandilla y el que suele triunfar entre las féminas, no ha salido esta noche con nosotros.

Una descarga de dolor recorre mi cuerpo, arrancándome del duermevela. Abro los ojos. Vuelvo a estar en el habitáculo, sobre el colchón raído y la sábana manchada con mi propia sangre. La luz amarillenta llega sesgada desde la ventana proyectando sombras que se derraman en el suelo. En la litera de arriba escucho los ronquidos atronadores del amo, el dueño de la navaja, el mismo que hace un rato estaba susurrándome al oído. Tomo aire por la nariz y lo expulso por la boca, de forma continua. El dolor se va extinguiendo poco a poco, lo que me permite relajar los músculos. Cierro los ojos.

Recuerdos de aquella noche inundan mi cerebro. Son recuerdos difusos, aparecen como a ráfagas y eso me frustra. Necesito recordar. He tratado de recomponer el relato mil veces para comprender, para encontrar una razón, para no sentir asco de mí mismo, para no desear mi propia muerte. Aprieto mucho los ojos y las imágenes empiezan a desfilar por mi mente, como una película rota a la que le faltan fotogramas.

Veo las luces de colores de la verbena de la falla Exposición-Micer Mascó, hay un grupo de chicas, una de ellas se acerca hasta nosotros, se presenta como Alba. Va directa a por Sergio, él le sigue el juego. Por los altavoces suena «Paquito el Chocolatero», todo el mundo jalea levantando los brazos. Sin previo aviso, la película salta y hay un cambio de escena. Ahora estamos en el piso de Sergio, nos estamos riendo, vamos borrachos y bromeamos entre nosotros. Alba está echada en el sofá, dormida o semiinconsciente por el alcohol, no me queda claro. Es muy guapa. Lleva puestos unos pantalones vaqueros que se le ciñen al cuerpo. El pañuelo fallero que tiene anudado al cuello, con el diseño de cuadros azules y blancos típico del antiguo labrador valenciano, se ha girado de forma que lleva el nudo oculto en la nuca y el triángulo de tela queda visible por delante, como si fuera un babero. Sergio se sienta a su lado y empieza a besarla, ella no reacciona. Pasa una mano por debajo de su blusa y comienza a acariciarle los pechos. Nosotros nos reímos con ganas porque la chica continúa dormida ajena a los tocamientos de mi amigo. Sergio va un paso más allá y le desabrocha el pantalón. Hunde su mano entre las piernas de ella con sumo cuidado para evitar que se despierte. Se oyen risas entrecortadas, nuestros cuerpos convulsionan de forma rítmica al intentar contener las carcajadas. Iván se tapa la boca con ambas manos emitiendo un sonido como de algo que se desinfla, como un escape.

Otra ráfaga de dolor me ataca, sacándome de mis recuerdos. Esta vez es tan fuerte que me obliga a abrir mucho los ojos. De nuevo las sombras proyectadas, los ronquidos y esa punzada aguda que me recorre el cuerpo. Respiro hondo y aprieto la mandíbula con fuerza hasta que el dolor remite. Cierro los ojos y la película continúa reproduciéndose, como si en lugar de abrirlos los hubiese cerrado ante una escena que quisiera evitar.

Alba está desnuda, Sergio la sujeta por los brazos mientras Germán la embiste con furia. Ya no está dormida, tiene los ojos tan abiertos que parece que le vayan a salir disparados de las cuencas en cualquier momento. Ahora es Rodrigo el que está sobre ella, después me toca a mí. Alba intenta gritar, pero el pañuelo fallero se lo impide; lo lleva puesto de mordaza.

Capítulo 66

Nela y Valbuena dejan la V-31 y cogen la salida número 6 para incorporarse a la CV-4008. El aviso del comisario los lleva hasta El Romaní, pedanía del municipio de Sollana, que se encuentra a las puertas de la Albufera de Valencia. Gracias al cultivo de arrozales en torno a sus aguas, cuenta la tradición que fue allí, en Sollana, donde nació la paella. Pero si por algo es conocido El Romaní es por haber albergado uno de los prostíbulos más grandes y más lujosos de la provincia. A pesar de que cerró sus puertas en 2014, la mansión ajardinada con tejados de pizarra, fachada de piedra y hasta un torreón que recuerda a las construcciones medievales aún permanece intacta a la espera de comprador.

—Joder, parece un castillo —comenta Nela admirada al bajar del coche.

—¿No lo habías visto nunca? —pregunta Valbuena.

Nela niega con la cabeza.

—Había oído hablar muchas veces del club, pero nunca he pasado por aquí.

Los miembros de la Guardia Civil han sido los primeros en acudir al lugar. Sin embargo, la puesta en escena enseguida ha dejado claro que no se hallaban ante un simple homicidio. Sospecha que ha corroborado el doctor Monzó, que hoy se encontraba de guardia, en cuanto ha llegado a la inspección ocular. Un agente con uniforme de la Benemérita se acerca hasta ellos al verlos.

—Síganme, por aquí. El cadáver está en la otra puerta, la de entrada a lo que era el parking del complejo.

El agente utiliza el eufemismo para evitar decir puticlub o prostíbulo.

—¿Quién lo ha encontrado? —pregunta la inspectora.

—Un trabajador del polígono.

—¿A qué hora ha sido eso? —interviene Valbuena.

—El aviso nos ha entrado a las siete, pero, hasta que no ha llegado el forense y nos ha dicho que estaba relacionado con un caso que estaban llevando desde su unidad, no hemos dado traslado a la Jefatura Provincial.

—Necesitaremos los datos del testigo, queremos hablar con él.

Caminan pegados al muro que rodea la finca del club culminado por unos frondosos setos a los que no les vendría mal una buena poda; los policías tienen que ir esquivando algunas de sus ramas para evitar que les arañen en la cara. Al final de la pared de piedra llegan hasta otra puerta y enseguida lo ven. El cuerpo de un hombre flaco atado de pies y manos a una verja de barrotes negros rematados en punta de lanza. Está lleno de marcas sanguinolentas, como líneas trazadas al azar en la piel. La cabeza cae desvaída hacia el lado derecho del cuerpo. Recuerda a un Cristo crucificado, a pesar de que tiene las piernas separadas y no lleva nada que le cubra los genitales. La única prenda de vestir son unas bragas de encaje negro, bajadas a la altura de los tobillos.

La inspectora busca con la mirada a Monzó. Lo ve junto a un hombre de unos cincuenta años con unas gafas de medialuna en la punta de su prominente nariz, que toma notas apoyado sobre el capó de uno de los coches del dispositivo policial. Nela se acerca hasta ellos.

—Buenos días, inspectora. Nos vemos demasiado últimamente.

—Por desgracia, sí —reconoce ella—. ¿Qué tenemos esta vez, doctor?

El señor que está junto a él carraspea y se dirige a la inspectora.

—Buenos días, soy Ricardo Badía, el magistrado encargado del levantamiento. Estábamos esperándolos para que firmen el acta cuando terminen con la inspección ocular.

Nela le estrecha la mano y asiente.

—Vamos al grano entonces. ¿Doctor Monzó?

—Esta vez sí tenemos claros signos de tortura en el cuerpo: latigazos y quemaduras. Por el tamaño de estas últimas yo diría que han sido practicadas con un cigarrillo.

—¿Similitudes?

—Hay un fuerte traumatismo entre el hueso occipital y el parietal, el orificio de entrada en el cuello, el maquillaje y la ausencia de ropa. Aunque lleva esa prenda de ropa interior femenina, yo diría que forma parte de la puesta en escena. Otra cosa que me ha llamado la atención es que se han hallado orificios de entrada en la cara interna del brazo derecho, a la altura de la fosa antecubital. La acepromacina se puede inyectar tanto por vía intravenosa como intramuscular. Por lo que si, como en el caso de la anterior víctima, se la ha inyectado en el cuello, indica que la inyección fue intramuscular. Los orificios encontrados en el brazo se corresponderían con una vía intravenosa, así que no comprendo muy bien qué significan. Veremos qué nos dicen los análisis toxicológicos.

—¿Y qué sabemos de la identidad de la víctima?

—Al igual que el primero va indocumentado. La muerte no se produjo aquí, este lugar es solo parte del atrezo.

—¿Sabemos la causa? —pregunta Valbuena.

—No estoy seguro. Creo que estamos ante otra parada cardiorrespiratoria. Hasta que no haga la autopsia y tenga los análisis de tóxicos, no quiero aventurarme con el diagnóstico.

El forense y los policías caminan hacia la ubicación del cuerpo. Al acercarse, distinguen la marca del golpe en la cabeza donde el pelo se apelmaza con la sangre. Monzó se acerca y levanta la cabeza de la víctima para mostrarles el maquillaje. Nela no puede creer lo que está viendo. Conocen a ese hombre, hace tan solo unos días que estuvieron hablando con él. Mira de nuevo el rostro para asegurarse. Aunque el asesino lo ha afeitado, y a pesar del carmín rojo emborronado y las lágrimas negras que nacen de sus ojos, está segura de que es él. Dirige la mirada hacia su compañero y por su cara intuye que él también lo ha reconocido.

—Valbuena... —La inspectora duda. Él asiente con un leve movimiento de cabeza—. Es José Fayos, el dueño del club.

Capítulo 67

Álvaro está en la ducha. Anoche llegó tan tarde del trabajo que Verónica ni siquiera lo oyó entrar. Cuando ha salido esta mañana para llevar a las niñas al colegio, él aún no se había levantado. Después de dejarlas, ha ido a hacer algunas compras y no esperaba encontrarlo en casa al volver.

Se adentra hasta el dormitorio y mira con inseguridad el móvil de su marido, que reposa sobre la mesilla de noche, aún conectado al cargador. Teme que la descubra, pero al mismo tiempo piensa que no va a encontrar un momento mejor. Se muerde el labio inferior, traga saliva y coge el teléfono con tanta ansiedad que si no llega a ser por el cable, que actúa como una especie de línea de vida, el móvil habría ido a parar al suelo. Lo desbloquea con manos temblorosas, esta vez en el primer intento; es una combinación que conoce bien porque son muchas las veces que ha tenido que dejárselo a las niñas para que se entretengan. El corazón le late con tal fuerza en el pecho que lo nota en los oídos. Sin perder un segundo, abre la aplicación de WhatsApp y desliza el dedo para localizar el chat que está buscando. Va viendo pasar las imágenes de perfil a la izquierda junto con los nombres de contacto a la derecha hasta llegar al final. No puede ser, no está el que ella busca.

Frustrada, toma asiento en la cama con el teléfono aún en la mano. Reconoce que ha sido algo ingenua al pensar que encontraría alguna prueba en el móvil. Si sus sospechas son ciertas y no simples elucubraciones de una paranoica, Álvaro se habrá encargado de borrar el rastro. Deja el móvil sobre la mesilla, se acerca hasta la puerta del cuarto de baño y pega la oreja. El sonido del agua de la ducha se ha extinguido, pero se escucha el de la maquinilla de afeitar eléctrica.

Apresurada, regresa hasta el dormitorio y, con algo más de aplomo, vuelve a coger el teléfono para retomar el listado desde el principio. Va bajando lentamente repasando con atención cada uno de los chats: ninguno se corresponde con la conversación que ella quisiera cazar. Un grupo del trabajo oficial y otro extraoficial con los amigotes llamado «Barras & Birras», abre este último, plagado de fotos de mujeres con los pechos más grandes que sus cabezas; y resopla asqueada. Debajo está el chat con el nombre «Vero» que comparte con ella misma, y luego otros muchos, algunos conocidos por ella y otros que parecen ser de trabajo. Y, al final del todo, el cementerio de los grupos olvidados: cumpleaños, fiestas, celebraciones pasadas... Regresa al principio del listado con movimientos rápidos de pulgar, pero al llegar arriba del todo, con la inercia, desliza el dedo un par de veces más de las necesarias y entonces aparece: «Archivados». Pulsa y ahí está: el chat de Víctor Hervàs. Lo abre y lo que se encuentra es un monólogo de su marido: todo tipo de exabruptos y amenazas varias a las que Víctor no contesta. Sube un poco más y ahí descubre los últimos mensajes que intercambiaron:

Mientras no aceptes mi propuesta se te cierra el grifo, machote.

No puedes hacerme esto, Víctor. Me vas a hundir.

Es lo que hay.
O lo tomas o lo dejas.

Lo que me pides es inaceptable y lo sabes.

Es mi última palabra.

Si aceptas, ya sabes dónde encontrarme.

No me jodas, Víctor. Creía que éramos amigos.

A partir de ahí, empieza el monólogo de su marido. Primero ruegos, luego insultos y después amenazas desesperadas. Verónica pulsa el botón para volver atrás. Antes, con las prisas, ha visto que había otro chat archivado, pero no se ha parado a mirar el nombre del contacto. Ahora sí lo mira. Pertenece a la última persona a la que imaginaría manteniendo una conversación con Álvaro: su hermano, Miguel. Pulsa sobre el chat y comienza a leer. Está tan absorta en la lectura que no lo escucha entrar.

—¿Qué haces, Vero? ¿Ahora también me espías el móvil?

Verónica da un respingo al escuchar su voz. Hay un instante de vacilación. Después, le sostiene la mirada mientras lo apunta con el teléfono.

—Creo que tienes muchas cosas que explicarme, Álvaro.

Él avanza hacia ella. Verónica se repliega sobre sí misma. Álvaro nunca le ha puesto una mano encima, pero al ver la ira que le surca el rostro su cuerpo se mueve por puro instinto. Él le arrebata el móvil de las manos, se viste a toda prisa y sale por la puerta del dormitorio, airado. Antes de que ella sea capaz siquiera de reaccionar, se escucha el chirrido de la puerta de la casa al abrirse seguido de un fuerte portazo.

Capítulo 68

—¡Aquí tiene la orden que nos pidió! —anuncia Puentes en tono triunfante al entrar en el despacho de Lorenzo Álamo.

—Lo siento, señor Álamo —se disculpa la secretaria, apurada, intentando impedir el paso a los policías—. Se han negado a esperar.

Lorenzo Álamo está reunido. Sentados alrededor de la mesa redonda de su despacho, tres hombres trajeados, de pelo cano, miran con estupor hacia la puerta.

—¿En su casa no le enseñaron modales, oficial? —pregunta el director con severidad—. Como pueden ver, ahora no es el momento.

Al llegar la orden con la firma de la jueza Pemán en la que les autoriza a consultar la cartera de clientes de Víctor Hervàs, un sentimiento de satisfacción, propio de quien logra salirse con la suya, ha invadido a Puentes. Estaba ansioso por ir a bajarle los humos a ese niño de papá al que le han servido la vida en bandeja de plata.

—Lamentamos la intromisión, señor Álamo, pero estamos en medio de una investigación policial y necesitamos esos listados de inmediato —intercede Sagarra.

—Saben que estoy dispuesto a colaborar en todo lo que precisen, pero, si me disculpan, los atenderé cuando termine la reunión con estos caballeros.

—No vamos a esperar a que haya otro muerto, señor Álamo —sentencia el oficial.

Lorenzo Álamo mira con incomodidad a sus clientes, escandalizados por las palabras y la contundencia del policía. Toma aire antes de excusarse ante ellos.

—Disculpen. Creo que haremos un breve receso.

Los tres hombres se levantan.

—Aprovecharemos para tomar un tentempié, Lorenzo. Luego hablamos —se despide uno de ellos antes de salir por la puerta.

Cuando se quedan solos, la amabilidad del señor Álamo deja paso a la cólera.

—¿Son conscientes de a quién acaban de expulsar de mi despacho?

—Ahora mismo, mis compañeros están investigando el hallazgo de otro cadáver. Me importa poco a qué clientes respetables hayamos hecho salir. Podrán retomarlo más tarde. No puedo decir lo mismo de la última víctima o del señor Hervàs, según usted su activo más preciado. A ellos ya no les queda tiempo para retomar nada.

Lorenzo Álamo aprieta los labios, conteniendo su indignación.

—Muéstreme esa orden. —El director de Álamo Consultores lee con detenimiento el requerimiento judicial que le entrega Puentes—. Aquí dice que tengo un plazo de setenta y dos horas para poner esos datos a su disposición. No entiendo a qué viene tanta prisa, podrían haber dejado que terminara la reunión.

—Entienda que, cuanto antes los tengamos, antes podemos ponernos a trabajar para tratar de esclarecer el caso —interviene Sagarra.

—Ya les dije que no encontrarán nada en mi consultoría. Le pasaré la orden a mi gabinete jurídico para que la inspeccionen. Si cumple con todos los requisitos legales, ya les avisaré para que pasen a recoger los datos.

—Pero ¿no entiende la urgencia? ¡Está muriendo gente! —dice el oficial levantando la voz más de lo necesario.

—Si puedo evitarlo, no les voy a dar los nombres de mis clientes para que los acosen como a vulgares criminales. Veremos qué dicen mis asesores jurídicos.

—Si no nos entrega esos datos, estará incurriendo en un delito de desobediencia a la autoridad judicial.

—No me amenace, oficial. —El señor Álamo hace una pausa, los mira con suficiencia y les hace un gesto con la mano invitándolos a abandonar su despacho—. Ahora, si me lo permiten, debo continuar con mi trabajo.

Los policías salen de la asesoría y ponen rumbo a la brigada. Puentes tiene el rostro contraído y va mirando al suelo, con los puños apretados dentro de los bolsillos del pantalón.

—¿A qué ha venido eso? Deberías tranquilizarte un poco —le recrimina Sagarra.

Puentes ha amanecido molesto y ha dejado que esos sentimientos afecten a su trabajo. El encuentro —y el posterior rechazo— de la pasada noche en casa de su jefa le ha afectado más de lo que quisiera reconocer. Apenas ha dormido dándole vueltas. Reconoce que fue una cagada y que quizá no debería haber pasado, pero no alcanza a comprender qué le molestó tanto como para que esta mañana ni siquiera le haya dirigido la palabra. Son dos adultos que se han acostado una noche, nada más.

—Ese tío es un imbécil. No puedo con él —intenta disculparse el oficial.

—Pero no puedes dejarte llevar por tus prejuicios. Eres policía.

—Lo sé, y lo siento. No volverá a ocurrir.

—La verdad es que es un pedazo de capullo. —Sonríe ella.

Capítulo 69

Ya están de nuevo en esa sala en la que el olor a desinfectante lo impregna todo y se entremezcla con el hedor a muerte que se pega a la piel. Otro cadáver yace sobre la mesa de acero. Nela lo observa. Los ojos castaños de José Fayos —o Pochele, como todos lo conocían— están abiertos, mirando al infinito. Sin barba y con ese tono de piel cetrino característico de los occisos, muestra un aspecto menos hosco que el que tenía en vida. Su rostro, carente de expresión alguna, ha perdido la bravuconería de la que hizo gala hace unos días en la sala de interrogatorios. La inspectora no sabe cómo ni cuándo van a parar esto, no intuye el final. En esta ocasión, el lugar que ha escogido el asesino para dejar el cuerpo parece estar directamente relacionado con la actividad empresarial de la víctima. Les está enviando un mensaje: lo he matado por dedicarse al negocio de la prostitución, investiguen ustedes la causa. Se pregunta qué otro mensaje escrito les habrá dejado en el cuerpo y si lo hará a través de esa especie de huevos sorpresa macabros.

—En esta ocasión se ha empleado a fondo con él: lo ha flagelado con saña, las heridas son profundas; por no hablar de las quemaduras que tiene por todo el cuerpo —les dice Monzó—. Otra cosa que me ha llamado la atención al examinarlo por fuera es la existencia de una intensa congestión cérvico-cefálica, veremos al abrir qué nos encontramos.

—¿Cree que el golpe en la cabeza le ha podido producir un derrame?

—No lo creo, inspectora. El traumatismo craneal, al igual que en los dos casos anteriores, es superficial. Los

274

golpeó en la cabeza con la finalidad de aturdirlos, no de provocarles la muerte.

El doctor y su ayudante continúan con la inspección externa antes de proceder con la apertura cadavérica. Voltean el cuerpo y examinan las múltiples heridas tomando muestras donde lo consideran oportuno.

—Tenemos sorpresa —anuncia el forense.

Monzó coge un hisopo y lo restriega por la cavidad anal de la víctima para introducirlo a continuación en un tubo de muestras. Después, con la ayuda de unas pinzas, extrae una cápsula de plástico de color blanco, similar a la hallada en el estómago del cadáver de Víctor Hervàs.

—Mandaré a analizar la muestra, creo que puede ser cocaína. Y también creo que hemos encontrado el mensaje.

—A ver qué nos ha escrito esta vez. —Valbuena expulsa el aire, inquieto.

Nela permanece en silencio, expectante. Sus dudas acerca del mensaje escrito van a tardar menos en disiparse de lo que ella esperaba.

Monzó extrae el pequeño trozo de papel de la cápsula y lee en voz alta:

—«Quien paga manda».

Capítulo 70

Aranda lleva un buen rato rastreando a los dueños de las matrículas que aparecían en las grabaciones del aparcamiento del club, y aún le queda. Por ahora no ha encontrado a nadie que se dedique a algo relacionado con la cría de caballos o que trabaje en el sector sanitario. Es como buscar una aguja en un pajar. Hay trabajadores de la construcción, del polígono industrial, un dependiente de unos grandes almacenes, el dueño de un restaurante y hasta el jefe de personal de una multinacional cuyo perfil de LinkedIn muestra una foto sobria que para nada hace sospechar de sus excursiones nocturnas. Y todavía le falta por investigar a los integrantes del autobús; aunque a estos se los ha dejado para el final, ve poco probable que pudieran llevarse a Miguel Murillo.

Zafra se acerca hasta su mesa para ofrecerle un café servido en un vaso de cartón.

—¿Qué? ¿Ha habido suerte?

—De momento, nada. Y tú, ¿cómo vas con lo de las granjas y los criaderos?

—Pues está complicado el tema. El caballo se usa en varios sectores: ocio, deporte, trabajo, producción... He empezado por los más cercanos. De las cuatro granjas con las que he hablado, solo una de ellas se dedica a la cría. Las otras dos son de cebo y una de monta. En el criadero dicen que no han sufrido ningún robo en su banco de esperma en los últimos meses y han quedado en enviarme los datos de sus trabajadores.

—Hay mucho curro por delante, chaval.

El comisario Robledo entra por la puerta portando una gruesa pila de folios.

—Ya tenemos la transcripción de los mensajes de los móviles de las dos primeras víctimas. Recién salida del horno —anuncia.

Los agentes se fijan en el tamaño del montón que Robledo acaba de dejar caer sobre la mesa e intercambian unas miradas de abatimiento. Zafra deja escapar un bufido.

—Dejad lo que estéis haciendo y poneos a revisar esto de inmediato. ¿Dónde está todo el mundo?

—La jefa y el subinspector Valbuena están en el IML. Sagarra y Puentes han ido a ver a Lorenzo Álamo con la orden de la jueza.

Robledo asiente, satisfecho de que todos estén en marcha.

—En cuanto llegue la inspectora, decidle que pase por mi despacho.

Capítulo 71

Son casi las siete de la tarde cuando Nela y Valbuena llegan a la Jefatura Provincial. La inspectora sube directa a la quinta planta, al despacho del comisario. Lo encuentra de pie, pasea mientras habla por el móvil haciendo aspavientos con las manos. Con una seña le indica que pase y tome asiento. Ella obedece, cierra la puerta tras de sí y se deja caer sobre la silla, exhausta. Encima de la mesa, enmarcado en blanco, un comisario sonriente y relajado posa junto a sus dos hijas y su mujer. Nela observa el semblante serio del Robledo actual. Su rostro se ha ido marcando con el paso de los años, como los anillos en el tronco de un árbol. Unas pequeñas arrugas se han formado alrededor de los ojos, tiene las ojeras marcadas y los surcos de la frente mucho más profundos.

—Tenemos novedades —dice el comisario a modo de saludo al colgar el teléfono.

Se sienta frente a ella, abre el primer cajón de su escritorio, saca un *pendrive* y se lo muestra a la inspectora.

—Está encriptado. Contiene información de las personas que salen en los vídeos y que se han podido identificar hasta ahora. Iremos actualizando el contenido a medida que se vayan procesando el resto de las imágenes. —Robledo desliza la memoria USB por la superficie de la mesa para entregársela a la inspectora—. La contraseña está formada con las iniciales del título de una canción de Sabina, encerrada entre almohadillas: #19D&500n#. Nàcher, que es muy fan del cantante. —Sonríe al decirlo, pero enseguida vuelve a su seriedad de siempre—. No la anotes, memorízala.

La inspectora la repite mentalmente varias veces.

—Vale.

—Perfecto. No hace falta que te diga que debemos ser discretos.

Nela asiente.

—Descuide, por mi parte no habrá filtraciones.

—¿Cómo han ido la inspección ocular y la autopsia? La noticia ya ha llegado a las ediciones digitales de los periódicos, supongo que mañana la tendremos en la primera página de la prensa escrita.

Robledo gira el monitor y se lo muestra a la inspectora.

«Continúa la macabra oleada de crímenes de temática sexual en la capital del Turia», reza el titular de letras negras acompañado por una foto de la mansión del prostíbulo de El Romaní al fondo y el cordón policial en primer plano.

—Al encontrarse en un polígono, hemos tenido muchos curiosos remoloneando por los alrededores de la escena —le aclara Nela—. Suerte que en el solar de enfrente hay una fábrica abandonada y los compañeros han podido ampliar aún más el perímetro.

—¿Alguna pista que nos permita tirar del hilo?

La inspectora niega con la cabeza.

—Como en los otros dos casos, la escena estaba muy estudiada. Esperaremos a ver qué dicen los compañeros de la Científica, pero, si el asesino ha sido tan meticuloso como en los casos anteriores, no habrán sacado gran cosa.

—¿Habéis hablado ya con los familiares?

—La víctima no tiene familia; sus padres murieron hace unos años y no tenía ni esposa ni hermanos. Mañana a primera hora voy a reunirme con el grupo, enviaré a alguien al club de alterne que regentaba a ver qué pueden decirnos.

—¿Testigos? ¿Cámaras en los alrededores?

—Nada. Descubrió el cadáver un trabajador del polígono. Hemos hablado con él. Asegura que no vio a nadie, que pasó como cada mañana con el coche y, al verlo, estacionó en el arcén. Como vio que no se movía, no quiso ni acercarse, llamó directamente al 112. En cuanto a las cámaras —continúa Nela—, tampoco hemos tenido suerte, comisario. Como le he dicho, en el solar de enfrente hay una fábrica abandonada y en la mansión no tenían instalado ningún sistema de videovigilancia.

—Pues estamos jodidos, Nela. Solo espero que estos asesinatos no estén relacionados con los nombres que te he pasado en el *pendrive*. No quisiera que estallara un escándalo así. Necesito que atrapéis al cabrón que está haciendo esto cuanto antes.

Ella asiente despacio. Se acabaron las palabras amables y de aliento con las que el comisario la recibió tras el viaje fallido a Madrid. Se pregunta qué nombres va a encontrar en la información que le ha pasado, que han conseguido poner así de nervioso a Robledo.

Capítulo 72

Al abrir la puerta de casa de su madre, un intenso aroma a especias penetra por las fosas nasales de Nela. Su estómago, que hoy se ha tenido que conformar con cuatro cafés y un sándwich de la máquina del IML, ruge en respuesta al estímulo.

—¡Hola! —saluda anunciando su llegada.

Pepe Cubells se asoma desde la cocina. Lleva puesto el delantal de flores de su madre; Nela no puede contener la risa al verlo.

—Llegas justo a tiempo. En quince minutos saco la cena.

—¿Qué es eso que huele tan bien, Pepe?

—Pollo tandoori con verduras a la plancha. Desde que me he jubilado me ha dado por aprender recetas nuevas, hija.

Nela se adentra hasta el salón. Allí está su madre sentada en el sillón orejero con la pierna magullada en alto, descansando sobre una silla. Junto a ella se encuentra Paquita, la mujer de Pepe. Aunque nadie le hace caso, la televisión está encendida. Su madre tiene la costumbre de ponerla cada mañana al despertar y no apagarla hasta que se va a la cama, dice que le hace compañía. Desde que murió su padre, la casa se llenó de silencio. Él solía preferir la música. Todos los domingos por la mañana ponía sus discos en el picú, como a él le gustaba llamar al viejo tocadiscos. El sonido de Deep Purple o Led Zeppelin colmaba el aire mientras ella y su padre hacían como si rasgaran las cuerdas de una guitarra imaginaria.

—Hola, cariño. ¡Qué bien! Has llegado pronto —le dice su madre al verla entrar.

Paquita se acerca a saludarla con una sonrisa y la abraza con calidez. Nela agradece el abrazo; necesita que la cuiden, dejarse querer y descansar de todo el horror de los últimos días. Paquita es una mujer bajita y vivaracha por la que parece que no pasan los años. Es maestra en un colegio de primaria y solo le queda un año para la jubilación.

Su madre tiene buen aspecto, la han cuidado bien en su ausencia. Avanza hasta ella y le da un abrazo que la mujer corresponde acompañándolo de un sonoro beso.

—¿Cómo te encuentras, mamá?

—Bien, hija. Aquí estoy... Aún me duele todo el cuerpo, pero un poco menos que ayer.

Se sienta en el sofá y hablan de temas ligeros, intrascendentes. La risa de Paquita es contagiosa y fresca, vitaminas para el ánimo. Es agradable desconectar, aunque sea por unas horas.

Nela se levanta y va a la cocina para echarle una mano a Cubells. Acaba de sacar la bandeja del horno y el olor a especias invade por completo la estancia.

—¡Qué pinta tiene, Pepe, por Dios!

—Es muy fácil de hacer. Solo tienes que poner un yogur con el zumo de un limón y añadir las especias. Eso sí, hay que tenerlo en el adobo desde el día anterior y, cada una o dos horas, ir volteando los muslos en el recipiente para que se impregnen bien.

—Huele increíble, se me hace la boca agua. ¿Te ayudo en algo?

—No, tú siéntate y cuéntame cómo lo lleváis, mientras yo termino de asar las verduras en la plancha.

Nela pone al día a su mentor de los últimos datos. Él asiente en silencio, la deja hablar, que le exponga sus hipótesis, sin juzgar.

—A pesar de que el *modus operandi* es distinto en ciertos puntos, creo que podemos tener claro que estamos ante el mismo asesino en los tres casos y que las víctimas no las ha escogido al azar.

Cuando concluye, Cubells suspira y permanece callado unos segundos.

—¿Y en el caso de la segunda víctima?

—Ese es el que me está generando más problemas —reconoce ella—. La victimología no casa con los otros dos: este es un asesor fiscal de renombre y con familia. Además, lo mató en su propio domicilio y no trasladó el cuerpo.

—Sin embargo, sí que ejecutó una puesta en escena similar a las otras víctimas.

—Exacto. Aparte de que los tres llevaban un mensaje oculto en sus cuerpos.

—¿Y qué te dicen esos mensajes?

—Que no es un hombre, es una mujer.

—¿Qué quieres decir?

—Que parecen escritos por una mujer, Pepe. Estamos casi seguros de que quien lo ha hecho es un hombre, por la brutalidad de los crímenes y por la dificultad que entraña mover los cuerpos. Además, las huellas encontradas en el primer escenario nos llevan hasta una persona grande. Pero los mensajes apuntan hacia una venganza por parte de una mujer.

—Puede que sea un hombre que está sensibilizado con estos temas.

—Por eso pensamos en el padre de una de las víctimas del caso de abusos de Miguel Murillo, pero tiene una coartada sólida, no ha sido él.

—Piensa, ¿quién más puede querer vengarse de ellos?

Nela lo mira en silencio. En su cabeza aún resuena la conversación que ha tenido con el comisario. Recuerda la memoria USB que lleva en su bolso y se pregunta si no estarán muriendo porque sabían demasiado. Confía en Cubells más que en sí misma, pero sabe que no debe compartir esos datos con él.

—¿Cómo va la cena? —pregunta ella evasiva.

—¿Qué pasa? ¿Te has cansado de pensar? —Pepe sonríe—. Ya está casi lista. Venga, vamos a poner la mesa.

Nela entra en casa, cuelga el bolso en el perchero y va directa a tumbarse en el sofá. Piensa en la velada tan agradable que ha pasado en casa de su madre, su hogar durante tantos años. A pesar de la pátina de tristeza que quedó entre esas paredes al morir su padre, cuando está allí aún nota esa tibieza reparadora que solo un verdadero hogar desprende.

La pregunta que no ha sido capaz de responderle a Cubells revolotea en su mente recordándole que tiene trabajo pendiente. Como un resorte, va hasta el perchero de la entrada para coger el *pendrive* del bolso. Abre el ordenador y lo conecta. Mientras teclea la contraseña no puede evitar canturrear el estribillo de la canción de Sabina y esbozar una sonrisa. Le parece una muy buena regla mnemotécnica para recordar contraseñas. Va abriendo uno por uno los informes, se detiene en algunos, ninguno llama su atención. La mayoría son hombres de mediana edad, algunos con cargos importantes, otros simples hombres de familia que llevan una doble vida y un tercer grupo que no es ni una cosa ni la otra. Hay un director de banca, un futbolista, un concejal del Ayuntamiento, un periodista... Ningún nombre le dice nada.

Se levanta con desánimo y va hasta la cocina para servirse una copa de vino blanco. Al abrir la nevera se da cuenta de que no queda, se lo terminaron la noche anterior entre Puentes y ella. «Joder», masculla mientras echa mano de una cerveza y se maldice por haber emprendido ese viaje a Madrid que no ha servido para nada más que para complicar las cosas.

Capítulo 73

—¿Qué pasa con la wifi? —se queja Celia.

—La he desconectado. Dame el teléfono.

—¿Qué dices, papá? Ni de coña, aún me quedan datos este mes.

—A partir de ahora no quiero ningún dispositivo electrónico cuando nos sentemos en la mesa. Ya está bien.

Andrés Valbuena se pone frente a su hija con la palma de la mano hacia arriba, esperando a que obedezca.

—Espera, que estoy contestando a Claudia.

Sin mediar palabra, le arrebata el teléfono con un movimiento rápido.

—Perfecto, papá, perfecto. Ahora verá que la he dejado en visto y se enfadará conmigo.

—Después se lo explicas. Le dices que el ogro de tu padre te ha quitado el móvil para cenar.

A continuación, se dirige hasta su hijo, que está sentado en el suelo jugando a la videoconsola con los cascos puestos, y la apaga del interruptor.

—¿Qué haces, papá? ¡He perdido todo el progreso!

—Te he dicho que dejaras eso, Salva. Vamos a cenar.

—¡Pues no te he oído!

—Porque estabas con los puñeteros cascos. A la próxima, o le bajas el volumen o te dejas una oreja libre. Lo que no puede ser es que tenga que venir y tocarte en la espalda o ponerme delante de ti para que me escuches.

—¿Qué pasa aquí? —pregunta Lola al llegar al salón con los platos.

—Que papá se ha vuelto loco —protesta Celia.

—Creo que es mejor que a partir de hoy no usen el móvil ni la tablet en la mesa, cariño.

—¿Y eso? Quiero decir... —intenta corregirse ella—, que lo veo bien, pero me sorprende ese cambio.

—¿Lo ves, mamá? Se ha vuelto loco.

—No, hija. Tu padre tiene razón.

—Así podemos hablar un rato, contarnos qué tal nos ha ido el día... —añade él.

—¡Vaya rollo! —se queja Salva.

—Ni rollo ni rolla. Que esto parece una pensión y tu madre y yo los sirvientes. Venga, a cenar. —Andrés se escucha a sí mismo y cae en la cuenta de que está parafraseando a su madre.

Los cuatro se sientan alrededor de la mesa. El silencio los envuelve como una niebla espesa.

—Bueno, ¿de qué quieres hablar? —dice Celia con retintín.

Él se toma un tiempo para contestar. Para ser sincero, no sabe hacia dónde dirigir la conversación. Desconoce los temas que les interesan a sus hijos, sus inquietudes...

—Hoy he estado en una asociación hablando con un psicólogo que ayuda a personas que son adictas a la pornografía —suelta por fin.

—Papá, por favor. —Celia pone los ojos en blanco.

—¿Qué? Es verdad. —Se encoge de hombros.

—No te preocupes, papá, que eso se pasa —suelta Salva, vacilón.

—Muy gracioso —replica él, negando con la cabeza—. No he ido por mí, listillo. Es parte de una investigación.

—¿Y por qué nos lo cuentas? —pregunta el chico con el bocado a medio masticar.

—No sé, por contaros algo de mi día. ¿Qué os parece?

La primera en responder es su hija, Celia.

—Que hay gente muy enferma. En el insti hay algunos tíos que están muy flipados con eso.

—El psicólogo nos ha dicho que el problema está en que algunos se creen que esos vídeos son reales. ¿Qué pensáis?

Silencio.

—¿Vosotros veis porno? —insiste Valbuena.

Ambos se quedan callados. Salva se ha ruborizado hasta las orejas y no levanta la vista del plato.

—Andrés, cariño, no es el mejor tema para hablar en la mesa —interviene Lola.

—¿Por qué? Creo que es algo que deberíamos tratar con más naturalidad y nunca hablamos de esos temas.

—Bueno... —Lola duda—. Quizá en otro momento, ¿no crees?

—Es por lo del asesinato del productor ese del Valencia Roja, ¿no? —suelta Celia—. En el insti dicen que le han metido un brazo por el culo, ¿es verdad?

—Celia, por favor —se escandaliza su madre.

—Veo que estás al día, pero sabes que no puedo hablar de la investigación, hija.

—Pues yo pienso que si es verdad lo que dicen que les hizo a esas chicas, en plan..., el rollo ese de abusos y eso..., se lo tiene bien merecido.

Capítulo 74

A pesar de que son las ocho de la mañana de un sábado, el grupo al completo ha acudido a la reunión. Desde que empezaron con este caso no han tenido un solo día libre, pero ninguno de ellos protesta ni se queja por los horarios. Allí están todos escuchando con atención y anotando en sus respectivos cuadernos, mientras Valbuena y Nela los ponen al día de los últimos detalles.

—«Quien paga manda». Ese es el mensaje que nos ha dejado esta vez —les dice la inspectora—. Lo llevaba en una cápsula similar a la que hizo tragar a la anterior víctima, pero esta vez introducida en el recto.

Los miembros del grupo cruzan miradas de estupor y muecas de asco.

—Monzó ha tomado una muestra del ano de la víctima. Ha hallado una sustancia impregnada que cree que puede ser cocaína. Necesito que busquéis qué puede significar eso. De confirmarse en los análisis, quizá nos dé alguna pista. ¿Cómo lleváis el tema de los caballos?

Zafra va a abrir la boca para responder; Aranda, como siempre, se le adelanta.

—No tenemos nada por el momento, jefa. Robledo nos pidió que revisáramos la transcripción de los mensajes de los móviles de las dos primeras víctimas. Pero hemos encontrado algo entre esos mensajes.

—¿De qué se trata?

—Además de a Miguel Murillo, que era su cuñado, Álvaro Millet también conocía a la segunda víctima, Víctor Hervàs. Por lo visto, Hervàs era su asesor fiscal.

—Joder —protesta Puentes—. Si el director de la asesoría no estuviese más preocupado por el honor de su negocio que por la muerte de su empleado, los hubiésemos relacionado mucho antes.

—¿Qué dicen esos mensajes, Aranda? —pregunta la inspectora ignorando la protesta del oficial.

—Hay de todo: amenazas, insultos varios y ruegos. Se ve que discutieron por algún negocio con el que no estaban de acuerdo, aunque no llegan a especificar de qué tipo. Álvaro se muestra bastante desesperado con el tema.

Aranda le pasa los folios a Nela con algunas frases subrayadas en un tono verde fosforito. Nela se toma un tiempo para leerlo.

—Aquí hay material más que suficiente como para volver a interrogarlo —comenta ella al concluir la lectura.

—Pues aún hay más. También intercambió mensajes con su cuñado pidiéndole ayuda, pero Miguel Murillo no estaba dispuesto a dársela.

—Por fin tenemos un nexo entre las víctimas —apunta la inspectora mientras lee las hojas que le ha pasado la agente con el resto de los mensajes.

—Su coche no sale en las imágenes de la cámara de seguridad de la fábrica —recuerda Aranda.

—Puede que no actuara solo. Pochele podría estar en el ajo y por eso lo ha matado —aventura Zafra.

—¿Y la puesta en escena de los cadáveres? ¿Y los mensajes? —Puentes tiene sus dudas—. No me parece una forma de matar por un simple móvil económico. Tiene que haber algo más.

Mira a Nela esperando una reacción por su parte; ella, sin embargo, no levanta la vista de los papeles.

—A mí también me resulta una forma demasiado rebuscada de matar para un móvil económico —coincide la subinspectora Sagarra.

289

—Eso no podemos darlo por sentado. Quizá haya algo más detrás que ahora mismo desconocemos —sentencia Valbuena.

Todos se quedan callados y dirigen las miradas hacia la inspectora.

—Creo que debemos hacerle una visita a Álvaro Millet —dice ella al fin—. Valbuena, vienes conmigo. Sagarra y Puentes, pasaos por el club a ver si podéis hablar con alguna de las chicas que viven allí, y localizad al dueño de la fábrica que hay enfrente, a ver si os deja ver otra vez las imágenes de los últimos días. Aranda y Zafra, continuad con lo del ganado equino y buscad lo de la cocaína en el ano, por si quiere decir algo.

—Perfecto, jefa. —Aranda es la única que responde, el resto toma notas de las órdenes de la inspectora en silencio.

—Y una cosa más, Aranda —añade Nela—. Ayer, justo cuando nos entró el aviso de la tercera víctima, estábamos a las puertas de la asociación y vimos entrar al hijo de Víctor Hervàs en ella. Localizadlo y que venga a la brigada; quiero hablar con él cuanto antes.

Capítulo 75

Llegan hasta el municipio de Mislata, a una zona residencial pegada a Valencia, muy cerca de la avenida del Cid y el parque de Cabecera.

—Pues no parece que les fuera tan mal económicamente —comenta Valbuena observando la zona.

—Bueno, quizá se hayan endeudado a razón de unos ingresos que ahora ya no tienen —apunta Nela—. A veces, las apariencias engañan.

Álvaro Millet y Verónica Murillo viven en el ático. Los policías suben en un ascensor amplio revestido de espejos que le devuelven a Nela la imagen de una mujer cansada y tensa, con una mirada sin brillo de la que cuelgan dos profundas ojeras. Al abrirse las puertas correderas de acero pulido, aparece la familia Millet Murillo al completo al otro lado. Dos niñas rubias y sus vestidos duplicados de piqué con sendos lazos enormes en un lateral los miran con ojos escrutadores.

—¿Qué hacen ustedes aquí? —pregunta Verónica cogiendo de las manos a sus hijas en un gesto protector.

—Venimos a hablar con su marido —contesta la inspectora—. Álvaro, si no le importa, nos gustaría hacerle unas preguntas.

—Íbamos a llevar a las niñas al parque —tercia la madre.

—Id bajando, cariño. Ahora os alcanzo —dice él con un tono pausado para no alarmar a sus hijas.

En el interior de la vivienda, los acoge un salón con amplios ventanales que dan a una terraza de unos treinta metros cuadrados. Aún flota en el ambiente el aroma dulzón del perfume de Verónica.

—¿Qué es lo que quieren?

El tono de Álvaro se ha endurecido. Nela advierte que, como la última vez que se encontraron, va pulcramente vestido: polo blanco nuclear que parece sacado de un anuncio de detergente y pantalones chinos en un tono arena. Se mueve con aire petulante, espalda erguida y barbilla apuntando hacia el techo.

—Estamos investigando la muerte de Víctor Hervàs. Tenemos entendido que lo conocía, que usted era cliente suyo.

—Sí, me llevaba algunas gestiones de la empresa.

—Pero tuvo problemas con él y prescindió de sus servicios.

—No veo qué hay de malo en eso. Me pareció que no estaba haciendo un buen trabajo y decidí dejar de trabajar con él.

—¿Por qué no estaba haciendo un buen trabajo? —pregunta Valbuena.

La casa está tan pulcra y ordenada como sus dueños. No hay ningún juguete a la vista, los cojines del sofá están perfectamente alineados y la mesa auxiliar, cuya superficie es de cristal, no tiene ni un solo dedo marcado. No se ve nada que lleve a pensar que allí vivan dos niñas de siete u ocho años; a excepción de unas fotos de estudio que hay sobre la estantería en las que los cuatro miembros de la familia muestran sus sonrisas perfectas al objetivo de la cámara. Su propietario ni siquiera los invita a sentarse para no mancillar la perfección de la sala.

—Eso es asunto mío y de mi empresa, no sé qué relación puede tener esto con la muerte de Víctor.

—Hemos encontrado unos mensajes en el móvil del señor Hervàs que nos hacen sospechar que sí puede tener relación —suelta Nela.

—Bueno... —Álvaro titubea. Los policías lo observan, parece que han conseguido ponerlo nervioso—. Tuvimos algún desacuerdo, temas de negocios, nada más.

—En esos mensajes lo amenazaba usted de muerte —presiona la inspectora.

—Son cosas que se dicen en un momento de calentón fruto del enfado..., pero de ahí a llevarlas a la práctica...

—¿Dónde estuvo el lunes y la madrugada del martes?

—La madrugada del martes estuve en casa. Durmiendo con mi mujer. El lunes... —Álvaro levanta la vista y frunce los labios, pensativo—. Tuve un día ajetreado. Después de reunirnos con ustedes, traje a Verónica a casa, de aquí me fui a la oficina hasta la hora de comer y por la tarde estuve reunido. Primero con unos proveedores y después con unos clientes.

—¿Podría confirmarnos las horas? —pregunta el subinspector.

—Sí, claro. Si me dejan consultar mi agenda...

—Por supuesto.

Los policías esperan pacientemente a que Álvaro consulte los datos en su iPhone último modelo.

—Sí, aquí lo tengo —responde al fin—. Como les he dicho, de once a una y media, aproximadamente, estuve en la oficina. Pueden preguntar a cualquiera de mis empleados. La primera reunión empezó a las cuatro de la tarde y terminó sobre las cinco menos cuarto. Después estuve reunido con mis clientes hasta las seis.

—¿Puede pasarnos los datos de contacto de los proveedores y de los clientes para que lo comprobemos?

Álvaro busca en su móvil. Lo lleva todo ahí, una vida entera.

—Aquí están. —Les muestra la pantalla del teléfono.

Valbuena anota los datos en su cuaderno.

—¿Y después de las seis?

—Estuve tomando unas cañas con dos compañeros y me vine para casa.

—¿Dónde se tomaron esas cañas?

—En El Rincón de Mario. Es una cervecería que hay cerca del trabajo. Pueden preguntar si quieren. Somos clientes habituales y seguro que Juanito, el camarero, se acuerda de que estuvimos allí esa tarde. Por si quieren comprobarlo.

—Bien, ahora háblenos de su cuñado. Nos consta que le envió usted mensajes para que intercediera en su nombre y hacerse con una parte del pastel del festival Valencia Roja.

—Sí —lo dice bajando la vista, algo avergonzado—. No es el tipo de eventos que organiza mi empresa, pero nos habían anulado algunos contratos y, cuando me enteré de que se celebraba aquí, pensé que sería una buena oportunidad para remontar.

—Pero él no le brindó su ayuda.

Álvaro niega con un gesto.

—Según él, no podía hacer nada. Yo creo que no quiso hacerlo.

—¿Por qué?

—Hace años que no nos tratábamos. Como ya les contó mi mujer, su hermano era la oveja negra de la familia, una deshonra. Supongo que nos la devolvió.

—¿Qué tipo de eventos organiza su empresa?

—Congresos, convenciones, fiestas de alto *standing*... Últimamente nos hemos apuntado también a la organización de bodas y de conciertos.

—¿Sabe si Víctor Hervàs y su cuñado se conocían?

—Sé que Víctor era algo promiscuo. Siempre me decía que la mejor forma para cerrar un negocio era irse de putas con los clientes. Yo no compartía esa filosofía.

—No es eso lo que le hemos preguntado. ¿Sabe si se conocían?

—No lo sé. Tal vez... —Álvaro se queda callado unos segundos—. En alguna ocasión me invitó a unos eventos a los que acudían actrices porno. Yo nunca fui. Por poder, todo es posible; aunque no puedo asegurarlo porque no lo sé.

—Volvamos a su relación con Víctor. ¿Por qué discutieron?

—Ya se lo he dicho, inspectora. Un tema de negocios, nada más.

—En estos mensajes usted le dijo, leo textualmente: «No puedes hacerme esto, Víctor. Me vas a hundir». ¿A qué se refería?

—Si no me equivoco, ustedes no están aquí para que les cuente mis problemas en la empresa. Están aquí para investigar quién mató a mi cuñado y a Víctor.

—Y eso es justo lo que estamos haciendo. Tenemos unas amenazas por escrito. Podemos pedirle una orden a la jueza que instruye el caso para hacer un registro en su empresa, lo que implica ordenadores y archivos, claro. O puede contarnos qué es lo que pasó.

Álvaro tensa la mandíbula, resopla por la nariz y se pasa la mano por el pelo. Nela se fija en los cercos de sudor que han empezado a formarse alrededor de sus axilas y que deslucen la perfección de su atuendo.

—Pidan esa orden si lo creen necesario. Yo no he matado a nadie. ¡Por el amor de Dios! —alza la voz—. Investiguen, que es lo que tienen que hacer, y dejen de molestarnos.

Capítulo 76

Nela está sentada en su despacho peleándose con el tenedor desechable que venía con la ensalada al tratar de pinchar a la vez un tomate cherri y una hoja de lechuga. Se da por vencida y acaba utilizándolo como si fuera una cuchara antes de que sus nervios la consuman. En la pantalla del ordenador tiene varios documentos abiertos. Está revisando de nuevo los datos que le pasó Robledo en busca de alguna pista. Intuye que la clave tiene que estar en esos vídeos y quienes participan en ellos.

Se recuesta en la silla del despacho y cierra los ojos. Necesita pensar. Tiene tal sensación de hastío vital que le gustaría mandarlo todo al cuerno y largarse muy lejos de allí. El caso no avanza, su ex continúa acosándola con mensajes y llamadas, y ella no solo no reúne la valentía para ponerle las cosas claras, sino que, además, la vuelve a cagar y se lía con un compañero de trabajo. Se levanta y pasea por el despacho, finalmente se detiene y mira por la ventana. Aunque están a principios de junio, el verano ya está llamando a la puerta con vehemencia. El sol luce implacable en la Gran Vía Fernando el Católico. Nela observa a los transeúntes sudorosos en busca de cualquier resquicio de sombra que pueden aprovechar.

Vuelve a su escritorio y toma asiento; debe concentrarse en el trabajo. Clava la mirada en los informes y las fotografías que tiene encima de la mesa, como si de ellos fuera a emerger una revelación espontánea. Piensa en la conversación que han tenido con Álvaro esa misma mañana. A pesar de las amenazas y de sus intentos para presionarlo, se ha cerrado en banda. Incluso se han aventurado a soltarle un farol para hacerle hablar; porque ella sabe que Pemán no les va a conceder la orden de registro. Por mucho que traten de argumentarlo, los indicios son demasiado débiles, cualquiera puede decir auténticas barbaridades en un momento de ira transitorio y no por eso convertirse en un asesino, mucho menos en un asesino en serie. Aun así, se pregunta cuál será la razón que llevó a Álvaro a decirlas. En cualquier caso, a ella poco le importan los problemas financieros de ese hombre. Lo que sí le importa es averiguar quién está detrás de los crímenes y debe reconocer que Álvaro no termina de encajar en el perfil. Se ha fijado en sus pies: son pequeños, calcula que un cuarenta y dos, a lo sumo un cuarenta y tres. Es alto y delgado, rondará los ochenta o noventa kilos como mucho. Estudió Administración y dirección de empresas, no tiene conocimientos médicos ni trabaja en nada relacionado con caballos. El perfil que están buscando es de alguien metódico, con conciencia forense, a la vista de los pocos o nulos indicios encontrados en los tres escenarios. Pese a ser el único nexo que han sido capaces de hallar entre las dos primeras víctimas, cree que Álvaro no es la persona a la que buscan.

Se incorpora y vuelve a repasar los documentos que tiene abiertos. Ahí tampoco localiza a nadie que dé el perfil. La voz del forense recitando los mensajes que les deja el asesino en los cuerpos se cuela en su cabeza: «Sin arcada, no hay mamada», «Trágatelo todo» y el último: «Quien paga manda».

Escribe las tres frases en el bloc de notas que tiene sobre el escritorio. Ciertamente dan la impresión de estar escritas por una mujer: que alguien se las hubiese dicho a ella y ahora las repitiera a sus víctimas. Sin embargo, los pocos indicios que tienen apuntan hacia un hombre de complexión grande. Las dos primeras están relacionadas con la causa de la muerte de cada una de las víctimas y esta, a su vez, con la práctica de felaciones o, mejor dicho, con los *bukkakes*. La última parece apuntar al negocio de la prostitución, la actividad a la que se dedicaba Pochele. Aún no conocen la causa de la muerte, pero apostaría a que está relacionada con el mensaje hallado en el cuerpo.

Lanza el bolígrafo sobre la mesa, se echa el pelo hacia atrás sujetándose la cabeza con ambas manos y vuelve a recostarse en la silla.

Unos golpes secos en la puerta la sacan de sus razonamientos y sus especulaciones.

—¡Adelante!

Es Fran Puentes quien abre y se asoma con cautela.

—¿Tienes un minuto?

—Sí, claro. Pasa y siéntate.

Cuando el jueves se fueron a Madrid, el oficial no podía imaginar que su jefa iba a confesarle que había sido víctima de malos tratos, como tampoco vio venir lo que pasaría después cuando se le ocurrió llevarle la cena a su casa y echarle una mano con los informes. Después de lo que sucedió entre ellos, Nela ni siquiera le dirige la palabra y está empezando a estar un poco harto de esa actitud evasiva. Se dejaron llevar y ninguno de los dos se paró a pensar en el alcance que tendría aquello, pero no pueden mirar hacia otro lado, deben dejar las cosas claras.

—Nela, estuve muy a gusto la otra noche y no sé qué nos espera a partir de ahora.

—¿Estás seguro de que quieres tener esta conversación?

—Sí, para mí es importante.

Nela se retira un mechón de pelo de la cara y toma aire.

—Lo de la otra noche fue un error. No debimos bebernos dos botellas de vino ni dejarnos llevar de esa manera.

—Creía que te había gustado —dice Puentes con pena.

—No es esa la cuestión. La pareja y los amigos se eligen, los compañeros de trabajo no; y no hay que mezclar las cosas. Creo que es mejor que no contemos nada y que sigamos con nuestra relación profesional, sin más.

—Está bien, si es lo que quieres... Por mí, perfecto entonces.

Se levanta de un impulso y va hacia la puerta.

—Fran...

Él se vuelve y sonríe esperanzado.

—Confío en que no le digas a nadie lo que te conté en el coche de camino a Madrid. Es muy personal.

Sin decir nada, él se da la vuelta de nuevo y se marcha.

Unos minutos después, vuelven a llamar a la puerta de su despacho y, acto seguido, sin que la inspectora tenga tiempo para responder, se abre la puerta.

—No quiero volver a hablar del tema —dice Nela sin separar la vista de las fotografías y los informes que tiene esparcidos sobre el escritorio.

—¿Cómo dices, inspectora?

Nela contiene el aire al escuchar la voz y levanta la mirada hacia su interlocutor tragando saliva.

—Disculpe, comisario, pensaba que se trataba de otra persona.

—Me alegro, porque por un momento he pensado que podíamos tener un problema.

Sin que a Nela le dé tiempo a decir nada más, él pasa y toma asiento frente a ella. Lleva un periódico bajo el brazo.

—Ahí lo tienes —le dice extendiéndolo sobre la mesa.

UN ASESINO EN SERIE SIEMBRA
EL TERROR EN LA CIUDAD DE VALENCIA

El titular sacude con fuerza a Nela. El periódico muestra imágenes de las tres escenas del crimen de izquierda a derecha: el Casino del Americano, el portal del domicilio de Víctor Hervàs y la mansión de El Romaní. Debajo de cada una de ellas, las fotos de cada una de las tres víctimas.

¿Se trata de un depredador sexual, un feminista radical, un justiciero? ¿Es un acto de puritanismo, de abolicionismo, de venganza? Son muchas las incógnitas que se esconden tras estos tres brutales crímenes. La similitud entre los asesinatos hace pensar en un mismo autor que, con esta tercera víctima, ya se ha convertido en serial.

Nela continúa un poco más abajo. Según va leyendo, nota cómo brotan la indignación y la ira. Aprieta los labios y se traga su propia bilis. Tiene ganas de chillar, de levantarse y salir de allí dando un portazo.

Y la policía continúa sin tener respuestas. Según han declarado: «Todas las líneas de investigación permanecen abiertas».

—¿Sabes a quién tenía esta mañana en mi despacho? —pregunta el comisario arrebatándole el periódico de las manos—. A Manuel Ruiz, delegado del Gobierno.
Ella lo mira fijamente. La prensa está en lo cierto: no tienen nada. Lo único que pueden hacer es esperar a que haya otra víctima con la esperanza de que, quienquiera que esté haciendo esto, cometa un error que los conduzca hasta él. Robledo enrolla el periódico y la señala con él, como si estuviera adiestrando a un cachorro que se hace pis en casa.
—Interior pide explicaciones, Nela, y yo no puedo dárselas. ¿Sabes lo que eso significa?
Sí, sabe lo que significa para él, al que le importan más las consecuencias políticas que el precio en vidas que supone no tener a un culpable en el punto de mira.
—Estamos haciendo todo lo posible para atraparlo, comisario. Mi grupo se está dejando los ojos revisando listados y matrículas. Seguimos intentando reconstruir qué les pasó, hablando con diferentes testigos y sospechosos.

Estudiando cada uno de los pocos vestigios que tenemos.

Lo pone al día de los últimos y vanos avances en la investigación.

Robledo tuerce el gesto.

—¿Has revisado el material que te pasé?

Nela asiente.

—¿Y?

—Nada. No tenemos nada.

—Sube y habla con Nàcher. Revisad juntos esas imágenes si es necesario. Tenemos que parar esto ya y meter a este desgraciado entre rejas o van a empezar a rodar cabezas. No quisiera que una fuera la mía.

Capítulo 77

—Mira, yo no puedo continuar así. Si tú quieres destrozarte la vida, me parece estupendo. Pero no voy a permitir que nos arrastres contigo. Las niñas y yo nos merecemos vivir en paz.

—Joder, Vero...

Álvaro se pone de pie con ímpetu y camina unos pasos. Se detiene dándole la espalda a su mujer, delante del chifonier del dormitorio. Ella lo observa sentada sobre la cama. Él se pasa ambas manos por el pelo y las entrelaza detrás de la cabeza.

—No. Estoy harta. Quiero saber qué narices está pasando. ¿O acaso pretendes que me entere cuando venga la policía a por ti y te lleven esposado?

Él no contesta.

—¿No piensas decir nada? ¿Ni siquiera vas a mirarme?

Se gira de pronto. Más que ira, Verónica intuye un gesto de angustia o de miedo en el rostro demacrado de su marido.

—Si no te cuento nada es precisamente para protegeros.

—¿Para protegernos? Me estás asustando, Álvaro.

Pero él no dice nada. Vuelve a sentarse en la cama y hunde la cabeza entre las manos, vencido.

—¿Me vas a decir de una puñetera vez qué cojones está pasando?

—No grites, que te van a oír las niñas. Cálmate, Verónica, por favor.

—O me lo cuentas o, si tanto quieres protegernos, será mejor que cojas esa puerta y te largues para siempre.

Silencio. Álvaro continúa con la vista clavada en el veteado del parquet.

—Víctor quería utilizar mi empresa para el blanqueo de capitales de otros negocios en los que andaba metido —dice al fin sin levantar la cabeza.

—¿Víctor?

Él asiente despacio antes de responder.

—Sí, el bueno de Víctor era un puto delincuente, un ladrón, un estafador. ¿Crees que llevaba ese nivel de vida ganándose el pan de forma honrada?

Ahora es Verónica la que parece haberse quedado muda. De todas las posibilidades, esta no entraba dentro de sus elucubraciones.

—Yo me negué y ahí empezó el acoso y derribo contra mí y contra la empresa. —Álvaro toma aire y se vuelve para mirar a su esposa—. Movió sus tentáculos y consiguió que nos fueran cancelando contratos. Sabes que era una persona muy influyente y que tenía contactos en todas partes. De la noche a la mañana dejaron de contar con nosotros, nadie contrataba nuestros servicios. Incluso utilizó esas influencias para que los bancos me denegaran líneas de crédito. Me acorraló. Quería que fuera con el rabo entre las piernas y aceptara su propuesta para reflotar nuestra empresa.

—No tenía ni idea... ¿Por qué no me lo dijiste? ¿De qué querías protegernos?

—Nunca llegó a contarme para qué negocios quería blanquear el dinero. Tuve miedo.

—¿Llegó a amenazarte?

—No. Su estrategia fue más sutil. Quería hundirme, dejarme sin opciones para que él fuera la única posible.

—¿Por eso le pediste ayuda a mi hermano?

Él frunce el ceño, trata de esquivarlo.

—Vi vuestro chat, Álvaro, no me lo niegues.

—Estaba desesperado, Vero —admite al fin.

—¿Por qué tuviste que acudir a él? ¡Intentó violarme cuando tenía nueve años, joder! Si no llega a entrar mi

303

padre a tiempo... —Ella resopla y aprieta la mandíbula, él traga saliva y calla—. Ahora entiendo por qué no me lo contaste.

—Hay algo más...

—¿Qué quieres decir? ¿Qué más puede haber? —Silencio—. Ya sé, el viernes de pizza no estuviste trabajando, ¿es eso?

Él niega y desvía la mirada. Se siente avergonzado, ruin. Verónica viene de una familia acomodada; para él, en cambio, todo esto era nuevo. Se le subió a la cabeza, creyó que podía formar parte del mismo círculo. Pero sigue siendo el mismo don nadie que una noche se apostó una ronda con sus amigos a que se ligaba a la niña pija.

Verónica se acerca hasta él reptando por la cama y le pasa una mano por la espalda.

—Cariño, sé que lo has pasado mal. Deja de martirizarte y cuéntamelo todo. No más secretos, ¿vale?

—Cogí dinero del fondo de estudios de las niñas —lo dice sin reunir el valor para mirarla a la cara.

Ella se retira hacia atrás y menea la cabeza al tiempo que le lanza a su marido una mirada de profundo desprecio.

—Dime que no es verdad, Álvaro. ¿Has robado a tus propias hijas?

—¡No! —grita él—. Pensaba devolverlo cuando la empresa se recuperase.

—¿Cómo has podido?

Álvaro se da la vuelta y la mira, esta vez con los ojos enrojecidos de furia.

—¡¿Que cómo he podido?! ¡¿Y tú qué has hecho para sacar a la familia adelante?! Mira a tu alrededor, Vero. ¿De dónde crees que sale todo esto? Claro, como tú siempre lo has tenido todo, crees que sale de la nada como los champiñones, ¿eh?

—¿La culpa es mía? ¿Por cuidar de tus hijas mientras tú les robas?

—Estaba desesperado, Verónica. ¿No lo entiendes?

—¿No te das cuenta de que así has empeorado las cosas? Era lo único que nos quedaba de la herencia de mis padres. Ya ni siquiera podemos contar con esos ahorros, Álvaro. ¿Qué vamos a hacer ahora?

—Ya da igual todo.

Verónica se levanta de un salto y se planta frente a su marido, obligándolo a mirarla.

—¿Da igual todo? ¿Solo te importa tu empresa, tu estatus, tu reputación? ¿Y tus hijas? ¿Y yo?

Él baja la vista, derrotado.

—Lo siento. Creía que sería capaz de solucionarlo —musita.

Ella piensa que la solución vendrá gracias a la supuesta herencia que pronto cobrará de su hermano, pero está tan furiosa con él que opta por no decir nada; ya lo hará después, cuando se calmen las aguas.

—Si quieres solucionarlo, empieza por hablar con la policía. Tienes que aclarar las cosas con ellos para que nos dejen tranquilos y podamos continuar con nuestras vidas.

Álvaro no tiene tiempo de rebatir la propuesta de ella; la puerta del dormitorio se abre. La discusión ha ido subiendo de tono y han terminado alzando demasiado la voz.

—Mami, tenemos hambre. ¿Podemos merendar ya?

Capítulo 78

Carmelo Lozano los está esperando a las puertas de la nave con las manos metidas en los bolsillos del pantalón. Distinguen su figura achaparrada y su reluciente calva desde la carretera.

Están tratando de reconstruir los hechos que llevaron a Pochele a terminar atado a la reja de la mansión de El Romaní. La víctima no tiene familia y no han conseguido contactar con Marta, la empleada del club, ni con Omar, el vigilante de seguridad. Nadie que pueda darles una pista de cuándo fue visto por última vez ni de qué hizo en sus últimas horas de vida. Esperan poder encontrar alguna evidencia que les permita avanzar en la investigación en el sistema de videovigilancia de la carpintería metálica que hay frente al club Las Palmeras.

Cuando aparcan el camuflado junto a la entrada de la nave, el hombrecillo dirige sus pasos hacia ellos esbozando una sonrisa afable.

—Gracias por venir, señor Lozano —saluda Sagarra al bajarse del coche.

—No hay de qué, hombre. Lo que haga falta.

Al adentrarse en la fábrica, sus voces retumban en ese espacio lóbrego y silencioso. Las máquinas que el otro día los recibieron con sus sonidos atronadores están hoy paradas.

—Los sábados solo abrimos la exposición, el taller está cerrado. A lo sumo hacemos alguna instalación donde el cliente. Disculpen que no haya contestado al teléfono cuando me han llamado esta mañana, pero me han pillado sacando a los perros y, como no conocía el número, no he devuelto la llamada.

—No tiene que disculparse, señor Lozano. Le agradecemos mucho que colabore con nosotros —contesta Puentes.

—Llámenme Carmelo, por favor.

Los conduce hasta la oficina que visitaron el lunes, donde se ubica el sistema de grabación de las cámaras de seguridad.

—¿Le importaría que nos llevásemos las grabaciones? —pregunta Sagarra.

—Yo no entiendo ese trasto, vinieron y me lo instalaron. Lo único que sé es reproducir las grabaciones. Si se lo llevan, me quedo sin nada para grabar. Pueden tomarse el tiempo que necesiten, pero preferiría que no se llevasen nada si es posible.

—Naturalmente, Carmelo. Si vemos algo de interés para la investigación, haríamos una copia de la grabación en una memoria USB.

—Claro, si saben cómo hacerlo..., yo no tengo ningún problema. Mientras no me quede sin mis cámaras... Es que ha habido muchos robos por aquí, ¿saben? Y no quisiera yo que justo me quedase sin ellas y me entrasen a robar.

—No se preocupe, no se quedará sin ellas.

El hombre asiente y empieza a manipular el grabador con sus dedos rollizos. Visionarán desde el jueves a primera hora; si no hay nada, se remontarán a días anteriores.

—¿Es verdad que lo encontraron en El Romaní? —pregunta mientras busca la grabación del jueves.

Puentes asiente.

—Seguro que han sido las *antiprostitución* esas... ¿Cómo se llaman? Sí, esas que dicen que aunque se les pague a las chicas es una violación.

—¿Abolicionistas? —dice Sagarra.

—Sí, esas. A ver..., yo ya les dije que no me gustan esas cosas, pero no hay que negar que es el oficio más antiguo del mundo. Vamos, que de toda la vida ha habido putas y no ha pasado nada.

Sagarra tiene que morderse la lengua para no contestarle que antes también se lanzaban cabras desde campanarios para festejar las fiestas patronales y que no por eso estaba bien. Que, para que evolucionemos como sociedad, debemos replantearnos las cosas, no seguir repitiendo patrones por simple tradición o costumbrismo. Para su sorpresa, es Puentes quien contesta:

—Los tiempos cambian, Carmelo.

—Ya, hombre... Si yo no digo nada... Pero lo que quiero decir es que a este pobre señor, que resulta que tiene un local en el que alquila las habitaciones a estas chicas para que no tengan que estar en la calle, van y lo matan dejándolo tirado en uno de los puticlubs más famosos de la provincia. Blanco y en botella.

Puentes no contesta, Sagarra tampoco. Tras el silencio reprobador, Carmelo, al que le ha costado un rato encontrar las grabaciones, pulsa el botón de *play* y las imágenes aparecen en el monitor.

Al salir de la fábrica, el cambio de luz los ciega. Han estado varias horas repasando las imágenes, la última vez que se ve el coche de Pochele entrando y saliendo del descampado del club es el miércoles por la tarde. El jueves no se acercó en todo el día por allí.

—Muchas gracias por su colaboración, Carmelo —se despide Puentes.

—Aquí estamos, para lo que necesiten.

Cuando están a punto de subirse al coche para volver a la brigada, ven movimiento a la entrada del club. Varias chicas salen por la puerta.

—Mira, Puentes. Vamos.

Cruzan la carretera comarcal y llegan justo a tiempo: las chicas acaban de meterse en un coche. Una mujer de mediana edad que ha salido tras ellas se dispone a ocupar el asiento del conductor.

—¡Disculpe! Policía. ¿Podríamos hablar con usted unos minutos? —la detiene Sagarra.

Ella se da la vuelta y los mira arrugando la frente.

—Buenas tardes. Estamos investigando la muerte de José Fayos. ¿Podría respondernos a unas preguntas, por favor? —pregunta Sagarra, jadeante, cuando le da alcance.

—Sí, díganme. Soy Marta, la encargada del club.

—Sentimos mucho lo sucedido, Marta —se disculpa Sagarra—. Verá, nos gustaría saber cuándo vio a su jefe por última vez.

—El miércoles por la tarde. Vino a echar un vistazo rápido, nos dijo a Omar y a mí que tenía unos asuntos que atender esa noche, que nos encargásemos nosotros de cerrar. Luego se fue y ya no volvió.

Los policías intercambian una mirada, su versión coincide con lo que han podido comprobar en las cámaras de seguridad de la fábrica.

—¿Y las chicas? —Puentes hace un gesto hacia el vehículo.

—Algunas se han ido a otros clubes, otras a algún piso de algún conocido y a las que no tienen adonde ir les he ofrecido que se queden en mi casa hasta que encuentren algo. Después de lo que ha pasado, ninguna quería quedarse aquí.

—¿Le dijo su jefe de qué asuntos debía ocuparse la noche del miércoles? —pregunta Sagarra.

Marta niega con la cabeza.

—No solía darnos muchas explicaciones, era un hombre de pocas palabras.

—Ya que está aquí, ¿le importa si echamos un vistazo en el club? —la tantea Puentes.

Marta vuelve la vista hacia el interior del coche, en el que aguardan las cuatro mujeres.

—Sí, claro... —titubea—. Si esperan un momentín a que avise a las chicas...

Capítulo 79

El inspector Nàcher está encerrado en uno de los laboratorios de informática forense. No ha hecho otra cosa en los últimos días. Jamás hubiera pensado que diría esto hace unos años, pero está de ver porno hasta las narices. Durante sus casi treinta años de experiencia en el cuerpo, veinte de ellos destinado en la Brigada de Investigación Tecnológica, ha sido espectador de toda clase de atrocidades, está acostumbrado a lidiar con imágenes que herirían la sensibilidad de cualquiera, a ver la peor cara del ser humano; pero en este caso es distinto. Lleva una semana viendo cómo hombres de todo tipo, escondidos detrás de unas máscaras, son capaces de hacer verdaderas barbaridades a esas chicas. Y lo que más le está afectando es que, en otras ocasiones, eran víctimas las que estaban del otro lado. Sin embargo, en este caso se supone que es un trabajo, aunque por sus caras de angustia parezca una agresión de lo más real. Se siente mal por verlas. Es su deber hacerlo, pero al mismo tiempo nota una mezcla entre repulsión y excitación difícil de comprender. Porque la degradación que destilan esos vídeos es tal que asusta. Y, aunque él sabe que jamás participaría en unos actos como los que está contemplando —su sentido del respeto y del deber está por encima de todo eso—, no es capaz de discernir si los sentimientos encontrados que le provocan esas imágenes son fruto de sus instintos más básicos o de la sociedad que ha ido dejando su impronta durante años de educación machista. Lo que está viendo por esas pantallas no son actos fruto de una mente perturbada o de alguien que sufre algún tipo de psicopatía; son padres de familia, altos cargos, jóvenes universitarios...

Tres toques consecutivos en la puerta lo distraen de sus pensamientos. Detiene la grabación de forma apresurada antes de abrir él mismo desde dentro. Es la inspectora Ferrer.

—Inspector Nàcher, me envía Robledo. Quiere que le traslade su preocupación por la resolución del caso. Me ha pedido que revisemos juntos las grabaciones —dice Nela a modo de saludo.

—La verdad es que me vendrá bien algo de ayuda, hay muchísimo material y yo solo no doy abasto. Pase, por favor.

Nela se adentra en el laboratorio. Es una habitación estrecha y en penumbra. Los equipos de visionado están dispuestos a ambos lados de la sala, cada uno de ellos provisto por doble monitor, sobre cuatro mesas de reducidas dimensiones arrimadas contra la pared. Sobre ellas se apilan carpetas, CD, discos duros y otros utensilios que ella es incapaz de identificar.

—Bien, ¿por dónde empiezo?

—Los discos duros que hay en ese montón ya están revisados. Me quedan por revisar estos de aquí —contesta él señalando a una de las pilas que tiene sobre la mesa—. Decidí comenzar por los discos porque son los que contienen las grabaciones más recientes. Después pasaré a las tarjetas de memoria y había dejado las cintas para el final. Si quiere, puede ponerse en este equipo de aquí.

—Gracias, inspector. —Nela toma asiento.

—No he podido identificar a todos los que aparecen en las imágenes, solo a los que tenemos en nuestra base de datos y a los personajes públicos.

—¿Se han contrastado con las fotografías de las víctimas? Tal vez me equivoque, pero creo que en estos vídeos podemos encontrar la conexión que andamos buscando.

—Sí, también lo he hecho. De momento, nada.

Siguiendo las instrucciones del inspector Nàcher, Nela comienza con el visionado de las imágenes. Son muy explícitas, de una crudeza tal que resulta complicado mantener la vista en ellas. Una chica está de rodillas practicando una felación a un hombre con una máscara de Spiderman; de pronto, otro hombre aparece en escena, este con la cara oculta tras una máscara de payaso; la toma por el brazo, la levanta a la fuerza del suelo y la tira sobre un sofá rojo, como si fuera un trapo. A continuación, la agarra por el cuello, le tapa la boca con la otra mano y la penetra con violencia. La cara de angustia de la actriz es muy realista, se pregunta si formará parte del guion, o será una agresión real. A ella, desde luego, le resulta muy difícil contemplar tanta brutalidad. Siente el malestar que le provoca el asco y la ira, le sudan las manos. Tiene el rostro tan apretado que han empezado a palpitarle las sienes. Vuelve la vista hacia el jefe de la BIT, que lleva puestas unas gafas de pasta rojas y se pregunta cómo es capaz de soportarlo. Analiza su rostro impasible de facciones angulosas. Nada, ni un ápice de emoción ante lo que tiene delante. Por un instante advierte cómo sus cejas pobladas se inclinan hacia dentro al tiempo que achina los ojos. Aunque le gustaría parar la reproducción y salir corriendo de esa sala, se siente obligada a quedarse y seguir examinando las imágenes que aparecen en la pantalla. Por suerte, la vibración de su teléfono le permite pausar el vídeo y alejarse unos segundos.

—Dime, Valbuena... Perfecto, lo estábamos esperando. Hazlo pasar a la sala de interrogatorios, bajo enseguida.

Daniel Hervàs, hijo de la segunda víctima, los está esperando sentado en la sala de interrogatorios mientras la inspectora y Valbuena lo observan a través de los monitores.

—¿Sabe ya por qué le hemos hecho venir? —pregunta Nela.

—No. Te he llamado en cuanto ha llegado.

—Parece tranquilo... A ver qué tiene que contarnos sobre su visita a la asociación del otro día.

La inspectora entra en la sala seguida por el subinspector. Al verlos, el joven se yergue en la silla.

—Buenas tardes, Daniel. Gracias por venir.

—¿Qué pasa? ¿Han descubierto algo sobre el asesinato de mi padre?

Un gesto de preocupación atraviesa el rostro del joven. Tiene peor aspecto que la última vez que lo vieron. Está pálido y ojeroso, como si llevara noches sin dormir.

—No, aún no. Solo queremos hacerle unas preguntas.

—Ya les conté todo lo que sé cuando hablamos la otra vez.

—Le vimos entrar en la asociación FairSex el viernes por la mañana. —Nela lo suelta sin más.

—¿Y qué tiene eso que ver con la muerte de mi padre?

—¿Qué hacía allí? —pregunta Valbuena esquivando la pregunta de Daniel.

—Fui a ver al padre de un amigo de la facultad. Es voluntario.

—Suena un poco raro, Daniel.

—No veo por qué. Quedamos para tomar un café, me dijo que estaba en la asociación y fui allí para encontrarme con él.

—No le vimos esperando en la puerta. Estaba usted accediendo al interior —apunta Nela.

—Claro, porque entré para decirle que ya había llegado.

—¿No podía avisarlo al móvil?

—No sé dónde quieren ir a parar, ni qué relación tiene esto con lo que le han hecho a mi padre.

—Aun así, sigue sonando raro que fuera a ver al padre de un amigo. ¿Podría indicarnos el motivo?

—Ya se lo he dicho, inspectora. Para tomar un café.

—¿Con el padre de su amigo?

—Mi amigo falleció hace ya casi dos años. Desde su muerte, me reúno con su padre de vez en cuando. Es un buen hombre, lo ha pasado francamente mal. Perdió a su mujer y a los pocos meses a su hijo.

Nela se siente turbada, no sabe qué decir.

—Cuando se enteró del asesinato de mi padre —continúa Daniel— me brindó su apoyo. A mí me viene bien hablar con él, la verdad. Los dos hemos perdido a personas muy cercanas: yo a un padre y él a un hijo.

Los policías permanecen callados tras las palabras del joven. Aranda rompe el silencio al asomarse a la sala, después de llamar a la puerta.

—Siento la interrupción, jefa. Nàcher ha llamado, quiere que veas algo.

El inspector jefe de la BIT ha encontrado unas grabaciones en las que aparece la segunda víctima. Aunque lo esperaba, Nela no puede creerse lo que ve. Dos hombres, completamente desnudos se despojan de sus máscaras. Acaban de participar en un *bukkake*.

—Padre e hijo...

La inspectora suelta el aire en un bufido.

—¿Cómo dice? —pregunta el inspector Nàcher.

—El que está junto a Víctor Hervàs es su hijo y lo tengo sentado en la sala de interrogatorios ahora mismo.

Capítulo 80

Después de conseguir el visto bueno de Robledo, Nela baja para poner al día a Valbuena sobre el contenido de las imágenes que acaba de mostrarle el jefe de la BIT. Le ha pedido a Nàcher que le haga una copia de las imágenes en un *pendrive*; se las mostrará a Daniel a ver qué tiene que contarles.

—¿Crees que podría estar implicado en la muerte de su padre?

—Me cuesta creerlo, pero no sería el primero ni el último.

—Es médico —le recuerda el subinspector.

—¿Y qué hay de las otras víctimas? ¿Por qué mataría al productor o al dueño del club?

—Quizá sabía de la existencia de esas grabaciones.

—¿Y los mensajes? No sé, Valbuena. Tampoco tiene la corpulencia que andamos buscando.

—Cierto, aunque no me he fijado en sus pies.

—Yo sí y no debe de calzar más de un cuarenta y dos. Además, tiene coartada: recuerda que estaba con su madre en Chulilla cuando mataron a su padre.

Nela no sabe qué pensar. Se resiste a creer que el joven al que observa a través de los monitores, con la mirada baja, los hombros caídos y esa cara de sufrimiento, haya sido capaz de matar a su padre.

—¿Entramos y lo averiguamos? —pregunta Valbuena.

La inspectora asiente despacio. En ocasiones como esta, se le hace duro cumplir con su trabajo. Pero necesita respuestas.

Entran en la sala y se sientan frente a él. Se le ve inquieto, preocupado. Nela se toma unos segundos para pensar en la mejor forma de iniciar la conversación, aunque sabe que, por mucho que le cueste aceptarlo, le va a hacer pasar por un mal trago.

—Nos gustaría que nos hablase de la relación que tenía con su padre.

—Normal, no sé, como cualquier familia.

—¿Estaban muy unidos?

—Bueno... —duda—, es verdad que llevábamos horarios distintos y el trabajo nos absorbía bastante. Pero sí, supongo que sí.

—Hemos encontrado algo que queremos que vea.

La inspectora abre el ordenador y le muestra las imágenes. Daniel las mira avergonzado por verse desnudo y en esas circunstancias.

—¿De dónde ha salido esto? ¡Exijo que me expliquen ahora mismo quién les ha facilitado esas imágenes! —exclama con el rostro descompuesto.

—Entiende que no podemos darte esa información y que tampoco pretendemos violar tu intimidad, pero ¿qué puedes contarnos, Daniel?

La inspectora ha pasado al tuteo, está convencida de que en algunas ocasiones ayuda a ganarse la confianza con algunos testigos. Es una forma de conseguir cercanía, de mitigar el interrogatorio.

Daniel apoya los codos sobre la mesa y se tapa la cara con ambas manos. Tras un titubeo, levanta la mirada y les dice:

—Esa grabación es de hace varios años. Mi padre comenzó a llevarnos a mí y a mis amigos a ese tipo de eventos cuando cumplimos los dieciocho. Dejé de ir con él hace cosa de tres o cuatro años.

—¿Quieres decir que tu padre seguía yendo?

—Supongo... No hablábamos del tema, pero él siempre fue así, no sé cómo lo aguantaba mi madre. Al principio me parecía genial. Todos mis amigos decían que tenía mucha suerte porque, desde que empezamos con la revolución hormonal, mi padre fue nuestro proveedor de porno y de encuentros sexuales pagados.

—¿Qué pasó para que dejarais de ir con él?

—¡Es absurdo! No entiendo por qué tengo que contarles esto. No sé qué relación puede tener con su asesinato.

—¿Has tenido algún problema con tu padre por esto?

Daniel aprieta los dientes.

—¿Qué quieren saber? ¿Si he tenido algún problema con mi padre y me lo he cargado?

—Nosotros no hemos dicho eso —aclara Nela—. Pero creemos que tienes muchas cosas que contarnos.

—¿Conocías a este hombre? —Valbuena le muestra una foto de Miguel Murillo.

—Pues claro que lo conocía, todo el mundo lo conoce.

—Por supuesto que lo conoces. Era el organizador de los *bukkakes* —le aprieta el subinspector.

—¿Y a este? —Nela le muestra otra foto, esta vez de Pochele.

—Sí, bueno —reconoce él—, es el dueño de un club al que solía llevarnos mi padre.

—Conoces a las tres víctimas del caso, Daniel —acusa la inspectora—. Creo que deberías decirnos qué ocurrió con tu padre.

—¿Y qué problema hay con que conozca a las víctimas? Yo no he matado a nadie, joder. Soy médico. Me dedico a salvar vidas, no podría...

—Sin embargo, algo pasó para que dejases de ir con tu padre a esos eventos.

—No entiendo por qué tengo que contarles esto —repite mientras se retuerce las manos—. Forma parte de mi vida privada. Tanto yo como mis amigos éramos mayores de edad, no hemos hecho nada ilegal.

—¿Tus amigos también dejaron de ir?

Daniel asiente.

—¿Por qué? ¿Pasó algo? —presiona Valbuena.

El joven baja la vista y suelta un profundo suspiro.

—No es fácil para mí, es una historia complicada de contar. No sé ni por dónde empezar.

—Por el principio, Daniel.

Capítulo 81

—Mis amigos están en la cárcel, por eso dejamos de ir a los *bukkakes*. Una noche se les fue de las manos y violaron a una chica. Yo no salí con ellos ese día, estaba de viaje con mis padres. Si lo hubiera hecho, probablemente habría acabado entre rejas también.

—¿Cuándo sucedió eso?

—Hace cinco años, en Fallas. Iban borrachos y supongo que, siendo la noche que era, tomarían algo más. A veces íbamos a pillar algo de coca para noches especiales: Nochevieja, Halloween, fin de curso...

Daniel niega despacio con la cabeza, duda unos segundos antes de seguir contando nada más.

—Ahí fue cuando me di cuenta de que teníamos un problema.

—¿A qué te refieres? —pregunta Valbuena.

—Bueno, realmente no me di cuenta del todo hasta que murió Rafa, ahí toqué fondo. Era mi mejor amigo.

Las lágrimas empiezan a resbalar por las mejillas de Daniel. Nela desliza un paquete de pañuelos por la superficie de la mesa antes de continuar.

—Y culpas de eso a tu padre.

—En parte sí —reconoce él—. Llegó un momento en que no sabíamos divertirnos de otra manera. Es como quien sale y si no bebe una gota de alcohol, parece que no se lo esté pasando bien. A nosotros lo que nos sucedía era que siempre teníamos que acabar la noche echando un polvo; si no, era como si no hubiésemos salido. El padre de Rafa fue quien me puso en contacto con la asociación.

—Por eso fuiste a encontrarte con él el viernes.

—No. Les he mentido. Tenía una cita con Tomás, mi psicólogo. Tras la muerte de mi padre he tenido una recaída.

—¿Una recaída? —pregunta Valbuena.

—Sí. Después de varios años de terapia ya estaba casi recuperado. Pero las adicciones son muy traicioneras y siempre están ahí acechando: soy adicto a la pornografía.

La confesión del joven pilla por sorpresa a los policías, que permanecen en silencio durante unos instantes. Valbuena es el primero en intervenir.

—¿Qué pensaba tu padre sobre tu adicción?

—Nunca se lo conté. De mi entorno solo lo sabe el padre de Rafa. Él me ayudó mucho. Supongo que quiso resarcirse por no haber podido hacerlo con su propio hijo. —Daniel se enjuga una lágrima antes de continuar—. Cuando detuvieron a Rafa, sus padres fueron los únicos que buscaron respuestas a lo que había pasado. No entendían cómo su hijo, un chico modélico, que estudiaba Medicina y sacaba unas notas excelentes había podido hacer eso. No daban crédito. Al principio pensaron que era un error, que su hijo era inocente. Después, durante el desarrollo del juicio, fueron descubriendo otra cara de Rafa que desconocían por completo.

Daniel se detiene, incapaz de contener el llanto. Los policías aguardan a que se recupere. Al cabo de un prolongado mutismo, Nela lo anima a continuar:

—¿Qué pasó después?

—En un primer momento intentaron hablar con su hijo, pero él no era capaz de entender que lo que habían hecho estaba mal. La verdad es que en esa época teníamos una visión totalmente distorsionada de la realidad. Pensábamos que lo que pasó esa noche era algo normal, tonterías que se hacen cuando vas borracho. Fue entonces cuando cayeron en la cuenta de que su hijo tenía un problema y buscaron ayuda.

—En la asociación.

—Exacto. El padre de Rafa estaba empeñado en alegar que su hijo sufría una enfermedad mental y necesitaba ayuda. Quiso demostrar su adicción para que constara como atenuante en el juicio. Sin embargo, Rafa no estaba dispuesto a someterse a una valoración psicológica. Se cerró en sí mismo, no quería ver a nadie. Renunció a recibir visitas, así que contactaron conmigo, estaban desesperados. Yo lo intenté, pero fue en vano. En realidad fueron ellos los que me ayudaron a mí.

—¿Qué hicieron entonces?

—Nada, no pudieron hacer absolutamente nada por él. La última vez que vi a Rafa fue cuando salió de permiso para el entierro de su madre. Estaba muy delgado, pálido, desmadejado. Se le notaba la tristeza hasta en el caminar. Se culpaba de la muerte de su madre. Unos meses después, lo encontraron muerto en su celda, se quitó la vida.

—¿Te sientes culpable de su muerte?

Daniel asiente despacio mientras se seca una lágrima.

—Si mi padre no nos hubiera metido en este mundillo, tal vez nada de esto habría pasado. Yo los arrastré a todos a esta mierda y soy el único que se ha librado. Ya lo habíamos hecho otras veces, ¿saben? Sin ser conscientes del todo de lo que estábamos haciendo, era nuestra rutina. Pero las chicas no se habían atrevido a denunciarnos por miedo a que las juzgaran mal. Al fin y al cabo, iban borrachas o drogadas... ¿Qué podían decir?

—¿Has pensado alguna vez en vengar su muerte?

Daniel les lanza una mirada aviesa y niega con la cabeza.

—¡No! En absoluto. ¿Cómo pueden decir algo así?

Nela está tan perpleja con el giro que ha tomado el caso que no sabe qué preguntar. Poco más puede decir Daniel que no les haya contado ya. Deben averiguar la identidad de la chica a la que violaron esa noche, tal vez se equivocaron de víctima cuando se desplazaron hasta Madrid. Quizá su intuición no vaya desencaminada y tras esos mensajes está la venganza de una mujer y no un hombre como hasta ahora pensaban. En ese caso, tal vez tengan delante a su próximo objetivo.

Capítulo 82

—¿Qué hacéis todavía aquí? —pregunta la inspectora al entrar a la sala común.

Aranda y Zafra están prácticamente en la misma posición en la que los ha dejado por la mañana.

—Llevamos toda la tarde repasando el tema de las granjas equinas y las matrículas —responde la agente.

—¿Tenéis algo?

—Ojalá, jefa. No hemos encontrado nada todavía.

—¿Y del tema de la cocaína en el ano?

—Hay algo que podría cuadrar..., pero no estamos seguros. Se llaman fiestas blancas.

—Explícate, Aranda, por favor.

—Consiste en combinar el sexo con el consumo de cocaína. En algunas ocasiones, la sustancia se introduce directamente en la vagina o el ano para prolongar y potenciar la erección del pene y retrasar la eyaculación. Hemos hecho una búsqueda por internet y, al parecer, algunas prostitutas se ven obligadas a practicar estas llamadas fiestas blancas. La cocaína actúa como anestésico local y facilita prácticas sexuales que puedan implicar dolor.

—¿Puede provocar la muerte?

—Sí, es posible. Por lo que hemos podido averiguar, la absorción de la coca en la zona genital es más rápida a través de las mucosas. Los efectos pueden empezar a notarse de forma casi inmediata, en apenas un minuto.

—Tenemos que hablar con Monzó para confirmar que la sustancia hallada en la víctima se corresponde con cocaína. Y, si es así, que nos aclare si fue eso lo que le provocó la muerte.

—Por eso los latigazos y las quemaduras de cigarrillos...

—¿Cómo dices, Valbuena?

El subinspector se había mantenido al margen de la conversación mientras recogía sus cosas, dispuesto a marcharse a casa.

—Creo que lo que el asesino ha querido emular en el cadáver son prácticas extremas y abusivas que se dan en la prostitución. De ahí el mensaje: «Quien paga manda».

Nela piensa en los tres mensajes del asesino que enseguida aparecen materializados en su mente, escritos uno debajo de otro, en el pósit naranja fosforito que ha dejado encima de la mesa de su despacho. Rápidamente empieza a asociarlos con el *modus operandi* de cada uno de los tres crímenes.

—Está castigando a las víctimas. El *modus operandi* está relacionado con lo que hacían cada uno de ellos.

—Víctor Hervàs por los *bukkakes*. Y el productor, por las escenas que grababa —apunta Aranda.

La inspectora empieza a rumiar los últimos datos a toda velocidad. Hay algo que no le termina de encajar.

—Pero no hemos encontrado la frase que dejó en el cuerpo del productor en ningún vídeo de su web. «Sin arcada, no hay mamada»...

—Bueno, la verdad es que no tengo mucha idea sobre el tema, pero lo que dice la frase será algo como muy típico en el porno, ¿no? —comenta la agente.

—Quizá habría que buscar *gagging*... —propone Zafra.

El agente capta la atención de la sala. Todos lo están mirando para que se explique.

—Se puede traducir literalmente del inglés como «tener arcadas». Suele utilizarse en la jerga pornográfica.

Sus compañeros aguardan en silencio, a la espera de más información. Zafra contiene la respiración, abochornado por tener que ampliar la explicación.

—En esas escenas —continúa al fin—, el actor introduce el pene hasta el fondo de la garganta de la chica hasta provocarle arcadas o incluso asfixia. Suelen ponerle mucho rímel a la actriz para que le caigan enormes manchas negras de lágrimas por la cara, así se hace más patente el sufrimiento de ella.

—Como en las víctimas... —deja caer Valbuena.

—Joder, Zafra. ¿Cómo no has dicho nada antes? —exige la inspectora.

Él la mira con timidez y se encoge de hombros.

—No lo sé, supongo que no se me ocurrió.

—Te veo muy puesto, ¿no? —se mofa Aranda con una sonrisilla.

Zafra se ha puesto rojo; sus mejillas parecen dos manzanas.

—¿Y lo del brazo de maniquí? ¿Se te ocurre algo? —pregunta Nela.

Él se arrepiente de haber abierto la boca. Nota el rubor en las mejillas y cómo las miradas de sus compañeros se le clavan como agujas.

—Nada, lo siento. Habría que buscarlo, supongo que también tendrá asociado algún término anglosajón.

—Bien, poneos con eso en cuanto terminéis de revisar las matrículas y lo de las granjas —ordena Nela—. Si encontráis algo, intentad identificar a los actores y las actrices que aparezcan en esos vídeos.

—Enseguida, jefa.

—No, eso será mañana. Por hoy ya habéis hecho suficiente. Todo el mundo a su casa. Descansad lo que podáis, porque mañana, aunque sea domingo, quiero veros a todos aquí.

Nela pone rumbo hacia su despacho dando por zanjada la reunión.

—¡Ah! Una cosa más —les dice dándose la vuelta hacia ellos—. Localizad a Rebeca Suárez y que vuelva a venir. No voy a dejar que salga por esa puerta hasta que le saquemos toda la información que podamos sobre los *bukkakes*.

Capítulo 83

Desde que han salido de la sala de interrogatorios, Valbuena no para de darle vueltas a lo que les ha contado Daniel Hervàs. Y se da cuenta de cuánto han cambiado los tiempos. Sus hijos viven en un mundo digitalizado, en el que la inmediatez prima sobre la calidad, sobre lo adecuado. Él no tiene ni la más remota idea de lo que pueden estar viendo en internet y de cómo les puede estar afectando. Recuerda la conversación que tuvieron con Tomás, el psicólogo, y empieza a entender algunos de sus razonamientos. Tanto su mujer como él mismo siempre se han preocupado, incluso obsesionado, por darles una buena educación a sus hijos en aspectos como valores morales, resultados académicos, buenos modales; les han dado la tabarra y se han extendido en explicaciones hasta la extenuación. En cambio, no han reparado en que, si no hablan de sexualidad con sus hijos, será internet quien los eduque o se dejarán llevar por lo que se haga en su grupo de amigos como sucedió en el caso de Daniel y su padre.

A Andrés jamás le hablaron del tema. Sus padres pasaron de puntillas lanzándole advertencias sobre la importancia de usar el preservativo si quería evitar embarazos no deseados y enfermedades de transmisión sexual. Su padre se enorgullecía de él y de su hermano cuando hablaban de chicas; mientras que a su hermana, su princesita, le soltaba el sermón sobre los peligros de tontear con los chicos. Su madre, en cambio, a ellos los tachaba de cochinos y a su hermana no paraba de repetirle que debía guardarse para alguien especial, como si la virginidad fuera un tesoro que tuviese que custodiar bajo llave. Definitivamente, eran otros tiempos.

Ahora que le toca a él, no sabe cómo abordar el tema. Le resulta sumamente embarazoso planteárselo a sus hijos. Pero al mismo tiempo le aterra que su hija pueda verse en una situación similar a la que vivió la chica a la que violaron los amigos de Daniel, o a la de Núria Cuesta, víctima de abusos de Miguel Murillo; o que su hijo pueda actuar como esos chicos por falta de criterio propio para salirse del patrón por miedo a que lo tachen de tener poca hombría. Ni el sexo es un tesoro que hay que guardar como creía su madre, ni es un trofeo como pensaba su padre.

Lleva rumiándolo durante todo el trayecto en coche hasta su casa. Sabe que es un tema ineludible que debe tratar con ellos mientras aún pueda, antes de que vuelen del nido y sea demasiado tarde. Sin embargo, desde que ha estacionado el vehículo en la plaza de garaje y el sonido del motor se ha extinguido, se ha quedado paralizado, con la mirada fija en la franja roja pintada en el centro de la pared que hay frente a él.

Capítulo 84

Todos siguen al unísono el ritmo de «In the Mood» con las palmas. Superada la reticencia inicial de Pascual, el tema de Glenn Miller ha pasado a formar parte del repertorio de Butoni con una muy buena acogida por parte del público. Y a él se le ve disfrutar como un enano con el solo de saxo.

Pese al bullicio del local, Nela se abstrae, incapaz de dejar de pensar en los acontecimientos de las últimas horas. Al salir de la Jefatura, tenía el móvil repleto de mensajes para recordarle el bolo de esa noche. Creía que subiéndose encima del escenario con su banda podría despejar la mente por unas horas; pero lo cierto es que, después de los últimos hallazgos, no puede dejar de darle vueltas al caso. Esta madrugada se cumplirá una semana desde que hallaron a la primera víctima y, con dos cadáveres más a su espalda, aún no tienen ningún sospechoso al que seguir la pista. La conversación que ha tenido con Robledo a última hora tampoco ha servido para nada: ha denegado su petición de agentes de apoyo para montar un dispositivo de vigilancia a Daniel Hervàs, no ve motivos suficientes para malgastar efectivos. Quizá el comisario tenga razón y sea otra de sus ideas peregrinas, como la que los llevó a Madrid a perder el tiempo.

El público se deshace en aplausos y vítores. Nela recorre el local con la mirada y lo ve en la barra. Lo último que esperaba es que se atreviera a venir.

—Es hora de hacer un descanso, amigos. Id todos a remojar el gaznate, que enseguida estamos de vuelta para dar más guerra —anuncia la voz de Sebas por los altavoces.

Nela se baja del escenario y va directa hacia Puentes.

—Hola. ¿Qué haces tú por aquí?

—Fuiste tú la que me dijo la otra noche que hoy tocabais en este local. Tenía curiosidad por ver la faceta musical de mi jefa. La verdad es que es un puntazo —contesta él en tono burlón—. Sonáis muy bien.

Nela está molesta. Creía haberle dejado las cosas lo bastante claras ese mismo mediodía cuando han hablado en su despacho, pero, por su tono de voz, intuye que no ha sido así.

—Pues ya nos has oído tocar. Ahora, si no te importa, será mejor que te vayas.

—Había pensado que podíamos tomar algo después.

—Creo que no es buena idea.

—Entiendo que no quieras que tengamos nada, pero podemos ser amigos. ¿O acaso eso tampoco podemos?

—Fran, no quiero tener que ser desagradable contigo. No me lo pongas más difícil, por favor.

—Perdona, no quería molestarte. Si es por lo de tu ex, yo... lo entiendo...

Nela se tensa al escuchar la disculpa de Puentes. Él percibe su gesto de incomodidad, pero ya es demasiado tarde.

—No debí contártelo. Olvídate de lo de mi ex, bórratelo de la cabeza para siempre, ¿quieres?

—Nela, yo...

—Adiós. —Ella no le deja opción a añadir nada más. Se da media vuelta y regresa junto a su grupo.

Él la observa mientras se pierde entre la gente, termina su copa de un trago y desaparece a toda prisa por la puerta.

—¡Qué calladito te lo tenías, Neli! ¿Quién era ese pibón? —curiosea Eva.

—Un compañero de trabajo.

—Joder, pues creo que me voy a preparar las oposiciones a policía. Visto lo visto...

Josevi enarca una ceja, un gesto que Eva conoce bien.

—Es broma, bobito. Ya sabes que tú eres mi pibón, *amore*. —Y, según lo dice, le planta un beso en los labios a su marido—. ¿Y qué te traes con ese... compañero? —Eva pronuncia con un marcado retintín la palabra, a la vez que le guiña un ojo a su amiga.

—Nada... El otro día le conté que tocaba en una banda de jazz y sentía curiosidad por venir a vernos.

—Pues podrías haberle invitado a tomar algo con nosotros. Mira que eres sosa, hija.

Nela pega un largo trago de cerveza y no dice nada. Por dentro, la vorágine emocional la consume. No está preparada para empezar una relación. Menos aún con un subordinado y en medio de su primer caso en su recién estrenada jefatura. Aprieta con fuerza el botellín que sostiene en la mano. Muy a su pesar, debe reconocer que Fran Puentes le gusta y mucho, pero, si algo ha aprendido del pasado, es que no puede dejarse llevar por sus sentimientos.

Capítulo 85

—Papá, estás un poco pesadito con eso, ¿no? —protesta Celia.

Valbuena ha conseguido armarse de valor para orientar la charla hacia el tema en cuestión.

—Sí, cariño, ¿otra vez con lo mismo? —lo cuestiona Lola.

—No, esperad. Dejad que me explique y luego, si queréis, lo dejamos estar. Pero me veo en la obligación de decirlo.

—Está bien, te escuchamos, Andrés.

Lola suelta los cubiertos sobre su plato y entrelaza las manos bajo el mentón. Sus dos hijos la imitan y miran a su padre con curiosidad.

—Esto también es algo difícil para mí, pero creo que es necesario que lo sepáis. Al menos, quiero que tengáis la información.

—¿Quieres soltarlo de una vez? Que se nos enfría la cena —se impacienta Celia.

Andrés coge aire.

—El sexo es algo natural y muy bueno. Sin embargo, hay una serie de cuestiones que debéis tener en cuenta. En primer lugar, la pornografía es falsa, todo lo que sale en esas escenas está preparado, no es real. Tampoco son reales los cuerpos y los genitales que aparecen en ese tipo de cine.

—Ni que fueran de cartón piedra —interrumpe Celia—. Los actores de las pelis normales y los modelos existen, ¿eh? Otra cosa es que no te encuentres a Tom Holland en el Nuevo Centro cada día.

—O a Zendaya. ¿Te imaginas? —se ríe Salva.

—Como si tú fueses a atreverte a acercarte a ella, listo.

Celia da una patadita a su hermano pequeño por debajo de la mesa y Andrés, que ve que aquello se le va de las manos, lo encarrila:

—Lo que quiero decir es que la pornografía es como los efectos especiales del sexo. Ni tiene en cuenta las relaciones interpersonales, ni el consentimiento, ni la reciprocidad…, y exagera algunos aspectos como los genitales o los cuerpos perfectos sin considerar otras dimensiones del sexo. ¿Puedo continuar?

Celia asiente con la cabeza.

—Punto número dos: sois dueños de vuestra sexualidad, y solo vosotros podéis decidir qué hacer con ella, igual que debéis respetar la sexualidad de otros, que es solo suya. Siempre podéis tomar la iniciativa si lo deseáis, pero debéis tener en cuenta que podéis ser o no correspondidos. Y, llegada la hora, podéis parar cuando lo consideréis necesario, estéis en la fase que estéis. Y no solo lo digo por ti, Celia, sino por ti también, Salva. Si en algún momento os sentís incómodos, paráis y no pasa nada. Podéis cambiar de opinión en cualquier instante.

Andrés deja caer una pausa antes de continuar hablando, esperando alguna reacción que no llega, así que prosigue:

—Punto número tres…

—¿Te quedan muchos puntos, papá?

—No, Celia. Déjame terminar, por favor.

Ella pone los ojos en blanco y deja escapar un bufido.

—Punto número tres —repite él—: No es necesario estar enamorado para tener una relación sexual, pero es mejor cuando lo compartes con alguien en quien confías y que te trata con respeto. Y, por último, y ya acabo —dice clavando la mirada en su hija—: Si alguien quiere haceros fotos o grabaros, o si lo hacéis vosotros mismos y luego lo compartís, aunque en principio parezca que no pasa nada, debéis tener en cuenta que es bastante probable que no sean los únicos que lo vean. Que, si perdéis el control sobre esas fotos o esos vídeos, es muy complicado, por no decir imposible, pararlo. Así que es mejor no hacerlo, por lo que pueda ocurrir.

Andrés se echa atrás en su asiento: lo ha hecho, por fin lo ha soltado.

Sus hijos no dicen nada, vuelven a coger los cubiertos y continúan dando cuenta de la cena que tienen delante. Lola esboza una sonrisa cargada de orgullo que dice más que cualquier palabra, y estira el brazo para tomar de la mano a su marido. Él se la aprieta complacido y la mira con dulzura. Después continúan cenando mientras repasa en su mente cada uno de los puntos de la guía que ha encontrado en internet sobre cómo hablar de sexo con tus hijos. Lo ha mirado en su móvil antes de subir a casa y luego se ha encerrado en el cuarto de baño hasta que ha conseguido memorizarlos. Cree que no se ha dejado nada. De pronto, cae en la cuenta de que se le ha olvidado decirles lo más importante de todo:

—Bueno, una cosa más.

—No, papá, déjalo ya, por favor —se queja Salva, que hasta ahora había permanecido en silencio, aguantando estoicamente el chorreo.

—Solo quiero que sepáis que podéis preguntarnos lo que queráis, que, si tenéis alguna duda o algún problema, aquí estamos vuestra madre y yo para solventarlo. Y, si no lo sabemos, lo buscamos. Pero, por favor, no os fieis solo de lo que os digan vuestros amigos o veáis en internet.

—Sí, claro. A ti te lo voy a contar... ¡Qué vergüenza! —Niega Celia con la cabeza.

Capítulo 86

Nela regresa a casa sola. Se pega una ducha rápida, se pone unas bragas y una camiseta ancha y deja caer el peso de su cuerpo en el sofá.

A la salida del pub, ha estado tentada de hacerle una visita a Daniel Hervàs para comprobar que está bien, incluso de quedarse unas horas montando guardia en su portal, pero un par de calles antes de llegar ha desistido, probablemente la tomaría por una loca. Aunque está cada vez más cerca de averiguar la motivación del asesino, se siente muy perdida, como si fuera una novata.

Ni siquiera ha sido capaz de cerrar el otro capítulo de su vida, el de su ex. En su huida hacia delante, pensó que con ignorarlo sería suficiente, que las heridas terminarían cicatrizando solas con el paso del tiempo. No podía estar más equivocada. Cuando las heridas se tapan sin curarlas se vuelven purulentas y dolorosas. Para que cicatricen, primero deben limpiarse y después dejarlas al aire; que sequen y hagan esa capa de costra previa a la regeneración de la piel. Y, al pensarlo, pasa la yema de sus dedos sobre las tres espirales de la escarificación que tiene sobre el muslo, una especie de tatuaje en relieve en el que no se utiliza la tinta; el dibujo se realiza con escalpelo, a base de escaras. Se la hizo encima de la cicatriz que le dejó el golpe que se dio contra la esquina del mueble del salón, tras un fuerte empujón de su marido en una de sus discusiones. Quiso taparla, olvidar lo sucedido. Necesitaba cambiar el dolor interno, insoportable e invisible, por uno que fuese solo suyo, uno que fuera capaz de controlar. Y, cada vez que la nota, le recuerda que solo ella marca su cuerpo, que solo ella decide cuándo y cómo sentir dolor en él, que solo ella es dueña de su cuerpo. Solo ella.

Unas lágrimas de frustración resbalan por su rostro. Se siente emocionalmente exhausta. Y la historia con Puentes la agota aún más; no es fácil mantener a raya los sentimientos. Hace una semana el oficial no la podía ni ver y casi lo prefería así, al menos no se veía obligada a enfrentarse a sus demonios interiores. ¿Por qué no es capaz de superarlo de una puñetera vez? Siente que no puede más, que no puede seguir así, escondiendo la cabeza bajo la tierra como los avestruces. Debe tomar las riendas de su vida y limpiar las heridas para que puedan cicatrizar de una vez.

Incitada por la rabia que la espolea desde dentro, alarga el brazo para coger su móvil, busca el contacto en la agenda y pulsa la tecla de llamada. Un tono, dos tonos, tres tonos. Nadie responde. Después del quinto tono, salta el contestador. Está a punto de colgar, pero siente que, si no suelta ahora todo lo que lleva dentro, quizá mañana se arrepienta. Mejor así, piensa. Y tras el pitido deja su mensaje:

—Pedro, no vuelvas a llamarme más, ¿me oyes? Ni voy a volver contigo ni quiero saber nada más de ti en toda mi vida. No eres consciente de lo que eres porque eres un puto narcisista, pero eres un maltratador. Me machacaste psicológicamente, me hiciste sentir insignificante, y, como eso no te pareció suficiente, pasaste a las manos. No te denuncié porque no quería tener que volver a ver tu asquerosa cara en el juicio. En breve recibirás los papeles del divorcio. Procura devolvérmelos firmados cuanto antes o te juro que acabo con tu carrera, cabrón.

Capítulo 87

Los primeros rayos de luz asoman por los agujeros de la persiana medio bajada. Nela se da media vuelta en la cama, descansada y tranquila. Va recobrando la consciencia poco a poco mientras una sensación de alivio le recorre el cuerpo.

Aunque ha descansado como ya hacía tiempo, no se siente con fuerzas de enfrentarse al cóctel de emociones de las últimas horas. Sus pensamientos vuelven a la llamada de anoche y a su encuentro con Puentes, con el que tiene que reconocer que estuvo especialmente borde. Una oleada de pudor la embiste, le gustaría poder quedarse todo el día metida en la cama, lamiéndose las heridas. El ataque de determinación que la impulsó anoche para realizar esa llamada se ha difuminado hoy como el humo.

La vibración plomiza del teléfono móvil la obliga a incorporarse. Es Pedro, que ya debe de haber escuchado su mensaje. Tras unos segundos de vacilación, pulsa en el icono rojo para colgar la llamada y vuelve a echarse sobre la cama; esta vez con los brazos en cruz y las piernas estiradas ocupando casi por completo la superficie mientras su mirada se pierde en el techo. El móvil vuelve de nuevo a vibrar con la misma letanía, pero ella no se mueve; se limita a escuchar su cadencia hasta que se extingue.

Después de unos minutos, desliza la mano sobre su muslo y acaricia el trisquel. Sus relieves le recuerdan la decisión que tomó anoche y hacen que se incorpore con ímpetu, como si miles de agujas microscópicas hubiesen emergido del colchón. Coge el teléfono y busca el contacto en la agenda, en la letra pe. Lo abre y pulsa con el pulgar sobre la opción «Bloquear contacto».

—A la mierda. Ya no vas a molestarme más, gilipollas.

Fran Puentes desvía la mirada cuando Nela entra en la sala común. A pesar de la conversación que mantuvieron ayer en la brigada, había decidido ir al concierto dispuesto a hablar con ella fuera del entorno laboral. Quería decirle que entendía su miedo, pero que le apetecía seguir conociéndola, como amigos, sin ninguna clase de compromiso. Sin embargo, ahora sabe que la mujer risueña que la otra noche cenó con él está demasiado rota por dentro como para darse esa oportunidad y esto le provoca una tristeza terrible. Le gustaría saber cómo ayudarla a recomponerse, aunque duda de que sea lo más prudente, tratándose de su jefa.

—Bien, vamos a ordenar los datos que tenemos y a ponernos al día de los últimos hallazgos —abre la reunión la inspectora Ferrer.

La primera en intervenir es Sagarra. Relata a sus compañeros la visita que hicieron ella y el oficial a la fábrica que hay frente al club de Pochele.

—Se le vio por última vez el miércoles por la tarde, a eso de las siete y media.

Después continúa contando el registro improvisado que realizaron dentro del club propiedad de la víctima.

—Lo único que encontramos que valiera la pena fue un ordenador portátil, que ya está en manos de la BIT, y este libro de cuentas. —Mientras lo dice, alza una bolsa de pruebas en cuyo interior se halla un cuaderno de tapas azules—. Parece que el hombre era bastante metódico en sus anotaciones. Está dividido en secciones, cada una de las cuales se corresponde con el nombre de una mujer: Tatiana, Olivia, Yurema... Anotaba cada entrada y salida de dinero de la chica en cuestión. Hay conceptos como luz y agua, alojamiento, comida, preservativos, artículos de higiene... Hasta multas por mal comportamiento. También aparecen fechadas las ganancias que cada una de ellas obtenía. Le preguntamos a Marta, la encargada del local, pero nos dijo que no sabía nada, que eso eran cosas de su jefe.

Nela niega varias veces con la cabeza.

—Vaya tela. Y eso que nos contó que él lo único que hacía era alquilarles las habitaciones... Pues parece que las tenía bien controladas. Buen trabajo, chicos. Intentad averiguar si hay algo que nos pueda servir para el caso y luego se lo pasáis a Crimen Organizado. No tiene buena pinta. ¿Algo más?

Le toca el turno a Aranda.

—Ayer me quedé un rato más terminando con lo de las matrículas. Y hay una que me llamó la atención. La primera vez simplemente se consultó en la aplicación de Tráfico y, como no nos pareció sospechosa, no indagamos más. Pero esta vez he investigado uno por uno a los dueños de las diferentes matrículas y la que os comento está a nombre de una mujer fallecida.

—Bien hecho, Aranda. Continúa tirando de ese hilo a ver adónde nos lleva. ¿Habéis conseguido localizar a Rebeca para que venga a hablar conmigo?

—La hemos llamado varias veces, pero tiene el teléfono apagado.

—Pues seguid intentándolo hasta que deis con ella, por favor.

Un agente se persona en la sala común. Todos dirigen la mirada hacia él al advertir su presencia.

—Disculpe, inspectora, pero hay una pareja abajo que pregunta por usted.

Nela asiente.

—Valbuena, ven conmigo. El resto continuad con lo que estéis, luego seguimos.

Han hecho pasar a Álvaro y a Verónica a una de las salas de interrogatorios. Él, con ayuda de su esposa, les ha confesado los chantajes a los que le sometió Víctor Hervàs.

—Por eso lo amenacé, pero no podía contarles nada. Tenía miedo de que alguien se enterara y de que mi familia pudiera sufrir algún daño.

—Gracias por venir y sincerarse con nosotros, Álvaro. Ha sido muy valiente por su parte —le reconoce Nela—. Debemos informar a la UDEF para que investiguen a fondo la asesoría del señor Álamo.

—Pero yo no quiero que aparezca mi nombre por ningún sitio, por favor —les ruega—. Aún estoy intentando remontar el negocio y, si hay peces gordos implicados, acabaría hundiéndose por completo.

—Puede presentar denuncia anónima si así lo desea. Pero es necesario que exista una denuncia formal para que puedan iniciar el proceso de investigación —le informa Valbuena.

—En ese caso, no cuenten conmigo, lo siento. No quiero que puedan relacionarme con eso.

—Pero, Álvaro... —Verónica le suplica con la mirada.

—No, Vero, ya tenemos suficientes problemas.

—Como quiera. En cualquier caso, nosotros debemos ponerlo en conocimiento de nuestros compañeros.

Los conducen hasta la puerta de la Jefatura Provincial y se despiden con un apretón de manos. Cuando se dan la vuelta para dirigirse hacia los ascensores, una mujer de mediana edad con la cara descompuesta los intercepta.

—Inspectora, necesito hablar con usted. Es urgente.

Capítulo 88

—Tranquilícese, Marta, por favor, y háblenos más despacio para que podamos entender lo que nos está diciendo.

Han llevado a la encargada del club Las Palmeras a una sala para poder hablar con ella con más tranquilidad. Está visiblemente turbada, se atropella al hablar y su mirada trasluce auténtico pánico.

—A Queca la van a matar —acierta a decir ella entre jadeos.

—¿A quién?

—A la ayudante de Miky.

—¿Rebeca Suárez? —pregunta Valbuena, y, cuando Marta asiente, arquea las cejas—. ¿Qué le hace pensar eso?

—No sé nada de ella desde el viernes. Tiene el teléfono apagado y no está en su casa.

—Quizá haya decidido marcharse unos días —comenta Nela, aunque es más bien «huir» el verbo que tiene en mente.

Marta niega lentamente con la cabeza.

—No, me lo habría contado. Hablé el jueves y el viernes con ella y no me dijo nada de que tuviera pensado ir a ningún sitio.

—¿Y quién cree que querría matarla?

Marta duda. Ha ido hasta allí impulsada por el miedo, pero no sabe si debe seguir revelando más información a la policía. Se debate entre la necesidad de ayudar a esa chica y la posibilidad de verse implicada por encubrir los negocios de su jefe.

—Pochele hacía tratos con gente muy peligrosa. Con gente sin escrúpulos, como él...

Se detiene, fija la vista sobre la superficie de la mesa y suelta un bufido.

—¿Quién es esa gente, Marta? —pregunta Nela con voz suave animándola a que continúe.

La mujer mira indecisa a la inspectora antes de responder:

—Los rusos.

—¿Quiénes son esos rusos?

—No sé sus nombres. Solo sé que traían a las chicas en unos contenedores que desembarcaban en el puerto de Valencia. Le propusieron a Pochele dejarlas en el club durante un tiempo, hasta que el traslado a otras capitales europeas fuera seguro. A cambio, mientras estaban en el club, las chicas trabajaban para mi jefe.

Los policías se miran. No les hace falta hablar para saber que ambos están pensando en el cuaderno del que les acaba de hablar Sagarra en la reunión. Sin embargo, ninguno dice nada; dejarán que sea ella la que se explique primero.

—Pero durante nuestra visita no encontramos ninguna irregularidad. Hablamos con cada una de las chicas y revisamos su documentación, todo estaba en regla —apunta Valbuena.

—Pochele me obligó a llevármelas a mi casa por si ustedes venían.

—A ver, más despacio. No lo termino de comprender... Su jefe le dijo que se las llevara a su casa por si venía la policía. ¿Cómo sabía su jefe que íbamos a ir al club?

—Cuando murió Miky, lo llamó Queca para contárselo. Le dijo que la habíais estado interrogando. Como el club fue el último lugar en el que fue visto Pochele creyó que sería cuestión de tiempo que lo averiguaran y llegaran hasta allí.

—¿Qué tiene que ver todo esto con Rebeca Suárez? ¿Y por qué iban a querer los rusos matarla?

—Pochele realquilaba las chicas a Miky para los *bukkakes*. Creo que los rusos se han enterado, por eso los están matando uno a uno. Y la próxima será Queca.

Al decirlo un acceso de llanto se apodera de Marta. Sus hombros empiezan a convulsionar mientras entierra el rostro entre las manos.

Nela sale de la sala unos segundos y regresa con un vaso de agua y un paquete de pañuelos. Marta agradece el gesto de la inspectora con un leve asentimiento.

—A ver si lo he entendido —dice Valbuena pensativo—. Su jefe era un intermediario en una red de trata de personas con fines de explotación sexual. Y usted cree que la mafia que traía a las chicas está enterada de los negocios que hacía su jefe con Miky y eso los ha cabreado.

Hace una pausa esperando una confirmación. Marta asiente mientras se sorbe los mocos y se limpia la nariz con el pañuelo que tiene hecho una bola en el puño.

—Bien —prosigue Valbuena—. Según tenemos entendido, Rebeca era la encargada de organizar los *bukkakes*; por eso cree que puede ser el próximo objetivo de esa mafia. ¿Es así?

Marta asiente.

—¿Dónde están esas chicas ahora? —pregunta Nela.

—Las tengo en mi casa. Cuando murió Pochele no quise dejarlas allí... Pero ahora tengo miedo.

—Nos gustaría hablar con ellas. Necesitamos más información sobre los *bukkakes* que organizaba Miky.

—Estas eran nuevas, llegaron hace poco y aún no habían participado en ninguno. Había uno programado para el pasado jueves, pero al morir Miky no llegó a hacerse.

—¿Conoce a Víctor Hervàs? ¿Le suena ese nombre?

Ella niega con la cabeza. Nela le muestra una foto de Víctor.

—Ah, sí. Era cliente del club.

—¿Sabe si estaba metido en los negocios con los rusos?

—Creo que no. Nunca lo he visto en el despacho con Pochele. Venía a veces solo y otras con un grupo de chicos o con algún cliente, iba siempre muy trajeado. Se tomaban alguna copa y subían con las chicas. Nada más.

—¿Cuándo dice que habló con su amiga por última vez?

—El viernes, cuando nos enteramos de la muerte de Pochele. Ella también tenía miedo, hacía días que prácticamente ni se atrevía a salir de casa.

—Le prometo que vamos a poner todos los medios para encontrar a Rebeca, pero necesitamos que usted nos ayude. Vamos a avisar a los compañeros de la Brigada de Crimen Organizado. Cuénteles todo lo que conozca sobre esos rusos y llévelos a hablar con las chicas. Cualquier información, por menor que parezca, puede ser de gran ayuda.

—¿Qué va a pasar con ellas? No quiero meterlas en una ratonera, inspectora.

—No se preocupe por eso. Los compañeros les proporcionarán un alojamiento seguro y pondrán a su disposición atención médica y psicológica si es necesario. Ha hecho lo correcto para salvar a esas chicas del infierno en el que estaban metidas, no lo dude.

—¿Y conmigo? ¿Qué van a hacer? —dice con temor.

—Si colabora, no tiene de qué preocuparse.

A pesar de lo que se ha filtrado en la prensa, Marta no conoce los pormenores de las escenas del crimen ni la existencia de los mensajes que el asesino les ha ido dejando en los cuerpos. Y, aunque todas las pistas los llevan hasta los *bukkakes*, Nela no cree que los rusos a los que se refiere se encuentren detrás de estos crímenes. Sin embargo, sí está de acuerdo con Marta en una cosa: Rebeca Suárez, Queca, puede ser la próxima víctima.

Cuarta parte

Mi cuerpo ha empezado a convulsionar por la falta de oxígeno, debo de tener el rostro amoratado. La sábana manchada con mi propia sangre me rodea el cuello. Tengo la cabeza inclinada hacia el pecho, pero con cada sacudida me la golpeo contra los barrotes de hierro. Creí que sería más rápido, que moriría al instante. He atado la tela con fuerza a la parte más alta de la ventana, sin embargo, no es suficiente y mis pies apenas se separan unos centímetros del suelo. Mi instinto de supervivencia pugna por mantenerme con vida; una vida que ya no quiero, que desprecio.

De forma involuntaria continúo luchando, tratando de ganarle la batalla a la muerte; hasta que un fuerte tirón hace que la improvisada soga ceda y el nudo empieza a resbalar por los barrotes. Caigo al suelo como un fardo. Abro mucho la boca aspirando el aire con fuerza, como un pez fuera del agua. Bocanadas instintivas y acuciantes de un cuerpo que se agarra a la vida.

Comienzo a toser de forma espasmódica. Estoy mareado y tengo arcadas. Noto cómo el contenido de mi estómago trepa hasta mi boca y acabo vomitándome sobre las piernas. Me tumbo en el suelo, derrotado, y lloro de rabia.

Llevaba meses esperando una oportunidad como esta. Hoy han trasladado a aislamiento a mi compañero de celda, mi amo, por una reyerta con los colombianos. He pasado cientos de noches en blanco soñando con este momento en el que por fin todo acaba, pero he fallado.

Un grito de rabia sube por mi garganta. Al salir suena como un rugido bronco, como un animal. Aprieto los puños y golpeo en el suelo con tanta fuerza que duele. Tengo el cuerpo empapado en sudor, los nudillos me sangran.

Me incorporo y recorro la celda con la mirada en busca de alguna alternativa que me permita intentarlo de nuevo. Necesito hacerlo, no puedo esperar más. La litera de hierro podría soportar mi peso, pero no tiene la altura necesaria; las estanterías, que hacen las veces de armario, son de obra; junto a la puerta está el retrete, un minúsculo lavabo de acero y la ducha, que ni siquiera cuenta con una barra para colgar una simple cortina. Y, aunque la tuviera, no me serviría de nada porque no aguantaría.

Cierro los ojos y me apoyo en la pared, exhausto. Al menos esta noche no habrá ronquidos, ni navaja en el cuello, ni susurros calientes al oído. De pronto caigo en la cuenta: la navaja.

Emprendo una búsqueda desesperada. Revuelvo las camisetas y los libros de mi compañero, sin éxito. Paso los dedos por cualquier hendidura que encuentro: bajo la mesa, detrás del retrete, debajo de la cama... Nada. En un ataque de furia, cojo los colchones de espuma y los lanzo por el aire. Nada. Puedo escucharme a mí mismo emitiendo una especie de súplica: «Por favor, por favor». Es imposible, tiene que estar en algún sitio. O quizá a mi compañero se le ocurrió la brillante idea de sacarla durante la pelea y se la han confiscado. Me siento de nuevo en el suelo, jadeante. Sin fuerzas.

Una de las almohadas se ha quedado a mis pies. No sé si es la mía o no, pero me da igual. La tomo por un extremo y la aprieto, como si la mullera, de arriba a abajo. Noto algo. Palpo con atención. En el dobladillo de la funda hay un tramo descosido, como una especie de bolsillo. Hurgo en su interior hasta que consigo extraer el contenido. Está enrollado en un jirón de tela mugriento. Lo desenvuelvo con cuidado hasta que los ojos escrutadores de las cuchillas me miran con deseo.

Cojo la navaja, tembloroso, y regreso hasta la ventana. Me agacho para recuperar la carta que le he escrito a mi padre, está manchada de vómito. Se le han quedado pegados varios granos sin digerir del arroz blanco que siempre nos ponen de guarnición. Los despego con cuidado de no romper el papel y me dejo caer con la espalda apoyada en la pared hasta sentarme en el suelo. La releo y noto el sabor salado de las lágrimas que caen sobre el texto y emborronan mi firma al final de la página: «Rafa». Cuando termino la lectura, la doblo dos veces por la mitad y la dejo caer sobre mi regazo. Y así permanezco varios minutos, con la vista clavada en la pared, pensando en mi padre. En la carga que supondrá para él mi muerte, en que ya no le quedará nada por lo que luchar. Aunque le pido disculpas en la carta, sé que no me lo perdonará nunca.

Empuño el mango del cepillo de dientes con la mano derecha y lo dirijo hacia mi garganta, como tantas veces he imaginado. Hago presión y siento las cuchillas atravesar mi piel. Un hilo de sangre caliente empieza a chorrear por mi cuello. Cierro los ojos, tratando de infundirme valor. Debo hacerlo rápido, sin titubeos. Inspiro profundamente, siento miedo. Pero no a morir, sino a fallar de nuevo. No puedo. ¿Y si la agonía se eterniza? ¿Y si me encuentran y consiguen salvarme? Si lo hicieran, sería una carga aún mayor para mi padre. Con esos pensamientos rebotando en mi cabeza, me desinflo, abro la mano y dejo caer la navaja al suelo y los brazos a ambos lados. Lloro con vehemencia, como un niño pequeño tras una caída.

Mi madre ha muerto por mi culpa, por estar más pendiente de mi bienestar que de ella misma. Odio en lo que me he convertido, desprecio los actos que me han traído hasta aquí y no puedo soportar un día más entre estas paredes.

En un acceso de rabia visceral, vuelvo a coger la rudimentaria navaja y hundo las cuchillas en mi brazo izquierdo, trazando líneas verticales, profundas. Repito el proceso, cambiándomela de mano, apretando los dientes. Ya ni siquiera siento dolor. La sangre comienza a brotar cálida y reconfortante.

Capítulo 89

—Nuestra prioridad ahora es encontrar a Rebeca con vida. Mañana, tarde y noche, sin descanso. ¿Estamos?

Nela está nerviosa. Si Marta está en lo cierto y Queca lleva desaparecida desde el viernes, es más que probable que su vida corra peligro.

—¿No crees que pueda estar relacionado con la red de trata de la que os ha hablado Marta?

—No creo que unos sicarios, la mafia o quienquiera que esté detrás de esa red vayan dejando mensajes de ese tipo en los cuerpos, Sagarra. Eso se lo dejamos a los de la UDYCO; a nosotros solo nos haría perder un tiempo del que no disponemos —zanja la inspectora—. He hablado con Robledo —continúa, dirigiéndose al grupo—. Está agilizando las gestiones para localizar los últimos movimientos del móvil de Rebeca y para que tengamos cuanto antes el registro de llamadas del terminal. Aranda, redacta la petición y envíasela ya, por favor.

—Enseguida, jefa.

—¿El móvil de Pochele aún no ha aparecido? —pregunta Nela.

Aranda niega con la cabeza.

—Sagarra, pasadles el cuaderno de cuentas que encontrasteis en el club a los compañeros de Crimen Organizado por si pueden sacar algo de ahí. Yo hablaré con Informática a ver si han conseguido entrar en el portátil.

La inspectora toma aire. Debe pensar con agilidad, dar las órdenes precisas para que todo el equipo funcione.

—¿Tenemos alguna novedad del tema equino?

—Estamos en ello... —responde con miedo Zafra.

—No tenemos demasiado tiempo. Por lo que sabemos, la última vez que Marta habló con Rebeca fue el viernes. Si tenemos suerte y no se la llevó el mismo viernes, quizá consigamos salvarle la vida. Pero es muy probable que recibamos el aviso de un nuevo cadáver en las próximas horas —interviene Valbuena.

—Por eso debemos darnos prisa —coincide Nela—. Sagarra y Puentes, pasaos por el domicilio de Rebeca, preguntad a los vecinos, buscad cámaras cercanas, algún testigo... La orden para entrar al piso la tendremos en pocas horas, pero hay que ponerse en marcha ya.

La subinspectora y el oficial asienten al unísono, aunque Puentes evita mirar a los ojos a Nela.

—Valbuena, tú te quedarás aquí organizando el operativo de búsqueda. He hablado con Robledo, va a poner a nuestra disposición varias patrullas.

Él arquea una ceja, sorprendido por la orden de su jefa. Ella continúa para aclarárselo.

—Yo iré a hacerle una visita a Daniel Hervàs. Todo parece apuntar hacia los *bukkakes* y él es el único que puede darnos información sobre ellos. No pienso dejarlo en paz hasta que no me lo cuente absolutamente todo.

En ese momento suena el teléfono de Nela. Como de costumbre, consulta el número en la pantalla antes de responder. Se levanta, se pasea por la sala escuchando a su interlocutor. Sus respuestas son escuetas, por lo que la sospecha de la aparición de otro cadáver se abre paso en el resto.

—Gracias —dice al colgar.

Abre la aplicación de correo electrónico en el móvil y se dirige a su grupo.

—Era Monzó. Acaba de enviarme el informe de la autopsia de la última víctima. Me ha confirmado que la sustancia hallada en el ano de Pochele es cocaína y que la causa de la muerte fue una sobredosis.

—¿Por la coca? —pregunta Zafra.

Nela asiente.

—Pero no por la que tenía en el ano, esa solo formaba parte de la puesta en escena. Cuando volvimos de la inspección ocular, os comentamos que tenía unas marcas de pinchazo en la cara interna del brazo. Ya sabemos por qué: el asesino le inyectó la cocaína.

Por un instante todos se quedan callados.

—Así que Valbuena estaba en lo cierto —comenta Aranda—. El asesino pretendía emular las prácticas abusivas que se dan en el mundo de la prostitución.

—Eso parece. Os acabo de enviar el informe de la autopsia a Zafra y a ti. Revisadlo y si hay cualquier novedad me avisáis de inmediato. Además de esa matrícula a nombre de la fallecida, poneos las pilas también con lo de los criaderos y granjas equinas en las que cuenten con bancos de semen, es la única evidencia que tenemos.

Los agentes asienten mientras toman nota de las órdenes de su jefa.

—Sé que es domingo, que estamos todos cansados, pero no podemos fallar ahora. No podemos permitirnos una muerte más —los exhorta—. Tenemos que encontrar a Rebeca antes de que sea demasiado tarde.

Capítulo 90

Sagarra y Puentes llegan al distrito de Quatre Carreres. Examinan la zona cercana al piso de Rebeca y encuentran varios comercios y una sucursal bancaria con cámaras de seguridad. Todos cerrados al ser domingo.

Los policías se cuelan en el portal aprovechando que sale un vecino. Suben hasta la segunda planta y llaman al timbre.

—¡Rebeca! ¡Policía! ¡Abra! —se impacienta Puentes.

No se oye nada al otro lado de la puerta. Si nadie les abre, no tendrán más opción que esperar. La orden no tardará en llegar y sin una causa justificada no pueden entrar a la fuerza. Están a punto de desistir cuando se abre la puerta del piso de al lado.

—¿Qué pasa? —pregunta una señora rolliza de mediana edad. Lleva puesto un delantal con estampado de limones en el que se está secando las manos. Detrás de ella sale un pomerania entre ladridos profusos que se asoma a través de las piernas de su dueña—. Disculpen un segundo.

La señora coge al perro en brazos y desaparece. Los ladridos se escuchan amortiguados cuando regresa.

—Buenos días. Soy la subinspectora Julia Sagarra y él es mi compañero, el oficial Francisco Puentes, de la Policía Judicial. ¿Sabe si está su vecina en casa?

—Uy, no sé... Aquí cada uno va a su ritmo. Aunque sí que es verdad que hace algunos días que no coincido con ella.

—¿Suelen coincidir a menudo?

—Estos últimos días, sí. Sobre todo por las mañanas, cuando saco a pasear a Linda, mi perrita —añade al ver la cara de extrañeza de los policías.

—¿Recuerda cuándo fue la última vez que la vio?

—Ay, pues ya no sé si fue el jueves o el viernes. Tenía muy mala cara, eso sí lo recuerdo. Me suena que fue el jueves..., pero no estoy segura. ¿Le ha pasado algo?

—Simplemente necesitamos contactar con ella, nada más. —Sagarra no quiere alarmar a la vecina, solo les faltaba tener a la prensa aquí plantada mientras intentan localizar a la que podría ser la próxima víctima—. ¿Ha visto algo diferente estos días? ¿Algo que le haya llamado la atención?

—No, nada. Lo que ya les he contado, que tenía mala cara, pero no le di importancia... Le pregunté, pero me dijo que estaba cansada y tampoco quise preguntar más. No me gusta ser cotilla, cada uno cuenta lo que quiere contar y, si no lo quiere contar, no me gusta estar ahí dando la brasa.

—¿Sabe si tenía pareja?

—Uy... Juraría que no, la verdad. Vivía sola, eso seguro.

—¿Recuerda haber visto a alguien ajeno a la comunidad de vecinos o alguien que le resultara sospechoso?

—Pues ahora que lo dicen..., sí que hubo una cosa que me dejó mosca el otro día. Justo delante del portal, en el vado que hay del garaje de la finca de enfrente, había un hombre con un monovolumen azul que no me gustó nada.

—¿Qué fue lo que no le gustó?

—No sabría decirles... Pero el primer día que lo vi pensé que estaba esperando a alguien y no le di más vueltas. Al tercer día ya empecé a inquietarme, aunque, claro, como yo siempre paso sobre la misma hora, también podría ser que él viniera a recoger a alguien en ese horario.

—¿Podría describirlo?

—No me fijé mucho. Corpulento..., creo que moreno, pero no estoy segura. Estaba dentro del coche y no se distinguía bien.

—¿Y el coche? ¿Sabe la marca, anotó la matrícula?

La mujer niega con la cabeza.

—No tengo ni idea de coches, sé que era azul oscuro y que tenía las lunas traseras con parasoles. Pero no sabría decirles nada más. Que era un monovolumen, pero eso ya se lo he dicho... No sé, la verdad. Aunque ya le digo que puede que no sea nada, a veces una se preocupa por cosas que luego no tienen importancia.

—Gracias. No queremos molestarla más, ha sido muy amable. Si recuerda algo más que pueda resultarnos útil, nos llama —se despide Sagarra entregándole una tarjeta con su teléfono.

Un buen rato después, los policías ya han hablado con todos los vecinos que han podido, los pocos que hoy se han quedado en casa. La mayoría están pasando el domingo fuera, comiendo con sus familiares o disfrutando de alguna de las actividades que la rutina de la semana les impide hacer. Se suponía que la orden judicial no iba a tardar, pero ya están empezando a perder la paciencia. A veces, la burocracia y la investigación no casan bien. De momento, no pueden hacer más hasta que no tengan acceso al domicilio de Rebeca. De modo que deciden bajar a la calle y esperar en el interior del coche.

—¿Aún sigues cabreado con la jefa? —pregunta Sagarra.

Puentes la mira asombrado.

—Yo no estoy enfadado con nadie. ¿Por qué dices eso?

—Ayer te vi salir de su despacho con mala cara y prácticamente ni os habláis. ¿Has discutido con ella por algo?

—En absoluto —niega él—. De hecho, creo que no lo está haciendo mal después de todo.

La subinspectora asiente y no dice nada más. Es evidente que a Puentes le pasa algo con Nela, pero no quiere seguir indagando en el tema, él sabrá.

—¿Tú crees que Rebeca será la próxima? —pregunta Puentes.

Sagarra medita la respuesta durante unos segundos.

—Todo parece apuntarla a ella por su implicación en los *bukkakes* —responde por fin—. Mientras no consigamos localizarla, no podemos descartar esa hipótesis.

—Y el coche que ha descrito la vecina, ¿no recuerdas uno similar en las grabaciones del club?

El teléfono de Sagarra suena antes de que pueda responder a la pregunta de su compañero.

—Dime, Valbuena... Perfecto, nosotros estamos aquí esperando. Gracias por avisar. —Cuelga el teléfono y se dirige a al oficial que la mira intrigado—: Ya tienen la orden. Los compañeros de la Científica vienen de camino.

Capítulo 91

Nela lleva intentando contactar con Daniel Hervàs desde que ha salido de la brigada. Ha perdido la cuenta de las veces que ha marcado su número desde el manos libres del coche. Y en el hospital en el que trabaja dicen que hoy no le tocaba guardia. ¿Y si están equivocados y no es Queca la próxima víctima? Se estremece al pensarlo. Tiene miedo de haberse vuelto a equivocar, de que ya sea demasiado tarde. Y una fila de reproches empiezan a desfilar por su mente: «Deberías haber pasado anoche para confirmar que estaba bien, deberías haberle insistido a Robledo en que le pusiera vigilancia, deberías haberle advertido que estuviera alerta ante cualquier actitud sospechosa, deberías...».

Aparca el camuflado encima de la acera y vuela hasta el portal de Daniel. La puerta de acceso al zaguán está abierta de par en par. El ascensor está ocupado. Chasquea la lengua y sube a pie por las escaleras, no puede perder un minuto más. Cuando llega a la cuarta planta, llama al timbre con insistencia. Nadie abre. Vuelve a intentarlo. Esta vez, además del timbre, utiliza el puño para aporrear la puerta. Pega la oreja para intentar escuchar algún sonido, algo que le confirme que dentro hay alguien, o que Daniel puede estar en peligro. Al más mínimo indicio intervendrá. Pero no oye nada al otro lado. Vuelve a llamar, vuelve a pegar la oreja y entonces escucha un golpe, como una puerta al cerrarse. De forma instintiva se lleva la mano al cinturón en busca del arma reglamentaria.

—¡Abra! ¡Policía!

En ese instante, la puerta se abre y se encuentra cara a cara con él.

—¿Qué pasa, inspectora?

Nela deja escapar un profundo suspiro de alivio. Daniel la mira sorprendido.

—¿Se encuentra usted bien? —pregunta la inspectora ansiosa.

—Perfectamente.

—¿No ha visto mis llamadas?

—Cuando salgo a correr suelo dejarme el móvil en casa. ¿Ha pasado algo?

—¿Podría entrar para hablar con usted? Necesito algunos datos más sobre lo que nos contó ayer.

—Sí, claro. Pase.

Se adentran hasta el salón. El piso está bastante desordenado. La mesa se encuentra llena de papeles, una camiseta cuelga del respaldo de una de las sillas y en la mesa baja que hay junto al sofá aún pueden verse los restos de la cena del día anterior.

—Disculpe el desorden, pero con los horarios que llevo en el hospital... —Daniel se apresura a quitar la caja de pizza de la mesa de café—. No esperaba visitas, la verdad. Si no le importa, voy a limpiar la mesa para que nos podamos sentar.

Desaparece por el pasillo con la caja de pizza en la mano. Nela observa los papeles y los libros que hay sobre la mesa: *Tratamiento del cáncer de páncreas localmente avanzado, Epidemiología del cáncer de páncreas exocrino.*

—Estoy preparando mi tesis doctoral.

Nela da un respingo al escuchar a Daniel a su espalda.

—¿Cáncer de páncreas?

—Sí... —responde apesadumbrado—. La madre de Rafa falleció por un cáncer de páncreas diagnosticado de forma tardía. Los síntomas pueden confundirse y el diagnóstico llega cuando ya es demasiado tarde. Ella empezó con dolores de espalda y perdió peso, pero lo achacó al periodo de estrés que estaba pasando por lo que pasó con su hijo. Cuando tuvieron conocimiento de la enfermedad ya no pudieron hacer nada, en apenas tres meses se la llevó por delante.

—Vaya, tuvo que ser muy duro.

—Tal vez le parezca una tontería, pero yo siento que de alguna manera se lo debo. Si pudiera salvar una sola vida, ya estaría satisfecho. —Daniel traga saliva. A la inspectora le da la sensación de que si continúa hablando se echará a llorar, pero no lo hace—. Bueno, ¿cuáles son esos datos que necesita?

—Tenemos indicios para pensar que tanto la muerte de su padre como las de Miguel Murillo y José Fayos puedan estar relacionadas con los *bukkakes*. Necesito toda la información que pueda darme sobre ellos.

Daniel niega con la cabeza repetidamente.

—Ya les conté ayer lo que sabía. Lo siento, de verdad. Pero es una parte de mi vida que preferiría olvidar, inspectora. Rememorarlo no me viene nada bien para mi... recaída.

Nela no sabe muy bien por qué, pero ese joven despierta en ella una inmensa ternura. El primer día que lo vio le pareció más mayor, pero ahora que lo ve así, vestido con ropa deportiva y con el pelo sin engominar, le calcula veintipocos; aunque deduce que debe de tener alguno más si está en el último año de residencia de Medicina.

—Creemos que hay una vida en juego, Daniel. Lamento hacerle pasar por esto, pero es importante que colabore y me cuente todo lo que sabe.

Los miembros de la Científica se mueven por el piso como fantasmas enfundados en sus monos blancos mientras Sagarra y Puentes examinan la escena.

Al entrar en el domicilio de Rebeca, el desorden que han encontrado en el salón los ha puesto en alerta. Una lámpara en el suelo, una butaca caída y el sofá, desplazado unos cuantos centímetros de su posición habitual, les han hecho sospechar que allí podría haberse producido una pelea.

—Todo parece apuntar a que se la han llevado contra su voluntad —dice Sagarra—. Sin embargo, la cerradura no ha sido forzada. O lo conocía o tenía llaves de la vivienda.

—O el agresor se inventó alguna excusa para que lo dejara pasar —aventura Puentes.

—Pero si tenía miedo, como ha dicho Marta, no tiene demasiado sentido, ¿no crees?

—O tal vez la agredió cuando iba a entrar en casa y una vez dentro intentó sedarla antes de llevársela.

—En ese caso, los vecinos habrían escuchado algo.

—Solo son conjeturas. Hasta que no tengamos certezas y evidencias científicas, no sabremos lo que realmente pasó.

Uno de los técnicos les pide que se echen a un lado mientras despliega un maletín con todo el material. Ellos obedecen y se adentran por el pasillo en busca de algún indicio más que los ayude a reconstruir lo que allí ha ocurrido.

—Deberíamos ir pidiendo las imágenes de las cámaras de seguridad de la zona. Algunas no suelen conservarse más de veinticuatro horas —apunta Sagarra.

Y mientras lo dice un grito desesperado se cuela por la ventana de la cocina, la que da al patio de luces. Los policías van hasta allí y se asoman en busca de la procedencia del sonido.

—¡Déjame, por favor! —grita una voz desgarrada de mujer.

—Creo que viene de arriba, Puentes. Vamos.

Ambos salen al descansillo y suben con rapidez por las escaleras. Hay tres puertas por planta. Cuando llegan al tercero se detienen y aguzan el oído. Escuchan golpes, el ruido de una puerta abrirse y más gritos. Provienen de arriba. Continúan ascendiendo hasta el cuarto. Llegan justo a tiempo de ver cómo un hombre coge por los pelos a una mujer e intenta meterla a la fuerza en el piso.

—¿Dónde te crees que vas, zorra?

—¡Alto! ¡Policía!

El hombre se detiene. Al soltarla, la mujer cae de rodillas, sobre un felpudo de esparto trenzado. Está llorando. Sus hombros se mueven de arriba a abajo, tiene el labio partido y un hilo de sangre le baja por la barbilla.

Puentes recuerda las palabras de Nela en el coche: «Cuando te quieres dar cuenta, te estás cociendo, como la rana. Y ahí es cuando llega el primer empujón, cuando estás tan débil que ya no puedes saltar fuera del caldero». Y entonces se la imagina así, como esa mujer, en el suelo, desmadejada por el llanto y presa del pánico. Nota un acceso de furia y aprieta los puños al tiempo que se muerde el labio superior. Respira hondo tres veces para no hacer nada de lo que pueda arrepentirse después.

—Yo no le he hecho nada, ¿eh? Es ella, que está histérica y se ha dado contra la manivela de la puerta al salir. Yo solo estaba intentando que no se fuera así a la calle. Podría pasarle algo si...

—Te vienes conmigo, machote. —El oficial interrumpe la retahíla de excusas del hombre—. Ya se lo explicas a mis compañeros en comisaría.

Capítulo 92

El subinspector Andrés Valbuena va de un lado a otro coordinando los equipos de búsqueda y respondiendo a las llamadas de un comisario iracundo que ha dejado plantada a la familia en el chalet de la playa, con la paella a medio hacer, para poner la maquinaria a funcionar sacando a todo dios de sus respectivas comidas familiares, excursiones campestres e incluso de una boda, con el objetivo de evitar que una víctima más cope las portadas de los principales periódicos.

Aranda se acerca hasta él y le hace señas tratando de llamar su atención. El subinspector, sudoroso, pasea por la sala común mientras habla por el móvil. Se detiene y le hace un gesto con la mano para que espere.

—Perfecto, enviádmelos de inmediato, por favor. Gracias.

Valbuena cuelga el teléfono.

—Ya tenemos el posicionamiento GPS del móvil de Rebeca de los últimos dos días y el listado de llamadas de la operadora. Me los están enviando en este momento —anuncia pletórico.

—Nosotros también creemos que hemos encontrado algo.

—¿Qué?

—¿Recuerdas la matrícula a nombre de la mujer fallecida de la que os he hablado antes?

—Sí —responde distraído, con la mente en otra parte.

—El coche es un Renault Scénic, color azul oscuro metalizado. Está a nombre de una tal Pilar Merino, falleció hace ya casi dos años y medio. Y no te vas a creer de qué trabaja su viudo.

—Suéltalo de una vez, por favor.

—Es veterinario.

—¡Los caballos! —exclama Valbuena que ahora sí le presta toda su atención.

—Ahí quería yo llegar. Porque, además de tener su propia clínica, trabaja en un proyecto de investigación de la universidad sobre los efectos de la biotecnología aplicada a la reproducción.

—¿Y qué tiene eso que ver?

—Que se lleva a cabo con equinos. Ven, mira, hay una página web del proyecto y todo.

Valbuena la sigue hasta su mesa. Aranda toma asiento en su escritorio y él se sitúa de pie tras ella para poder ver la pantalla del ordenador.

—Aquí cuenta un poco a qué se dedican. Analizan el esperma por ordenador con un autoanalizador de imagen, controlando así la calidad, la densidad y las posibles malformaciones. Y miden el tamaño de los espermatozoides mediante un lector óptico.

—Al grano, Aranda.

—Tienen su propio biobanco con muestras de fluidos reproductivos. Y comparan los embriones que se obtienen de forma natural en el útero del animal, tanto por monta como por inseminación artificial, con los empleados en fecundación in vitro, maduración in vitro o cultivo de embriones.

En la pantalla, tres potros muestran a cámara sus hocicos. «Caballos criados por fecundación in vitro», reza la leyenda de la imagen.

—Y en el apartado «Sobre nosotros» está el equipo encargado de la investigación, entre los que se encuentra el viudo de Pilar Merino, la dueña del vehículo.

Aranda pulsa con el puntero del ratón sobre el enlace. En el monitor aparecen las fotografías de cada uno de los investigadores sobre fondo blanco, como si fueran fotos de carnet. Van ataviados con la típica bata blanca de laboratorio. A la derecha de las fotos, resaltado en negrita, el nombre del investigador; debajo, el cargo y un extracto de su currículum vitae con sus principales logros profesionales.

La agente va bajando hasta llegar al nombre que busca.

—Este es. —Aranda señala la pantalla con el dedo índice.

—¡Hostia puta! —exclama Valbuena.

—Hostia puta, ¿qué?

—Es él. La madre que me parió... —pronuncia las palabras despacio, sin salir de su asombro—. Si lo hemos tenido delante de nuestras narices.

—¿Sabes quién es?

Pero Valbuena no contesta. Coge el teléfono y marca el número de la inspectora Ferrer.

Capítulo 93

El teléfono de Nela comienza a vibrar. Siente un desagradable vuelco en el corazón, como le lleva ocurriendo estas últimas semanas, hasta que recuerda que no puede ser él porque ha bloqueado el contacto esa misma mañana. Saca el teléfono del bolsillo trasero del pantalón sin poder evitar dejar salir un suspiro acompañado de una tímida sonrisilla, apenas perceptible. Ve en la pantalla que se trata del subinspector Valbuena. Duda unos segundos, pero al ver el gesto abrumado de Daniel decide colgarle; no puede arriesgarse a que el joven pierda el hilo de su discurso, ya lo llamará después.

—Disculpa. Decías que las chicas eran distintas cada vez.

La inspectora ha vuelto a pasar al tuteo sin darse cuenta. A Daniel no parece importarle, da la sensación de que incluso lo prefiere.

—Sí, al menos las veces que yo fui.

—¿Alguna vez hablaste con alguna de ellas?

El joven se revuelve en su asiento, visiblemente incómodo por la conversación.

—Allí no íbamos precisamente a hablar...

—Creemos que quizá pueda haber una red de trata de personas implicada en los *bukkakes*. ¿Alguna vez escuchaste o viste algo que te diera a entender que las chicas no estaban allí por voluntad propia?

Daniel suspira y guarda silencio unos segundos.

—No lo sé, quizá sí... —reconoce avergonzado, evitando mirar a la inspectora—. Algunas eran muy jóvenes... Aunque no sé si eran menores, si es lo que están buscando. A veces es complicado distinguir si tienen dieciséis, diecisiete o ya han cumplido la mayoría de edad.

Recuerdo que, en ocasiones, había chicas que se ponían un poco tensas al vernos a todos allí plantados como nuestra madre nos trajo al mundo y con aquellas máscaras; alguna incluso lloraba, pero Queca las convencía y al final accedían a rodar.

—¿Sabes qué les decía? ¿Si las amenazaba?

—Ni idea. Solía llevárselas aparte y luego volvían donde estábamos los demás.

—Además de Miky y Queca, ¿había alguien más que formara parte de la organización de los eventos?

—No que yo sepa. Lo llevaban todo entre ellos dos.

Poco a poco, pese a las reticencias iniciales de Daniel, la inspectora se ha ido ganando su confianza. Sin embargo, desde que ha empezado a preguntarle por las chicas lo nota más tenso. Aunque por ahora está aguantando bien el tipo, Nela se fija en las pequeñas gotas de sudor que amenazan con resbalar por su frente. Decide no seguir indagando sobre ese tema, de momento.

—Nos consta que en esas grabaciones también aparecen algunas personas conocidas, del mundo de la política, empresarios... ¿Coincidiste alguna vez con alguno de ellos?

—Sí. Algunos eran amigos de mi padre. Pero lo que pasaba en los *bukkakes* se quedaba en los *bukkakes*, jamás se nos ocurriría a ninguno decir nada.

—¿Crees que tu padre o alguno de sus amigos podría conocer la existencia de esas grabaciones?

—En absoluto. —Niega con la cabeza—. Jamás lo habrían permitido. Cuando nos quitábamos las máscaras se suponía que ya había terminado el rodaje.

—¿Sabes si Miky podría haber chantajeado a alguno de ellos con sacarlo a la luz?

—No sé... Como ya he dicho, hace unos años que me alejé de todo eso, inspectora. Ni siquiera sabía que existían esas grabaciones.

Las imágenes de esos vídeos se han quedado grabadas en la retina de Nela. Las caras de repulsión de ellas al tener que tragarse aquello. Las de satisfacción de ellos al quitarse las máscaras.

—¿Por qué crees que Miky las guardaba?

—Supongo que para sacarlas a la luz en caso necesario. Por suerte, parece que no le hizo falta.

—¿Qué más puedes decirme de Queca, Daniel?

—Poca cosa. Era la que se encargaba de la organización. No sé más.

—¿Dónde se celebraban esos encuentros?

—Cada vez en un sitio distinto. Supongo que alquilarían las casas por horas o algo así. A veces nos citaban en un chalet más apartado, otras en un piso dentro de la ciudad.... No conocíamos la dirección hasta ese mismo día.

En los vídeos que estuvo viendo la inspectora en la sala de visionado no recuerda que se tratase de escenarios distintos, todas las grabaciones se dirían hechas en el mismo lugar; que por otra parte tampoco le pareció que coincidiera con las instalaciones que vieron en la productora de Miguel Murillo. Si bien es cierto que ella solo pudo ver unas cuantas, pocas en comparación con la cantidad de horas de metraje que había en todo el material incautado.

—¿Sabes si alguna vez se grababan en la productora de Miky?

—No lo sé, aunque no creo. Si se hacían allí, yo nunca asistí a ninguno.

La inspectora vuelve a notar la vibración del teléfono en su bolsillo avisándole de que tiene una nueva llamada. Esta vez lo saca a los pocos tonos. La declaración de Daniel está llegando a su fin, no cree que pueda sacar más información de allí. Se disculpa con un gesto y se aleja unos cuantos pasos antes de descolgar.

—Dime, Sagarra.

—Estoy con el registro del domicilio de Rebeca, todo parece indicar que se la llevaron a la fuerza: el salón estaba revuelto.

—Bien, pues de momento, tenemos que seguir con la búsqueda, no podemos hacer otra cosa. Llamaré a la brigada a ver cómo llevan la localización GPS del móvil. Me temo que es muy probable que Queca sea la próxima víctima.

—No hace falta que pidas la localización, jefa. El terminal está aquí, en el domicilio, molido a golpes. Pero creo que hemos encontrado algo.

—Dispara.

—Entre sus pertenencias había un contrato de alquiler a su nombre junto a unos recibos de suministros de esa vivienda. Aunque está empadronada en este domicilio, no estaría de más que alguien se pasase por allí para echar un vistazo por si acaso.

—¿Cuál es la dirección?

—Está en la calle Artes Gráficas, entre la avenida de Aragón y Blasco Ibáñez.

—Aquí estoy casi acabando y no estoy lejos de la avenida de Aragón. Iré yo. Envíame la dirección completa al móvil, por favor. ¿Nos vemos allí?

—Estoy sola, jefa. Tengo que terminar aquí y todavía hay que localizar a los dueños de los negocios cercanos para pedirles las imágenes de las cámaras de seguridad. Están todos cerrados al ser domingo.

—¿Sola? ¿Y el oficial?

—Se ha llevado detenido a un individuo que hemos pillado agrediendo a su mujer.

—¿Cómo?

—Sí, como lo oyes. Estábamos con el registro y hemos escuchado gritos. Menos mal que nos ha cogido aquí. Hemos llegado justo a tiempo.

El rostro lleno de rabia de su ex se materializa en su mente: cara roja y sudorosa, dientes apretados, puño en alto. Nela menea la cabeza para sacudirse de encima esos pensamientos.

—Vale, tranquila. Termina. Yo salgo para allá ahora mismo.

Nela cuelga el teléfono y regresa junto al joven.

—Muchas gracias, Daniel. Me tengo que ir. Me has ayudado mucho. Ya tienes mi teléfono, por si recuerdas algo más.

—Perdóneme, pero no he podido evitar escuchar... Decía que Queca puede ser la próxima...

La inspectora maldice por dentro. Ha intentado mantener la conversación de forma discreta alejándose de él y hablando casi en susurros, pero lo ha escuchado todo. No puede permitir que cunda el pánico o que se filtre a la prensa ese dato, interferiría en su trabajo.

—Estamos investigando. Todavía es pronto para saberlo.

Daniel no insiste. Asiente y le dirige una sonrisa cortés.

Capítulo 94

—Joder, Sagarra tampoco me coge el puto teléfono.

Valbuena se pasea de un lado al otro de la brigada con el móvil en la mano. Lo mira con furia, como si así pudiera hacer que las personas que está tratando de localizar respondan antes. Se rasca los ojos debajo de las gafas deteniéndose en el puente de la nariz y vuelve a intentarlo de nuevo con el oficial.

—Puentes, por fin. ¿Se puede saber por qué no me cogéis el teléfono ni la subinspectora ni tú?

—Sagarra está en el registro del domicilio de Rebeca.

—¿Y tú? ¿Dónde coño estás?

—En la comisaría de Zapadores. Les he traído un detenido a los compañeros.

—¿Qué detenido? ¿Había alguien en el piso de Rebeca?

—Un tipo que le estaba dando a su mujer hasta debajo de la lengua. Lo he traído a comisaría para que inicien las diligencias.

—Vamos, no me jodas, Puentes. Podrías haber avisado a una patrulla para que se hiciera cargo del traslado.

—Quería llevármelo de allí cuanto antes. Si no llegamos a intervenir, es posible que mañana tuviéramos a otra víctima más en la portada de los periódicos —se justifica el oficial. Aunque en su fuero interno sabe que se ha dejado llevar por la situación.

—¿Y el registro qué?

—De Rebeca, ni rastro. Creemos que alguien pudo llevársela a la fuerza. El salón estaba revuelto, había signos claros de lucha.

—¡Joder! Así que ella es la próxima...

—Eso parece.

—Necesito que vengas para acá de inmediato, creemos que tenemos al cabrón que está haciendo esto. Avisa a Sagarra, por favor.

En su carrera hacia el coche, Nela intenta localizar a Valbuena, pero le salta el contestador todo el tiempo. «Joder, Valbuena», masculla. Piensa en lo que acaba de contarle la subinspectora Sagarra, en los signos de lucha que han encontrado en el domicilio de Rebeca. Hasta el momento el asesino se ha llevado a sus víctimas sin dejar ningún rastro. En los tres casos anteriores no han hallado indicios defensivos en los cuerpos: los golpea en la cabeza, les suministra el sedante y se los lleva. Ninguno ha tenido la opción de escapar. Se pregunta qué habrá pasado con Queca y si ella sí habrá conseguido hacerlo. Si lo ha hecho, es posible que haya decidido refugiarse en ese otro piso que tenía alquilado. Aprieta el paso. Un rayo de esperanza de encontrarla con vida se cuela en su mente. Piensa en avisar a sus compañeros, pero no quiere perder ni un minuto. Además, quizá sea otra de sus corazonadas que no llevan a ningún lado. Debe poner a prueba su instinto, esa sagacidad que un día tuvo y que parece haber perdido o haberse dejado olvidada en su huida de Madrid. Una vez allí ya los avisará si es necesario.

Un sentimiento de urgencia la espolea hasta llegar al coche. Lanza el móvil en el asiento del copiloto y se sienta al volante. Introduce con rapidez la dirección que le ha pasado Sagarra en el GPS y acelera.

Capítulo 95

Puentes llega a la brigada. En su interior se respira un ambiente frenético: Aranda teclea en el ordenador a la velocidad de la luz, Zafra no levanta la vista de su pantalla ni para saludar y un Valbuena sudoroso da órdenes a través de su teléfono móvil.

El oficial se asoma para mirar la pantalla del ordenador de Aranda.

—¿Qué habéis averiguado?

—Su nombre es Antonio Ventura Rico, cincuenta y tres años. Es veterinario y trabaja en un proyecto en la universidad, con caballos —aclara la agente—. Su coche, un Renault Scénic de color azul oscuro metalizado, aparece en las grabaciones de las cámaras de vigilancia de la empresa de carpintería metálica la noche que se llevaron a Miguel Murillo.

Puentes lo recuerda, tenía como una especie de parasoles en las ventanillas y la luna traseras. Fue por el que Sagarra se quejó de que se iban de putas hasta con el coche familiar. Y se corresponde también con la descripción que ha oído hace solo unas horas.

—Una vecina de Rebeca nos ha descrito uno muy parecido —informa Puentes—. Lo ha visto aparcado frente al portal esta semana. ¿Y cómo no nos hemos dado cuenta hasta ahora?

—Estaba a nombre de su mujer, que falleció hace algo más de dos años. Había muchas matrículas. Cuando consultamos los datos en la plataforma de Tráfico no nos pareció sospechosa.

—¿Qué más sabemos de él?

—Es miembro de la asociación FairSex. Por lo visto Valbuena y la jefa estuvieron hablando con él cuando la visitaron. Tiene dos propiedades: un piso en la calle Ramón Asensio número 4 y una clínica veterinaria en la avenida Primado Reig, en el número 60.

—Estamos tramitando de urgencia las órdenes de entrada y la diligencia de detención —añade Zafra.

—Valbuena ya está preparando el operativo —completa Aranda.

—¿Y la jefa? —pregunta el oficial.

—No hemos conseguido contactar con ella, no contesta al teléfono.

—¡Joder! Sagarra tampoco me lo coge. La dejé terminando el registro en el domicilio de Rebeca.

Valbuena cuelga el teléfono y se acerca hasta ellos.

—Iremos a la clínica y a su casa. Ya he pedido refuerzos, estarán esperándonos allí por si los necesitamos.

—Nosotros tenemos más datos de él. Tiene, bueno, tenía —se corrige Aranda—, un hijo. Murió hace dos años. Este sí que aparece en nuestra base de datos: tenía antecedentes por violación.

—¿Cómo has dicho?

—Por violación, sí —confirma la agente—. Fue un caso bastante sonado de hecho. Una violación en grupo durante la celebración de las Fallas, en la Nit del Foc. Salió en todos los medios y se convocaron varias manifestaciones porque en un primer momento la sentencia hablaba de abuso y no de agresión sexual. Aunque gracias a la opinión pública y la presión social finalmente fueron condenados por violación.

Valbuena palidece ante la explicación de Aranda, que no entiende las implicaciones de su hallazgo.

—¿Qué pasa, subinspector?

—No me jodas, no me jodas... —reza él para sí—. ¿Cómo se llamaba?

—Rafael Ventura Merino, murió a los veinticinco años.

El subinspector se rasca de nuevo los ojos bajo sus gafas deteniéndose en el puente de la nariz haciendo pinza y resopla. La sala se ha quedado en silencio, todos dirigen sus miradas a Valbuena, intrigados. Él, con la mandíbula apretada, intenta ordenar los datos en su cabeza.

—¿Y sabes cómo murió, Aranda? —pregunta por fin.

—Lo encontraron en su celda de la prisión de Picassent. Se suicidó.

El subinspector cierra los ojos echando la cabeza hacia atrás y resopla por la nariz.

—¡Su puta madre!

Mira a sus compañeros sin añadir nada más, negando despacio con la cabeza. Se quita las gafas y las lanza sobre la mesa.

—Es el amigo de Daniel Hervàs —aclara por fin.

Por un instante, todos se quedan callados, impresionados por la revelación del subinspector.

—La jefa dijo esta mañana que se iba a pasar por la BIT y que después iría a casa de Daniel para preguntarle por los *bukkakes* —apunta Zafra.

—Sí. Tengo que avisarla, quizá él sepa dónde está Antonio.

Capítulo 96

Nela circula a toda velocidad por la avenida Cardenal Benlloch, gira a la derecha por la calle Ernesto Ferrer, obedeciendo las indicaciones de la voz del navegador. A los pocos metros se ve obligada a pegar un frenazo en seco para no llevarse por delante a una señora que con pasos costosos cruza el paso de peatones ayudándose de un andador. Mientras la mujer termina de cruzar, un semáforo se cierra unos metros más allá. Nela agarra con tal fuerza el volante que los brazos, incluso la espalda, se le tensan por completo.

—¡Vamos, señora! —farfulla entre dientes.

Cuando por fin termina de cruzar, el semáforo parece haberse aliado con ella y cambia a verde. Nela acelera. Al fondo ya puede ver la avenida de Aragón; según el GPS le faltan apenas cinco minutos para alcanzar su destino. Tratará de que sean tres. El coche cruza la avenida a toda velocidad, saltándose un semáforo cuyo disco ya estaba cambiando a rojo. Se escuchan bocinazos de fondo. Recorre la calle Amadeo de Saboya y gira a la derecha por la avenida de Suecia, ya casi está. Semáforo en rojo. Coge el móvil del asiento del copiloto y ve que tiene varias llamadas perdidas de sus compañeros, después las devolverá. Se impacienta y suelta un bufido. Busca el rotativo, que no está donde debería. Cuando por fin lo encuentra, lo adhiere al techo del coche con el imán y acciona la sirena. Sin embargo, no ha servido de gran cosa. Los vehículos que tiene delante ya han comenzado a avanzar, el disco está en verde. Recorre la avenida dejando el estadio de Mestalla a la derecha y gira por la calle Alfonso de Córdoba, la atraviesa a toda velocidad y se mete por la siguiente bocacalle, penúltimo giro. Frenazo. «Mierda», mascula pegando un manotazo en el volante. Una Ford Tránsit está haciendo maniobras para aparcar. En cuanto ve la posibilidad, la inspectora cuela el coche por el hueco, quedan apenas unos milímetros de margen para poder pasar, pero no se lo piensa.

Último giro: calle Artes Gráficas. «Su destino está a la derecha», indica la voz por los altavoces. Aparca al principio de la calle, se baja del coche y va a pie hasta el portal. Está en el número 38, junto a la librería Viridiana. Aprovechando que sale un vecino, la inspectora se cuela dentro y sube hasta la sexta planta.

Una vez arriba, llama al timbre y pega la oreja a la puerta, intentando captar algún ruido. Nada. Espera unos segundos, pero allí no abre nadie. Resopla y presiona de nuevo el timbre, esta vez con algo más de insistencia.

—¡Abra! ¡Policía!

Vuelve a pegar la oreja, le ha parecido escuchar algo, como unos pasos. Intenta aguzar aún más el oído. Nada. Una leve vibración en su bolsillo la sobresalta. Saca el teléfono y ve que Valbuena le ha enviado un mensaje:

Creemos que el que está detrás de los asesinatos es Antonio Ventura, el de la asociación. Es el padre de Rafa, el amigo del que nos habló Daniel.

Nela abre la aplicación y ve que el subinspector continúa escribiendo. Un sentimiento de desesperanza se entremezcla con la ira y la indignación consigo misma por haberse vuelto a equivocar de objetivo. Está tan disgustada y tan concentrada en la pantalla que no lo escucha llegar a su espalda. En el chat aparece un nuevo globo con un texto extenso que ocupa casi la mitad de la pantalla. Antes de que pueda terminar de leer el mensaje, nota un fuerte golpe en la cabeza, a la altura de la sien. El teléfono se le resbala de las manos. Intenta darse la vuelta para defenderse, para verle la cara a su agresor, pero sus piernas no le responden y acaba desplomándose en el suelo. Después, ya no siente nada.

Capítulo 97

Cuando Valbuena llega acompañado por la agente Aranda al número 4 de la calle Ramón Asensio, enseguida advierte la presencia de los refuerzos que ha pedido. Aparca el coche encima de la acera y se comunica por radio con los seis miembros del equipo de intervención que aguardan su señal en el interior de dos vehículos estacionados a ambos lados de la calle. No ha logrado contactar con la inspectora, pero no podían esperar más para ponerse en marcha. Sabe que no le va a hacer gracia que se salte la jerarquía, que sea él el que asuma el mando, pero está convencido de que su enfado se diluirá si la operación culmina bien.

Están ante un edificio de siete pisos con fachada de ladrillos amarronados por el paso del tiempo. Junto al portal emergen varias plantas frondosas de una enorme jardinera de obra que parece formar parte de la construcción, un pequeño vergel entre el asfalto. La puerta está abierta de par en par. Se cuelan en el interior seguidos por sus compañeros, atraviesan la zona de los buzones, dejando el ascensor a su derecha; y comienzan el ascenso hasta la tercera planta trotando por los peldaños de mármol.

—¡Policía! ¡Abran! —anuncia Valbuena tras aporrear la puerta.

Ante la ausencia de respuesta, los compañeros se hacen a un lado. No necesitan comunicarse con palabras. Dos agentes pasan por el pasillo que han dejado los demás portando un ariete.

—Apartaos.

Toman carrerilla y en tres golpes, secos pero contundentes, consiguen derribar la puerta.

—¡Alto! ¡Policía! —grita Aranda con una voz impostada.

Valbuena se sorprende al escucharla, se pregunta cómo puede salir de ese cuerpo tan menudo semejante chorro de voz.

—¡Antonio Ventura, salga con las manos en alto! —completa él.

Ambos se adentran en la vivienda pertrechados con chalecos antibalas y con sus armas reglamentarias en alto, cubriéndose las espaldas, seguidos por el resto del operativo.

—¡Despejado! ¡Despejado! —gritan los compañeros a modo de confirmación a medida que recorren la vivienda.

Valbuena entra en el salón. Una fina capa de polvo cubre los muebles. Sobre la mesa hay una planta marchita abandonada a su suerte de la que apenas quedan unas cuantas ramas resecas. Por lo demás todo parece estar en orden. Se acerca hasta una mesa camilla con tapete de ganchillo que hay en un rincón y observa las fotografías colocadas encima, a modo de altar dedicado a su mujer y a su único hijo. Una Pilar joven sonríe a cámara enrollada en una bufanda roja mientras sujeta de las manos a un niño que apenas ha empezado a caminar; a la izquierda, un Rafael de unos doce años sostiene un trofeo en alto; junto a él, en el marco de al lado, su madre lanza un beso a cámara con los labios pintados de rojo; dos fotos más allá, Rafael sopla una tarta de cumpleaños con cinco velas y justo detrás de esa, ya de adolescente, aparece tumbado en el suelo haciendo un ángel de nieve. La película de toda una vida, fotograma a fotograma, con solo dos personajes protagonistas.

—Hemos revisado toda la casa de arriba abajo y aquí no hay nadie, subinspector —confirma Aranda al entrar al salón.

Valbuena chasquea la lengua y expulsa el aire por la nariz.

—A primera vista tampoco da la impresión de que traiga aquí a sus víctimas. Veremos qué dicen los de la Científica cuando la examinen a fondo.

Y, mientras lo dice, un gato pardo se restriega por las pantorrillas del policía.

—Pero qué cojones...

—Debe ser de Antonio Ventura, hemos visto un arenero repleto de excrementos en la terraza y tiene dos cuencos con comida y agua en la cocina.

—O sea, que no hace mucho que ha pasado por aquí...

Mientras tanto, a apenas setecientos cincuenta metros de distancia, Puentes y Zafra acceden a la fuerza a la clínica veterinaria que Antonio Ventura tiene en el número 60 de la avenida Primado Reig.

—¡Alto! ¡Policía!

El interior está en penumbra, iluminado únicamente por la luz del atardecer que penetra a través de la cristalera de la entrada. Los policías sujetan las linternas bajo sus armas en alto mientras recorren los pasillos y van abriendo una por una todas las puertas. Todo está en completo silencio, tan solo se escucha el roce de sus ropas al caminar y algún chirrido producido por las suelas de los zapatos al rozar con las baldosas.

Puentes accede a una de las consultas. Hay una mesa de acero a la izquierda y al fondo una encimera con un pequeño lavabo, pero ni rastro de presencia alguna. Zafra ha entrado en la habitación de enfrente, en cuya puerta se exhibe una pegatina con un trébol verde enmarcado en el mismo color que avisa del riesgo de irradiación. Después de inspeccionarla, confirma que tampoco hay nadie en la sala de rayos. El resto de los compañeros van examinando las estancias contiguas con el mismo resultado. Hasta que llegan a una puerta al fondo del pasillo y escuchan un gran estrépito, como si alguien hubiera dejado caer una cubertería entera o tal vez una bandeja de acero con instrumental quirúrgico. Los policías se miran y asienten. Se sitúan cada uno a un lado de la puerta y la abren a la señal.

—¡Alto, policía! —grita Puentes.

Zafra busca a tientas el interruptor de la luz mientras mantiene el arma levantada y sus ojos intentan dotar de sentido a las sombras que proyecta el haz de la linterna. Es una sala amplia llena de jaulas de distintos tamaños. Puentes avanza despacio justo delante de él, iluminando cada rincón. Primero el suelo para comprobar que no hay ningún obstáculo y después el resto del perímetro.

—¡Policía! —vocifera el agente con voz temblorosa.

Zafra retrocede unos pasos pegándose a la pared, hasta conseguir palpar el interruptor. Y entonces lo ven. Un perro blanco y negro les mueve el rabo desde el interior de una de las jaulas. Lleva puesto un collar isabelino con el que ha arrasado con dos cuencos de acero inoxidable. El agua derramada se escapa hacia el exterior de la jaula y el pienso se desperdiga por el suelo. Uno de los agentes de apoyo que los acompañan entra en la sala.

—Todo está limpio, oficial.

Capítulo 98

El joven entra portando el cuerpo desmadejado de la inspectora.

—Mira lo que me he encontrado en la puerta, Antonio. Parece que la inspectora quería hacernos una visita. ¿A que sí? —Endereza la cabeza de Nela cogiéndola por la frente y la mueve varias veces arriba y abajo—. ¿Ves? Dice que sí.

—Pero ¿qué coño has hecho?

—Yo no he hecho nada, ha venido ella solita.

—Estás loco. Habíamos quedado en que no moriría nadie inocente.

—¿Y qué querías que hiciera? ¿Dejarla que indague, que avise a sus compañeros y que no podamos terminar con esta?

Al fondo de la habitación, una mujer está desnuda y atada a una cama por las muñecas y los tobillos. Tiene los ojos abiertos, pero no miran a ninguna parte. Si lo hicieran, verían los paneles acústicos piramidales que recubren paredes y techo, el suelo de tarima y un sofá de tres plazas rojo como único elemento mobiliario. Lo que no alcanzaría a ver desde su posición es el maletín de veterinario que hay desplegado en el suelo; provisto de toda clase de instrumentos que bien utilizados son capaces de salvar vidas, pero que usados por una mente perturbada pueden provocar el mayor de los martirios: tenazas, bisturís, torno eléctrico...

—¿Cómo ha encontrado el piso?

—Saben que Queca ha desaparecido, alguien ha debido de echarla de menos.

—Eso es imposible. No salía de casa ni hablaba con nadie, solo con la vecina esa del perro...

—Joder... A ver si la vecina ha oído algo y ha llamado a la policía... Tendría que haber dejado que fueras tú a por ella, como con los otros dos.

—¿La inspectora te ha visto? —pregunta Antonio ignorando las conjeturas de su interlocutor.

—No lo sé, creo que no. Se ha dado la vuelta cuando la he golpeado, pero a los pocos segundos ha caído a plomo. Inyéctale algo, dudo que tarde en despertar.

Antonio no añade nada más y obedece. Él no tiene nada que perder, ya lo ha perdido todo. Lo único que lo mueve a levantarse cada mañana es luchar para que la historia de su hijo no se vuelva a repetir. Sin embargo, siente que ha perdido. A pesar de que las muertes de esos tres hombres, alimentadas por su notoriedad, han servido para que al menos durante estos días el debate sobre la pornografía haya estado en boca de todos; la sociedad continúa sin comprender su causa. Y la prensa tampoco ayuda metiendo ruido, sigue centrándose en ellas, en las mujeres, en las víctimas. Pero la pornografía y la industria del sexo no solo las daña a ellas. Si no fuera por esa mierda, su hijo hoy estaría vivo. No es una cuestión de venganza, sino de remover conciencias. Cuando entró de voluntario en la asociación creyó que, a través de las campañas de sensibilización, de las manifestaciones y de las charlas que se imparten en los institutos, podría aportar su granito de arena para mejorar las cosas. Ahora sabe que no es suficiente.

—¿Y qué has pensado hacer con ella? —pregunta mientras carga la jeringa hipodérmica con el vial.

—No sé, tú sédala y la atamos mientras lo pensamos.

—¿Habrá avisado a alguien?

—Tenía el móvil en la mano, pero con la caída la pantalla se ha hecho trizas. No la he visto hablar con nadie, desde luego.

La inspectora yace en el suelo inconsciente, ajena a la conversación. Cuando Antonio se agacha para inyectarle la acepromacina, el joven lo detiene.

—Espera. ¿Qué dosis le has puesto?

—Seis miligramos. Calculo que pesará entre cincuenta y cinco y sesenta kilos aproximadamente...

—Ponle menos, que se me acaba de ocurrir una idea.

—Pero si ya la tengo cargada... ¿Qué cojones se te ha ocurrido ahora?

—Quiero que vea cómo lo hago, pero que no pueda hacer nada para evitarlo. —Él ya sabe lo que es acabar con la vida de una persona, ha podido ver el horror, el tormento y el suplicio en sus rostros. Pero le gustaría contemplar qué siente una persona normal al verse obligada a mirar y no poder hacer nada. Esa sensación de impotencia entremezclada con el miedo al pensar en que eso mismo puede hacérselo a ella después... Y para eso necesita que esté bien despierta, que no haya nada que amortigüe su dolor—. O, mejor aún, la atamos bien y no hace falta sedarla.

—Dijimos que solo nos cargaríamos a los hijos de puta que os jodieron la vida —argumenta Antonio—. Nunca entró en nuestros planes matar a nadie más. Termina con Queca como teníamos previsto, luego le pongo el mensaje en el cuerpo y hago la puesta en escena; a ver si se enteran ya de una puñetera vez de qué va esto. Pero nada más.

—Es nuestra última vez, déjame que la disfrute, por favor —ruega el joven—. Después se acabó, te lo prometo. Sé que tú no lo soportas, por eso siempre te vas. Y lo entiendo. Ya haces bastante con traérmelos aquí y luego deshacerte de los cuerpos. Tú no eres como yo, tú eres un buen hombre.

—A mí ya me da igual todo. Haz lo que quieras... A la otra le he curado las heridas de ayer —prosigue Antonio cambiando de tercio. No tiene ganas de enzarzarse en una discusión. En realidad, no tiene ganas de nada. Solo quiere salir de allí, irse a su casa y acurrucarse con el gato en el sofá, nada más. Se siente abatido, sin ganas de continuar—. La dejaste bastante mal. ¿Hoy terminarás con ella?

—Sí, hoy es el día.

—Vale, pues te la preparo y me voy. Me falta maqui-
llarla y ponerle la mordaza canina y es toda tuya. La mezcla
con el semen la tienes en la nevera. Ve atando a la inspectora mientras tanto.

Capítulo 99

Valbuena se pasea intranquilo por el piso de Antonio Ventura mientras los compañeros de la Científica se afanan a su alrededor, enfrascados en su trabajo, examinando hasta el último rincón, milímetro a milímetro. Se han repartido la casa por zonas para que no se les escape un solo indicio, por pequeño que sea, por insignificante que parezca. Aranda está en el dormitorio, revisándolo cajón por cajón. Él se ha dedicado a examinar el salón, pero de momento no han encontrado ninguna evidencia capaz de incriminar a Antonio en los tres crímenes. Se detiene y se queda a unos pasos de sus compañeros, intentando molestar lo mínimo posible. Es consciente de la importancia de hallar una pista en ese registro, es su mejor baza. Estaba tan convencido del éxito de la operación que la posibilidad de no dar con Antonio o alguna prueba de su implicación en el caso no se le había pasado por la mente. Incluso tenía la esperanza de que pudiera tener retenida a Queca allí o en la clínica. El sonido de su teléfono lo saca de su ensimismamiento. Ve en la pantalla que se trata de la subinspectora Sagarra. Con todo el lío se había olvidado por completo de ella.

—Dime, Sagarra.

—Estoy llamando a la jefa, pero no lo coge. Acabamos de terminar con el registro del domicilio de Rebeca. Los de la Científica han recogido muestras de varios tipos de huellas y algunos pelos, aunque puede que sean de la propia Queca. También han encontrado restos epiteliales en la zona en la que se produjo la pelea. A ver si tenemos más suerte esta vez y nuestro asesino no ha sido tan cuidadoso como las anteriores. Quizá se esté poniendo nervioso y haya cometido algún error.

Valbuena cae en la cuenta de que aún no le ha contado que están tras la pista de Antonio Ventura. Cuando estaban a punto de salir hacia el operativo le envió varios mensajes a Nela, pero se le pasó informar a la subinspectora de la situación.

—Sagarra, creemos que sabemos quién está detrás de estas muertes.

—¿Cómo?

—Ahora mismo estamos registrando su casa, pero ni rastro de él. Se llama Antonio Ventura, es voluntario de la asociación FairSex y veterinario de profesión.

—¡Joder! ¿Y cómo no me lo habéis dicho antes?

—Lo intentamos tanto Puentes como yo, pero no nos cogías el teléfono.

Hace mucho calor en el piso. Valbuena camina hacia la ventana del salón y se asoma en un esfuerzo vano de captar algo de corriente. Ve el resplandor azul de los coches de policía que hay aparcados frente al portal, el cordón que han establecido sus compañeros y a varios vecinos curiosos contemplando desde sus casas el espectáculo.

—Es que aquí había un lío de tres pares. He tenido que llamar a mil teléfonos hasta lograr que los del banco me hagan caso. Pero he conseguido que me envíen a alguien para que pueda revisar las imágenes de las cámaras de vigilancia del cajero, quizá tengamos suerte y se vea el portal de Queca desde allí.

—Decías que la inspectora no te coge el teléfono... ¿Has podido hablar con ella desde la reunión de esta mañana?

—Sí, la he llamado antes para contarle que estaba con el registro y que iba la cosa para largo.

—¿Te ha dicho adónde iba o con qué estaba? Me parece raro no saber de ella. Le he mandado unos cuantos mensajes, pero tampoco responde.

—En el registro se ha hallado un contrato de alquiler a nombre de Rebeca. La llamé para que mandase a alguien a echar un vistazo, pero me dijo que ya estaba terminando con la entrevista de Daniel Hervàs y que pasaría ella después. Se habrá entretenido hablando con los vecinos y los comercios cercanos que haya pillado abiertos.

—¿A qué hora fue eso?

Pero Sagarra no tiene ocasión de responder al subinspector, que se pone a bramar al otro lado.

—¡Joder! Es él.

—¿Qué pasa?

—Es Antonio. Está abajo. Después te llamo.

Valbuena cuelga y sale corriendo del piso. Al verlo pasar a toda velocidad por el pasillo, Aranda sale tras él.

—¿Qué está pasando, subinspector?

—¡Es el sospechoso! Está en la acera de enfrente del portal. Camiseta azul y vaqueros, corpulento, moreno —vocifera él mientras ambos descienden las escaleras a toda velocidad.

Cuando aparecen en el umbral del portal, Antonio echa a correr. Los policías salen tras él. Aranda enseguida le saca ventaja a Valbuena; se notan los años y el peso de la panza que rebota en cada zancada del policía. Por suerte, Antonio tampoco está en buena forma y Aranda consigue recortar distancias con rapidez y le da alcance unos metros más allá. Cuando Valbuena llega hasta ellos, la agente ya le ha dado caza y está ajustándole las esposas.

—Antonio Ventura, queda detenido como sospechoso de los asesinatos de Miguel Murillo, Víctor Hervàs y José Fayos.

Capítulo 100

Nela se despierta con un terrible dolor de cabeza. Intenta moverse, pero está amordazada y atada de pies y manos. La han dejado tirada en el suelo, como a un desecho. Tarda unos minutos en situarse, en recordar sus últimos momentos de consciencia. Cuando lo consigue, se acuerda del mensaje que le envió el subinspector Valbuena unos segundos antes de que alguien la golpeara: Antonio Ventura, el de la asociación, es el padre del amigo de Daniel y está detrás de los asesinatos. Un escalofrío le recorre la espalda. Forcejea tratando de liberarse, presa del pánico. Tiene el rostro empapado de sudor que se entremezcla con la sangre reseca que le baja desde la frente. Las muñecas las lleva atadas por detrás de la espalda, unidas a los tobillos por una cuerda, lo que la obliga a mantener el cuerpo arqueado. Intenta estirar brazos y piernas, arrastra su cuerpo por el suelo, esforzándose en aflojar las ataduras, en vano. Cierra los ojos con el objetivo de controlar la ansiedad que se está apoderando de ella, pero le resulta imposible. Intenta recurrir a todo su entrenamiento, a los años de Academia y de formación, pero le cuesta. Su respiración y sus pulsaciones están aceleradas, siente náuseas y presión en el pecho. Abre los ojos y ve unos pies que se acercan hasta ella.

—Veo que ya te has despertado, inspectora. Fenomenal, así ya podemos empezar.

Nela alza la vista para mirarlo. Va totalmente cubierto con una bata de quirófano, gorro, mascarilla, guantes... No puede verlo bien, está a contraluz. Sin embargo, su silueta no se corresponde con la de Antonio Ventura, más alto y corpulento. La voz le resulta familiar, aunque suena algo diferente, como engolada. Arruga la frente, intentando fijarse en esos ojos que la observan desde arriba.

—Ah, claro, así vestido no me reconoces.

Se agacha junto a ella poniéndose a escasos centímetros de su rostro y se despoja de la mascarilla.

—¿Qué tal ahora?

Nela se queda tan desconcertada por lo que ve que ni siquiera reacciona.

—¿Impresionada?

La inspectora abre mucho los ojos y, sin ser muy consciente de ello, empieza a emitir sonidos ininteligibles a través de la gruesa tira de cinta americana que lleva puesta en la boca.

—Espera, espera. Te la voy a quitar para que puedas contarme tus impresiones, ¿vale? De todas formas, por mucho que chilles, no podrán oírte. La habitación está insonorizada, por eso escogimos este lugar. ¿No te suena de nada, inspectora?

Daniel Hervàs, ese que tanta ternura evocaba en Nela, el futuro doctor que está haciendo un máster sobre el cáncer de páncreas porque quiere resarcirse con la madre de su mejor amigo, el que estuvo llorando por la muerte de este en la sala de interrogatorios hace unos días, le quita el trozo de cinta de un tirón.

—¿Daniel?

—El mismo. ¿A que di el pego en la sala de interrogatorios? Os lo tragasteis enterito.

Deja escapar una carcajada siniestra que a Nela le pone el vello de punta.

—No te sientas mal. Llevo toda la vida practicando —prosigue él, ya de pie—. Ni te imaginas la presión que es, la ansiedad que genera. Desde pequeño siendo el niño perfecto: educado, tranquilo, empollón... Bueno, ¿qué? ¿No vas a decirme nada?

Aún tarda unos segundos en recuperarse del pasmo de ver a ese chico tan normal, tan desvalido, tan buena persona, transformado en un asesino. No logra comprender qué lo ha llevado a cometer unos crímenes tan atroces, con tanto ensañamiento.

—¿Por qué, Daniel? —Es lo único que acierta a decir.

—Porque soy así, porque esto es lo que realmente soy.

—¿Y Antonio? —pregunta ella.

—Por él sí que lo siento, ¿sabes? Es un buen hombre, no sería capaz de matar ni a una mosca. Pero estaba tan obsesionado con mostrar al mundo el daño que produce la industria del sexo en la sociedad que no me costó convencerlo para que colaborase conmigo.

Sin la mordaza, la respiración de la inspectora se acompasa. Va recobrando poco a poco la calma, lo que le permite pensar con algo más de claridad. Observa la sala. Es una habitación amplia sin apenas mobiliario. Las paredes son grises, recubiertas por los paneles que la insonorizan. Al fondo hay un sofá de color rojo pegado a la pared, es el mismo que aparece en los vídeos que vio en la brigada, por eso le ha preguntado si recuerda el lugar: es donde se llevaban a cabo los eventos VIP de Miky y los *bukkakes*.

—Bueno, si no tienes ninguna otra pregunta, inspectora, vamos a hacer las presentaciones.

Daniel rodea a la inspectora y se sitúa tras ella. Estira de la cuerda que une la atadura de las muñecas con la de los tobillos y la arrastra por el suelo, como un saco.

—Disculpa las formas, pero no puedo arriesgarme a ponerte de pie.

Se detiene, la endereza cogiéndola por los hombros y la sienta en un rincón de la sala, frente a una cama. Rebeca Suárez está atada de pies y manos a la estructura. Tiene los ojos abiertos, como vidriosos. No se mueve, no gesticula. Va tan exageradamente maquillada que resulta grotesco: labios rojos, mejillas coloradas, sombra de ojos negra y una gran cantidad de máscara de pestañas. Permanece con la boca abierta, forzada por un instrumento de metal que le impide cerrarla. En la cabeza de Nela resuena la conversación que tuvieron ayer en la brigada, lo que les contó Zafra acerca del *gagging*, el excesivo rímel y las lágrimas negras para hacer más patente el sufrimiento; y entonces lo entiende todo. La mira, sabe que es Queca, a pesar de que su rostro está distorsionado por el maquillaje y la mueca que esa especie de mordaza metálica le obliga a mantener. Tiene el cuerpo plagado de heridas sanguinolentas y laceraciones. Se pregunta si aún seguirá con vida, pero a los pocos segundos la ve pestañear. Aun así, está como ida, como si no percibiese lo que ocurre a su alrededor.

—Ya os conocéis, ¿no? Creo que habéis coincidido en alguna ocasión.

—Daniel, no lo hagas, por favor —ruega la inspectora—. Todo esto es por Rafa... Los culpas de su muerte...

—Ah, no, no, eso sí que no —la interrumpe él—. Si me vas a empezar con sermoncitos y gilipolleces, mejor vuelvo a taparte la boca para que estés calladita.

—No, espera. Las cosas se pueden arreglar, Daniel.

Él se acerca hasta ella y le da un bofetón por respuesta. Un pequeño hilo de sangre asoma por la nariz de la inspectora, que decide obedecer y guardar silencio. Debe serenarse, tratar de analizar todas las posibilidades y ahorrar esfuerzos si quiere salir viva de allí.

—Perfecto. Veo que lo has entendido. Así será mucho mejor para todos. Ahora ponte cómoda y observa, que pronto empezará el espectáculo.

Capítulo 101

—Me da igual lo que pase conmigo. Sí, he sido yo. Yo he matado a los tres y no me arrepiento de nada. Maldigo el día en que conoció a esos hijos de puta.

No ha hecho falta que Valbuena presione a Antonio Ventura para conseguir una confesión. Ve ante él un hombre derrotado, que ya no tiene nada que perder. Incluso da la sensación de que en realidad siente alivio al contarlo.

—Después de morir mi mujer y mi hijo, dispuse de mucho tiempo para reflexionar... Lo tenía todo planeado. Cuando vi que se celebraba el festival, pensé que era el mejor momento para hacerlo si quería darle aún más repercusión a sus muertes. Pero lo primero que han pensado todos, tanto la opinión pública como la policía, es que estaba relacionado con las mujeres, con el antiguo caso de abusos y de trata. Pues están equivocados, la pornografía daña a las mujeres, no lo voy a negar, pero también a los hombres.

Valbuena permanece callado. Si llega a escuchar esas mismas palabras hace tan solo una semana, habría pensado que ese hombre había perdido el juicio. Sin embargo, ahora piensa en sus hijos, en si él también tendría la tentación de culpar a alguien que hiciera de su destrucción un negocio. Como las madres gallegas que en los años noventa se manifestaban en contra del narcotráfico. Ellas tampoco culpaban a sus hijos por caer, por consumir esas sustancias y volverse adictos; culpaban a las mafias por llevar la droga hasta Galicia y lucrarse a base de envenenarlos.

—¿Qué ha hecho con Rebeca Suárez? —pregunta Aranda ante el mutismo del subinspector.

—No sé nada de ella.

—Nos consta que se la han llevado a la fuerza de su domicilio, Antonio —interviene Valbuena—. Díganos dónde la tiene.

—Les digo que no sé nada. Ella no entraba en mis planes.

—Era la ayudante de Miguel Murillo, la que organizaba los «eventos» a los que acudía su hijo. ¿Por qué dice que no entraba en sus planes? Ella también ganaba dinero en ese negocio a costa de la destrucción de su hijo.

Antonio se queda callado; Valbuena pretende apretarlo donde más le duele. Necesitan saber qué ha hecho con Rebeca, si es que aún está con vida. Aunque está empezando a perder la esperanza. Sospecha que quizá no actuase solo, que está encubriendo a alguien y que por eso no les está diciendo la verdad.

—¿Y por qué mató a Víctor Hervàs? ¿Qué tiene que ver con su hijo? —pregunta el subinspector. Él ya sabe por qué lo hizo, pero quiere ponerlo nervioso, que cometa un error.

Antonio baja la vista y aprieta la mandíbula.

—Porque él fue quien introdujo a Rafa en este mundillo.

—A través de su hijo... Rafa y Daniel eran amigos, ¿no? ¿Sabe él que es usted el asesino de su padre?

—Como ya les dije el día que vinieron a la asociación, a veces hace falta hacer algunas cosas para que la gente despierte y vea ciertas realidades.

—Pero eso no tiene sentido, Antonio. La opinión pública no tiene ni idea de la implicación de Víctor en todo esto. Era un reputado asesor fiscal, no se dedicaba a la industria del sexo.

—Por eso mismo lo maté, para que entiendan de una vez que no es un problema de un tipo de persona en concreto, del típico putero de polígono. Pero la gente no comprende nada, aquí cada uno va a lo suyo. Hasta que algo no nos toca de cerca, parece que no existe.

Julia Sagarra entra en la sala. Puentes está dentro, siguiendo el interrogatorio de Antonio Ventura a través del cristal.

—¿Han conseguido que confiese? —pregunta a modo de saludo.

—Sí, a los cinco minutos. Pero no suelta prenda del paradero de Rebeca Suárez.

—Pero si ha confesado los otros tres crímenes, no lo entiendo. Lo tenemos cogido por los huevos.

—Por cómo está llevando el interrogatorio Valbuena, creo que sospecha que está encubriendo a alguien.

—O quizá Marta tenía razón y la desaparición de Rebeca no está relacionada con este caso. En el piso de Rebeca había signos de lucha y en las otras víctimas no se hallaron evidencias que nos hagan pensar que se resistieron. ¿Podría ser cosa de los rusos?

—No sé, podría ser, pero yo pienso que ha sido él. El tío está convencido de que ha hecho justicia con las muertes de esos tres hombres. Cree que es un mal menor para poner de relieve la problemática que la industria del sexo está causando en la sociedad, igual que lo que decían en la asociación. Quizá no trabaje solo y quiera ganar tiempo para que quienes estén colaborando con él puedan acabar con lo que han empezado.

—Los compañeros de la Científica han tomado varias muestras del piso, pero para cuando tengamos los resultados tal vez sea demasiado tarde.

—Y lo que más me jode es tener que estar aquí de brazos cruzados, a la espera de que este cabrón nos diga dónde narices la tiene.

Capítulo 102

—La única condición que me puso Antonio fue que las torturas y la causa de la muerte estuvieran relacionadas con el papel que desempeñaban cada uno de ellos. A Queca había pensado cortarle la lengua; al fin y al cabo, ella era la que convencía a las chicas y gestionaba los eventos. Su principal función en esta historia está estrechamente relacionada con el habla. Luego podría hacer que se la tragara, para asfixiarla como a su jefe. Pero me parece poco original.

Daniel se pasea por la sala, hablando y gesticulando como si estuviera dando una conferencia para un auditorio, jactándose de su mente perturbada. Nela intenta abstraerse de su discurso. No quiere pensar en los horrores que ese loco pretende hacerle a Queca. Si lo escucha, está perdida. Debe centrarse en las opciones que tiene de salvar su vida y la de la mujer que yace sobre esa cama. Sagarra es la única que sabe que ha ido a ese piso. Pero, por otro lado, no está segura de si es allí donde se encuentra. En esa habitación no hay ventanas, todo está cubierto por esos paneles acústicos, como si fuera un estudio de grabación. Si está en ese piso, cabe la posibilidad de que sus compañeros la echen de menos y acudan; pero, si la han trasladado a otro lugar, no habrá nadie que venga a socorrerlas. Para cuando consiguieran dar con ellas, sería demasiado tarde para ambas.

No tiene su arma, Daniel se la ha quitado. Cree que la tiene él, en la parte trasera de su cinturón. Le ha parecido ver asomar la empuñadura de su pistola a través de la rendija entreabierta de la bata. También se ha fijado en el maletín con todo el instrumental que hay en el suelo.

—¿Qué opinas, inspectora?

Nela no contesta. Ha dejado de escuchar hace rato y ni siquiera sabe acerca de qué le está preguntando.

—Tienes que estar más atenta.

Daniel hace una pausa dramática.

—Decía que también había pensado en sacarle los ojos; era otra de sus principales herramientas de trabajo. Además, estaría muy en sintonía con la causa de Antonio, recuerda que ella ha sido una espectadora del sufrimiento de esas chicas y nunca las ayudó. Podría haber denunciado, podría haber hecho algo por ellas; sin embargo, miraba para otro lado y ponía la mano cuando tocaba cobrar.

—Tú también participabas de ese sufrimiento, Daniel —le recrimina la inspectora.

—Cállate. Eso no es lo que te he preguntado.

Suena una melodía de teléfono. Daniel lo saca de su bolsillo, mira la pantalla y sale de la habitación.

A la desesperada, Nela bascula hacia un lado hasta que su cuerpo queda tumbado de costado y comienza a reptar hacia el maletín del instrumental. Sabe que Daniel puede volver en cualquier momento y también sabe que, si la descubre, sus posibilidades de sobrevivir caerán en picado. Pero ahora no quiere pensar en eso. Debe actuar, debe arriesgarse; si no lo hace, también estará muerta. Se concentra en avanzar. Tiene el cuerpo agarrotado, los músculos apenas le responden. Cuando ha trazado el plan en su cabeza, sus movimientos eran más rápidos y ágiles. Nota calambres en las piernas y en la parte baja de la espalda cada vez que coge impulso para arrastrarse. Se detiene, jadea, suda. Alza la vista para calcular la distancia que la separa de su objetivo. Ya está cerca. Eso la ayuda a coger fuerzas de no sabe muy bien dónde y en tres o cuatro empellones más consigue alcanzarlo. Aunque aún debe hacer un último esfuerzo; tumbada y con el cuerpo arqueado por las ligaduras, le resultará casi imposible extraer algún material que le sirva para liberarse. Ha divisado unas tijeras y varios bisturís, pero están sujetos por unas presillas elásti-cas cosidas al forro. Intenta ponerse de rodillas. De costa-do, gira y trata de impulsarse con la punta de los pies, alza la cadera y clava una rodilla, la más cercana al suelo. Des-pués, se balancea un poco hasta que logra apoyar la otra rodilla y, al hacerlo, su cuerpo vence hacia delante y acaba pegando con la cabeza en el suelo. La herida que tiene a la altura de la sien se ha abierto. La sangre empieza a manar, resbalándole por la cara. Pero no se detiene. Se impulsa y levanta el tronco. Y, sin perder un segundo, se afana en atrapar uno de los bisturís que hay en el interior del male-tín con la boca. En ese instante, Daniel entra de nuevo.

Sin mediar palabra, se acerca hasta ella, la coge por el pelo, la arrastra hasta un rincón y le da una patada en la tripa que la deja sin aire. Acto seguido, hurga en una mo-chila y saca una cuerda. Regresa a por Nela. La vuelve a arrastrar hasta dejarla sentada en el suelo junto al sofá rojo, con la espalda apoyada en él. Pasa la cuerda por la que une los tobillos con las muñecas de la inspectora y la ata a la pata de este. Se incorpora y la contempla desde arriba.

—Así ya no irás a ninguna parte.

La inspectora agacha la cabeza y cierra los ojos. Se aca-bó. Ahora sí que está muerta.

Capítulo 103

—Mire, señor Ventura, creo que nos está mintiendo.

Valbuena se quita las gafas, humedece los cristales con su aliento y utiliza uno de los picos de su camisa para limpiarlos mientras mira en silencio a Antonio Ventura.

—¿Por qué iba a mentir?

A pesar de su reticencia a colaborar, el sospechoso no tiene una actitud altanera. Se le nota tenso, preocupado, incluso temeroso o quizá derrotado. Valbuena lo observa. La cara de ese hombre corpulento revela una profunda amargura, pero le cuesta creer, mirándolo a los ojos, que haya podido llegar a ese nivel de sadismo y de ensañamiento con las tres víctimas.

—Porque sospecho que no actuaba solo y está tratando de ganar tiempo hasta que acaben con Rebeca.

—Ya le he dicho que no sé nada de ese tema. No pierdan el tiempo preguntándome y hagan su trabajo para encontrarla.

—¿Se cree mejor persona haciendo esto? ¿Cree que está haciendo justicia? Porque donde usted ve justicia yo veo venganza, señor Ventura —interviene Aranda—. Su hijo no es ninguna víctima, nadie le obligó a hacer lo que hizo. No se puede decir lo mismo de la chica a la que violaron.

Antonio se revuelve incómodo.

—Mi hijo jamás habría actuado de esa manera, si esos hijos de puta no le hubiesen lavado el cerebro.

—Se equivoca. No busque responsabilidades fuera. Su hijo, como cada uno de nosotros, tenía su propia responsabilidad individual. Y usted como padre también. ¿Se preocupó usted por explicarle las cosas?

Valbuena observa admirado a la agente por su intervención.

—A mí tampoco me explicaron nada sobre el tema —se justifica Antonio—. Iba a un colegio religioso y si hablábamos sobre sexo nos hacían sentir sucios. Nos decían que la sexualidad era cosa de pervertidos. En cualquier caso, el mundo está mucho mejor sin esos tres elementos. ¿Creen que me van a hacer sentir culpable por matarlos? ¿Acaso no saben lo que hacían con esas pobres chicas? Ellos sí que eran unos pervertidos.

—Y usted un asesino. Por mucho que intente justificarse —remata Aranda.

—Yo lo único que pretendo es que la historia no se vuelva a repetir. Aparte de la responsabilidad individual que usted dice, los gobiernos deberían hacer algo por cambiar las cosas. Pero la industria del sexo mueve muchísimo dinero. Es el segundo negocio que más dinero mueve en el mundo, por detrás de las drogas. Esos tres fulanos son los que deberían haber ido a la cárcel, no mi hijo. Él estaba enfermo por culpa de esos tres y de la inacción del Estado. Pero ¿sabe por qué ellos no fueron a la cárcel y mi hijo sí? Porque tenían dinero y tenían poder.

—¿De verdad va a dejar morir a esa mujer solo por venganza?

—Justicia.

Bien, ya lo tienen. No ha respondido con la misma letanía que lleva repitiendo desde hace una hora. Han conseguido abrir una brecha y deben aprovecharla.

—Así que reconoce que quiere dejar morir a Rebeca para impartir justicia.

—Yo no he dicho eso.

—En cualquier caso, la justicia la imparten los jueces, usted no tiene potestad para hacerlo.

—La justicia no sirve de nada si tienes dinero y poder, ya se lo he dicho.

—¿Qué poder tiene Rebeca? Es solo la ayudante de Miky, nada más.

—No, no se equivoquen. Parecía una mosquita muerta, pero era un mal bicho, no tenía escrúpulos. No sentía ni la más mínima empatía por ellas. Lo único que quería era llenarse los bolsillos, fuera a costa de lo que fuese.

Los policías se miran. Está hablando de Rebeca en pasado y eso no es buena señal.

—Por eso quiere que muera. ¿No nos ha dicho que no entraba en sus planes? —pregunta Valbuena.

Antonio Ventura permanece callado. El subinspector está empezando a perder la paciencia. Sabe que, si existe alguna opción de salvar la vida de Rebeca, se agota a cada minuto que pasa.

En la sala contigua, al otro lado del cristal que las separa, Sagarra y Puentes no pierden detalle del interrogatorio.

—¿Por qué ha entrado Aranda al interrogatorio y no tú? —pregunta Sagarra.

—Fue ella quien lo detuvo.

—Joder con la pipiola... ¿Y la jefa?

—No lo sé, pensaba que estaría contigo.

—No. Como se me ha hecho tarde esperando a los del banco, creí que ya habría terminado y estaría de vuelta en la brigada. Estará hablando con los vecinos, ya sabes cómo es, que le pregunta hasta al del bar de la esquina. ¿O no te acuerdas de cuando nos envió la semana pasada a hablar con los tres bloques de vecinos del Casino del Americano?

Puentes recela. Empieza a no parecerle normal la ausencia de Nela. Consulta su reloj, pasan unos minutos de las diez de la noche, una hora un tanto intempestiva para andar interrogando a testigos a no ser que tenga algo, que esté siguiendo alguna pista. Pese a ello, sigue sin cuadrarle que no haya dado señales de vida desde hace horas.

—¿Hablando con los vecinos? ¿Dónde?

—En el piso que tenía alquilado Rebeca.

—Pero si ya hemos estado entrevistándolos nosotros esta mañana. No entiendo nada.

Sagarra lo pone al día del hallazgo del contrato de alquiler en casa de Queca y de la llamada a la inspectora.

—¿Y no te ha confirmado aún qué ha encontrado allí? —pregunta Puentes.

—Se me ha pasado volverla a llamar. —Se palpa instintivamente el bolsillo en busca de su teléfono.

—¿Cuándo has hablado con ella por última vez?

La subinspectora saca su móvil y revisa el listado de llamadas recientes.

—Aquí está. Eran cerca de las dos de la tarde. Sí, recuerdo que, justo después de hablar con ella, aproveché para tomarme un pincho de tortilla; me rugían las tripas y allí tenía para rato.

—Son muchas horas. No me huele nada bien esto.

Sagarra, que aún tiene el teléfono en la mano con el listado de llamadas en pantalla, pulsa sobre la última que le hizo a la inspectora y espera. Después de unos segundos niega con la cabeza.

—Nada. Da tono, pero salta el contestador.

—Quédate si quieres a terminar de ver el interrogatorio. —Puentes se pone de pie—. Yo voy a echar un vistazo a ese piso por si acaso. Pásame la dirección.

—No, espera. Voy contigo.

Capítulo 104

Un alarido de dolor sobresalta a Nela. Abre los ojos, uno de ellos con cierta dificultad por la sangre coagulada. Ve a Daniel de espaldas, inclinado sobre el rostro de Rebeca, pero desde su ubicación no puede distinguir qué le está haciendo. Tan solo intuye que manipula algo, o eso parece por el movimiento de sus codos. De pronto se imagina la cara de esa mujer con dos cuencas vacías y un estremecimiento de horror le recorre el cuerpo. A pesar del espanto que le evoca ese pensamiento, no puede evitar estirar mucho el cuello en un intento de averiguar lo que está ocurriendo. Daniel se da la vuelta y la mira. Ella, en cambio, está observando a Rebeca; tiene la parte inferior de la cara y el pecho lleno de sangre, pero los ojos aún ocupan su lugar. Por suerte, se ha desmayado a causa del dolor.

—¿Al final te has decidido a mirar, inspectora? Aunque no es muy original, he pensado que cortarle la lengua sería la mejor opción; así me resultará más cómodo cuando tenga que introducirle el embudo.

Daniel se acerca hasta ella con una bandeja de acero con forma de riñón en la mano y le muestra el contenido: la lengua de Queca reposa en el fondo, embadurnada de sangre. Por su coloración recuerda a un trozo de atún rojo de almadraba. Nela aparta la mirada. Una arcada amenaza con subir por su garganta. Hace un esfuerzo para contenerla; no quiere darle ese gusto a su captor.

—Si esto te ha impresionado, lo que viene a continuación es aún mejor. Y luego te toca a ti. ¿Qué prefieres? ¿Lengua, ojos...?

Nela permanece en silencio. Él se dirige hasta una pequeña nevera portátil que hay en el otro extremo de la habitación, guarda en su interior la bandeja de acero y regresa con un bote de vidrio que contiene un líquido blancuzco. Lo agita y se lo muestra a la inspectora.

—Semen equino mezclado con ácido clorhídrico —aclara Daniel—. Es extremadamente corrosivo, pero Antonio se ha encargado de poner la proporción justa para que la muerte se produzca de forma lenta y dolorosa, muy dolorosa.

Coge un embudo de acero inoxidable del maletín y se acerca hasta Rebeca, aún inconsciente. Ella permanece con la boca abierta por esa especie de mordaza metálica, que le sujeta la mandíbula como un puntal. Unas lágrimas negras le recorren el rostro, borrones de carmín rojo se entremezclan con la sangre que se ha tornado negruzca al secarse. La despierta a bofetadas, le introduce el embudo en la garganta y empieza a verter el líquido en su interior. Ella se revuelve, intenta gritar, pero el embudo se lo impide y se escucha como un gorgoteo ahogado.

Nela no puede soportarlo más y vuelve a cerrar los ojos, tratando de abstraerse del tormento que ese sádico la está obligando a presenciar.

Cuando anoche rechazó a Puentes en el concierto o cuando, imbuida por la rabia, dejó el mensaje en el contestador de su ex, no podía ni sospechar que su final llegaría en las próximas veinticuatro horas. Piensa en Puentes, en lo que pudo ser y ya no podrá ser. En su estrepitoso fracaso como jefa, muerta a manos del primer asesino con el que se ha topado. En su exmarido, que en realidad nunca lo será. En el divorcio que nunca podrá firmar. Morirá como una mujer casada con un maltratador, como tantas otras. Y entonces se acuerda de su cicatriz en forma de trisquel; le gustaría poder tocarla, pasear las yemas de los dedos por sus relieves la reconforta. Cierra los ojos. La visualiza, se imagina que puede hacerlo, que nota sus tres espirales:

presente, pasado y futuro; cuerpo, mente y espíritu; aprendizaje, evolución y crecimiento; son los significados que le otorgaron los celtas. Eso le hace recordar lo que para ella representa: solo ella marca su cuerpo, solo ella decide cuándo y cómo sentir dolor en él, solo ella es dueña de su cuerpo. Solo ella.

No está dispuesta a morir a manos de ese sádico. Traza un plan en su cabeza. Espera que salga bien, es su única baza para salvar su vida y la de la mujer que yace sobre la cama.

Capítulo 105

—Eres un monstruo, Daniel. Mataste a tu propio padre. Te sentaste en una silla frente a él a contemplar cómo moría. ¿O lo hizo Antonio?

Él se gira de golpe.

—Cállate.

—No fue Antonio, ¿verdad? Nos dijiste que estabas en Chulilla, en el pueblo de tus abuelos, con tu madre... Pero está a menos de una hora de Valencia. Te dio tiempo a dejarla allí, volver sin que ella se diera cuenta y cargártelo.

—¡Basta!

—¿Qué pensará tu madre cuando se entere, Daniel?

—Mi madre está mejor sin él, créeme.

—Cuando hablamos con ella se la veía bastante afectada por la muerte de tu padre. Se va a llevar un buen disgusto cuando descubra que su queridísimo hijo fue su verdugo.

—Te estaba reservando para después, pero creo que es el momento de dejarte sin lengua. Hablas demasiado, inspectora.

—Aunque me hagas callar, sabes que tu madre acabará averiguándolo. ¿Crees que algún día podrá perdonarte?

Daniel no responde. Saca del maletín una mordaza como la que lleva puesta Rebeca y coge el bisturí ensangrentado con el que ha debido de cortar la lengua de esta. Acto seguido, se acerca hasta Nela y se acuclilla frente a ella. Alarga el brazo izquierdo para sujetar por la frente a la inspectora y no lo ve venir. Mientras él se afanaba con Rebeca, ella ha conseguido alzar unos milímetros el sofá para pasar la cuerda por debajo de la pata y ahora se ha impulsado con los talones haciéndole caer hacia atrás. Aprovechando el instante de confusión, Nela se lanza sobre él, que intenta agarrarla por los hombros. Ella se resiste, ruedan por el suelo, forcejean. Nela trata de concentrarse en el rostro desencajado de rabia de Daniel, buscando el punto justo en el que descargar el golpe para noquearlo. Mientras tanto, él logra ganarle la posición, se tira sobre ella y se sienta a horcajadas. Pero, antes de que él pueda agarrarla por el cuello, ella levanta la pelvis y lo golpea con las rodillas en la espalda, lo que le hace tambalearse hacia delante. En ese momento, Nela, en un último esfuerzo desesperado, saca fuerzas de flaqueza y alza el tronco propinándole un fuerte cabezazo en la nariz, que empieza a chorrear sangre. Antes de que él pueda reaccionar, ella vuelve a la carga: levanta la pelvis y lo golpea en la espalda para tenerlo a tiro de nuevo, esta vez mantiene las rodillas presionándole la espalda para que no pueda retroceder. Repite la operación y no cesa hasta dejarlo inconsciente. El peso muerto de Daniel cae sobre ella.

Capítulo 106

—Mierda. Ni contesta al teléfono ni lee los mensajes.

Sagarra se aferra el volante y acelera.

—Esto me huele cada vez peor, Puentes. Pon el rotativo.

La subinspectora se abre paso entre el tráfico. Algunos conductores se apartan al instante al ver los destellos azules, otros van medio despistados y les cuesta reaccionar.

—Pero ¿la gente es imbécil? ¿No ven las luces de emergencia?

Puentes está nervioso. Han estado demasiado ocupados con la entrada a las propiedades de Antonio Ventura y con la posterior detención, y no han caído en la cuenta de la desaparición de Nela hasta ahora. Quiere pensar que, harta de todo, se habrá tomado la tarde libre, o que ha decidido seguir una pista y se ha dejado el teléfono en el coche. La imagina hablando con el dueño de un bar cercano a la vivienda, sonriente y sin entender a qué se debe tanto revuelo. Sin embargo, un mal presentimiento se ha instalado en sus tripas.

—¡Vamos, muévete, gilipollas!

Sagarra pega un acelerón y se cuela entre dos coches, casi rozándolos. Después gira por la siguiente bocacalle sin reducir la marcha, haciendo derrapar el vehículo. Puentes la contempla entre incómodo y sorprendido, preguntándose dónde habrá aprendido a conducir así.

—¡Joder, Sagarra! La idea es que lleguemos de una pieza.

Ella pega otro acelerón por toda respuesta y continúa conduciendo.

Cuando por fin llegan a la calle Artes Gráficas, son casi las once de la noche, y, a pesar de que mañana es día laborable, las terrazas están llenas de gente que apura las últimas horas del fin de semana. No encuentran aparcamiento y tampoco pueden perder tiempo buscándolo, así que estacionan el camuflado en doble fila, en la intersección con la calle Doctor Rodríguez Fornos. Y entonces, unos metros más allá, lo ven.

—Mira, Puentes.

Es el coche de la inspectora Ferrer, estacionado a la altura del número 32. Ambos se miran. No necesitan decir nada más para apretar el paso hacia el portal.

Capítulo 107

Nela ha conseguido liberarse del peso muerto de Daniel y se arrastra por el suelo para hacerse con el bisturí que salió despedido de la mano de este cuando ella le dio el primer empujón. En cada movimiento nota un latigazo intenso y agudo, cree que tiene varias costillas rotas. Hace una pausa para tomar aliento. El dolor es insoportable. Alza la cabeza y observa a Rebeca. Cree que está inconsciente y que aún respira, pero no le queda mucho tiempo. La adrenalina por salvar su vida y la de esa mujer la azuza a continuar. Puede ver el filo brillar muy cerca, sin embargo, a ella le parece una distancia insalvable en su estado. Ha empleado toda su energía en dejar fuera de combate a Daniel y ahora no le quedan fuerzas para seguir. Pese a ello, continúa flexionando las rodillas para tomar impulso y avanzar hacia delante estirando el tronco.

Por fin consigue alcanzar el bisturí, y lo primero que hace es cortar la cuerda que une sus muñecas a los tobillos. Siente un gran alivio al poder estirar las extremidades por completo. Acto seguido, se afana en cortar las ligaduras de las muñecas, con cuidado de no cortarse con la hoja afilada. Cuando termina de desatar la cuerda de los pies, voltea el cuerpo de Daniel en busca de su arma, pero ya no la lleva en el cinturón. Ahora duda de si se equivocó cuando creyó verla asomar a través de su bata. Se acerca a Rebeca y comprueba que, aunque débilmente, su corazón aún late. Busca su teléfono y su arma por toda la habitación, sin éxito. Se agacha para mirar debajo del sofá por si hubiera ido a parar allí durante el forcejeo, cuando Daniel la coge por el cuello y la encañona con su propia pistola.

Sagarra y Puentes han subido hasta la sexta planta. Pegan la oreja en la puerta tratando de escuchar algún sonido a través de ella; no se oye ni una mosca.

—Voy a entrar.

—Puentes, no. No tenemos autorización.

—Si el coche de Nela está abajo, ella no debe andar lejos. No voy a esperar a pedir una orden si hay una vida en juego. Yo asumiré las consecuencias si nos equivocamos.

Sagarra advierte que su compañero acaba de llamar a la jefa por su nombre, es evidente que le importa más de lo que ella creía.

—De eso nada: aquí, si la cagamos, apechugamos los dos.

Y, como para demostrar su lealtad, Sagarra saca una tarjeta de su cartera y se pone manos a la obra. La puerta es antigua y la llave no está echada. En apenas unos segundos acceden al interior del piso.

Se adentran por un pasillo en penumbra. La casa está en completo silencio. A medida que van inspeccionando cada una de las habitaciones perciben que no se trata de una vivienda al uso. La primera a la derecha es una oficina. Las paredes están pintadas de un llamativo verde pistacho. A la izquierda, una gran mesa de cristal traslúcido sobre la que reposa un ordenador y, al fondo, una estantería en la que se amontonan máscaras de todo tipo: superhéroes, animales, calaveras, payasos... Todo está cubierto de polvo y bastante dejado. La siguiente habitación, donde debería ubicarse el salón, está completamente vacía, como si sus inquilinos se acabasen de mudar y se hubiesen llevado todos sus enseres; a excepción de unas cajas viejas apiladas en un rincón y dos trípodes arrimados a una de las paredes. Continúan inspeccionando el piso. En la cocina, hay unos platos lavados y colocados en el escurridor y el suelo está pegajoso, pero no encuentran nada que arroje algo de luz sobre el paradero de la inspectora.

El pasillo hace un giro a la izquierda. Sagarra y Puentes se sitúan uno a cada lado. Colocan sus pistolas reglamentarias en posición, codos flexionados, se miran y asienten. Al girar, no ven a nadie al otro lado. Avanzan despacio hasta la siguiente habitación cuando escuchan una detonación sorda. Ambos se detienen y aguzan el oído. El sonido les ha llegado lejano, como amortiguado, pero parece provenir de la puerta que hay al fondo.

Pegan las espaldas a la pared, flanqueando la puerta. Puentes le hace una señal a Sagarra, toma aire y cuenta hasta tres moviendo los labios, sin emitir sonido alguno. A continuación, lanza una patada a la puerta y ambos entran apuntando con sus armas.

—¡Alto, policía!

Llegan justo a tiempo de ver cómo la inspectora Ferrer, con la rodilla ensangrentada y la cara embadurnada de sangre, reduce a Daniel y lo encañona.

—¡Daniel Hervàs, quedas detenido! —vocifera Nela en un tono desgarrado por el cansancio.

Sus compañeros se apresuran a ayudarla. Mientras Sagarra esposa al detenido, Puentes se acerca hasta la inspectora.

—¿Estás bien, Nela?

—¡Llamad a una ambulancia, rápido! —grita ella solo, mirando hacia Rebeca.

Capítulo 108

La enfermera entra en la habitación y revisa el gotero. Es una joven que rebosa simpatía, siempre sonriente a pesar del cansancio de las guardias interminables.

—¿Cómo te encuentras, Nela? ¿Qué tal llevas el dolor?

—Me noto algo más soñolienta, pero la pierna y las costillas me molestan menos.

—Fenomenal, lo dejamos así entonces. Luego me paso a hacerte la cura.

La joven sale de la habitación a paso ligero tras el movimiento pendular de su coleta rubia.

—Has tenido suerte... Unos cuantos centímetros más abajo y te hubiese destrozado la rodilla.

Cubells está sentado junto a la cama de hospital en la que Nela se recupera del infierno vivido en la habitación de los horrores, donde tenían lugar los *bukkakes* y que Daniel utilizaba como su centro de tortura. Cuando él la agarró por el cuello, creyó que todo había terminado, pero su instinto de supervivencia la hizo reaccionar a tiempo. Durante el forcejeo, Daniel disparó la pistola y la bala fue a parar a la pierna de la inspectora. Al llegar al hospital, la operaron de urgencia para extraer el proyectil que se había quedado alojado en su muslo. Pasan de las tres de la tarde del lunes y todavía está adormilada por la medicación, pero se siente bien a pesar de todo.

—Aun así, el doctor dice que tendré que hacer rehabilitación cuando me dé el alta.

—Al menos podrás caminar. Si la bala te llega a impactar en la articulación, entrarías en un bucle de operaciones y probablemente no podrías volver a tu puesto. Te pasarían a segunda actividad.

Nela aún no ha podido sacudirse de encima el horror de las imágenes de la última semana: la grotesca puesta en escena de los tres cadáveres, los mensajes en el interior de los cuerpos, los vídeos de los *bukkakes*, Rebeca torturada y atada a una cama, la lengua descansando en el fondo de la bandeja de acero, la sonrisa macabra de Daniel mientras se la mostraba...

—Pues no sé qué decirte... Puede que hasta me viniera bien.

—No digas tonterías, anda. No te hiciste policía para estar detrás de un escritorio revisando papeles.

—No sospeché de él en ningún momento, Pepe. Fue pura casualidad que llegase hasta ese piso.

—A lo que tú llamas casualidad, yo lo llamo instinto. Fuiste hasta allí porque intuías que debías hacerlo. Fueron tus tripas las que te llevaron hasta ese piso, no el azar.

La inspectora guarda silencio. Puede que su mentor tenga razón. Hasta el comisario la ha felicitado en su visita de esta mañana: «Ferrer, eres una buena policía después de todo», le ha dicho. Puede que no haya perdido su instinto por completo. Sin embargo, se siente tan agotada que no es capaz de sacudirse por completo el desánimo.

—El verdadero psicópata era él. A Antonio lo convenció para que lo ayudara —reflexiona en voz alta la inspectora.

—Desde luego, uno médico y el otro veterinario..., con razón no encontrasteis demasiados vestigios en las escenas del crimen.

Nela asiente despacio.

—A Antonio lo van a meter en el protocolo antisuicidios de la cárcel. Temen que pueda tratar de seguir los pasos de su hijo —apunta ella.

—En cierto modo, me da pena ese hombre.

—Fue una presa fácil para Daniel, que pudo manipularlo a su antojo. No tenía nada que perder y estaba obsesionado con mostrar al mundo su historia, su realidad.

—Hay que ser muy ruin para aprovecharse de la debilidad de quien lo ha perdido todo... —comenta Cubells.

—A nosotros nos hizo creer que era adicto a la pornografía y el verdadero adicto era su amigo Rafa, el hijo de Antonio.

—Muy característico de los psicópatas. Son incapaces de sentir emociones, pero son muy inteligentes. Tanto que pueden emular cualquier clase de sentimiento a base de la observación de otras personas.

—Pero hay una cosa que no entiendo, Pepe. Si realmente es así, ¿por qué mató a su padre? Supongo que lo culpaba de la muerte de Rafa. Daniel sentía debilidad por su amigo. Creo que se responsabilizaba de su muerte, incluso.

—La mente humana es demasiado complicada, Nela. No hay dos iguales, aunque a veces nos empeñemos en etiquetarlo todo.

La reflexión se queda flotando en el aire. Ambos permanecen callados durante unos instantes.

—Al menos las filtraciones no han venido de la policía, como en un inicio se pensó —dice ella al fin—. Según me ha contado Robledo esta mañana, la prensa consiguió hablar con el chico que encontró a la primera víctima, por eso se filtró lo del brazo de maniquí y lo del maquillaje. El tipo hizo fotos de la escena antes de llamar a la policía.

Cubells arruga el rostro y niega repetidas veces con la cabeza.

—Cómo echo de menos mi época, cuando no había móviles, ni redes sociales, ni GPS... ¿Y lo del asesor fiscal?

—Unos vecinos escucharon comentar algo a los primeros agentes que se personaron en la escena. Por eso solo se filtró lo del maquillaje. —Al decirlo, piensa en contarle a su mentor lo de los vídeos que se encontraron en casa del productor y el escándalo que se hubiera montado de haber salido a la luz su contenido, pero se frena; Robledo ya le ha dejado bien claro durante su visita que esos vídeos ya se han «procesado» y nadie debe conocer su existencia.

—Odio el café de máquina de estos sitios —dice su madre al entrar en la habitación. A pesar de que aún cojea al caminar, se ha empeñado en quedarse allí con su hija.

—Es horroroso —confirma Paquita, la mujer de Cubells, entrando tras ella.

—Pepe, haz el favor de llevártela y que descanse un poco. Que no está para pasar muchas horas en la butaca de un hospital. —Nela acompaña la petición con una mirada suplicante.

—De eso nada, hija. Yo no me muevo de aquí. Me quedaré contigo lo que haga falta.

—Mamá, por favor, aún no te has recuperado de la caída. Tienes que cuidarte. Estoy bien, de verdad. No seas tan cabezota, anda.

Pese a la oposición inicial y la terquedad de su madre, han conseguido convencerla para que se marche a casa a descansar. Ha sido una mañana de visitas constantes. El goteo de personas preocupadas por el estado de salud de la inspectora ha llenado la habitación de flores. Primero sus compañeros de la brigada; luego su hermano y su cuñada con los niños; después los miembros de Butoni, su banda de jazz, sus amigos de toda la vida. Su madre no ha parado de ir de un lado al otro: ayudándola con el desayuno, aseándola y perfumándola, estirando la ropa de la cama, habilitando botellas de plástico a modo de jarrones improvisados...

Una vez que su madre, Cubells y Paquita se han marchado, Nela enciende la televisión en busca de un canal de documentales —si es de animales, mejor—, dispuesta a dejarse llevar por el sopor de la voz pausada característica de sus narradores. La habitación está en penumbra. Antes de irse le han dejado la persiana a medio bajar, creando un ambiente propicio para el descanso. Nela necesita apagar el cerebro, borrar la moviola de imágenes de las últimas horas que aún se agolpan en su mente.

Antes de que el sueño logre envolverla con su manto, justo cuando consigue relajarse sin oponer resistencia, una última reflexión se pasea por sus pensamientos. Lleva muchos años siendo testigo de cómo los seres humanos acaban con la vida de sus semejantes; y, siempre que se pregunta qué conduce a una persona a cometer tales actos, llega a la misma conclusión: unos lo hacen impulsados por una crueldad intrínseca o patológica que se escapa a cualquier clase de razonamiento lógico; a otros, sin embargo, los mueven determinadas situaciones, una serie de emociones que aparecen en el momento justo. Tiene la certeza de que cualquiera, rodeado de las circunstancias adecuadas, puede llegar a convertirse en un asesino. Es la primera vez que se enfrenta a un caso en el que dos personas, cada una de ellas con motivaciones casi opuestas, han colaborado para ejecutar los crímenes. Daniel, llevado por una pulsión interna, por un deseo; Antonio por el odio, por la venganza y por la desesperación de quien no tiene nada que perder porque ya lo ha perdido todo.

Dos toques con los nudillos en la puerta la sacan de sus divagaciones.

—¿Se puede?

Es Puentes. Esa misma mañana ha ido a visitarla en compañía de los miembros del Grupo de Homicidios y del comisario Robledo, pero esta vez viene solo.

—Traigo malas noticias. Rebeca Suárez ha muerto.

Nela tarda unos segundos en procesar la información. Recuerda a esa mujer tumbada en aquella cama, atada de pies y manos, torturada. Luego la ve sentada en la sala de interrogatorios, su media sonrisa de suficiencia cuando la volvieron a interrogar, cuando se mofó de que andaban perdidos en la investigación. También rememora lo que le contó Daniel sobre las chicas de los *bukkakes*... Y, por un momento, una parte de ella piensa que su muerte no son tan malas noticias. Sin embargo, su vocación como policía aún alberga la esperanza de que, tras cada caso resuelto, sean capaces de dejar el mundo un poco mejor de lo que estaba cuando empezaron. Y esa filosofía de vida nunca puede sustentarse en la venganza, en el ojo por ojo. Ella misma arriesgó su vida para salvarla, porque su trabajo consiste en eso: intentar evitar que nos matemos los unos a los otros.

—El ácido le había perforado el estómago, tenía varios órganos afectados —explica Puentes—. A pesar de que la operaron de urgencia, no ha podido superarlo. Un fallo multiorgánico, dicen.

—Es una pena, era muy joven. Aunque quizá sea mejor así, porque si hubiese salido adelante, además de que tendría una existencia horrible sin poder hablar y con dificultades para tragar por la amputación de la lengua, habría pasado buena parte de esta entre rejas. ¿Se sabe algo del caso de trata que le pasamos a la UDYCO?

—Aún no han conseguido dar con todas las mujeres que aparecían en el cuaderno de cuentas, pero están en ello. Han descubierto que el club de Pochele no era el único que utilizaban como punto intermedio para dejar a las chicas que traían. Los tienen repartidos por buena parte de nuestra geografía. Están trabajando conjuntamente con la Europol; parece ser que España no era el único destino de esas mujeres. Es una red que trabaja a nivel europeo, no va a ser sencillo desarticularla.

—El mundo está podrido, Fran.

Puentes no dice nada. Se miran en silencio. Los dos quieren hablar, pero ninguno se atreve a hacerlo. Ella, porque, cuando estuvo a punto de morir en esa habitación, uno de sus pensamientos fue para el hombre que tiene delante, para lo que podría haber sido, para lo que aún no se siente preparada. Él, en cambio, simplemente se esfuerza para reprimir el deseo de besarla.

Capítulo 109

Han pasado dos meses desde que Nela salió del hospital. Hoy por fin va a cumplir con lo que lleva postergando desde su huida de Madrid. Cuando sale del despacho de su abogada con la carpeta bajo el brazo, decide ir paseando por la alameda de la Gran Vía Marqués del Turia a pesar del calor sofocante que hace a esa hora de la mañana. Gracias a las sesiones de rehabilitación, ya está casi recuperada del todo y a su musculatura le viene bien caminar para fortalecerse.

Se cruza con un joven tan absorto en el teléfono móvil que se ve obligada a desviar su trayectoria para esquivarlo. Justo delante de ella, una mujer subida en unos tacones estratosféricos va conversando con alguien invisible a través de sus auriculares *bluetooth* último modelo. Nela recuerda la primera vez que vio a un hombre utilizando el manos libres por la calle; le dio un ataque de risa porque le pareció que iba hablando solo. Un pitido la devuelve al presente, levanta la vista hacia la procedencia del sonido a tiempo de ver emerger de uno de los vehículos un dedo corazón levantado. Pasa junto a un anciano que arrastra trabajosamente los pies, de su brazo cuelga una bolsa de pan de tela, de las que se bordaban a mano. Unos pasos más allá, un tipo sudoroso empuja un cepillo afanándose en retirar las flores que los árboles han dejado caer al suelo.

Cada uno de ellos ajeno a los problemas de los otros. Cada uno en su propia realidad. Nela los observa y piensa en las posibles batallas que pueden estar librando en su interior. Y se pregunta por qué tenemos una tendencia natural a etiquetar, a juzgar sin saber. Todos cargamos pro-

blemas, luchamos con nuestros miedos, nuestras inseguri-
dades y nuestros demonios; pocas veces reparamos en que
cada persona que nos cruzamos por la calle también tiene
su propia cuota de sufrimiento. Y es por ese miedo a ser
juzgados por lo que vamos por la vida escondidos detrás de
máscaras; para acallar lo que duele, embotellar los problemas. Ella ha sido su juez más severo, se ha hablado y tratado con dureza, sin permitirse fallar. Enterrando sus sentimientos, como hacen los animales con sus excrementos
para no delatarse ante los depredadores. Sin embargo, ahora sabe que cada emoción la hace estar viva. Y, al reprimir-
las, algo en su interior se había ido apagando poco a poco
hasta convertirse en una carcasa vacía.

Al llegar al final de la arboleda, continúa por la Gran
Vía Germanías y baja las escaleras del pasaje para cruzar
por el túnel al otro lado, a la Gran Vía Ramón y Cajal.
Después, girará por la calle Bailén hasta la estación Joaquín Sorolla. Y, una vez allí, con los papeles del divorcio
bajo el brazo, se subirá en un tren que la llevará a enfrentarse con su pasado, a cerrar de una vez por todas ese capítulo de su vida que le permita seguir caminando.

Agradecimientos

Que esta, mi primera novela, sea una realidad es gracias a las personas que se han ido cruzando en mi camino a lo largo de mi vida; por eso, estos agradecimientos van en primer lugar a mis padres, por guiarme, por acompañarme, por ser la mano siempre disponible.

A Benito, mi profesor de Literatura, por transmitirme tu pasión por la materia, por tu sabiduría, por leer mis primeros textos adolescentes y por animarme a continuar escribiendo.

A la plataforma Club de Escritores, por sus cursos y su taller de escritura, que fueron mi primer contacto con el aprendizaje de la técnica narrativa.

A la plataforma Cursiva, donde continué formándome y empezaron a construirse los mimbres de esta novela.

A María Fasce, Ilaria Martinelli y Lola Martínez de Albornoz, por vuestro entusiasmo, por apostar por mí y hacer este sueño realidad.

A Maya y José Luis, por sacarle brillo al texto y hacerme aprender tanto.

A Berta, Paloma, Blanca, Raquel, Tatiana y todo el equipo de Alfaguara y Penguin Random House, por vuestra dedicación y trabajo.

A libreros, transportistas y bibliotecarios, por hacer llegar esta novela lejos.

A Vicente Emilio Romeu, oficial de policía y criminólogo, por despejar mis dudas con tanta paciencia. Y a Sonia, agente de policía, por tus acertadas aclaraciones.

A Laura, del departamento de prensa de la Jefatura Superior de Policía de Valencia, por aclararme las escalas y departamentos policiales y asesorarme sobre el protocolo de actuación en la aparición de un cadáver.

A Carmen, Alberto y Mari Carmen, por ser mis primeros lectores, por animarme a continuar esta aventura.

A Paco, Irene y Robert, por los buenos ratos en familia.

A Laura, Toni, Dani y Nora por esas cenas, aunque de un tiempo a esta parte se hayan convertido en comidas. Benditas cenas.

A mis hijos, Marcos y Vega, por entenderme y respetarme, por enseñarme a ser más paciente, por vuestros besos, con el valor incalculable que tienen.

A Alberto, mi compañero de viaje, por apoyarme en cada proyecto que esta cabeza loca emprende, por tus valiosas aportaciones, por escucharme, por aguantarme, por estar ahí cada día y por esas charlas en torno a un café que me dan la vida.

A ti, que lees estas líneas, por dedicar tu tiempo a esta historia —entre las infinitas que hay— y completar el ciclo de la literatura. Gracias.

Este libro se terminó
de imprimir en
Móstoles, Madrid,
en el mes de
mayo de 2023

«Para viajar lejos no hay mejor nave que un libro».

Emily Dickinson

Gracias por tu lectura de este libro.

En **penguinlibros.club** encontrarás las mejores
recomendaciones de lectura.

Únete a nuestra comunidad y viaja con nosotros.

penguinlibros.club

Penguin
Random House
Grupo Editorial

penguinlibros